DONGSUH MYSTERY BOOKS 136

THE PERFECT MURDER CASE
완전살인
크리스토퍼 부시/남정현 옮김

동서문화사

옮긴이 남정현(南廷賢)
〈자유문학〉에 작품 《경고구역》《굴뚝 밑의 유산》 등으로 추천을 받고 문단에 나온 뒤 중편 《너는 뭐냐》 단편 《현장》《부주전상서》 문제작 《분지》 등을 발표. 1961년 중편 《너는 뭐냐》로 제6회 동인문학상을 받다.

DONGSUH MYSTERY BOOKS 136
완전살인
크리스토퍼 부시 지음/남정현 옮김
초판 발행/1977년 12월 1일
중판 발행/2003년 11월 1일
발행인 고정일/발행처 동서문화사
창업 1956. 12. 12. 등록 16-345(윤)
서울강남구신사동 540-22 ☎ 546-0331~6 (FAX) 545-0331
www.epascal.co.kr

*

이 책의 출판권은 동서문화사(동판)가 소유합니다.
의장권 제호권 편집권은 저작권 법에 의해 보호를 받는 출판물이므로
무단전재와 무단복제를 금합니다.

편찬·필름·제작 일체 「동판」 자본으로 이루어짐에 따라
출판권 소유권자 「동판」에서 제조출판판매 세무일체를 전담합니다.
사업자등록번호 211-90-02201
ISBN 89-497-0232-0 04840
ISBN 89-497-0081-6 (세트)

완전살인
차례

프롤로그를 대신하여……11
마리우스의 편지……24
줄랑고 비밀 탐정 사무실……38
10월 11일 밤 Ⅰ……46
10월 11일 밤 Ⅱ……63
10월 11일 밤 Ⅲ……84
용의자……99
수사망……118
네 번째 알리바이……134
프랭클린의 등장……148
프랭클린, 바빠지다……162
프랭클린, 더욱 바빠지다……172
찾아온 행운……189
경시청도 바빠지다……202
의혹의 성……211
프랭클린의 재출발……221
폴크롤 섬……230
프랭클린, 서광을 발견하다……245
희극과 크로스워드 퍼즐……257
발굴 작업……268
수수께끼는 풀렸다……277
전투 준비 완료……292
12월 21일 밤 Ⅰ……307
12월 21일 밤 Ⅱ……320
바보집단……331

독자의 영혼을 사로잡는 뛰어난 역작……340

등장인물

프레드 실종된 남자
프랜시스 웨스튼 경 줄랑고 회사 사장
루드빅 트래버스 줄랑고 회사 재정 담당 중역
존 프랭클린 줄랑고 회사 탐정
토머스 리치레이 살해된 남자
어네스트 리치레이 토머스의 조카, 변호사
찰스 리치레이 토머스의 조카, 목사
해럴드 리치레이 토머스의 조카, 배우
프랭크 리치레이 토머스의 조카, 교사
조지 코번 경 경시총감, 루드빅의 백부
스콧 수사과장
호워튼 총경
비어 경감
이튼 형사주임

프롤로그를 대신하여

프롤로그란 어차피 미흡하거나 과장된 골칫거리에 지나지 않는다. . 하지만 곁들일 가치가 있는 프롤로그라면 이제부터 마음껏 식사를 하려고 할 때 미리 드는 한잔 칵테일과도 같은 것이다. 따라서 그렇지 못한 프롤로그는 아무런 흥미도 불러 일으키지 못하고 누구의 관심도 받지 못한 채 장식처럼 첫머리에 자리잡고 앉아, 처음 만난 사람에게 구구하게 사설을 늘어놓는 지겨운 대화처럼 되기 십상이다.

이 장(章)에 대해서는 독자 여러분의 판단에 맡길 수밖에 없다. 미리 이런 말을 하면 독자들은 처음부터 무언가 수상하다고 생각하거나, 또는 쓰지 않아도 되는 거라면 굳이 프롤로그를 덧붙일 필요는 없지 않느냐고 생각할지도 모른다. 그러므로 표현 방법이 어떻든 그 점을 변호하는 뜻으로 한두 가지 예를 들어 보아도 좋을 것이다. 첫째, 독자 여러분이 지난날을 더듬는 번거로움——비록 지난날까지 더듬어 올라갈 수 있다 하더라도——에서 벗어날 수 있다는 것이다. 독자 여러분은 아무런 번거로움도 겪지 않고 식사를 할 수 있으며, 접시가 나오는 대로 하나하나 먹기만 하면 된다. 게다가 여러분이 아마추어 탐정이라면 이 장에는 수수께끼의 해명이 포함되어 있거나, 적어도 그 주된 요소가 펼쳐져 있다고 곧 확신할 수 있을 것이다.

그러나 실제로 일어날 살인에 앞서 이 프롤로그를 이루고 있는 짤막한 에피소드는 반드시 연대순으로는 되어 있지 않다. 또 그 가운데 하나는 거의 가설에 가까운 것도 있지만 나머지는 모두 그 가설과는 무관한 진실에 가깝고, 비록 이를 구성하고 있는 하나하나의 사건은 다르다 할지라도 전체적으로 볼 때에는 그릇된 이야기가 아닐 것이다.

1

월포드 부인은 굉장히 생각 깊은 사람이었다. 딸이 차 안에서 보낸 비참한 3시간을 대신 전하는 얼굴의 눈물자국과 퉁퉁부은 새빨간 두 눈을 보았으면서도, 부인은 털끝만한 동요도 없이 평소처럼 입맞춤을 했다. 부인은 유능한 간호사처럼 빈틈없이 이 상황에 대처하면서, 우선 작은 가방과 버드나무로 엮은 바구니부터 집어 들었다.
"기분은 어떠니?"
부인은 대답을 기다리려고도 하지 않고 말했다.
"네가 가진 짐은 이게 다니?"
"손수레에 트렁크가 하나 있을 뿐이에요."
밀리가 처음으로 불안한 듯 입을 열자 부인은 곧 짐꾼을 불렀다. 트렁크가 손수레에 실려 오고, 밀리가 세트포드에 도착했다는 실감을 할 겨를도 없이 모녀를 실은 택시는 벌써 집을 향해 달리고 있었다.
하지만 그 사이 비용 때문에 조그만 말다툼이 있었다.
"어머니, 왜 이러세요? 우리가 버스를 타도 되잖아요?"
"여러 말 마라. 한번쯤 내가 하고 싶은 대로 해도 되지 않겠니? 눈 깜짝할 사이에 집에 닿을 거야. 집에 도착하면 곧 차를 마실 수 있을거야." 그리고 곧 아무리 뚱딴지같은 말이라도 화제로 삼아야 할 것 같아서 "그래, 도중에 날씨는 어떻더냐?" 하고 물었다.

그러나 아담한 교외주택의 작은 거실로 첫발을 들여놓는 순간 밀리는 와락 울음을 터뜨렸다. 낯익은 물건들과 함께 수많은 그리움이 밀려와 더 이상 참을 수가 없었던 것이다. 둘은 부둥켜안고 실컷 울었다. 이윽고 마지막 눈물을 닦았을 때 딸은 이미 어디선가 새로운 불굴의 정신이 솟아오르는 듯했다.

"울어야 소용없어요, 어머니. 하지만 우리에게는 앞으로 어떻게 해야 할지 생각할 시간은 충분히 있어요."

그러나 차를 마시는 동안에도 일반적인 이야기는 전혀 나오지 않았다. 완고한 시대를 산 어머니의 입장에서 본다면, 아내가 남편 곁을 떠난다는 것은 아직 감당해내기 어려운 일일 것이다. 어쩌면 신을 모독하는 지독한 처사일지도 모른다. 사태는 안락한 도덕이라는 울타리를 넘어서고 있다. 그녀로서는 신의 명령이라는 말로 해석하고 싶었지만, 딸의 처지를 생각하여 상당히 신중하게 다가가야 된다는 것을 알고 있었다.

"집은 어떻게 했니?"

"정리해 버렸어요. 그리고 가지고 온 물건 말고는 다 팔아 버렸어요. 그 까닭을 알고 싶으면, 프레드는 내가 있는 곳을 알 테니까……."

어머니는 잠시 그 일을 생각했다.

"그러면 됐다. 결국 딸이 갈 곳이란 어머니 곁이라는 건 뻔한 일이니까."

"모든 것을 말해 버리고 싶어요" 하고 밀리는 격렬한 말투로 쏟아놓기 시작했다. "전 어머니를 놀라게 해 드리고 싶지 않았어요. 그래서 저는 프레드와 타협이 잘 안 되어 헤어지기로 하고 한동안 집에 돌아가 있을 작정이라고 말했던 거예요." 그녀는 화장대 위에 놓인 핸드백에서 곧 편지 한 통을 들고 와 그것을 어머니 손에 밀어 넣듯 쥐어 주었다. "읽어 보세요, 어머니. 그러면 길게 말할 것도 없이 다 알 수 있을 거예요."

여기서 여러분이 추론한 결과가 사활이 걸린 중대한 문제를 의미할 수도 있다는 인식을 한 뒤 탐정으로서 그 편지를 아주 면밀하게 조사했다고 가정해 보라. 여러분은 다음과 같은 일을 알게 되었을 것이다.

봉투와 용지는 서로 잘 어울렸다. 그리고 용지는 한 묶음짜리이고, 윗부분이 들쭉날쭉한 것으로 미루어 보아 편지는 급하게 와락 뜯어낸 것이 분명했다. 양쪽이 다 값싼 품질로, 그 분홍빛 나는 색깔은 산 사람의 취미가 나빠서 편의만을 생각하여 산 것이거나 인공 광선 밑에서 샀음을 말해 주었다. 그러나 어딘지 모르게 품위 있는 글씨체를 생각하면 첫 번째 이유는 아님을 곧 알 수 있었다. 봉투를 우편함에 넣은 장소는 호로웨이이며, 오후 7시 30분 스탬프가 찍혀 있었다. 봉투를 찢은 자리가 우툴두툴한 것으로 보아 서두르고 있었든가, 아니면 전혀 무신경한 사람일 것이다. 또 편지를 접은 자리가 닳아서 찢어져 있는 점으로 보아 수도없이 읽고 또 읽은 모양이었다. 날짜도 받는 사람의 이름도 없었다. 더구나 봉투에는 이름이 두 개나 적혀 있었다. 처음에는 남자 필체로 세트포드 앞이라고 씌어져 있고, 두 번째는 런던의 어느 곳으로 되보내기 위해서 나이가 지긋한 여자가 떨리는 손으로 쓴 것이 틀림없었다.

사랑하는 어기
편지를 받으니 몹시 반갑긴 하지만 관절염으로 고통받고 있다니 정말 안됐구나. 만일 나의 충고를 받아들여 준다면, 네가 하는 말은 절대로 안 될 일이다. 톰 부인을 찾아가 거기서 지내도록 해라. 그대로 수렁에 빠져 꼼짝도 못하고 있어서는 그레이트 옥슬리도 관절염에 좋지 않을 거야. 적어도 분별 있는 사람이라면 누구나 그렇다고 하겠지. 전지요양이 모든 관절염 환자에게 효력이 있다고는 볼 수 없으므로 너의 경우도 확실한 가망이 있다고 기대할 수는 없을 것 같다.

나에 대해서는 걱정하지 마라. 아주 건강하며 모든 일이 잘 되어가고 있다.

그리고 지금의 직책을 이대로 유지한다면 사업상 해외로 나가게 될지도 모르겠다. 지금은 시험적으로 채용된 몸이지만, 이 기간 동안 잘하면 다음에 만날 때는 정식 직원이 되어 있을 거야.

이 돈은 다음에 만날 때까지 보태 쓰도록 하고, 내 주소는 며칠 안으로 알리게 될 터이니 크게 걱정하지 말아라.

바빠서 이만 쓰겠다.

영원히 변치 않는 사랑으로
프레드

추신——가까운 시일 내로 불쑥 너에게 갈지도 모르겠군.

편지를 읽는 어머니의 얼굴에는 곤혹스런 빛이 짙어졌으나 아무 말 없이 되돌려 주었다. 비록 말은 하지 않았지만 의심쩍은 표정을 짓고 있었다. 이윽고 어머니는 무슨 말인가 해야 한다는 강박관념에 억지로 입을 열었으나, 그 순진한 말은 이런 비극적인 상황이 아니었으면 마치 농담처럼 들렸을 것이다.

"네 이름은 어기가 아니잖니!"

"네, 그래요. 그리고 전 관절염에 걸린 일도 없고 편지를 쓴 일도 없어요. 그이는 두 가정을 갖고 이런 짓을 하고 있었던 거예요. 그리고 편지를 봉투에 넣을 때 잘못하여 바꿔 넣은 거예요. 큰 실수를 한 거죠."

딸의 얼굴에는 이제 눈물 자국도 없었다. 다만 냉정하고 굳은 결의의 빛만이 있을 뿐.

어머니는 딸의 무릎에 손을 얹었다.

"말해 봐라, 프레드를 마지막으로 만난 것이 언제인지."

"그이가 일자리를 찾고 있다고 제가 말했을 때예요. 그이는 그날 아침 가는 곳도 밝히지 않고 나갔어요. 그리고 일주일 뒤에 10파운드가 든 편지를 보냈지요. 일자리는 구했지만 비밀에 붙여 둬야 할 것 같다는 말과 제가 편지를 보낼 주소가 적혀 있었어요. 저는 곧 편지를 하기보다 직접 그곳으로 찾아가야겠다는 생각이 들었어요. 그러나 가 보니 그곳 사람들은 프레드를 모른다지 않겠어요? 그리고 2, 3일 지나 쓸데없는 소리가 잔뜩 적힌 또 한 통의 편지를 받았어요. 뭐가 뭔지 도무지 알 수 없는 일만 늘어놓았지 뭐예요. 왜 아시지요, 어머니가 회송해 주셨던 첫 편지 말이에요. 저는 화가 나서 불 속에 집어던져 버렸어요. 거기에도 10파운드가 들어 있었지요. 그리고 그 다음에 온 것이 이 편지예요. 여기에는 20파운드가 들어 있었어요. 하지만 그 여자는 이 편지를 못 받은 거예요!"

이 마지막 말에는 독기가 서려 있었고, 승리를 거둔 듯한 말투였다.

2

핀즈베리 파크 지하철역에서 2~3백 야드밖에 떨어져 있지 않은 어느 주택가 거실에서 9월 어느 날 밤 두 사나이가 겉으로 보기에 무슨 중대한 상담이라도 나누는 듯 대화에 열중해 있었다. 가스 불빛을 일부러 줄여 놓았는지 아니면 고장인지는 알 수 없지만, 아무튼 조명이 흐릿하여 방 안은 어둠침침했으며 구석자리는 겨우 알아볼 정도였다.

두 사나이 가운데 하나는 사람을 만날 때 쓰는 가장 고루한 수법을 쓰고 있었다. 즉 빛을 등지고 있는 것이다. 안경을 쓰고 위엄 있는 검은 수염을 달고 있었다. 언뜻 보기에 그 차림새는 그에게 잘 어울리지 않았다. 옷은 훌륭했으나 그것을 입은 모습이 묘하게 색달라 보이기 때문이다. 찌를 듯한 날카로움과 기숙사 학교 출신에게서 발견되는 상류계급 풍의 모습, 과장된 행동과 말투로 매우 언밸런스하고 어딘지 어색해 보였다.

또 한 사나이는 고급 사무원이나 일류 점원처럼 보였다. 잿빛 옷은 산뜻해 보였고, 검은 넥타이가 엄격함을 더했다. 나이는 30살 전후로 키는 보통 키보다 조금 작고, 운동선수처럼 단단한 몸집을 하고 있었다. 실로 사람들의 시선을 끄는 얼굴이었는데 이 방의 흐릿한 광선을 받아서라기보다는 오히려 그 진지한 표정 때문이었다. 눈을 깜박이지도 않고 상대방을 바라보고 있었다. 마치 한 마디도 빼놓지 않고 들으려고 할 뿐 아니라, 마지막 음절까지 다 듣지 않으면 큰일이라도 생길 것 같은 모습이었다. 현재 우리가 듣고 있는 것은 두 사람이 하는 대화의 끝부분이었다.

두 사나이 중 어느 쪽이 이 자리의 주도권을 잡고 있는가는——비록 의자 위치가 이미 그것을 나타내고 있다 할지라도——이 말 한 마디로 곧 알 수 있었다.

"윌킨슨, 자네에 대해서는 더이상 할 말이 없겠지?"

거의 노래하는 것 같은 말투였으나 단조로운 억양이었다.

상대는 흥분인지 열의인지, 또는 만족에 대한 욕구인지도 모를 감정을 드러냈다.

"네, 선생께서 만족스러우시다면 더이상 할 말이 없습니다."
"그렇다면 됐네. 말이 나온 김에 말하지만, 내 윗사람도 자네가 하는 일을 보고받고 특별히 만족하고 계시다네. 기밀 첩보부에서는 여간해서 칭찬하는 일이 없지만 잘못을 했을 경우엔 절대로 용서치 않는다네. 이 점을 언제나 잊어선 안 될 걸세."
상대가 중얼중얼 감사의 말을 늘어놓으려 했을 때, 또 한 목소리가 얼어붙을 것 같은 야무진 말투로 그 말을 가로막았다.
"지금도 말했듯이 모든 일은 자네에게 달려있네. 그러니 새로운 지령을 전달하겠네. 오늘은 목요일이야. 오후 9시 기차로 킹스 크로스에서 피터보로로 떠나게. 피터보로에 조지가 자네 방을 잡아 놓았네. 내일 아침 10시 전에 프랜더스 거리로 가서 되도록 사람의 눈에 띄지 않게 35호 집을 감시하게. 만일 외국인처럼 생긴 키가 크고 야윈 남자가 그곳을 떠나든가 찾아오면 뒤를 밟아 그 움직임에 주의해 주기 바라네. 그러나 오후 2시까지도 그 남자가 나타나지 않으면 오지 않는 것이 분명하므로, 그때에는 해가 지거든 곧 경찰서 맞은편으로 가서 그곳 문에서 눈을 떼지 않도록. 두 손을 외투 주머니에 찌르고 친구라도 기다리는 것처럼 하고 있으면 되네. 그곳에 2시간쯤 있어 줘야 하는데, 그 동안 누군가 자네에게 성냥을 빌러 와서 '요즘 파는 성냥은 점점 질이 나빠지는군요'라고 말하거든 그 사람으로부터 봉투를 한 장 받을 때까지 뒤를 쫓아가게. 그리고 그것을 가지고 되도록 빨리 이곳으로 돌아오는 걸세. 만약 그 같은 일이 생기지 않으면 다음 이틀 동안 똑같은 일을 되풀이해야 하네. 그래도 성공을 거두지 못하면 월요일 오후 7시 25분 기차로 돌아와 주게. 그럼 자, 되풀이해서 말해 보게."
지령은 되풀이되었다. 이 되풀이가 놀랍게도 정확하게 이루어진 것으로 판단하건대 이런 행위가 이번이 처음이 아니라는 걸 누구나 알 수 있었다.

"그 방에는 가방과 자네가 입을 옷이 있네. 끝으로, 장갑을 잊지 말도록. 가방의 짐을 다시 꾸리고 자물쇠를 잠가 두게."

그는 지갑에서 얄팍한 돈다발을 꺼내 다섯 장을 세어 빼냈다.

"비용이야."

그리고 나머지 돈을 집어넣더니 불룩한 지갑에서 종이쪽지를 한 장 꺼냈다.

"전처럼 영수증을 부탁하네."

사나이는 그 종이를 훑어보고 거기에 '아서 윌킨슨'이라고 서명했다.

"옷을 갈아입기 전에 다른 볼일은?"

"별로 없네."

그리고 10분이 지난 다음 다시 기묘한 일이 이루어졌다.

"준비가 다 됐나, 윌킨슨?"

"네."

"그럼, 그 원반을."

사나이는 바지 뒷주머니에서 단추 같은 것을 꺼내어 검사를 받기 위해 건네주었다. 그리고 다시 받아들더니 조심스럽게 살펴보았다.

"이것은 제가 드렸던 것이 아닙니다."

"훌륭하네, 윌킨슨!"

그것을 되돌려 주고 대신 처음 것을 받아 아주 신중하게 바지 뒷주머니에 넣었다. 그리고 구석방에서 가지고 온 작은 가방을 들고 옆문으로 향했다.

"그럼, 다녀오겠습니다."

"잘 가게, 윌킨슨. 부디 행운을 비네."

그리고 그제서야 비로소 참된 인간다움을 나타내는 말을 덧붙였다.

"나는 당분간 이곳에 남아 있을 거야. 자네는 마누라가 없어서 다행이겠네. 식사 시간에 늦어도 잔소리하는 사람이 없을 테니까."
 문이 조용히 닫혔다. 안경 쓴 사나이는 주머니에서 고무줄로 묶은 종이다발을 꺼내 아까 받은 영수증을 거기 넣었다. 금액을 빼고는 내용이 다 같았지만, 서명은 각기 달랐다. 그러면서도 이상하게 그 서명에는 어딘가 묘하게 비슷한 점이 있었다.

3

 플랫폼 끝에 닿았을 때 제프리 랜섬은 루드의 차가 없나 하고 사방을 둘러보다가 눈에 띄지 않아 택시를 찾았다.
 "아아, 자네에게 말해야 했는데 나는 정리해야 할 일이 있네. 좀 걸어도 괜찮겠나?" 루드빅 트래버스가 말했다.
 "상관없네." 랜섬은 곧 덧붙여 말했다. "마라톤이 아니라면 말일세."
 사우댐턴 거리로 이어지는 직선 도로로 접어들었을 때 루드가 설명을 시작했다.
 "자네를 이곳에서 만나게 되리라는 걸 미리 알고 있었네. 아마 자네도 분명히 흥미를 갖고 있을 테지?"
 그는 조끼 주머니를 뒤지더니 오려 낸 신문쪽지를 꺼내 아무 말없이 건네주었다.

 리딩 브리티시 영화회사에서는 다음 작품에 출연할 진 앨런의 대역 배우를 찾고 있다. 적당한 분에게는 높은 급료를 제공하겠음. 응모자는 오늘과 내일 오전 9시부터 오후 4시 사이에 홀번 구 메리포드 스퀘어로 본인이 직접 나와 신청하시오.

"설마 내가 나간다고 기대하고 있는 건 아니겠지?"

랜섬의 농담에는 어딘가 난처한 기색이 묻어났다.

루드빅은 미소를 지었다. 제프리 랜섬과는 꽤 오래 전부터 사귀어온 사이이므로 그의 일이라면 너무나도 잘 알고 있어 상대방이 지금 다음 이야기를 듣고 싶어 안타까워하고 있다는 것을 모를 리가 없었다. 랜섬 역시도 루드빅같이 바쁜 사람이 오전 11시라는 시각에 필요치도 않은 일에 낭비할 시간이 있을 리 없다는 것을 너무나도 잘 알고 있었다. 루드빅은 정말 기묘한 사나이였다. 그가 무엇을 꾀하고 있는지는 아무도 알지 못했다.

"진 앨런을 본 일이 있나?" 루드빅이 물었다.

"스크린에서 말인가? 유감스럽게도 없네. 이름은 들은 적이 있지만."

"1년 안에 모든 것을 알게 될 걸세." 루드빅이 아리송하게 말했다.

"그것은 또 무슨 뜻인가, 루드? 자네, 영화 팬이라도 되었나?"

"어느 의미로는 그렇다고 할 수 있지. 하지만 나 역시 실물을 지나치게 높이 평가하는지도 모르네. 그러나 이 사나이는 채플린의 뒤를 이을 걸세. 동작이 좀 크지만, 지나치게 과장된 것은 아닐세. 통쾌할 정도로 독창적이고, 시나리오에도 그다지 구애받지 않는다네."

"그래, 어떤 사람인가, 그 사나이는? 앨런이라고 했나?"

"진 앨런. 말로 표현하기가 좀 힘든 배우로군. 늘 똑같은 분장을 하는 판에 박힌 타입이 아니니까. 나는 그 사람이 콩가루 집안에서 공처가 노릇을 한다거나 보험회사 영업 사원 역할을 하는 것을 본 일이 있지. 그리고……그래, 《미봉책》을 영화화한 그 유쾌한 영화에서는 의사로 나왔더군."

"그런데 왜 그 사람에게 흥미를 느끼지?"

루드빅은 안경을 벗어들고 닦았다. 즉, 이 물음에 대답하기 위해서는 생각지 않을 수 없다는 증거였다.

"굉장히 어려운 질문이군!" 그는 자신이 없는 듯했다. "결국 훌륭한 유머란 분석할 수 없는 법이거든. 물론 그 사람은 천재야. 특별히 사람의 공감을 불러일으킬 수 있는 타입이지. 그가 하는 모든 행동이 이상하게도 친근감을 주고, 몸매에도 끌리는 데가 있어. 자신을 웃음거리로 만들기 위해 바보짓을 하는 점에서는 우리와 똑같네. 그 사람이 실수를 저지르는 모습을 보면 '저런, 나하고 똑같군' 같은 말이 하고 싶어지거든."

"흥! 어떻게 생겼는데?"

"바로 그 점일세, 내가 자네를 데리고 가려는 이유는. 사실 그 사람의 얼굴은 독특하다고 생각해. 말로 표현할 수는 없지만, 어떤 특별한 상황에서라면 나는 어디에서든 그의 얼굴을 분간해 낼 수 있네." 그는 계속해서 말했다. "이 광고의 매력이 무엇인가 하면, 그것은 광고의 결과일세. 만일 찰리 채플린의 대역을 구한다는 광고를 냈다고 상상해 보게. 수염을 기르고 운두 높은 모자를 쓰고 갈지자걸음에 헐렁한 바지를 입은 사람들이 몇 백 명이나 단조로운 행렬을 이룰걸세. 이것으로 자네도 내가 무엇을 목표하고 있는지 알겠지? 이 광고에 응해 오는 자들이 행렬을 짓고 있다고 하면, 아니 틀림없이 행렬을 이루리라고 생각하네만, 응모자들은 어떤 모습을 하고 있을까? 진 앨런의 얼굴, 모습, 개성에 이르기까지 그들은 어떠한 개념을 가지고 있을까? 이것이 나의 흥미를 끄는 일일세. 아, 여기가 바로 그 장소인 것 같군."

과연 분명히 행렬은 있었다. 그것은 광장 남쪽과 동쪽 거리를 따라 두 줄로 늘어서 있었다. 피슈윅 골동품 가게 옆에서 한 경찰관이 줄에서 비어져 나온 사람들을 정리하고 있고, 앞에서는 평상복을 입은 수위가 맨 먼저 온 사람을 어느 가게의 옆문으로 들여보내고 있는 참이었다. 구경꾼들이 많이 몰려들었는데, 이렇게 많은 사람들이 쳐다보는 곳에서 태연한 자세를 취하고 있기란 무척 힘들 것 같았다.

두 사람은 10분쯤 서 있었다. 어떤 사람은 뿔테 안경 너머로 물끄러미 쳐다보고 있었고, 또 어떤 사람은 몹시 지루해 하면서 서 있었다. 랜섬에게는 그들이 모두 비슷비슷한 아주 초라한 개인 모임같이 보였다. 이렇게 비슷해 보이는 까닭을 그가 알고 있었는지 모르지만, 그것은 줄지어선 사람들이 앨런처럼 보이려고 한쪽 눈을 가늘게 뜨고 허둥대는 듯한 유별나게 눈에 띠는 표정을 짓고 있었기 때문이다.

사실 이때 랜섬의 머리를 스친 생각은 자기가 존경하는 사람에게는 이런 격에 맞지 않게 지나친 짓을 하고 있는 자신을 드러내 보이고 싶지 않다는 열렬한 바람이었다. 기이한 행동과 사람들의 시선에 구애받지 않는 루드빅이라면 상관없겠지만, 랜섬은 그럴 수 없었다. 따라서 "자, 가세" 하고 재촉했을 때 불평을 퍼붓고 싶은 것을 가까스로 참았다. 그는 다만 이렇게 물었다. "합격자가 될 만한 자를 찾아냈나, 루드?"

"아직. 그러나 한두 사람 색다른 타입이 있네." 상대방의 무관심을 전혀 눈치 채지 못하고 그는 말을 계속했다. "어떤가, 제프리? 새 영화회사가 미국 배우같은 사람을 찾는 건 결정적인 실수가 아니겠나? 나는 그렇게 확신하네. 뭐 그렇다고 헐리우드에서 기성배우를 수입하라는 말은 아닐세. 그건 당치도 않은 짓이야. 자넨 그렇게 생각지 않나?"

"두 가지 다 비난하면 뭐가 남겠나!" 랜섬은 비꼬아 대답했다.

루드빅은 아픈 곳을 찔린 듯한 표정이었나 일단 내 말을 인정했다. "그래, 자네 말이 맞겠지. 하지만 정말 안된 일이야. 만일 자네가 그 초기의 영화가 제작되는 장면을 보았더라면……."

마리우스의 편지

1

지금은 유명해진 193X년 10월 7일 날짜의 그 편지가 만일 〈데일리 레코드〉지 편집실에 오후 9시 반이라는 늦은 시각에 도착했더라면, 앞으로 시작될 이 장(章)을 한층 더 가슴 설레게 만드는 데 도움이 되었을 것이다. 야근하다 말고 전화로 특별 회의를 소집하려고 부산하게 서두르는 편집 주임과 제대로 소집되지 않는 회의, 런던 경시청의 의견을 기다리며 대기하다 마침내 마감 시간이 되어 가까스로 원고가 넘겨지고 인쇄 기계가 돌아가는 소리를 내는, 이런 광경을 우리는 볼 수 있었을 것이다. 그야말로 시간과의 경쟁으로, 어린이란 담당 여기자까지 동원되어서 허둥대는 모습은 실로 한 편의 영화를 방불케 했을 것이다.

그러나 현실은 달랐다. 그 편지는 아무런 소동도 일으키지 않았으며, 도착 모습도 지극히 산문적이었다.

여느 때처럼 아침 우편물이 도착하면 수백 통의 편지가 사회부 편집자 앞으로 쏟아진다. 그리고 편집장이 오기 전에 편지는 모두 간추려지고, 이를테면 '독자의 소리'에 기고된 135통의 편지 중에서 사회부장은 마지막으로 정확하게 12통만을 골라놓고 나머지는 가차 없이 쓰레기통에 버리는 것이다.

'마리우스의 편지'도 이 12통 속에 들어 있었는데, 이것은 한 독자가 보낸 귀중하거나 또는 재미있는 기고이기 때문이 아니라 뭔가 뉴스거리가 될 것 같았기 때문이다. 사실 숙련된 관찰자가 볼 때 이 편지는 통신란보다는 사회면 기사로 중요하게 다루어지리라는 것이 처음부터 명백했다. 게다가 아주 재미있었으므로 그는 자세히 두 번이나 되풀이해 읽었다.

편집장 귀하

나는 살인을 하려는 사람입니다. 아닌 밤중의 홍두깨처럼 이런 말을 한 데 대해 구태여 변명은 하지 않겠습니다. 솔직히 말해 만일 이 편지가 당신의 관심을 끌지 못한 경우에는 앞으로 말할 구구한 변명도 결코 읽혀지지 않으리라고 생각하기 때문입니다.

우선 이 살인은 이루어질 수밖에 없으며, 지금 내가 놓여 있는 이 특수하고도 곤란한 입장에서 빠져나갈 길은 오직 그 방법밖에 없다는 것을 단언합니다. 그럼, 왜 나는 이러한 의도를 공표하려고 할까요?

그 이유를 요약하면 이렇습니다. 이 살인은 피할 수 없다고 나는 말했습니다. 그러므로 나는 이 의도를 공표함으로써 법률에 정당한 경고와 충분한 기회를 주고자 하는 것입니다. 붙잡히면 법률은 나의 목을 요구하겠지요. 그럼에도 불구하고 나는 법률에 공평한 기회를 줌으로써, 이 사건을 동물적인 것에서 인간적인 차원으로 높이려 하고 있는 것입니다. 동시에 나는 어느 정도 스스로의 양심을 만족시킬 수 있겠지요.

만일 당신이 법률은 이런 공평한 기회 따위를 필요로 하지 않는다고 말씀하신다면 그 점은 당신이 잘못되었다고 생각합니다. 내가 살인을 계획하고 있다고 해서 사람들이 자신의 목을 지키려 해서는 안 된다는 이유는 없을 것입니다. 나는 앞으로 살인을 저지르려고 합니다만, 붙잡힐 염려가 전혀 없는 범죄이므로 이제부터는 '완전살인'이라고 부르겠습니다.

최근 뉴욕 경찰 장관이 영국을 방문했을 때 환영 만찬회 자리에서 영국의 내무대신이——그 무렵 나는 좀 납득이 가지 않는 말이라고 생각했지만——살인범이 도망칠 기회는 실로 아주 적다는 말을 했습니다. 내무대신은 최근 7년 동안 미궁에 빠진 살인 사건이 20건이나 있었던 일을 자기 편한 대로 잊어버린 것입니다. 내년 이맘때에는 21건이 되겠지요.

다시 현실 문제로 돌아가겠습니다. 현재 내가 판단하기로는 이달 11일 밤, 템스 강 북쪽 강가에 있는 런던의 한 구역에서 살인이 일어날 것입니다. 칼로 찔러 놓고 슬쩍 도망치는 겁쟁이 수법이나 밤중에 슬그머니 찾아가는 도둑같은 수법이 아니라, 공표해 놓고 정정당당한 방법으로 이루어질 것입니다. 사건이 일어나기 바로 직전에 좀더 자세한 설명을 보내 드릴 작정입니다.

나는 이 편지의 사본을 이미 런던의 모든 주요 일간지와 경시청으로 보냈습니다.

끝으로, 나는 완전하며 참으로 지겨울 정도로 제정신임을 덧붙여 두겠습니다.

193X년 10월 7일,
마리우스

편집장이 들어오자 사회부장이 문제의 편지를 건네주었다.

"어딘가 좀 이상하다고 생각지 않습니까?"

편집장 블릭스는 편지를 받아들고 첫 줄을 읽어 보더니 눈살을 찌푸리며 곧 자리에 앉아 열심히 읽었다.

"이상하다기 보다는 장난삼아 한 짓 같군." 이것이 그의 의견이었다. "기사화 했소?"

"아니오. 편집장께서 한번 보셨으면 해서요."

"내 기억으로는 최근 2년 동안에 이것이 세 번째요." 블릭스는 기억을 더듬으며 말했다. "다른 것은 모두 하찮은 것이었지. 이자는 좀 말이 많긴 하지만, 과단성 있는 말을 서슴없이 썼군." 그는 다시 한 번 힐끗 편지를 쳐다보았다. "다른 사람들은 이 편지를 어떻게 생각하는지 한번 물어 보는 것도 재미있을 거요."

"맥이 되도록 자세한 소식을 알아 올 것입니다." 폴로웨이가 말했다.

블릭스는 비서를 돌아다보았다.

"조지, 신문경영자협회에 전화를 걸어 급히 맥을 불러 주게."

그러고 나서 그는 전화가 연결될 때까지 다시 한번 그 편지를 읽기 시작했다.

그가 전화로 한 말은 이러했다.

"여보세요? 아아, 맥인가? 나 블릭스일세. 자네 마리우스라고 서명된 편지에 대해 뭐가 알고 있는 것 없나? 그 편지를 쓴 본인은……아, 자네도 읽었다고! 그래……그럼, 잘됐군. 반시간 뒤에 말이지……알았네."

그는 편지를 내주며 말했다.

"사본을 네 통 부탁하네, 조지. 절대 비밀이야."

그리고 폴로웨이를 향해 말했다.

"맥이 여러 방면에서 뭔가 잡은 모양이오. 반시간 뒤에 비밀 정보를 전해 주겠다는군. 당신은 피터스에게 연락해 주시오."

그러나 30분 뒤 맥이 전화로 알려 온 비공식적인 정보에 의하면 편지는 공표될 예정이지만 절대 오늘 저녁 신문에는 실리지 않을 것이며, 만일 편지가 더 오지 않으면 이것을 공표하는 일은 공익에 위배되는 게 아니라고 보아도 된다는 의견이었다.

"쓸 만한 사나이야, 맥은!" 블릭스는 말했다. "그러나 우리로서는 경시청의 간섭이 없는 한 아무 때나 공표해도 괜찮을 거요."

편지는 곧 주간 편집회의에 보고 되었다. 〈레코드〉지에서 범죄 전문 기자로 일하고 있는 피터스는 이미 일을 시작했다. 편지를 부친 장소와 집배원이 우편물을 모아 간 시각은 봉투에서 알아냈다. 그리고 그는 봉투와 편지를 크게 확대한 사진을 입수했다. 두 번에 걸친 회의에서, 가능하다면 이 편지를 모은 집배원과 이 편지를 넣은 우체통을 확인하는 일이 그에게 맡겨졌다. 그는 또 하버드 거리의 고드우스키에게 문의하여, 사용한 타이프라이터가 휴대용 롤랜드임을 확인했다. 또한 그 타이프라이터는 상당히 오래 써서 낡았으며 활자에 약간의 특징이 있다는 것도 알아냈다. 그 동안 또 다른 기자는 혹시라도 발표될 성명이 있으면 예비기사로 만들기 위해 경시청에 파견되었다.

낮에 열린 회의에서 당연히 '마리우스의 편지'가 제출되었으나, 토론은 전혀 이루어지지 않았다. 편집장은 이 편지를 발표하기로 결정했으나, 아직 구체적인 지령은 내리지 않았다. 사진부 주임은 실물 크기의 사진을 준비하라는 명령을 받았다. 사회면에는 편지봉투 사진과 화려한 표제를 싣기로 했다. 포스터 담당주임은 편지를 넣은 햄스테드 지구에 전단을 뿌릴 준비를 갖추게 하고, 선정적인 전단 내용도 결정하였다. 또 논설면 담당 기자도 한껏 솜씨를 발휘하여 기사를 쓰기로 한 모양이다. 마리우스의 편지를 받은 런던의 다른 일간 신문

편집실에서도 물론 사정은 마찬가지였다. 그럼에도 특별히 〈데일리 레코드〉지를 예로 든 것은 귀족적인 취미로 엄격하게 일관된 공정성과, 선정적인 기사로 흥미를 불러일으키는 삼류신문이 지향하는 이상의 중용, 다시 말하면 샴페인이나 비스킷 같은 맛이 나는 신문이기 때문이다.

주임 회의가 시작될 5시 쯤에 피터스는 필요한 정보를 대충 정리하고 있었다. 롤리는 아직 오지도 않은 센세이셔널한 편지에 대해 재미있는 기사를 만들고 있었다. 경시청 관계 기사도 준비되었다. 또 장난편지인 경우를 생각해서도 적당히 애매모호하게 취급해 둘 방침이었다.

그리하여 8시 50분에는 여느 때처럼 윤전기가 돌아가기 시작했다. 차례차례 인쇄기가 움직이기 시작하더니 이윽고 귀가 멍할 정도로 큰 소리를 내어 이야기하는 데도 손짓발짓을 해야만 했다. 그러나 폭포처럼 쏟아져 내려오는 종이의 흐름에서 한 장 한 장 집어내는 직공들은 '마리우스의 편지' 따위 전혀 무관심한 눈치로 그저 잉크만 쳐다볼 뿐이었다. 운반 자동차가 긴 행렬을 이루고 차고를 나와 자동 운반 장치 앞에서 멎었다. 이같은 일이 끊임없이 계속되었다. 밖은 더욱 소란해지고 소용돌이쳤다. 마침내 신문배달 차량들은 이른 아침 속으로 모두 사라져 가면서 이따금 경적 소리가 들려 올 뿐이었다. 인쇄소 공장의 전등이 하나둘 꺼지고 마지막 직공도 돌아가 버렸다.

그러나 앞으로 한두 시간만 지나면 사람들은 단잠에서 깨어나 클럽에서, 또는 교외 전차 안에서, 또는 뒤뜰 담 밑에서 화젯거리로는 더 없이 좋은 이 충격적인 뉴스를 발견하고는 고마워할 것이다.

2

여느 때와 다름없이 경시총감의 비서는 편지들을 훑어보다가 분명

'마리우스의 편지'도 읽었으나 고개를 조금 갸우뚱하는 정도의 흥미만 느꼈을 뿐이었다. 그는 요 1년 동안 경시총감 앞으로 온 반 다스에 이르는 비슷한 내용의 편지를 떠올려보았다. 물론 이처럼 자세하고 도전적이며 드라마틱한 편지는 없었다. 그러나 채 반도 읽기 전에 이 편지를 공연한 장난이라고 단정지어 버렸다. 그래도 편지를 베껴 둘 필요는 있다고 생각했다.

그는 타이피스트에게 편지를 옮겨 찍도록 했다. 10분 뒤 그 편지의 원본은 범죄수사과와 관계있는 다른 편지들과 함께 수사과장 스콧의 책상 위에 놓여 있었다. 그로부터 5분 뒤 신문경영자협회의 맥으로부터 전화가 걸려 왔을 때, 비서는 이 편지를 진지하게 다루기를 잘했다고 생각했다.

조지 코번 경은 이 사본을 보자 조금 당황했다. 경시청이 받은 익명의 편지는 말하자면 금광맥과 다를 바 없었다. 죽도록 애를 써 봐도 언젠가는 덧없이 사라져 버릴 수도 있고, 진짜로 오인받을 수도 있고, 또 굉장히 중대한 결과를 가져올 수도 있기 때문이다. 그때 전화벨이 울려 그는 수화기를 들었다. 그리고 통화가 끝나자 곧 스콧 수사과장에게 전화를 걸어 방으로 불렀다.

"물론 자네도 이것을 보았겠지, 스콧?" 그는 사본을 건네주며 말했다. "자네는 어떻게 생각하나? 한번 이야기해 보게. 아, 잠깐 기다리게. 내 어디 갔다가 곧 돌아올 테니."

그러나 그가 돌아온 것은 그로부터 20분이나 지난 뒤였다. 아마 그를 오래 붙잡아 두었던 것은, 이 편지를 놓고 내무성과 어떤 협의를 가졌을 거라고 상상해도 지나친 생각은 아닐 것이다.

"기다리게 해서 정말 미안하네. 그래, 자네는 이 일을 어떻게 생각하나?"

일단 행동 방침이 결정되면 자기 생각을 서슴없이 이야기하는 스콧은 비꼬는 투로 말했다.

"누가 이 편지를 썼느냐 하는 것은 문제되지 않습니다, 조지 경. 우리는 이것을 성서처럼 거짓이 없는 것으로 취급할 수밖에 없으니까요."

"사실은……." 조지 경은 마치 신탁이라도 내리는 것 같은 말투였다. "모두 이 편지에 무엇인가 있다고 생각한다는 사실을 자네가 들으면 흥미를 가지리라고 생각했었네. 신문은 틀림없이 보도할 거야. 내일쯤…… 기사에 책임을 지지 않아도 되는 방법으로 발표할 걸세. 그런데 자네는 골프에서 퍼팅을 한 사람의 이야기를 들은 적이 있나?"

물론 들은 적은 있었다. 그것도 몇 번이나. 그러나 스콧은 한번 더 들어도 상관없다고 생각했다.

"어떤 프로 골퍼였는지는 잊었지만, 퍼트에서 약간 실수했네. 그러자 보고 있던 어떤 사람이 우산자루로 비슷한 거리에 있던 공을 퍼팅해서 성공했지. 그러자 프로 골퍼가 이렇게 말했다네. '당신은 그것으로 됐겠지만, 나는 실수할 수 없습니다. 이것으로 먹고 살아야 하니까요'라고 말일세."

"진리입니다!" 경험으로 이 비유를 알고 있는 스콧이 말했다. "신문은 아무리 황당무계한 이야기라도 마음대로 쓸 수 있고 독자들의 비웃음거리가 되어도 상관없습니다만, 우리는 이것으로 먹고 사니 잘못을 저질러서는 안 됩니다. 그러나 조지 경, 여기서만 하는 말입니다만," 그는 본능적으로 목소리를 낮췄다. "저는 모든 것이 장난이라고 생각합니다."

조지 경도 이런 경우에는 적당히 말해 두는 게 현명하다는 것을 알고 있었다.

"아마 자네 말이 옳을 걸세. 그래, 자네는 이 일에 대해 무언가 조사해 보았나?"

"지문조사를 했습니다. 조사해 봐야 별 도움도 안 되지만. 그리고 편지를 넣은 장소와 집배에 대한 자세한 정보를 얻기 위해 햄스테드로 사람을 보냈고, 또 마셜이 지금 타이프라이터를 조사하고 있는 중입니다. 달리 지시할 사항은 없습니까, 조지 경?"

"없는 것 같군. 물론 해당지구에 통보는 했겠지?" 그는 초조한 몸짓을 했다. "이 따위 편지는 정말 질 나쁜 녀석의 짓이야. 하지만 자네도 말했듯이 이 편지를 단순히 장난이나 위협으로 볼 것이 아니라, 일단은 사실로 취급하지 않으면 안 되네. 그러나 어디를 훑어보아도 신뢰할 수 있는 말이 이 편지 속에 한마디라도 있는가?"

스콧은 편지 위로 눈길을 떨어뜨렸다.

"이 편지에서 말하고 있듯이 다음 편지가 꼭 올 것입니다. 내기를 걸어도 좋습니다."

"그러니까 자네는 다음 편지가 햄스테드니 하이베리니 하는 식으로 뚜렷하게 지역을 정해 주고 시간도 정확하게 알려 올 테니까, 그때 가 봐야 좀더 세밀한 부분까지 준비할 수 있다는 말이겠지?"

"그렇습니다. 그때까지는 각 지구 경찰, 특히 햄스테드에 경계를 요청해 두면 좋겠지요. 저도 여기에 대한 대비를 해 둘 작정입니다."

결국 더 이상 어떻게 할 수 있다는 말인가? 런던 북부 주민들을 모두 격리시킬 수도 없고, 또 시민 한 사람 한 사람에게 경찰이 신뢰할 만한 관리자를 붙여 줄 수도 없지 않은가? 따라서 경시청은 마리우스의 편지를 받았으나 성명을 발표하지는 않았다. 그러나 관할 경찰서에는 타이프라이터의 글씨체며 행간이며 활자 배열의 특징을 기록한 확대 사진과 함께 이 편지의 사본이 배부되었다. 다행히 편지가 물에 젖은 길바닥 위로 떨어졌기 때문에 경찰은 이 편지를 수거한 집배원과 편지를 넣은 우체통을 알아낼 수 있었다. 그리하여 이 우체통은 햄스테드에 있는 다른 모든 우체통 및 우체국과 마찬가지로 끊임없는 감시를 받게 되었다. 최초의 편지와, 그것을 받았을 때의 모습은 대충 이러했다.

3

이틀 내내 이 편지가 온 영국의 주요한 화제로 떠올랐음은 새삼 말할 필요도 없다. 큰 신문 중 5개지만이 편지를 복사하여 싣고, 그 가운데 2개지는 최소한의 설명만 곁들였을 뿐이었다. 그런데도 어떤 일이 일어났는지 독자들의 상상을 자극하기에는 충분했다. 신문에 기사화되지 않은 이야기는 사람들의 입에서 입으로 옮겨지며 멋대로 불어났다. 사람들이 모이는 장소마다 가장 그럴 듯한 의견을 내놓은 사람은 큰 존경을 받았으며, 모두 그 말에 귀를 기울였다. 아무 의견도 갖지 않은 사람마저도 새로운 경청자가 나타나면 남에게서 들은 이야기를 자기 것인 양 부풀려 되풀이했다.

만일 신문사가 지금 독자로부터 온 산더미 같은 편지와 직접 수집한 수많은 억측과 가설의 경향을 분석해 본다면, 다음 세 가지 견해로 나누어질 것이다. 가장 일반적인 견해는 이 편지가 철두철미하게 조작된 장난이라는 것이다. 기분이 나빠서였는지 악취미에서였는지는 모르지만, 틀림없이 장난이라는 것이다. 그러나 이런 견해를 가진 사람들도 마지막 순간까지 이 장난이 계속되리라는 것만은 인정하고 있었다. 겉보기로는 살인이 이루어질지 모르지만 그것도 교묘하게 꾸며 낸 연극이며, 피해자가 살아서 거리를 활보한다는 것을 알게 되었을 때에야 비로소 사람들은 보기 좋게 한 대 얻어맞고, 마치 옴투성이의 개를 안았을 때와 같은 꺼림칙한 기분을 맛보게 되리라는 가설이었다.

둘째는 미치광이의 짓이라고 보는 견해로 정상적인 사람이 어떻게 이런 편지를 쓸 수 있겠느냐는 주장이었다. 분명히 이 편지는 살인광적인 경향과 몹시 뒤틀린 우월성이 서로 뒤섞인 결과에 지나지 않는다는 것이다. 장난이라고 하기엔 너무 속 들여다뵈는 짓이며, 게다가 편지의 주인이 이 일에 너무 열중하는 것 같다는 의견도 한몫했다. 즉 여기 또 한 사람의 네로가 나타났으니 로마나 어디 다른 곳이 필연적으로 불 탈 수밖에 없으리라는 가설이었다. 이러한 견해의 한 변형이 어느 유명한 스포츠맨이 신문에 기고한 편지에 나타나 있다.

"이를테면 여기 세계적으로 유명한 크리켓 선수가 있다 치고, 그를 살인이 아니면 도저히 빠져나올 수 없는 가정적인, 또는 경제적인 궁지에 놓아 보자. 그러면 그는 법률에 대해서 공평한 기회를 주고, 양심의 가책을 덜기 위해서 이런 편지를 쓸 것이다."

셋째는 이 편지를 있는 그대로 받아들여, 무서운 행위를 하고 그 결과를 회피하려는 어떤 남자가 쓴 것이라고 보는 견해이다. 이 견해를 고집하는 사람은 지적 수준이 아주 낮은 이들, 또는 지식인 중 가장 수준이 높은 사람들 사이에서 볼 수 있었다. 전자는 이 사건에 깊이 감동되어 세상의 스캔들을 대하면 늘 그러하듯 이것을 자기 신상에 일어난 자극적인 일처럼 본 것이다. 그러나 있을 수 없는 일도 아니라고 결론짓는 후자는 이 편지가 과장되게 씌어졌다는 점을 지적하면서 프로이드의 정신 분석을 참조하였다.

이윽고 10월 10일 아침이 되자 문제의 두 번째 편지가 왔다. 이번에는 여러 신문이 이 편지를 복사하여 실었다. 같은 타이프라이터가 사용되었으며, 편지를 부친 곳은 홀번이었다.

　편집장 귀하
　내가 보낸 첫 편지로 이러한 소란이 일어난 것을 매우 유감스럽게 생각합니다. 솔직히 말씀드려서 나는 그 편지가 이렇게도 훌륭한 신서(信書)로서 공표되리라고는 기대하지 않았습니다. 그러나 이 사실은 비록 그것이 유머러스한 효과라 할지라도 파크 레인을 이미 특수한 장식물이라는 악평에서 구해 내는 효과는 있었던 것으로 생각합니다.

이미 계획은 착착 진행되어 '완전 살인'은 11일 밤, 'O' 경찰 관할 지역으로 알려진 곳에서 이루어질 예정입니다. 이와 같이 발표하는 것은 일반 시민들에 대한 나의 의무라고 생각하기 때문입니다. 누구나 병적인 호기심을 억누를 수는 없겠지만, 죄 없는 사람들에게까지 공포를 일으키게 하는 것은 문제가 다르니까요.

살인이 이루어진 뒤 2, 3분 이내에 경시청은 보고를 받을 것입니다. 질이 나쁜 무리들로 인하여 혼란이 일어나지 않도록 하기 위해 나는 내일 아침 관련 기관에 특수한 편지를 띄워 전화로 할 보고 방법을 알려 드리겠습니다. 이렇게 해 두면 사람들은 '완전 살인'이 이루어진 것을 알게 될 것입니다.

끝으로 한 마디 더 할 수 있도록 해주십시오. 이 살인은 불가피한 것이며, 이 점에 대해 나는 점점 더 확신을 굳히고 있습니다. 그러나 일반 시민들에게 한순간이라도 불안을 안겨 주는 일이 있으면 나 자신 스스로를 비난하는 데 노력을 아끼지 않겠습니다. 특히 부인이나 아이들은 두려워할 필요가 없습니다. 이 사건과는 아무런 관계가 없으니까요.

만일 사건 뒤에 내가 법률적인 기회를 주었다는 것으로 어느 정도 양심의 가책을 완화시킬 수 있다면, 이 편지를 쓴 것도 결코 헛수고가 되지는 않겠지요.

193X년 10월 9일, 마리우스

이 편지는 흥분을 더욱 부채질했다. 영국은 여러 가지 뜬소문으로 법석이었다. 각자 자기 의견을 고집하는 사람들 사이에서는 주먹질까지 오가는 형편이었다. 쇼나 코미디 무대에서도 농담이 오고갔다. 건달패들은 호텔을 연회장으로 하여 살인 파티를 벌일 준비를 했다. 라거마핀 클럽에서는 임시 댄스대회를 열고 무대 배경으로 로빈슨의 교수대 그림을 걸어놓았다. 떠돌이 장사꾼들은 'O' 경찰 관할 지역의 지도를 팔았다. 의학생들은 들떠서 떠들어 대는 광적인 팬 클럽을 조직했다. 틀림없이 막대한 돈을 벌었을 것이다. 영화관에서도 손님이 밀어닥칠 것에 대비했다. 일반 시민들은 이 사건을 유쾌한 장난으로, 따라서 일시적인 흥분을 불러일으키는 삶의 자극제로 보고 있는 것 같았다. 사실 마리우스가 엄숙하게 하려고 마음먹고 있는 일은 어쩐지 반농담처럼 변해 버린 것 같았다.

드디어 11일 아침이 되었으나 일반 시민들에게는 아무런 설명도 발표되지 않았다. 경시청도 아직 보고할 만한 자료가 없는지 잠자코 있었다. 그럼에도 불구하고 마리우스의 마지막 편지는 약속대로 날아왔다.

　마지막 편지에서 약속한 대로 통고합니다. 먼저 이 편지의 진실성을 시험하기 위해 '주제(主題)'라는 말의 활자의 특징을 비교 검토해 보시기 바랍니다.
　살인은 'O' 경찰 관할 지역의 22호 우편구(郵便區)에서 오는 10월 11일 밤에 이루어집니다. 안전하다고 생각되는 여유가 생기면 곧 경시청이나 중앙 교환국에 전화로 통보하겠는데, 그때 쓸 문구는 '살인은 이루어졌다'입니다. 그와 동시에 살해된 인물의 주소도 제공해 드리겠습니다. 하지만 그 인물이 전화 가입자 명단에 올라 있다면 내가 일부러 일러 줄 것까지는 없으리라고 생각합니다.

마리우스

  이번 편지의 발신지는 채링 크로스였다. 이 편지가 닿자마자 곧 다음과 같은 조치가 취해졌다. 'O' 관할 지구 경찰서장과 이튼 형사주임은 경시청에서 수사과장 스콧 및 호워튼 총경과 오랜 시간에 걸쳐서 의논했다. 고속도로 자동차 유격부대가 우드모어 힐 경찰서에서 당장이라도 출동할 수 있도록 대기하고 있었다. 경시청에서는 전화 연락에 대한 계획을 자세한 부분에 이르기까지 세웠다. 만일 운이 좋아 그 약속 전화로 살해 장소를 정확히 알 수 있다면, 현장에는 아주 짧은 시간 안에 비상망을 펼칠 예정이었다. 그리고 이런 그물로 범인을 잡을 가망이 적다하더라도 역시 당국으로서는 일반 시민들이 생각지도 못할 만큼 재빨리 현장에 출동할 것이며, 그렇게 하면 비록 어떤 것이든 범인의 단서를 잡을 수는 있을 것이다.

  약간의 윤곽만 그린 데 지나지 않지만, 10월 11일 오후 경시청과 일반 시민들이 보인 반응은 대강 이러했다. 여기에서 또 한 가지 아주 간단하지만 말해 두어야 할 일이 있다. 바로 줄랑고 유한책임회사에 대해서이다.

줄랑고 비밀 탐정 사무실

프랜시스 웨스튼 경을 운이 좋은 사람이라고 해도 반박당할 염려는 없을 것이다. 그가 줄랑고 유한책임회사를 설립할 때, 그 배후에 막대한 사유 재산이 있었던 것은 사실이다. 그러나 그것이 성공에 도움은 될 수 있겠지만 성공을 보증할 수는 없다. 그러나 줄랑고 회사는 이제 겨우 10년밖에 안 되었는데 창설 당시의 소규모에서 크게 발전하여, 그가 사장으로 앉아 있는 회사는 전문기술 자문회사 및 광고 대리업계의 세계적인 업체로 발돋움하였다. 그리하여 마침내 런던에 있는 줄랑고 하우스라 불리는 본점의 거대한 마천루를 비롯하여 주요 도시에 지사를 두게 되었다. 그는 또한 대규모 사업에 필요한 뛰어난 두뇌를 골고루 갖추었다는 점에서도 행운아였다. 아무리 급료를 많이 지불해도 그만한 가치가 있는 인재는 그리 흔치 않기 때문이다. 우선 그의 재정 문제 전문가이며 줄랑고의 재무장관이라 불러도 될 만한 루드빅 트래버스를 예로 들어 보자. 케임브리지 대학을 우수한 성적으로 졸업한 그는 경탄할 만큼 해박한 지식과 매력 있는 문체로 그 자신도 재미있는 책이라고 일컫는 저서 《방탕자의 경제학》을 써냈다.

그 다음에 출판한 것이 《세계 시장》. 이책은 현재 여러 학교에서 교과서로 쓰이고 있다. 끝으로 그는 《주식 중개인의 성무일과서(聖務日課書)》를 저술하여 그 유명한 변덕스런 문체로 되돌아가 버렸다. 줄랑고 회사가 운이 좋았던 것은 이 뜻하지 않은 저서 때문이었다. 그도 그럴것이 트래버스는 정열적이지만 어디까지나 개인적인 취미차원에서 경제학을 전공하고 있다고 일반적으로 알려져 있어서, 굳이 땀을 뻘뻘 흘리면서 엄청나게 노력하는 시늉까지는 하지 않아도 되는 처지였던 것이다. 어차피 가진 재산도 상당하고 인세라고 하는 특별 부수입까지 따라오는 판국이어서 늘 여유가 있었다.

하지만 뭐니뭐니해도 프랜시스 웨스튼 경에게 가장 큰 행운을 가져다 준 것은 바로 이 '완전 살인 사건'이리라. 사정은 이러했다. 줄랑고 회사 계열에서 숨은 공적자는 사실 비밀 탐정부라고 해도 지나친 말이 아니었다. 이 비밀 탐정부에서는 행방불명된 친척이나 연고자를 찾는 조사, 그 밖에 고급 비밀 탐정이 취급하는 일 등을 다루고 있었다. 얼마 전부터 프랜시스 웨스튼 경은 이 부서를 완전히 개조하여 경시청과는 비교할 바 못 되지만 민간 의뢰인을 위해서는 어떤 종류의 조사라도 할 수 있는, 줄랑고 유한책임회사의 새로운 중핵이 될 수 있는 형태로 만들려고 생각하고 있었다.

그러나 거기에는 두 가지 조건이 필요했다. 첫째, 이 새로운 부문을 위해서는 단지 유능하다는 것만이 아니라 이름 자체가 곧 선전 문구가 될 만큼 사람들에게 널리 알려진 통솔자를 찾아내야만 했다. 이 점만 해결되면 나머지는 모든 사람들이 흥미를 가질 만한 사건만 어느 정도 성공시키면 되는 것이다. 그러면 이 성공은 독특하고 직접적인 선전이 되어 사람들의 마음에 뚜렷이 인상을 남기게 될 것이다. 그런데 문제는 이 두 가지를 어디서 찾아내는가 하는 것이었다. 그런데 때마침 뜻하지 않은 기회가 손을 내밀어 왔다. 프랜시스 경의 귀에 적어도 한 가지 문제는 해결될 것으로 기대되는 어떤 정보가 들어온 것이다.

존 프랭클린은 전쟁 중에 정보부에 근무하면서 실로 눈부신 활동을 했는데, 그 뒤 아무 직업도 없이 허송세월을 보내고 있었다. 생업을 잃고 마음이 내키지 않는 일로 두세 달을 보내고 나니, 그때야 비로소 자기의 갈 길은 바로 이것이라는 생각이 들어 경찰에 들어갔다. 그 무렵 이 직업은 인물이 확실하고 재능 면에서도 틀림이 없는 사람들에게는 다른 곳에서 바랄 수 없는, 앞날이 보장된 일이었던 것이다.

그런 소질이라면 그는 분명히 갖추고 있었다. 유력한 배경과 그로 인해 동료들 사이에 일어나기 쉬운 질투를 완화시킬 수 있는 온후한 인품만 갖추고 있다면, 그가 선임자를 제쳐놓고 곧 출세한다 해도 결코 지나친 일이 아니라고 모두 인정할 것이다. 5년 동안 틀에 박힌 순경 근무를 한 뒤 그는 형사부장이 되었다. 그리고 얼마 안 있어서 머혼 사건이며 클리펜 사건과 같은 지금은 고전이 된 '응접실 살인사건'에서 출세의 기회가 찾아왔다. 그는 언제나 눈앞에 나타나는 행운을 누구보다도 먼저 발견하는 사나이였다. 그 자신도 말했지만, 그에게는 언제나 좋은 끗발이 마치 속임수를 쓴 것처럼 돌아왔다. 아무튼 그는 이 사건이 마무리된 뒤 경찰 안에서 장래성 있는 인물로 인정받게 된 것이다.

그런데 지금으로부터 약 1년 전인 193X년 10월 어느 날 밤, 형사부장 프랭클린이 어딘가 정신이 나간 듯한 모습으로 있는 것을 한 사복 순경이 발견했다. 순경은 그를 가까운 경찰서로 데리고 갔는데 놀랍게도 프랭클린은 자기 이름조차 모르는 형편이었다. 이 신경 쇠약 덕분에 그는 12개월의 병가(病暇)를 얻어 건강 진단을 받게 되었고, 프랜시스 웨스튼 경이 이 사실을 안 것이다. 신설된 탐정부를 완전히 관리하라는 프랜시스 경의 요청과 제시된 급료는 한 번 고려해 볼 만한 것이었다. 이윽고 프랭클린은 웨스튼 경의 기대에 응하려고 마음 먹었다. 경찰서에서는 사표가 수리되었으며, 그는 이미 며칠 전부터 새로운 탐정부의 사무와 재조직에 착수하고 있었다.

마침내 신은 또 하나의 은총——마리우스의 편지——을 줄랑고의 무릎 위에 던져 주었다. 이 편지가 공표되었을 때, 웨스튼 경은 바로 여기에 무언가가 있다는 것을 직감했다. 그러나 그가 취한 예비적인 조치는 좀 이상한 것이었다. 그는 임시 회의를 소집하여 사건에 대해 설명하고 나서, 각기 사회생활의 다른 면을 대표하고 있다는 이유로 회의에 참석한 모든 부장들에게 편지의 신빙성을 잘 고려하여 의견을 말해 달라고 요구했다.

토의는 감정적으로 흘러 약간 과격한 듯싶었으나 그것은 문제 밖으로 하고, 표결에 붙여보니 편지를 액면 그대로 받아들인 사람은 프랭클린과 루드빅 트래버스 단 2명뿐이었다.

프랜시스 경은 아무 의견도 내놓지 않았다. 그러나 그는 편지를 쓴 사람이 일부러 그런 괴상한 태도를 취하는 아주 불유쾌한 녀석이라는 기분을 한층 더 강하게 가지며 회의실을 나갔다.

두 번째 편지가 공표되던 날 아침, 그는 여느 때보다 2시간이나 일찍 사무실에 나타나 서둘러 프랭클린을 불러냈다. 사실 프랜시스 경은 불안했던 것이다. 더비 경마나 트럼프 놀이에서 육감에 따르는 우리와 마찬가지로 그도 남의 육감을 짐작이라도 한 듯 자신이 없어진 것이다. 만약 이 편지가 진짜라면 세상사람들은 앞으로 일이 어떻게 될지 기대가 대단할 것이다. 그러므로 줄랑고 탐정부가 이 사건을 완전 살인과는 거리가 먼 것으로 증명할 수만 있다면 일은 근사하게 될 것이다. 그건 그렇고, 대담하게 살인을 예고하는 이 편지는 사실일까? 1시간에 걸쳐 이 문제에 대해 이야기를 주고받은 지금은 이제 어느 정도 결정이 되었다.
 웨스튼 경은 의자를 빙그르르 돌리더니 장난기 어린 눈으로 시계를 쳐다보았다.
 "흥, 우리 두 사람 다 바보가 될지도 모르지만 대신 많은 바보들이 우리편을 들어 주겠지. 그래, 우리가 성공할 수 있는 가능성은 어떤가?"
 "누구에게나 완전히 공평한 기회가 주어져 있을 뿐입니다. 더 이상은 바랄 수 없습니다."
 "흐음……." 웨스튼 경은 턱을 쓰다듬었다. "그렇겠지. 모든 가설은 덮어두고, 살인이 정말 이루어진다 생각하고 이야기해 보세. 내가 방금 말한 경시청의 독점이라는 문제는 어떤가?"
 어떤 사건을 논하기에 앞서 미리 만들어 놓은 노트를 물끄러미 들여다보고 있는 프랭클린을 보면 누구든지 무언중에 열성이 담긴 이 사나이의 한결같은 모습에 감동하지 않을 수 없을 것이다. 그는 미지의 심연에 뛰어들기를 두려워하는 인간이 아니었다. 또 그에게는 사람을 끄는 매력도 많았다. 깊은 갈색 눈에 까무잡잡하고 이국적이라고도 할 수 있는 얼굴, 단정한 잿빛 양복, 군복넥타이 같은 색의 조화, 직업적인 틀에 박혀 있지 않은 듯한 느낌. 그에게서 형사나 경시청을 생각게 할 외형적 요소는 아무것도 없었다.
 "프랜시스 경, 저는 이렇게 생각합니다." 그의 목소리는 아주 유쾌하게 들려 왔다. "경시청의 독점이라는 것은 지문이라든가 사진, 현장에 들어갈 수 있는 권리, 인터뷰할 권리 같은 데 있을 뿐입니다. 물론 그것만으로도 상당히 힘이 된다는 것은 알고 있습니다만, 이 사건을 취급하는 것이 스콧 수사과장이나 호워튼 총경이라면 경시청이 무엇을 하고 있는지 알아내는 편의 정도는 얻을 수 있으리라고 생각합니다."

그러나 이 말에는 얼마쯤 망설임의 빛이 엿보였고 프랜시스 경도 곧 알아차렸다. 그리하여 그는 미리 준비해 둔 말을 끌어내기로 했다.

"내가 그쪽에 전혀 안면이 없지 않다는 것을 자네도 알고 있겠지? 그러니까 그…… 즉, 편의를 얻는다는 점이라면 보증할 수 있을 걸세. 물론 그것이 뭔가 도움이 된다는 조건 아래에서 말이지만."

프랭클린은 그 말을 듣자 갑자기 얼굴을 들었다.

"지금 하신 말씀은 좀 묘하군요, 프랜시스 경. 왜냐하면 만일 그 편지가 모든 점에서 정말 진실하다면, 경시청이 지금까지 취급해 온 것과는 전혀 다른 사건이 될 테니까요. 좀더 정확히 말하면 이렇습니다. 만일 그 사람이──편의상 마리우스라고 부르겠습니다──완전 살인을 계획하고 있다면 우리가 일반적으로 말하는 단서란 없을 것입니다. 아무 흔적도 지문도 단서도 남기지 않을 것입니다. 목격자가 나타날 가능성도 거의 없습니다. 따라서 참된 단서는 동기밖에 없습니다. 마리우스가 죽이지 않을 수 없다고 말하는 그 동기 말입니다. 그러나 이것도 편지에 씌어 있어서 우리가 그렇게 생각하고 있을 뿐입니다. 결국 그가 말하는 동기란 것도 사실이 아닐지 모릅니다."

"자네는 경시청도 우리와 마찬가지로 암중모색의 상태라고 말하는 건가?"

"아마 경황이 없을 겁니다. 이런 이야기는 할 필요도 없고, 돈키호테처럼 들리리라는 것도 잘 알고 있습니다. 물론 그렇다고 해서 실패했을 때의 변명도 되지는 않겠지요. 그러나 이 사건에 관한 한 경시청과 우리는 똑같은 출발선상에 있습니다. 게다가 우리는 이례적인 사건을 틀에 박힌 사고방식으로 해결하려고 모험하지 않으므로 오히려 경시청보다 성공할 가망이 있지요."

"그 점에서는 나도 동감일세. 그런데 한 가지 문제가 있네. 자네와 의논하여 새로운 사무실을 운영할 모든 준비가 갖추어지기 전까지는 자네 이름을 줄랑고 회사와 결부시켜 공표하지 않겠다고 한 약속은 알고 있네. 그런데 어디 정직하게 말해 주게. 자네의 옛 동료들은 자네가 새로운 회사에 들어간 것을 알고 있나, 아니면 단순히 자네가 퇴직한 것을 건강상의 이유로만 생각하고 있나?"
프랭클린의 얼굴에 조용히 미소가 떠올랐다.
"상대가 경시청이다 보니 무엇이 알려졌고 무엇이 알려져 있지 않았는지 쉽게 말할 수 없습니다, 프랜시스 경. 그러나 저는 물론 아무에게도 이야기하지 않았습니다."
"내가 하고 싶은 말은 이런 것이네. 살인이 행해진 직후 자네는 현장으로 달려갈 수 있겠지? 틀림없이 어떤 구실을 붙여서 그곳에 가 있을 텐데…… 이를 테면 자네의 옛 동료들이 자네를 프리랜서로 생각하고 기분 좋게 맞아들였을 경우 어색하지는 않겠나? 다시 말해서 최후의 수단으로 가지고 있는 나의 세력을 쓰는 게 좋을까, 아니면 자네 패로 비슷한 결과를 얻는 게 좋겠나? 자넨 어떤가?"
프랭클린은 뜻밖에도 빨리 대답했다.
"솔직한 대답을 바라시겠지요, 프랜시스 경?"
"그렇네."
"아무래도 그런 일은 하고 싶지 않습니다. 어색할 것까지야 없겠지만 자세한 사정을 밝혀야 할 입장이 되면 앞으로 뭔가 필요할 경우 이용할 수가 없어질 테니까요."
프랜시스 경은 고개를 끄덕였다.
"나로서는 이런 말을 하는 게 아니었지만, 여하튼 자네가 그런 기분이라니 기쁘네. 그건 그렇고, 우리가 이 사건에 손을 댄다면 자네는 어떤 면에서부터 일을 시작할 작정인가?"

"글쎄요, 아직 생각해 보지 않았습니다만……." 프랭클린은 대답했다. "신문을 통해 세상에 알려진 일이지만, 여러 가지 조사할 일이 더 있을 것입니다. 가령 살해된 인물의 친척이나 친구 이름 같은 것이지요. 뿐만 아니라 만일 내가 재수 좋게 경시청이 모르는 단서를 얻게 된다면, 그들이 알려고 하는 정보와 내가 알고 있는 정보를 바꿀 수도 있을 겁니다."

"그렇겠군. 바꾸는 것은 훔치는 것과는 다르니까" 하고 말한 다음 프랜시스 경은 다시 질문의 화살을 퍼부었다. "좋아, 그것은 자네에게 맡겨 두겠네. 그런데 우리는 이 사건에 착수해야 하나, 아니면 하지 말아야 하나? 나는 자네가 훌륭한 솜씨를 보여 주리라고 생각하네만, 행여 실패할 것 같으면 아예 손을 대지 않은 것만 못하지 않겠는가? 물론 우리가 관계하고 있다는 게 일반 시민들에게 알려질 경우를 생각해서 하는 말이네만."

프랭클린의 얼굴에 슬쩍 붉은 기가 돌았다.

"그래도 착수해야 한다고 생각합니다, 프랜시스 경."

그는 뭔가 더 말을 이으려고 했으나 프랜시스 경은 이미 일어나서 두 손을 내밀었다.

"훌륭하이! 이야기가 결정되어 만족하네. 자, 함께 가서 아침 식사나 하세."

그는 잠깐 말을 끊고 큰 비망록에 뭔가를 써 넣었다.

"나머지 일은 오후 3시에 결정하세. 그때까지는 아마 여러 가지 뉴스가 손에 들어올 테니까."

그러니까 문제는 이제부터로, 호기심에 가득 찬 수백만 명의 사람들과 함께 프랭클린이 할 수 있는 일이란 다만 '마리우스의 편지가 몇몇 사람이 예기한 것처럼 과연 거짓이 없는지 우두커니 기다리는 것뿐이었다.

10월 11일 밤 Ⅰ

1

O지구의 이튼 형사주임이 그날 저녁 우드모어 힐 파출소에 도착했을 때 함께 온 것은 거윈 총경이 아니라 이 총경 바로 아래에 있는 비어 경감이었다. 총경은 그날 오후 한 번 다녀간 뒤에 갑자기 지병인 말라리아가 발작했는지, 급히 비어가 이 사건을 담당하게 된 것이다.

경찰서 구내에서는 고속도로 자동차 유격 부대가 명령만 내리면 곧 출동할 수 있도록 줄지어 대기하고 있었다. 경찰서 앞에는 O지구 경찰관들을 태운 자동차들이 대기하고 있었고 운전기사는 이 지구를 구석구석 잘 알고 있는 사람으로 바뀌어져 있었다. 음산하고 추운 밤이었다. 게다가 가랑비까지 오고 있어 가끔 그 비가 소나기로 변해 무섭게 쏟아지곤 했다.

오웰 파출소장의 방에는 불이 환하게 타오르고 있었다. 테이블 위에는 이 지구의 큰 지도가 펼쳐져 있고, 파출소장의 설명을 듣고 있는 다른 두 사람은 지금 그들이 처해 있는 입장에서 어떤 태도를 취할 것인가를 납득했다.

"이 지구의 일이라면 당신이 잘 알고 있으리라고 생각합니다만……." 이튼이 말했다.

"웬만큼은 알고 있습니다. 이곳에 온 지 3개월밖에 안된 셈치고는 말입니다." 오웰이 대답했다.

"공사 중인 도로는 없소?"

"지금은 없습니다. 위원회에서는 윌슨 거리의 공사를 오늘부터 시작하기로 되어 있었습니다만……"이라고 말하면서 오웰은 그 지점을 가리켰다. "내일로 미루어졌습니다."

"의사는 걱정 없겠지요?"

"네, 무슨 일이 일어나 우리가 출동하면 곧 준비하도록 되어 있습니다."

그들은 의자를 난로 쪽으로 끌어당겼다. 결국 기다릴 수밖에 없는 것이다. 전화가 걸려온다 해도 한밤중이 되기 전에는 걸려 올 것 같지 않았다. 오웰이 대강 10시 전후일 거라고 한 말도 한낱 짐작에 지나지 않았다.

"북부 교환국 쪽은 어떻습니까?" 하고 오웰이 물었다. "그곳으로 직접 전화가 걸려 올 가능성은 있습니까? 그렇게 되면 사정이 꽤 달라질 것 같은데요."

"내가 알기로는 아직 거기에 대해 아무런 강구책도 서 있지 않네." 비어가 대답했다. "다만 한 가지," 하고 그는 한 다발의 서류를 꺼냈다. "경시청이 받은 가장 새로운 정보는 이것일세." 그는 '마리우스'의 세 번째 편지의 사본을 내밀었다. 오웰은 주의 깊게 그 편지를 읽어 보고 되돌려 주었다.

"우리가 아는 한에서는," 하고 비어가 말했다. "이자에게 공모자가 있을지도 모르네. 녀석이 언뜻 보기에는 아무것도 아닌 듯하면서도 열쇠가 될 뜻있는 말을 전해 올거야. 공모자는 경시청이나 교환국으로 전달해 올 거고, 이것이 바로 경시청에서 우리에게 전화를 걸어오리라고 믿는 이유 가운데 하나일세."

"'안전하다고 생각되는 여유가 생기면'이라는 말은 여러 가지로 해석할 수 있습니다" 하고 이튼이 말했다. "살인범이 버스나 전차를 타든가 기차를 이용하면 잠깐 사이에 몇 마일이나 멀리 갈 수 있으니까요. 나는 중앙 교환국 말고 다른 곳은 사건과 관계 없으리라고 생각합니다."

"그뿐만이 아닐세." 비어가 말했다. "피해자가 전화 가입자라고도 확실히 말하지 않았네. 아무튼 여보게들, 아직 사건도 일어나지 않았는데 이러쿵저러쿵 떠들어 봐야 무슨 소용 있겠는가?"

"그러나 한 가지 좋은 일이 있습니다" 하고 이튼이 말했다. "그것은 지역이 이 우편지구에 한정되어 있다는 사실을 아무도 모른다는 거지요. 덕분에 신문기자나 구경꾼들에게 시달리지 않아도 될 테니까요. 또 오늘 밤에는 날씨가 사나와 길 가는 사람도 별로 없을 겁니다."

지금 아무리 이야기해 봐야 소용없다는 비어의 말에도 불구하고 화제는 여전히 이 사건에 집중되어 있었다. 그리하여 모든 각도에서 검토되어, 있을 것 같지도 않은 일까지 들추어냈다. 그러나 그들은 각기 자기 의견을 말하고 나자 다들 의무라는 이름의 성벽(城壁) 뒤로 물러났다. 사실 그들은 만일의 경우에 대비하여 그곳에 있었던 것이며, 또한 그곳에 있어야만 했다. 결국 아무도 살해되지 않는다면 적어도 한 사람의 인생에서 그보다 더 다행한 일은 없지 않겠는가?

그러는 동안에도 주위에는 줄곧 이상한 기운이 감돌고 있었다. 이야기에도 뭔가가 스며들어 전혀 활기가 없었다. 모두 알람시계의 요란한 벨소리만 믿고 꾸벅꾸벅 졸고 있는 사람들 같았다. 세 사람의 대화가 현실과는 동떨어져서 앞뒤 연결이 없는 이야기가 된 까닭은 언제 걸려 올지 모르는 전화를 기다리고 있었기 때문이다. 그래도 푸르스름한 담배 연기는 방 안에 가득 찼고, 밖에 있는 사람들의 목소리가 길고 끊임없는 하나의 소리처럼 들려 왔다. 이윽고 둥근 글씨판의 시계가 7시 37분을 가리켰을 때 갑자기 전화벨이 요란스럽게 울렸다.

 시각은——이 점은 아주 주의 깊게 기록한 것이지만——오후 7시 33분이었다. 북부 교환국에는 야근 교환수가 두세 명 대기하고 있었다. 그중 하나인 베네트 양은 교환대와 마주보는 90도 각도에 의자를 놓고 되도록 편안하게 앉아 끝에서 끝까지 두루 쳐다보고 있었다. 기다리는 전화가 세 군데나 있고, 더구나 작은 전기 램프가 계속 켜졌다 꺼졌다함에도 불구하고 그녀는 약간 멍하니 앉아 식사 교대가 제대로 되지 않았던 일을 생각하고 있었다. 그때 신호가 울렸다!
 "몇, 몇 번으로 연결해 드릴까요?"
 남자의 목소리였다. 날카롭고 짓눌린 듯하면서도 또렷한 목소리였다.
 "교환국이지요? 주의해 들어 주시오. 곧 경시청을 불러요. 살인이 이루어졌소!"
 상대방에게 확인이라도 하듯이 "경시청이지요?" 하고 그녀는 곧 전화를 연결했다. "연결되었으니 말씀하세요."
 경시청에서 수화기를 들었다.
 "여보세요! 여보세요! 여보세요!"
 마지막 '여보세요'는 몹시 명령조였다. 그러나 대답이 없었다. 경시청은 서둘러 교환국을 불러냈다. 교환수는 연결이 잘못된 줄 알고 반사적으로 플러그를 다시 꽂고는 귀를 기울였다.

"여보세요, 여긴 경시청이오. 이곳을 부르지 않았소?"
"잠깐만 기다리세요. 지금 그쪽을 부르고 있는 분이 있으니까."

그녀는 그 선의 벨을 울리고 전화를 걸어 온 사람을 다시 불러내려고 했다. 그와 동시에 그녀는 이것을 감독에게 보고하여 사나이가 전한 말을 되풀이한 뒤, 북부30003이라고 건 사람의 전화번호도 덧붙였다. 그리고 감독이 번호를 조사하여 신청자의 이름과 주소를 찾고 있는 동안 교환수는 경시청에 대답했다.

"여보세요……북부 30003번으로부터 전화입니다. '살인은 이루어졌소'라고 말했습니다. 저쪽에서 먼저 수화기를 놓았기 때문에 불러낼 수가 없습니다. 잠깐 기다려 주세요. 지금 감독이 신청자의 주소를 조사하고 있으니 그쪽으로 연결해 드리겠습니다."

그녀는 감독부로 선을 옮겨 벨을 울리고 감독으로부터 응답이 있자 "경시청으로 연결했습니다" 하고 코드에 연결했다. 그리고는 잠깐 틈을 보아 왼쪽에 있는 교환수에게 "살인이야! 경시청이야!" 하고 속삭였다.

한편 경시청에서는 이제나저제나 귀를 기울이고 있었다.

"여보세요……이 신청자의 이름과 주소를 말씀드리겠습니다. 이름은 리치레이 T.T, 주소는 우드모어 힐 글로브 122번지. 반복합니다."

그러자 그녀도 다시 한 번 옆에 있는 교환수에게 그대로 일러 주었다.

그 뒤 북부 교환국에서 일어난 일은 이 이야기와는 관계가 없다. 그러나 그 이름과 주소가 되풀이되자마자 경시청은 곧 북부 011번으로 전화를 걸었다. 이렇게 말하니까 그동안 꽤 오랜 시간이 지난 것 같지만, 그때의 시각은 오후 7시 37분이었다.

2

 벨이 울리고 2초도 되지 않아 비어 경감은 수화기를 귀에 대었다.
 "비어입니다." 여기서 말이 끊어졌다. 다른 사람들은 숨을 죽이고 경감의 얼굴에 시선을 고정시켰다. 이윽고 경감이 말했다. "알았습니다. 안녕히 계십시오."
 그는 수화기를 놓자 단 한 마디만 했다.
 "글로브 122번지!"
 오웰은 날카로운 눈으로 지도를 훑어보더니 그 지점을 가리켰다. 이미 예행연습을 해 두었던 계획이 실천으로 옮겨졌다. 이들은 옆문을 통해 번개처럼 경찰차 쪽으로 뛰어갔다. 그리고 운전기사인 그 지구 경찰관에게 주소를 말했다. 경찰차는 안뜰을 빠져나갔다. 뒤에는 이미 네모반듯한 자동차들이 줄지어 달려오고 있었다.
 세 사람이 앉을 만한 여유는 없었지만 오웰은 비어와 운전기사 사이에 끼어 앉았다. 차의 속력은 곧은 길에서는 50마일을 냈고 모퉁이를 돌 때는 시끄럽게 경적을 울렸으며 브레이크를 걸 때마다 차바퀴가 삐걱댔다. 그동안 비어는 오웰로부터 문제의 집에 대한 설명을 들으며 곧 취해야 할 부하 배치를 머리에 그려 두어야 했다. 좁은 개인 도로를 끼고 메이플 테라스 구와 등을 맞댄 큰 뜰이 있는 외딴집이었다.
 길에는 사람 그림자도 없고, 차나 마차 소리도 들리지 않는 조용한 주택가였다. 길가 나무들이 가로등 불빛을 받고 서 있었고, 젖은 길에는 그 빛이 반사되어 줄무늬를 이루고 있었다. 이슬비가 내리는 싸늘한 적막감 속에서 모든 것이 죽음에 이른 조락의 가을을 연상케 하는 기분 나쁜 풍경이었다. 이 적막을 깨뜨리는 발자국 소리하나 없었다. 들리는 소리라고는 다만 플라타너스의 매끄러운 가지를 따라 길 위로 떨어지는 물방울 소리뿐이었다. 이윽고 경찰차가 멎자 재빠른

10월 11일 밤 | 51

속삭임이 오고갔다. 10명이 세 그룹으로 나뉘었다. 두 사람은 개인 도로의 어둠 속을 향해 걸음을 옮겼으며, 그 밖의 사람은 큰길을 따라 걸어갔다. 눈 깜짝할 사이에 거리는 자동차와 희미한 손전등 불빛을 제외하고는 아까와 같이 인적 없는 조용한 상태로 돌아갔다. 마침 그때 굵은 빗방울이 후드득 떨어지는가 싶더니 곧 억수같은 장대비로 바뀌었다.

뜰 뒤쪽 개인 도로에는 두 사람이──한 명은 122번지 동쪽에, 다른 한 명은 서쪽에 배치되었다. 문은 닫혀 있었으나 잠겨 있지는 않았으므로 다른 네 사람이 뜰로 들어갔다. 제각기 흩어지지 않도록 조심조심 손전등을 비추면서 네 사람은 나무가 들어선 곳을 지나 드문드문 화초를 심어 놓은 화단을 따라 걸어갔다. 집까지 이르자 그들은 두 사람씩 따로 떨어져 양쪽으로 돌아가 앞쪽과 옆쪽의 나무 사이를 수색하고 있는 두 사람이 마저 오기를 기다렸다. 불과 1, 2분 사이에 이루어진 일이었다. 그러나 이 수색은 아무런 수확이 없었다. 오웰은 다시 두 사람을 차도의 안쪽과 보도가 보이지 않는 장소에 배치시켰다. 남은 한 사람인 해리슨 형사부장은 전체적인 지휘와 연락을 담당했다.

그러나 비어 경감과 이튼 형사주임은 처음부터 곧장 122번지 집 앞으로 향했다. 비어 경감이 놋쇠로 된 고리를 세게 두드렸다. 문 위로 희미한 빛이 반원형의 창문으로부터 새어나왔으나, 그 이외에는 온 집안이 죽음 같은 암흑에 휩싸여 있었다. 아무 소리도 들리지 않았다. 경감은 다시 한 번 두드렸다. 그리고 나서 잠깐 놋쇠로 된 고리쇠를 조사했는데, 그동안 인기척이 들리지 않나 하고 두 사람은 귀를 모았다. 소리가 들렸다. 두 사람이 겨우 그 소리를 알아차렸을 때 문이 열리고 젊은 여자의 모습이 뚜렷이 나타났다. 그녀의 거동에는 어쩐지 이상한 데가 있었다. 휘둥그렇게 뜬 눈이 그들을 뚫어지게 쳐다보며 헐떡이듯 입을 벌리고 있었다. 만일 여자의 얼굴에 그려진 공포라는 것이 있다면, 이 모습이야말로 바로 그것이었다. 그녀는 겁에 질린 듯 손을 들더니 자세히는 들을 수 없었지만 길게 끄는 떨리는 목소리로 "안돼요!" 하고는 그대로 힘없이 두 사람의 발치에 쓰러져 버렸다.

경감은 몸을 구부려 그녀를 안아 일으켰다. 쉽게 안을 수 있을 정도로 가벼웠다.

"문을 닫아 주게, 이튼. 잠그지는 말고."

이렇게 말하고 경감은 반쯤 열려 있는 왼쪽 문을 향해 걸어갔다. 여자를 안은 채 경감이 방으로 들어서자 바로 그 뒤를 따라 들어온 이튼이 손으로 더듬어서 스위치를 찾아 불을 켰다.

"거실인 모양이군. 가능하면 오웰을 찾아오게." 비어가 말했다.

정신을 잃은 여자를 소파에 눕히고 방 안을 샅샅이 관찰하고 나자 두 사람이 들어왔다.

"오웰, 자네는 잠깐 여기 있어 주게. 그리고 이튼, 자네는 이 부인에게 물을 갖다 주게. 나는 모든 방을 조사하고 오겠네. 오웰, 현관 홀에서 눈을 떼지 않도록 하게."

그들은 붉은 램프 빛이 흐릿하니 비치고 있는 장방형의 넓은 현관 홀로 부지런히 걸어 나갔다. 문이 셋 있는 것이 뚜렷이 보였다.

"저기가 부엌일 거야." 그렇게 말하고 비어는 왼쪽으로 들어갔는데, 그의 추측이 맞았다. 이튼이 물이 든 컵을 가지고 방으로 돌아오는 동안 비어는 주위를 한 바퀴 둘러보았다. 밖으로 나가는 문에는 열쇠가 자물쇠에 꽂힌 채 있었으며 거의 입구 맞은편에 해당되는 곳에 또 하나의 문이 있었다. 그 손잡이를 시험해 보며, 이것은 틀림없이 식당일 거라는 생각이 들었다. 그러나 문에는 자물쇠가, 그것도 안쪽에서 걸려 있었다.

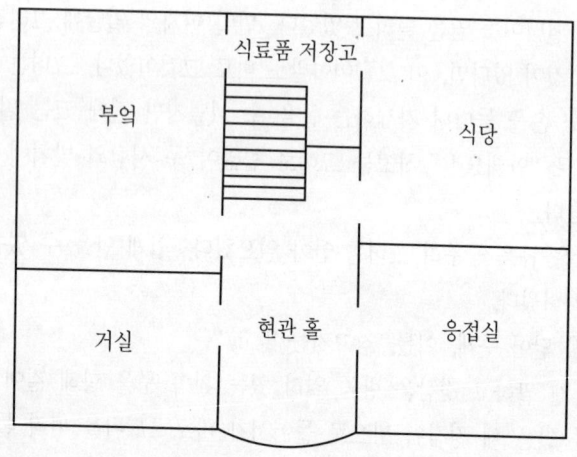

그는 서둘러 현관 홀로 되돌아왔다. 하마터면 이튼과 부딪칠 뻔했다.

"저기서 수고해 주게, 이튼."

비어는 꼭대기의 층계참까지 곧게 올라가고 있는 계단 밑을 가리켰다. 대체 무엇을 하려는 것일까 하고 이튼 형사주임이 지켜보고 있는 동안 비어는 현관 오른쪽에 있는 맨 첫 번째 문을 열었다. 전등 불빛으로 보니 응접실이었다. 여러 가지 취미를 살려 갖추어 놓은 물건들 ——화분, 덮개를 씌운 의자, 노란 칠을 한 피아노, 가장자리에 거칠게 조각이 되어 있는 호두나무 테이블 등이 있었다. 그러나 방에서는 곰팡내만 날 뿐 살인의 흔적은 전혀 없었다. 또 하나 아까 그가 식당으로 추측했던 방으로 통하고 있는 듯한 네 번째 문이 남아 있었다. 그는 손잡이를 돌려 보았다. 그러나 그 문도 안으로 잠겨 있었다. 마침 그때 오웰이 방에서 나왔다.

"여자가 정신이 든 것 같습니다."

"문 옆을 떠나지 말고 계단을 지키고 있게!" 비어가 소리쳤다.

"그리고 잭, 좀 와서 도와주게." 그는 문을 어깨로 밀었다. 문은 꼼짝도 하지 않았다. 이튿은 두세 발자국 뒤로 물러섰다가 93킬로그램의 체중으로 힘껏 부딪쳤으나 여전히 꼼짝도 하지 않았다.

"부엌을 찾아보게. 저 문이야…… 지렛대를 찾아오는 거야!"

비어가 명령하자 곧 이튿이 망치와 쇠머리가 달린 골프채를 찾아 가지고 왔다.

그것으로 힘껏 두드리자 마침내 방 안이 보이기 시작했다. 부서진 문으로 비어가 먼저 들어가 전등을 더듬어 켰다. 방에서는 신음소리에 이어 갑자기 외침소리가 들려왔다. 그와 동시에 밖에서 발자국 소리가 났다. 현관문이 열리고 의사가 들어왔다.

"지금 막 연락을 받았습니다." 의사는 두 사람의 뒤에서 쾌활하게 말했다. 그러나 두 사람은 아무 대답도 하지 않았다. 방 안의 모습이 먼저 눈에 띄었던 것이다.

안에는 단 한 사람——잿빛 머리칼에 수염이 난 남자가 있었다. 그 사나이는 가죽 커버를 씌운 안락의자에 앉아 입을 반쯤 벌리고 두 팔을 축 늘어뜨린 채 허공을 노려보고 있었다. 입고 있는 조끼에 반 크라운짜리 은화만한 둥근 핏자국이 보였는데, 그 가운데에 칼자루가 꽂혀 있었다. 방이 어지럽혀진 흔적은 전혀 없었다. 난로에는 불이 활활 타고 있었고, 의자가 그 앞으로 당겨져 놓여 있었다. 그 왼쪽에 있는 작은 테이블 위에는 술이 반쯤 든 술잔과 술병, 그리고 사이펀(플라스크 위에 갈매기 모양의 유리관을 붙인 커피를 끓이는 기구)이 놓여 있었다. 비어는 그제서야 의사를 돌아다보았다.

"글린로우 선생이시지요?" 그리고는 의사가 대답도 하기 전에 "이 사람이 죽었는지 어떤지 보아 주시지 않겠습니까?" 하고 말했다.

의사가 서둘러 조사를 하는 동안 그는 부서진 문 옆 식탁에 전화

수화기가 놓여 있는 그릇 선반 쪽으로 곧장 걸어갔다. 그는 철사를 사용하여 수화기를 걸었다.
"이튼, 오웰과 함께 층계로 가서 2층 방을 조사해 주게. 선생님, 어떻습니까?"
"완전히 숨을 거두었습니다." 글린로우가 대답했다. "겨우 2, 3분 전의 일 같은데요."
"그래요? 수고하셨습니다. 이쪽은 서두를 필요가 없고, 저쪽 거실…… 전등이 켜져 있지요? 소파에 젊은 여자가 누워 있습니다. 그 여자가 되도록 빨리 정신을 차리게 해주십시오. 그 여자의 증언이 굉장히 중요하니까요."
그는 전화선을 손끝으로 집어 올려 수화기를 든 다음 경시청과 연결을 시도하면서 방 안을 두루 살펴보았다. 맨 안쪽 왼쪽 구석에 부엌으로 통하는 문이 있었다. 죽어 있는 사나이의 뒤에 보통 창문이 두 개, 좌우 양쪽으로 당겨 열게 되어 있는 창문이 한 개 있었는데, 보통 창문에는 마호가니로 된 가로대가 걸쳐 있고, 커튼이 늘어져 있었다. 또한 창문에는 블라인드가 내려져 있었다. 부서진 문에는 열쇠가 꽂혀 있지 않았다.
그가 경시청에 간단한 보고를 하고 나자 이튼이 다시 들어왔다.
"부인용 침실이 둘, 여느 때는 쓰지 않는 예비실이 하나, 남자용 침실이 하나, 그 밖에 가구가 놓이지 않은 방이 두 개 있습니다. 사람이 있었던 흔적은 전혀 없습니다."
"알겠네. 무슨 말이 나오는지 그 여자를 신문해 봐야겠군. 자네는 주변을 잘 지켜봐 주게."
현관 홀까지 가더니 그는 오웰을 향해 따라오라는 몸짓을 해보였다. 현관 밖에는 형사주임이 서 있었는데, 어둠 속이라 모습은 거의 보이지 않았다.

"이 근처에 전등이 있을 것 같은데," 하고 비어가 말했다. 그리고 다시 안으로 들어가 계단 위의 외등을 켜는 스위치를 찾아냈다. "켜 두는 게 좋겠네. 그다지 눈에 띄지도 않을 테니까. 그런데 오웰, 자네가 방 안을 조사할 때도 이 집은 밖에서 감시되고 있는 것처럼 해주게. 범인은 아마 지금쯤 먼 곳으로 도망쳤겠지만, 그렇다고 해서 조금도 긴장을 늦추어서는 안 되네."

그리고 나서 경감은 이튼에게 뒷일을 모두 맡긴 다음, 왼쪽 차도로 통하는 문으로 향했다. 그때 시각은 오후 8시, 비가 몹시 내리고 있었다.

3

이 세 사람이 사복 차림으로, 더구나 생계를 잇는 본업과는 전혀 관계없는 이런 장소에 있는 것을 보게 되면 여러분은 아마 이렇게 생각하지 않을까? 우선 비어는 키가 크고 뼈대가 굵고 광대뼈가 튀어나왔으며, 푸르스름한 납처럼 뻣뻣한 턱수염에 날카로운 눈매를 가지고 있으며, 약간 거만한 데가 있어 '특무상사'처럼 보일 것이다. 다음은 오웰인데, 그는 뚱뚱한 몸집 때문에 보통보다 좀 큰 키임에도 작아 보였다. 수염을 깨끗이 밀어 혈색도 좋고, 유난히 남의 눈에 띄는 귀를 가지고 있으며, 태도는 개방적이고 명랑했다. 그래서 푸주한이나 마권 브로커처럼 보일 것이다. 끝으로 이튼은 표준 키에 훌륭한 체격, 붙임성 있어 보이는 눈에 꼭 다문 입매, 말씨며 태도가 조용해서 마치 은행의 출납계원처럼 보였다.

이튼에게는 어딘지 형사답지 않은 데가 있었다. 굳이 여러분이 알 까닭은 없겠지만, 그는 뛰어난 독서가인데다 조지 브로우의 문헌을 수집하는 것이 취미이기도 했다. 따라서 적어도 이튼에게서는 견해의 독창성을 기대할 수 있었다.

비어가 방을 나가자 그는 곧 일에 들어갔다. 배를 깔고 엎드려 푸른 색 낡은 융단 위를 시작으로 수화기가 놓여 있던 그릇 선반에 이르기까지 샅샅이 조사했다. 그는 손전등을 비추며 가구를 둘러보았다. 그리고 죽은 남자가 있는 의자 밑을 들여다보고 시체 앞에 버티고 섰다. 손가락에는 아무것도 쥐어져 있지 않았다. 그는 재빨리 몸을 구부리더니 시체의 입술에서 냄새를 맡았다. 핏기 잃은 잿빛 얼굴이며, 늘어진 육감적인 아랫입술이며, 죽음으로 한층 더 흉하게 된 여우 같은 용모를 한동안 쳐다보았다. 그리고 그는 창문을 보았다. 창문에는 큰 마호가니 가로대에 오톨도톨한 천의 커튼이 늘어져 있었다. 아래쪽에는 오르내리게 할 수 있는 블라인드가 있었다. 창문은 아래위로 올리고 내릴 수 있도록 되어 있었는데 꼭 닫혀 꼼짝도 하지 않았다. 유리 뒤쪽에는 나무 덧문에 묵직한 쇠고리가 채워져 있었고 양쪽으로 당겨 열 수 있는 창문도 잠겨 있었다. 아래위의 볼트도 제대로 걸려 있었다. 이 방에 들어서면 정면에 화단이 내다보이는 창문이 두 개 있고, 거기에도 마찬가지로 커튼과 덧문이 있는데 역시 잠겨 있었다. 부엌으로 통하는 문에도 아래위로 볼트가 달려 있었다. 이 볼트가 얼마나 단단한지 그가 시험해 보고 있는데 비어 경감이 낯선 사람과 함께 들어왔다.

"여자로부터는 아직 한 마디도 들을 수 없었네. 의사 선생이 지금 간호하고 있지. 그리고 이분은 124번지에 사는 렌치 씨일세."

그는 경감의 신호를 알아차렸다.

"자, 렌치 씨, 수고스러우시겠지만 이쪽으로 와 주십시오. 이 사람이 리치레이 씨, T.T. 리치레이 씨 맞습니까?"

렌치는 50살 남짓한 겁이 많아 보이는 사람으로, 뭔가 마음이 내키지 않는 듯 테이블 뒤로 돌아갔다. 한 번 보기만 해도 그로서는 충분했던 것이다.

"그렇습니다, 리치레이 씨입니다."

"이 사람에 대해서는 전부터 잘 알고 계셨습니까? 그리로 앉으십시오, 렌치 씨. 그리고 마음을 편안하게 가지십시오."

렌치가 손수건으로 이마의 땀을 닦는 것을 보니 이렇게 권한 것이 오히려 아이러니컬했다. 경감은 질문을 되풀이했다.

"네. 한 7년쯤 되었습니다."

"이 집에는 하녀 말고 다른 고용인이 있습니까?"

"네, 가정부가 있을 겁니다. 카튼인지 칼튼인지 하는 이름이었습니다."

"그 밖에는 없었습니까? 고인은 결혼하지 않았군요?"

"네, 그렇습니다. 저는 이 사람이 혼자 사는 것으로 알고 있었습니다. 부인은 오래 전에 죽었다고 하더군요."

"혹시 친척이나 가족은 모르십니까?"

렌치는 다시 이마를 닦았다.

"네, 모릅니다. 조카가 몇인가 있다는 말을 들었고, 가끔 밖에 차가 서 있는 것을 보긴 했습니다만, 자세한 것은 잘 모릅니다."

"오늘 밤에 뭔가 이상한 소리를 듣지 못했습니까?"

"못 들은 것 같은데요." 상대방은 몹시 두려워하는 듯이 대답했다. "사실 나는 차를 마신 다음 조금 전 선생께서 나타나실 때까지 라디오를 듣고 있었습니다."

렌치가 뒷문으로 돌아가 버리자 비어는 내뱉듯이 말했다.

"모든 것이 못마땅한 일뿐이군! 자네는 이것을 어떻게 생각하나?"

"정도의 차이는 있겠지만, 아무튼 예상했던 대로입니다" 하고 이튼이 대답했다. "범인은 아무래도 앞문으로 나가 열쇠까지 가지고 간 모양입니다. 아무것도 발견되지 않는군요. 온 집안을 샅샅이 뒤져 보앉지만."
 비어는 불만스러운 듯 신음소리를 내며 말했다.
"어디, 주머니를 조사해 볼까."
 시체는 참으로 편한 자세로 앉아 있었다. 두 팔이 좁은 의자 밖으로 축 늘어져 있었으므로 시체의 자세에 구애받지 않고 주머니 안에 든 것을 두 손가락으로 끄집어 낼 수 있었다. 실로 여러 가지가 나왔다——손수건 한 장, 1실링짜리 은화가 두 닢, 6펜스 은화 한 닢, 1페니 동전 두 닢, 작은 열쇠다발과 실린더 자물통 한 개, 연필 한 자루에 칼 한 개, 표면에 '크로노미터'라고 새겨진 은으로 된 회중시계, 얄팍한 서류묶음, 번호가 틀린 1파운드 짜리 지폐가 14장 든 지갑, 끝으로 봉투 한 장이 나왔다. 맨 먼저 조사한 것은 이 마지막에 나온 봉투였다. 봉투 한 가운데에는 타이프라이터로 다음과 같은 말이 찍혀 있었다.

주제(主題)
완전 살인

두 사람의 시선이 마주쳤다가 다시 그 봉투 위로 떨어졌다.
"꽤 머리를 썼군!" 비어는 몹시 불쾌하게 한 마디 하고는 다시 말을 이었다. "이 열쇠로 저 책상 위 책장을 열어 봐 주게. 아마 이 사람은 서류를 그곳에 넣어 두었을 걸세. 나는 이것을 조사해 보겠네."
 비어 경감은 시체의 가슴 주머니에서 나온 서류를 조사하기 시작했다.
 거기에는 뭔가 써 놓은 낡은 종이쪽지와 무슨 의류 회사 영수증이 두 장, 연관(鉛管) 부설회사의 견적서가 한 장, 그리고 늘 아슬아슬한 내용을 써대는 유행잡지에서 신빙성없는 호색적인 풍자를 오려 내어 모은 것이 있었다. 단 한 가지 예외를 빼놓고 어느 것이나 다 중요한 것은 아니었다. 이 예외라는 것은 넷으로 접힌 타이프라이터로 친 편지였다. 편지는 모양으로 보아 며칠이나 가지고 다니며 되풀이해 읽은 듯했다. 종이쪽지는 두 군데나 찢어졌으며, 전체적으로는 더러워져서 손가락 자국이 나 있었다. 편지지는 호텔의 서명에 씌어 있는 것이었다.

  친애하는 백부님
 만일 백부님이 잘하실 수 있을 것 같으면 해보십시오. 그러나 제가 먼 남아프리카로부터 웃음거리가 되기 위해 왔다고 생각하신다면 죽음이라는 충격이 당신을 기다리고 있을 것입니다. 선택할 수 있는 길은 두 가지가 있고, 열흘 동안의 여유를 드리겠습니다. 토해 내고 마음을 놓으시든가, 아니면 끝까지 돈을 움켜쥔 채 기꺼이 그 보복을 받으시든가 둘 중의 하나입니다.
                             콘스터블 호텔에서
                        193×년 10월 1일 T. W. R

"무언가 있나?"
 비어는 이렇게 물으면서 편지를 덮어놓고 이튼이 서랍과 선반을 조사하고 있는 쪽으로 걸어갔다.
 "변호사의 주소, 두 조카의 주소, 쓰다 만 지방 은행의 수표책이 들어 있습니다." 이튼은 한쪽에 놓아 둔 작은 서류 더미를 가리켰다. 그때 마침 방해물이 둘이나 잇달아 들어왔다.
 "경감님, 잠깐 실례하겠습니다. 그 여자는 이제 괜찮은 것 같습니다" 하고 의사가 들어 오는가 했더니, 동시에 현관 홀에서 사람 목소리가 들려왔다. 경시청에서 경찰차들이 도착한 것이다. 몇 분 뒤에는 지문을 채취하기 위해 담당자가 일을 시작하였다. 방 안을 사진에 담고 치수도 세밀히 쟀다. 의사는 새로 도착한 지구 경찰 의사와 의논한 뒤 보고를 작성하고 있었다. 스콧 수사과장은 사건을 대충 듣더니 방에서 나와 인원 배치를 시작했다. 그는 등 뒤에서 이튼의 낮은 목소리를 들었다. 이튼은 웃옷 주머니에 두 손을 깊숙이 찌르고 뿔테 안경 너머로 살펴보고 있는 여행복에 운두 높은 모자를 쓴 키 큰 남자에게 이따금 한두 마디씩 조용히 말을 건네고 있었다.

그때 시각은 8시 45분이었다. 먼저 온 자동차는 이제 캄덴 타운으로 돌아갈 준비를 하고 있었다. 그들과 교대하기 위해 지구 경찰에서 사람들이 나와 있었던 것이다. 또 한 대의 자동차는 죽은 남자의 조카이자 법률 고문이며 웃어른인 어네스트 제임스 리치레이를 데리고 오기 위해 엔필드 시의 리치레이 집으로 보내졌다.

10월 11일 밤 Ⅱ

1

방을 나가다 입구에서 이튼을 만난 의사가 귀엣말을 했다.
"저 여자는 이제 완전히 나았습니다. 그러나 좀더 쉬게 하는 편이 좋을 거요. 굉장히 겁에 질려 있으니까."
거실에 들어서니 이튼도 곧 그것을 알 수 있었다. 여자의 얼굴은 평상복인 검은 옷과 대조되어 더욱 창백해 보였다. 그녀는 손수건을 손에 들고 의아한 듯 도전적인 눈초리를 보내며 소파에 등을 기대고 단정히 앉아 있었다. 여느 때에는 부드럽고 아름다워 스스로도 그것을 의식하고 있었으리라. 그러나 얼굴 모습이 좀 여유가 없어 보였으며, 입술이 너무 얇아 어딘가 교활한 느낌을 주었다. 이튼의 태도는 환자를 대하는 것과 똑같았다. 그는 되도록 친밀한 태도를 보여 여자로 하여금 마음 놓게 하려고 미소를 지어 보였다.
"어떻습니까, 아가씨, 이제 기분이 좋아졌소?"
대답은 얘기치 않은 것이었다.
"저를 경찰서로 데리고 갈 건가요?"

갑자기 이런 질문을 받고 어떤 기분이 들었는지는 모르지만, 이튼은 이상한 말을 들은 것 같은 눈치는 보이지 않았다.
"당신을 데리고 갈 생각은 없소. 우리가 당신에게 바라고 있는 건 빨리 건강해져서 이번 일에 대해 빠짐없이 이야기해 주는 것뿐이오. 그러나 이야기는 천천히 해도 좋소."
그러자 다시 뜻밖의 말이 튀어나왔다.
"전 정말 그런 짓을 할 생각이 아니었어요. 전 지금까지 나쁜 짓이라곤 한 번도 해본 적이 없어요." 그녀는 애원하듯 손을 뻗는가 싶더니 곧 소리내어 울기 시작했다. 이윽고 눈물을 머금으며 말했다. "만일 제가 모든 것을 고백한다 해도 감옥으로 끌고 가지는 않겠지요? 저는 정말 나쁜 짓을 할 생각이 아니었어요. 그때 소포를 보고……."
이튼은 사정을 알 것 같았다. 그는 여자의 어깨를 가볍게 두드려 주었다.
"감옥에 가다니? 걱정하지 않아도 됩니다. 자, 아무 걱정하지 않아도 돼요. 울 것 없어요."
흐느껴 울던 울음도 차츰 가라앉았다. 그녀는 가끔 훌쩍이며 손수건을 꺼내 가볍게 눈시울을 눌렀다. 대답은 그다지 뚜렷하지 않았으나, 마치 순교자의 목소리 같았다.
"당신의 이름은?"
"메리예요. 메리 애덤스."
"이곳에 와서…… 그러니까 현재의 일을 하게 된 지는 얼마나 되었지요?"
"겨우 3주일밖에 안 되었어요……나리."
이 마지막 덧붙인 '나리'는 아마 이튼의 부드러운 태도에 대한 사례인 모양이었다.
"하녀로 있지요?"

"하녀 겸 잔시중을 들고 있었어요. 요리는 카든 부인이 해요. 그 부인이 가정부니까요."

"지금 어디 있지요?"

목소리가 또렷해졌다. 그 목소리에서는 싫증까지 느껴졌다.

"카든 부인은 오늘 밤 외출하는 날이니까 10시 전에는 돌아오지 않을 거예요."

"그런데 메리 양, 오늘 밤에 일어난 일을 모두 이야기해 주지 않겠소? 처음부터 하나도 빼놓지 말고."

그녀는 갑자기 의심스럽다는 듯한 빛을 띠고 상대방의 얼굴을 응시했다. 그리고는 눈을 내리깔았다. 다시 눈시울을 눌렀다. 아무래도 이야기하기가 힘든 모양이었다.

"저는 5시에 리치레이 씨에게 차를 끓여 드리고 5시 반에 그릇을 치워드렸습니다. 카든 부인은 그때 벌써 외출했으므로 저는 혼자 부엌에 있었어요. 저는 불을 피워 놓은 부엌에 있었는데, 그때 문을 노크하는 소리가 들려 와서 내다보았지요. 그런데 거기에 그 소포가……."

"잠깐," 하고 이튼이 말을 가로막았다. "그 노크 소리가 났을 때가 몇 시였지요?"

"7시 반쯤이었어요. 전 그때 언뜻 시계를 보고 곧 주인어른의 저녁 준비를 해야겠다고 생각했으니까요. 그러나 주인어른은 저녁 식사로 햄과 치즈를 드실 예정이었으므로 특별히 요리할 필요는 없었어요. 그래서 저는 문 있는 곳으로 가서……."

"부엌문이겠지요?"

"네, 부엌문입니다. 문을 열자 거기에는 아무도 없고, 문 앞 땅바닥에 그 꾸러미가 놓여 있었어요."

그녀는 다시 가련함을 나타내듯 순진한 표정을 짓더니 눈물이 솟아 나오는 모양이었다.

"자, 계속해 봐요." 이튼은 재촉했다. "일어난 일을 모두 이야기해요."

"네, 그 꾸러미를 집어 들고 읽어 보니 '글로브 129번지, 멜로운 부인'이라고 씌어 있었어요. 그래서 뭔가 잘못 되었구나 생각했지만, 사람의 모습이 보이지 않고 목소리도 들리지 않기에 그것을 갖고 부엌으로 와서, 그리고……."

여기까지 말하더니 그녀의 눈에서 주르르 눈물이 흘러나왔다.

"그래서 그 안에 무엇이 들어 있는지 보고 싶어졌겠지? 그렇지요? 나도 마찬가지였을 거요."

이리하여 이야기가 조금씩 나오기 시작했다. 그녀는 그 꾸러미를 침실로 가지고 가서 뜯어보았고 거기에 비단 양말이 두 켤레 들어 있는 것을 알았다. 그녀는 저녁 식사를 준비해야 했기 때문에 꾸러미에 대한 것을 뒤로 미루고 아래층으로 뛰어내려왔다. 그리고 침실에 있는 동안 주인어른이 돌아다니는 기척을 느꼈으며, 헛기침하는 소리도 들었다는 것이다. 그녀가 부엌으로 돌아가 그릇을 꺼내려고 했을 때 현관문을 두드리는 소리가 들려 할 수 없이 현관으로 나오는데 뒤쪽에서 경찰관과 그 밖의 사람들이 왔다갔다하는 것이 보였으므로, 그것만으로도 그녀를 기절시키기에 충분했다는 것이었다.

이튼은 그녀의 이야기만으로는 충분치 않았으나 대체적인 윤곽만은 사실이라고 생각했다. 그런데 맨 첫 차이점이 나타난 것은 소포를 내놓으라고 명령했을 때였다. 그녀는 점점 심하게 눈물을 흘리며, 그 양말을 화장대 서랍 속에서 꺼냈다. 갈색 포장지와 군데군데 완전한 모습을 지니고 있는 상표가 부엌 난로 재 받침대에서 발견되었다. 양말은 타다 떨어진 불똥에 타서 구멍이 뚫려 있었지만, 적어도 배달되었을 때의 이야기를 증명할 수 있을 정도로는 본디 모양을 유지하고 있었다. 만일 불 속에 던져 넣었을 때 불이 세었더라면 의심할 여지도 없이 다 타 버려 이렇게 남아 있지도 못할 것이다.

다음에 할 일은 지체 없이 멜로운 부인을 방문하는 일이었다. 그녀는 양말 같은 것을 주문한 일이 없으며, 그런 것이 배달되리라고는 생각지도 않았다고 말했다. 70살이 넘은 미망인에게 이 소포에 들었던 화려한 살색 양말은 필요가 없었을 것이다. 이것으로 이 소포에 대한 일은 끝을 맺었다. 스콧 수사과장은 곧 이튼의 심문 결과를 보고받았다.

"그 여자를 부엌으로 데려오게" 하고 스콧은 말했다.

그리고 여행복 차림의 사나이에게 뭐라고 말하더니 두 사람은 부엌으로 갔다. 바로 뒤이어 이튼과 하녀도 들어왔다.

눈물이나 항변으로 감출 게 아니라 사실을 말하는 것만이 단 하나의 안전한 길이라는 것을 메리 애덤스는 얼른 깨달았다. 게다가 경찰관이 찾아온 참된 목적을 알자, 그녀는 더 이상 핑계를 대어서는 안 되겠다는 생각이 들었다. 스콧이 그녀의 심문을 끝냈을 때는 다음과 같은 사실이 명확하게 밝혀졌다.

1. 하녀가 소포를 집어 들었을 때부터 그녀가 헛기침이라고 생각한 소리를 들었을 때까지의 모든 행동을 생각해 볼 때, 그동안 적어도 4분은 경과했다는 것.
2. 그 소리를 듣고 그녀가 부엌으로 간 것은 30초 이내라는 것.
3. 처음부터 끝까지 그녀는 그 밖에 아무 소리도 듣지 못했다는 것.

이 증인에게 주어진 꾸중은 엄한 것이었다. 이러한 꾸중을 다 듣고 난 뒤 만일 옥시풀로 표백한 그녀의 탐스러운 머릿속에 한 가지 떠오른 생각이 있다면, 그것은 감옥 문이 입을 벌리고 기다리고 있다는 것, 순교자인 체한 것도 이제 끝장이라는 사실이었다. 그러나 너무 거칠게 굴어도 안 되었다. 큰 주머니에 차(茶)를 가득 준비하고——스콧은 차를 좋아하기로 이름이 나 있었다——그리고 베풀어 준 호의에 감사할 뿐만 아니라, 앞으로 언제든지 심문을 요구하면 곧 응할 수 있도록 하라는 빈틈없는 지시와 함께 그녀는 혼자서 잘 생각해 보라는 명령을 받고 해방되었다.

그 이상 무엇을 할 틈도 없었다. 오웰이 어네스트 리치레이와 함께 돌아왔는데, 적당한 때를 보아 그가 스콧에게 속삭였듯이 리치레이가 그날 밤 아내와 딸을 데리고 가까운 영화관에서 지낸 일은 틀림이 없었다. 이튿은 식당으로 돌아갔다. 오웰은 애덤스를 비롯하여 둘레에 있는 사람들 모두에게 시선을 주고 있었다. 두 경찰관과 예의 그 낯선 사람과 함께 어네스트는 다시 시간을 확인한 뒤 가스 스토브가 타고 있는 응접실로 자리를 옮겼다. 그때 시각은 9시 30분이었다.

2

어네스트 리치레이는 제임스와 공동으로 리치레이 앤드 제임스 법률사무소의 대표자였는데, 흔히 보는 타입과는 인연이 먼 인물이었다. 그는 붉은 얼굴에 단단해 보이는 작은 키로, 어떤 자리에서나 엄격해 보이게 하는 능력을 어느 정도 지니고 있었지만 본디는 쾌활하고 명랑한 성격이었다. 그러나 그날 밤은 늘 쓰는 유머로 명랑하게 이야기할 사건이 아님을 알아차리고 그는 본성격을 나타내지 못했다. 그래서 슬픈 표정을 짓고 있는 그의 모습은 어느 때보다 긴장해 있는 듯한 느낌이 들었다. 그는 슬픈 입장에 서게 될 때 가끔 효과적인 우스갯소리를 한 마디씩 해보았으나, 오히려 어색하고 냉랭한 분위기를 만들 뿐이었다.

"정말 마음 아프시겠습니다, 리치레이 씨." 스콧이 먼저 말을 꺼냈다.

"네, 그렇지만 우리도 언젠가는 죽어야 하니까요. 당신이나 나나 모두."

스콧은 손으로 의자를 가리켰다.

"앉으십시오, 리치레이 씨. 그리고 이 무서운 사건에 대해 검토해 보기로 합시다." 그는 이 손님의 명함을 전등불에 비춰 가며 다시 한 번 읽었다. "물론 가능한 한 힘을 써 주시리라 생각합니다만……?"

"물론이지요, 물론이고말고요."

"생전에 백부님을 마지막으로 뵌 것은 언제였습니까?"

리치레이는 생각하는 듯 눈살을 찌푸렸다.

"오늘 밤까지 쳐서 딱 일주일 전이군요."

"무슨 일로 방문하신 건가요, 아니면 인사 차? 또는 그냥 놀러 오셨던가요?"

"볼일이 있어서요. 틀림없이 볼일이 있어서 왔었습니다. 실은 백부님께서 결혼할지도 모른다고 하시면서 유언장 문제로 의논할 일이 있다고 해서……."

"새로운 유언장입니까?"

"아니오, 그렇지 않습니다. 제가 아는 한 백부님은 유언장을 만든 일이 없습니다. 저는 가끔 백부님께서 재산 처분에 대해 분명한 의사를 밝혀두는 것이 백부님의 의무이고, 또 그렇게 권하는 것이 저의 의무라고 충고해왔습니다."

"당신은 상속인이 누구인지 알고 계십니까? 단, 고인이 방금 말씀하신 대로 유언장 없이 돌아가셨다고 보고 말입니다."

리치레이는 일부러 빙 돌려 대답했다.

"살아 있는 친척이라면 고인의 조카뻘 되는 우리 네 형제뿐입니다."

"그들의 이름과 주소를 일러 주시지 않겠습니까?"

스콧이 묻자 옆에 있던 비어가 받아쓸 준비를 했다.

"흐음……잠깐만 가다려 주십시오."

리치레이는 주머니에서 아무 필요도 없을 것 같은 코안경을 꺼내어 쓴 다음, 여러 가지 서류를 한데 묶은 서류다발과 작은 일기장을 책상 위에 올려놓았다.

"H. 리치레이…… 웨스트 센트럴 1구 조지아 거리 75번지, 루퍼트 파인 영화회사."

스콧이 물었다.

"순회 공연하는 배우로군요?"

"그렇습니다. 불쌍하게도 그는…… 그러니까…… 아니, 이것은 관계없는 일입니다. 다음으로 C. 리치레이 목사, 서쪽 주 리틀 마팅즈." 리치레이는 그것을 받아쓰기까지 기다렸다가 종이 한 장을 건네주었다. "그리고 이것은 지금 프랑스에 여행 중인 막내 동생 프랭크에게서 온 편지입니다."

사랑하는 어네스트

언제나 귀찮게만 해 드려 죄송합니다만, 새 그림붓 두 개를 잊어버리고 왔습니다. 예비 객실에 있는 잠겨 있지 않은 가방 속에 있을 것입니다. 이곳에서는 같은 것을 구할 수 없어 부탁하니, 죄송합니다만 등기로 프랑스 오드 키양 우체국으로 보내 주시기 바랍니다.

날씨가 좋습니다. 그럼 부탁드리며…….

193X년 10월 9일, 프랭크

"무엇을 하고 계십니까, 이 동생 분은?" 비어가 편지를 되돌려 주자 스콧이 물었다. "화가인가요, 아니면 이 사람도 배우인가요?"

"둘 다 아닙니다. 교사입니다. 임시 휴가를 받았지요. 아마 특별 휴가인 것 같습니다."

"동생 분들은 고인이 유언장을 만들어 달라고 한 일을 압니까?"

"말한 적이 있는지도 모릅니다. 아마 말한 것 같습니다. 말해서 안 될 이유도 없으니까요."

"그야 그렇지요. 그런데 리치레이 씨, 당신에게는 사촌이 없으십니까? 다시 말해서 백부님에게는 당신들 말고는 조카가 없습니까?"

"없습니다."

"확실합니까? 예를 들어 남아프리카에 살고 있는 누군가 친척은 없습니까?"

변호사는 안경 너머로 날카로운 시선을 던졌다.

"고인의 재산 대부분은 그의 형이며 저에게 백부가 되는 케이프타운의 피터 리치레이 씨가 돌아가셨을 때 물려받은 것입니다. 고인과 피터 리치레이 씨와 저의 아버지는 형제간이었습니다. 피터 리치레이 씨는 이 집에서 돌아가셨는데, 결혼하지는 않으셨지요."

"고인은 유복하게 살고 계셨군요?"

"대단했지요. 여기서만 하는 말입니다만, 그분의 수입은 1년에 천 파운드도 넘었으니까요."

스콧은 예의상 놀라 보였으나, 속으로는 더 놀라고 있었다.

"그 정도까지는 아무도 생각지 못했을 것입니다. 그건 그렇고, 상속인 문제인데……이것 역시 여기서만 하는 말입니다만, 이 편지를 당신은 어떻게 생각하십니까?"

스콧은 리치레이에게 콘스터블 호텔에서 온 편지를 건네주었다.

이것은 참으로 어려운 질문이었다. 변호사로서는 도저히 설명할 수가 없었다. 그러나 그는 한 가지만은 인정했다.
"물론 피터 리치레이 씨가 비밀리에 결혼했는지도 모릅니다. 있음직한 일이니까요. 저로서는 지금 이렇게밖에 말씀드릴 수가 없습니다. 그러나 이 추측상의 조카라면 여기 쓰인 주소로 잡히지 않겠습니까?"
"거기에 대해서는 걱정하지 마십시오." 스콧은 싱글싱글 웃으며 말했다. "이렇게 이야기하고 있는 지금도 그 호텔 지배인의 방에 부하가 한 사람이 잠복하여 감시하고 있으니까요. 그런데 리치레이 씨, 또 한 가지 묻겠습니다. 당신은 백부님이 결혼하려던 부인을 알고 계십니까?"
리치레이의 대답에는 한층 더 강조하는 투가 어렸다.
"카든 부인이라고, 백부님 댁의 가정부지요!"
"그래요? 그러지 않아도 우리는 그 부인이 돌아오기를 기다리고 있는 중입니다. 혹시 그 부인을 만나면 거북하시겠습니까?"
"글쎄요, 그다지 만나고 싶지 않군요." 리치레이는 서둘러 대답했다. 변호사는 만나고 싶지 않은 이유를 그럴 듯하게 늘어놓아야 할 입장이었지만, 그런 말은 하려고 하지 않았다.
"한 가지만 더 물어보겠습니다. 알고 계신 범위 안에서 이 비참한 짓을 저질렀을 거라고 의심 가는 사람은 없습니까? 누군가 백부님에게 원한을 가진 사람이라고 하면?"
"얼마든지 있겠지요." 리치레이 씨는 자못 만족스러운 듯이 대답했다. "그러나 1시간에 걸쳐 이야기할 작정이 아니라면, 장황하게 늘어놓아 봤자 별 도움이 되지 못할 것입니다."
"고인에게 덕망이 있었다고 볼 수는 없다, 그런 말씀이시군요?"
변호사는 갑자기 껍질을 찢고 튀어 나오는가 했더니 또 갑자기 껍질 속으로 기어들어가고 말았다.

"아무래도 제가 지금의 제 입장에서 말할 수 있는 것 이상을 말해 버린 것 같군요. 그러나 고인은 마음이 차가운 사람이었다는 것, 따라서 여러 사람으로부터 꽤 미움을 받았다는 것만은 확실합니다. 더 이상은 말하고 싶지 않습니다."

"이 질문의 중요성은 알고 계시겠지요?" 스콧은 특별히 힘찬 표정으로 그를 쳐다보며 엄숙하고 무게 있는 목소리로 말했다. 그러나 상대방은 아주 태연했다.

"물론 알고 있습니다. 백부님은 아무하고나 싸웠습니다. 남을 속여서 빼앗을 수 있는 것, 또는 뭔가 이익이 있으면 어떤 희생을 치르더라도 손에 넣었으니까요. 이곳에 자주 드나들며 카드놀이를 했던 스튜어드 씨 같은 분은 2펜스를 가지고 속임수를 쓴 일에 화가 나서 다시는 이 집에 발을 들여놓지 않겠다고 했습니다. 고용인들도 오래 있지 않고, 드나드는 장사꾼들에게도 미움을 받았지요. 이 세상에 참된 친구라고는 한 사람도 없었습니다. 이것이 정직한 말입니다. 이것도 너무 동정적으로 보아 잘못된 점이 있을지도 모를 정도입니다. 결국……." 그는 복받치는 분노를 감추듯이 비꼬는 목소리로 말했다. "죽은 사람을 채찍질해서야 되겠습니까?"

"끝으로 한 가지만 더 생각해 보셔야 할 일이 있습니다." 스콧이 말했다. "지난 주일에 고인에게 이상한 점은 없었습니까? 뭔가 몹시 겁을 내고 있었다거나, 아니면 뭔가 털어놓고 싶어 했다든가, 뭐 그런 말을 비추지는 않았습니까?"

"아니오, 전혀." 어네스트는 곧 대답했다.

문을 노크하는 소리가 나고 오웰이 들어왔다.

"카든 부인이 왔습니다. 지금 거실에 있습니다."

"알았네. 곧 가지. 리치레이 씨, 여러 가지로 말씀을 해주셔서 고맙습니다. 현재로 보아 더 이상 생각나는 것은 없으시겠지요? 뭔가 물어볼 말은 없으십니까?"

변호사는 고개를 내저었다. 그는 안경을 벗더니 그것을 접어서 조심스럽게 주머니 속에 집어넣었다.

"소란스럽게 해 드려 죄송합니다. 모든 것을 미안하게 생각합니다만, 얼마 전부터 이런 상태가 오래 계속될 것 같지는 않았습니다."
그는 의자에서 일어서더니 다시 한 번 고개를 내저었다. "정말 난처한 일이군요! 물론 저로서 할 수 있는 일이 있다면 무슨 일이든……"

"당신을 뵐 수 있는 장소는 알고 있습니다" 하고 현관 홀로 나가며 스콧은 끝으로 말했다.

비어 경감은, 창가 의자에서 이 광경을 너무도 조용히 지켜보고 있으므로 그가 있었는지조차도 잊어버리고 있던 낯선 인물 쪽으로 흘끔 시선을 던졌다. 두 사람은 눈이 마주쳤다.

경감은 변호사가 나간 쪽을 턱으로 가리키며 말했다.
"전혀 빈틈이 없는 자로군, 저 사람은."
루드빅 트레버스는 일부러 아리송한 표정을 지으며 "네, 정말 그렇군요!" 하고 동의했다. 미경험자는 아무튼 형사들 앞에서는 아리송한 표정을 지어 보이는 것이 상책이다.

3

네 사람이 거실로 가 보니, 그곳에는 이튼 형사주임과 가정부가 있었다. 이튼은 그녀에게 사정을 설명해 주고 있었다. 만일 그녀가 눈물을 흘리리라 생각하고 있었다면 그것은 큰 오산이었다. 그러나 비록 인품의 한 면에 어떤 단점이나 결점이 있었다 하더라도 한 인간이 뜻하지 않은 죽음을 당했으니 누구나 상대방의 얼굴에서 그를 슬퍼하는 표정을 기대하는 것은 당연한 일이 아니겠는가!
 가정부는 보통 키보다 훨씬 크고 몸집이 큰 여자로, 가슴이 풍만하고 얼굴이 붉은 전형적인 여급 타입이었다. 그러나 그런 타입의 여자치고는 사람들을 대하는 특유의 애교는 갖고 있지 않았다. 아주 품위가 없고 고집이 세어 보이며, 불쾌한 표정을 짓고 있어서 보기에도 욕심이 많은 것 같은 여자였다. 이튼이 정중한 태도로 대해도 아예 무시하는 듯한 표정으로 앉아 있는 그녀의 모습은, 꼬리를 바르르 떨고 매서운 눈으로 노려보며 금방이라도 덤벼들 것같이 발톱을 세운 한 마리의 고양이를 연상케 했다.
 스콧이 여러 사람의 시선을 받으며 그녀 앞으로 나섰다. 다른 사람들은 배경으로 숨었다.
 "카든 부인, 당신이 카든 부인이시지요?"
 "네, 그래요."
 "이렇게 때마침 와 주셔서 정말 도움이 많겠습니다. 틀림없이 이번 일은 당신에게 큰 충격이었겠지요?"
 아무런 대답도 없었다. 그녀는 다만 말끄러미 그를 쳐다보고 있을 뿐이었다. 먼저 눈을 돌리는 쪽은 틀림없이 로즈 카든이 아닐 것이다.
 스콧의 말투는 얼마쯤 설교조로 바뀌었다.
 "어쨌든 폭행에 의한 죽음은 반드시 충격을 불러일으키는 법입니다. 당신은 미망인이지요, 카든 부인?"
 "왜 나를 심문합니까? 이 사람들은 여기서 무엇을 하고 있는 거지요?"
 "이 사람들이 이곳에 있는 것은 나와 마찬가지로…… 그렇지요, 정의를 위해서입니다. 당신을 심문하는 것은 현재 당신이 이 집에서 가장 윗사람이며, 당신이 하는 말에서 누가 토머스 리치레이를 살해했는지 찾아낼 수 있을지 모르기 때문입니다. 즉 당신은 법률과 우리를 도와주기 위해 이곳에 있는 겁니다. 도와주고 싶은 생각이 없습니까?"
"알았어요."
"당신은 미망인이지요?"
"남편은 14년 전에 돌아가셨습니다."
스콧은 약간의 책략을 시도해 보았다.
"그럼 이렇게 말하는 것을 용서해 주리라 믿고 말합니다만, 당신은 꽤 젊었을 때 결혼하셨겠군요?"
그러나 그녀는 얼굴 근육 하나 움직이지 않았다.
"리치레이 씨 집에 가정부로 온 지는 얼마나 됩니까?"
"이번 부활절로 8년이에요."
"주인은 좋은 사람이었습니까?"
"그래요."
"그분은 아마 당신을 믿고 있었겠지요? 다른 사람에게는 말하지 않는 일이라도 당신에게는 이야기하지 않았습니까?"
"그런 것 같아요."
"그럼, 요즈음 주인의 행동에서 특별히 뭔가 눈에 띈 점이라든가, 또는 자신이 살해당할까 두려워하고 있는 듯한 의심을 갖게 하는 말을 당신에게 하지는 않았습니까?"
"나한테는 아무 말도 하지 않았어요."
"오늘 오후 당신이 외출할 때, 주인의 모습에 뭔가 특별히 달라진 점은 없었습니까?"
"네, 제가 느낀 범위 안에서는."
"당신은 그분이 남아프리카에 있는 조카에 대해 얘기하는 것을 들은 적이 있습니까?"

그녀는 고개를 저었다.

"그런 손님이 현관에 와서 리치레이 씨를 만나게 해 달라고 한 적이 한 번도 없었다는 말인가요?"

"제가 아는 한에서는 없었습니다."

"자, 잘 생각해 보세요, 카든 부인. 당신이 아는 범위 안에서 돌아가신 주인에 대해 언제고 죽이든가 복수하겠다고 위협하고 있던 사람, 원한이나 적의를 품고 있던 자는 없었습니까?"

"겉으로 보기에는 없었어요. 스튜어드 씨와 몇 마디 입씨름을 하다가 집에서 나가라고 말씀하신 적은 있지만, 그것은 아무것도 아닌 일이었습니다."

"'겉으로 보기에는 없었다'라는 것은 무슨 뜻이지요? 숨은 적은 있을지도 모른다는 뜻입니까?"

바야흐로 여러 가지 사정이 저절로 뚜렷해지기 시작했다. 대답에 섞인 짙은 독기는 생각지도 않았던 새로운 사실이었다.

"주위에는 그분의 재산을 손에 넣으려다 실패한 사람들뿐이었으니까요."

"이를테면?"

"그분 조카들이에요. 그 사람들은 오랫동안 따라다녔는데, 결국 그분이 단념케 해 버린 거예요."

"당신은 그러니까 이렇게 말하는 것이군요. 만일 당신과의 결혼이 이루어졌다면 그 돈은 당신 마음대로 할 수 있었을 거라고?" 스콧은 얼굴이 두 손에 닿을 만큼 테이블 위로 몸을 내밀었다.

"그래요, 그건 이미 내 마음대로 할 수 있게 돼 있었어요!" 아주 의기양양한 말투였다.

"정확히 말해서 왜 그렇습니까?"

"리치레이 씨는 유언장을 만들었다면서, 그분의 것은 모두 나의 것이 된다고 말씀하셨거든요."
"과연 그럴지도 모르고 그렇지 않을지도 모르겠군요. 그러나 카든 부인, 만일 리치레이 씨가 유언장을 쓰지 않고 죽었다는 사실을 알게 되더라도 실망하지 마십시오."
이 말이 그녀를 약간 동요시킨 것 같았으나 스콧은 말을 계속했다.
"주인은 유언장을 작성한 변호사의 이름을 당신에게 말해 주던가요? 아니면 그분 자신이 직접 작성했다고 하시던가요?"
그녀는 고개를 저었다.
"그건 그렇고, 카든 부인, 이것은 다만 형식상 물어보는 것이니까 이 질문에 화내지 말아 주십시오. 당신은 오늘 밤 밖에서 지내셨지요?"
"그래요."
"누구와 함께?"
"클라크 부인, 스튜어드 씨네 가정부예요. 둘이 영화를 보고 난 뒤 저녁을 먹었어요."
"고맙습니다. 스튜어드 씨는 몇 번지에 살고 계시지요?"
"124번지입니다."
"잠깐 실례하겠습니다."
그가 신호를 하자 비어 경감이 방에서 나갔다. 그리고 스콧은 이튼에게 무언가 귀엣말로 전했다. 그는 다시 가정부를 보고 앉았다.
"차를 마셨으면 하는데, 카든 부인, 당신도 함께 드시겠습니까?"
"아니오, 괜찮아요."
이튼이 방에서 나가자 스콧은 곧 심문을 계속했다.
"리치레이 씨나 아니면 당신 때문에 하녀가 오래 붙어 있지 못한 일이 있었습니까?"
"그런 거야 뭐 별로 대수로운 일은 아니잖아요?"

"아마 운이 나빠서 그랬겠지요. 하녀들의 대우는 좋았다고 말할 수 있습니까?"
"내 생각으로는 지나칠 만큼 좋았다고 봐요."
"어떤 점에서 말입니까?"
그녀의 얼굴에는 비웃는 듯하면서도 뻔뻔스러운 표정이 떠올랐다.
"직접 하녀를 두어 보면 곧 알게 될 거예요."
노크 소리가 나고 메리 애덤스가 찻잔과 설탕통이 놓인 작은 놋쟁반을 들고 들어왔다. 이튼이 그 뒤를 따라 소리 없이 들어왔다. 그녀가 들어온 순간부터 카든 부인의 눈은 메리의 얼굴을 물끄러미 쳐다보고 있었는데, 결코 기분 좋은 눈길은 아니었다. 그리고 가정부의 눈과 마주쳤을 때 이 하녀의 눈에는 완전한 경멸의 빛——'당신의 지배는 끝났어요'라고 말하는 것 같은 경멸의 빛이 떠올랐다.
"고마와요, 메리" 하고 말하며 스콧은 각설탕을 두 개 찻잔에 넣었다. "정말 차를 마시지 않겠습니까, 카든 부인? 그럼, 트래버스 씨, 당신은 어떻습니까? 그래요, 당신네들은 차가 얼마나 몸에 좋은 것인지 모르는 모양이군요. 그리고 메리 양, 오늘 밤 여기서 자도 무섭지 않겠지요? 우리 둘이 줄곧 이곳에서 밤샘을 하고 있을 테니까."
"침실을 바꿔주신다면 무섭지 않아요. 다만 이 여자 옆에서는 자고 싶지 않아요."
그러자 금방 소동이 벌어졌다.
"이 화냥년! 그럼, 일러바친 게 너로구나."
"너무 큰소리치지 말아요, 카든 부인. 만일 내가 입만 벌리면……."
"너 같은 년은 한시바삐 짐을 꾸려 이 집에서 나가!"
"꽤 번지르르하게 훌륭한 말을 하는군요. 나는 당신이 해 온 짓을 다 보고 있었어. 이 더러운……!"

그때 사태의 형편을 대강 알아차린 스콧이 입을 열었다.
"이제 그만 입 다물어요, 메리! 그렇지 않으면 머리가 차가와 질 곳에 가둘 테니까."

그러고 나서 그는 가슴을 헐떡이며 분노로 얼굴이 거의 가짓빛으로 물들어 있는 가정부를 향해 말했다.

"카든 부인, 내일 아침에 다시 한 번 부탁할지도 모릅니다. 저의 충고를 받아들인다면 곧 쉬는 편이 좋을 것입니다."

그가 일어서서 문을 열어 주자, 가정부는 잠깐 초조한 듯이 우물쭈물하더니 얼굴을 번쩍 들고 그다지 자연스러워 보이지 않았지만 태연한 태도로 나가 버렸다.

스콧은 하녀를 보았다.
"식당 열쇠 말인데, 어디다 넣어 두지?"
"열쇠 구멍에 꽂혀 있어요."
"안쪽, 아니면 바깥쪽?"
"안쪽일 때도 있고 바깥쪽일 때도 있어요."
"흐음, 어디 그 점에 대해서 이야기해 봐."
"카든 부인이 늦게까지 외출할 때는 주인어른께서 일찍 주무시므로 도둑이 들어와도 나갈 수 없도록 언제나 문은 바깥쪽에서 잠가 놓았어요. 그리고 내가 아침에 일어나 안으로 들어가기 위해 그 문을 여는데, 열쇠는 언제나 안쪽에 넣어 두고 있었어요. 주인어른이 남이 들어오기를 꺼려할 때는 열쇠를 채우고 혼자 있을 수 있도록, 그리고 저 여자와 둘이서 들어가 있을 수 있도록……"
"그게 무슨 뜻이지?"
"두 사람은 곧잘 그 방에 함께……"
"그런 말은 듣고 싶은 게 아니야. 이제 됐어. 내가 묻는 말에만 대답해 줘요. 이번에는 식료품 저장고인데, 오늘 밤 그곳은 잠겨 있었나?"
"제가 알기로는 잠겨 있지 않았어요."
"그럼, 현관문 열쇠는 누가 가지고 있지?"
"하나는 카든 부인이 가지고 있어요. 흔히 자기가 열고 들어오니까요."
"그래, 아가씨도 그 열쇠를 가져 본 일이 있나?"
"아니오, 없었어요!"
"그럼, 늘 그 문을 어떻게 열었지?"
"그 문은 쇠사슬과 빗장으로 잠가 두어 안에서 열도록 되어 있어요."
"그래? 벨이 울리면 언제나 아가씨가 나가겠군?"
"네, 제가 옷을 갈아입을 때라든가 카든 부인이 가까이 있을 때 말고는."
"요 2, 3주 동안, 자기는 남아프리카에서 온 조카라고 하면서 낯선 사람이 리치레이 씨를 만나러 온 일은 없었소?"
"어떤 남자가 한 번 찾아왔었어요. 그러니까 일주일 전 수요일 밤이었어요."
"그래? 자세히 말해봐."
"그 사람이 리치레이 씨를 만나고 싶다고 하기에 안 계신다고 했더니 어디 있느냐고 물었어요. 그래서 볼일이 있어 나가셨는데, 언제 돌아올지 모르니까 할 말이 있으면 전해주겠다고 했지요. 그러자 그는 몹시 화가 났는지 '머지않아 쉽사리 잊을 수 없는 말을 전해주겠다'고 말하고는 그냥 돌아가 버렸어요."
"그래, 리치레이 씨는 어디 갔었지?"
"수금을 하러 가셨을 거예요. 저는 언제나 그렇게 생각하고 있었어요. 그분은 토태넘에 이발소를 두 군데나 가지고 있는데, 그날은 일찍 가게를 닫는 날이었어요. 문을 빨리 닫는 날이면 언제나 가게에 나가셨어요."
"몇 시에 돌아왔지?"
"모르겠어요. 저는 골치가 아파서 9시쯤 카든 부인에게 말하고 쉬었으니까요."
"물론 그날 있었던 일을 카든 부인에게 말했겠지?"
그녀는 잠깐 아무 말없이 있다가 이윽고 입을 열었다.
"그때 그 여자는 외출해 있었어요."
"하지만 돌아왔을 때 말하면 되지 않나?"
앵돌아진 표정이 메리의 얼굴에 떠올랐다.
"저는 무슨 일이든 그 여자에게는 말하고 싶지 않아요. 아침이 되면 주인어른에게 말할 생각이었는데, 깜박 잊어 버렸어요."
"그 사람이 어떻게 생겼는지, 인상 같은 것을 말할 수 있을까?"
"저는 처음에 해럴드 씨, 해럴드 리치레이 씨인 줄 알았어요. 그러나 어둠 속이라 잘 보이지 않았어요. 그런데 목소리로 해럴드 씨가 아니라는 것을 알았지요."
스콧은 여기에 대해 좀더 질문하려는 것 같더니 갑자기 생각을 바꿔 수첩에 뭔가 적어 넣었다.
"이제 한 가지만 더, 아가씨가 들은 소리가 틀림없이 리치레이 씨의 헛기침 소리였나?"
"네, 틀림없어요. 분명히 리치레이 씨가 헛기침하는 소리 같았어요. 제가 있던 곳에서는 꽤 떨어져 있었지만, 그렇게 들렸어요."
"그 뒤 현관문 소리는 듣지 못했어? 아무 소리도 들리지 않았나?"
"네, 현관문을 두드릴 때까지는."
스콧은 미지근해진 차를 마시더니 한동안 잠자코 있었다. 이윽고 그는 일어섰다.

"자, 이제 그만 아가씨 방으로 가 봐. 그러나 방을 바꾸고 싶다는 말을 하면 안돼, 카든 부인의 방에 가서 내가 방문 열쇠를 문 밖에 꽂아 놓으라 하더라고 전해 줘. 그리고 아가씨 방 열쇠도 그렇게 해 놓고."

그녀가 나가자 그는 트래버스 쪽을 돌아보았는데, 이 사람의 존재는 지금까지 거의 잊혀져 있었던 모양이다.

"여자란 정말 어쩔 수 없군요!"

트래버스는 아무 말도 하지 않았으나 자기도 동감한다는 듯 고개를 끄덕여 보였다. 현관 홀로 나가 스콧이 맨 먼저 한 일은 침실의 출입구 있는 층계참에 경관을 한 사람 배치한 것이었다. 그리고 가지고 온 열쇠를 주머니에 넣었다.

그때의 시각은 오후 10시 40분이었다. 밖에는 비가 폭포수처럼 쏟아지고 있었다.

10월 11일 밤 Ⅲ

1

조금 뒤늦게 조지 코번 경이 순수하게 비공식 자격으로 도착했다. 그때까지 전화를 걸고 있던 스콧 수사과장은 곧 코번 경과 짤막하게 이야기를 나누었다. 그리고 124번지를 찾아갔던 비어도 돌아와 한동안 함께 있었다. 이튼은 계속 이리저리 움직이고 있는 모양이었다. 그도 한두 번 수사 협의에 얼굴을 내밀었으나, 다시 틈을 보아 덧문 바깥쪽이며 부서진 문 열쇠며, 쓰레기통 속까지도 조사했다.

다른 사람들도 모두 여기저기 흩어져 갔다. 오웰은 경찰서로, 사진 기사는 경시청으로, 지문 담당은 2시간쯤 찾아보았으나 아무것도 발견되지 않자 집으로 돌아갔다. 경찰관들도 대부분 평상 근무로 돌아갔다. 지구 경찰 의사는 벌써 오래 전에 돌아갔는데, 내일 아침 상처의 정도를 좀더 정확하게 관찰하여 제1차 보고를 보충한 다음 검시 해부가 있을 예정이었다.

루드빅 트래버스는 백부가 도착했을 때 잠깐 말을 나눈 뒤 더 이상 할 일도 없었으므로 시간을 보내기 위해 아래층의 빈방들을 둘러보고 있었다. 아무런 목적도 없이 돌아다니는 것인지 아니면 뭔가 생각하는 일이 있어 그러는 것인지 정확하게 잘라 말할 수는 없었지만 아무튼 그곳에 감도는 공기를 마시려고, 다시 말하면 이상한 집으로 보이는 그 환경 속으로 들어가려고 하는 모양이었다.

속된 냄새가 물씬 풍겨 오는 어울리지 않게 큰 가구, 괘종시계와 청동 인형이 놓인 벽난로 앞의 대리석 선반, 반점이 있는 덮개를 씌운 테이블, 그 위에 깔아 놓은 모직 꽃무늬가 비쳐 보이는 유리로 만든 종 모양의 덮개, 마틴이며 글루즈, 또는 랜드시아류의 조각 등, 이 식당만 해도 그러한 모든 것이 묘하게 어울어져 변칙적인 분위기를 자아내고 있었다. 거기에 놓여 있는 전화는 마치 공존할 수 없는 시대착오적 편린처럼 느껴졌다. 이러한 곳에서 살인이 일어났다고는 도저히 생각할 수 없고, 납득이 안 가며, 강렬한 느낌만이 앞설 뿐이었다. 떠도는 공기 중에는 아직도 마그네슘의 연기가 차 있는 것 같았으나, 전체적인 분위기는 불길하다기보다는 비현실적이고 극적이어서 어딘가 모르게 저항감을 느끼게 했다.

집 자체는 죽은 듯이 조용했다. 밖에는 빗소리가 들리고 있었으나, 응접실에서는 아무 소리도 들리지 않았다. 방 안의 공기는 싸늘했다. 난로의 타다만 재가 단조롭다고 해도 될 만큼 쓸쓸함을 더해 주고 있었다. 루드빅 트래버스는 큰 외투를 입은 두 어깨를 웅크리고 스콧이 다시 차를 한잔 권해 주었으면 하고 생각하고 있었다. 그리하여 현관 홀에서 들려오는 목소리로 수사 협의가 끝났음을 알았을 때, 그는 자기 혼자만의 산책을 방해받는 것이 조금도 아쉽지가 않았다.

조지 경은 약간 걱정스러운 모습을 하고 있었다. 여느 때 같으면 머릿속이 상당히 맑았겠지만, 지금은 급하게 흡수한 정보들로 소화가 잘 안되어 배가 불룩해진 기분이었다. 해결의 서광은 거의 보이지 않았다. 틀림없이 해결에 다가갈 방법과 행동의 방침이 있을 법도 한

데, 만일 지금 누군가가 해결의 가망성이 있느냐고 묻는다면 거의 없다고 대답할 수밖에 없을 것 같았다. 그것은 물론 스콧에게 맡길 일이긴 했지만, 그래도 만일 추상적이 아니라 좀더 뚜렷하고 구체적인 결과를 듣게 해준다면 마음을 놓을 수 있을 텐데 싶었다.

"얼마나 슬픈 사건인가!"

이런 경우면 으레 하는 말이지만, 지금 조지 경의 마음으로부터 우러나온 말이기도 했다.

"분명히 이 사건에는 어떤 독특하고 이상한 면이 있는 것 같군요."

이런 경우에는 어떤 말이라도 하는 편이 좋을 것 같아 조카인 트래버스가 말했다. 그리고 그는 스콧을 돌아보았다.

"함께 데리고 와 주셔서 정말 고맙습니다. 너무 방해가 되지 않았다면 좋겠습니다만."

스콧은 미소 지었다.

"아닙니다, 트래버스 씨. 솔직히 말씀드려서 우리가 이곳에 도착한 뒤 당신은 '네' '아니오' 말고는 단 세 마디도 하지 않았습니다. 그저 호기심에서 물어보는 겁니다만, 당신이 그동안 무엇을 생각하고 계셨는지 알고 싶군요?"

루드빅은 깜짝 놀랐다.

"설마 나를 주책없이 뛰어들어 모든 것을 해결하는 아마추어 탐정으로 생각하는 건 아니겠지요?"

"글쎄요⋯⋯뜻밖에도 당신이 다크 호스일지도 모르죠."

"사실 이집트의 밤처럼 아주 캄캄합니다."

조지 경은 좀 당황한 표정으로 조카를 지켜보고 있었다. 조카와 스콧이 어째서 이렇게 언제나 짝이 맞는지 그로서는 알 수가 없었다. 오늘 밤에도 루드빅이 아무렇지도 않은 듯 함께 갈 수 없겠느냐고 말했을 때 스콧이 아무 반대도 하지 않는 것을 보고 그는 막연하나마

불만을 느꼈던 것이다. 그도 결코 자존심이나 애정을 부정하는 자는 아니었지만, 문학적 기질이 싫은 것은 사실이었다. 그러나 한 가지 취할 점이라면, 루드빅이 비록 펜은 칼보다 힘이 있다고 생각하고 있다 해도 용모로 보아 코번 집안의 피를 이어받은 것은 분명했다.

그들 다섯 사람은 응접실에 모여 테이블 위에 놓여 있는 증거물을 에워쌌다. 난롯불이 기분 좋은 소리를 내고 있어, 스콧은 앉자마자 바로 파이프에 불을 붙였다. 아마추어인 트래버스는 사양하여 한쪽 구석으로 물러났다.

이들의 모습을 상세하게 그대로 전하는 것은 이야기가 너무 길어 도저히 불가능하다. 그러나 대강의 줄거리와 가장 흥미 있는 점은 다음과 같은 것이었다.

"우선 각자의 생각을 이야기하지요." 스콧이 말했다. "그러고 나서 되도록 토론을 적게 하여 검토해 봅시다. 그렇게 하면 불필요한 것을 버리고 어떤 것이 남는지 알게 될 겁니다. 그러나 여기서 말해 두고 싶은 점이 두 가지 있습니다. 우선, 그 편지를 쓴 녀석은 어김없이 약속에 따라 행동해 왔다는 것. 그리고 둘째, 조지 경도 인정하고 있듯이 이 사건은 기억에 있는 그 어느 사건보다 한층 더 우리를 세상 사람들의 주목 속으로 집어던졌다는 점입니다. 이 살인이 도전적인 성격을 띠고 있는 만큼 사람들은 신속하고도 뚜렷한 결과가 나오기를 기대할 것입니다. 이렇게 말한다고 해서 현재의 특수한 사정이 우리의 방법과 태도를 바꾸게 되리라고는 한순간도 생각해 보지 않았습니다. 저는 다만 자극을 준다는 뜻에서 이 점을 지적한 것입니다. 보도 관계에 대해서 말씀드리면, 경시청이 오늘 밤 뉴스를 통해 6행짜리 기사를 발표할 것입니다. 또 비어 경감은…… 우리도 이미 예상한 일이지만, 이 사건을 누군가의 응원 없이는 대적할 수 없다고 인정하실 테지요."

비어는 자기가 적어 놓은 노트를 보고 비로소 신중하게 이 범죄를 재구성해 보았다.

"이 살인은 가정 사정을 아주 잘 아는 인물에 의해 이루어진 것입니다. 그 사람은 가정부가 목요일 밤마다 외출한다는 것을 알고 있었고, 집 구조에 대해서도 완전히 알고 있었습니다. 뒷문을 두드리고 하녀가 미리 준비해 온 소포에 정신을 빼앗기고 있는 동안 그는 실린더 자물통 열쇠──이것은 똑같이 만들었거나 훔쳤거나, 아니면 이 목적을 위해 누군가가 그 남자에게 빌려 준것을 사용해서 현관으로 들어와 급히 서둘러 식당으로 갔습니다. 그는 고무창을 댄 구두를 신고 있었으며, 더구나 깔개에 흙이 묻어 있지 않은 것으로 보아 아마 구두 위에 양말을 신었던 모양입니다.

그는 고인과 아는 사이였습니다. 그렇지 않다면 격투하는 소리나 외치는 소리가 들렸을 것입니다. 그리고 사용된 나이프는 요리사들이 쓰는 보통 칼이었으나, 끝이 뾰족한 것으로 보아 흉기로써 충분했습니다. 그는 장갑을 낀 오른손으로 칼을 들고 의자에서 일어서는 고인을 찌른 것입니다. 그 일격이 곧바로 심장을 찔렀습니다. 피해자는 그대로 의자에 털썩 주저앉고 말았지요. 범인은 식료품 저장고로 들어가 문을 닫고 나왔습니다. 그리고 식료품 저장고의 부엌 문에 빗장을 지르고 식당 문을 잠갔습니다. 그리고 나서 죽은 사람의 조끼 주머니에 예고한 대로 살인이 이루어졌다는 것을 우리에게 알려 주기 위해 준비해 온 종이쪽지를 넣었습니다. 그런 다음 범인은 교환국을 불러 내어 되도록 짤막하고 차분하게 살인을 통보한 뒤 곧 수화기를 내려놓았습니다. 그리고 그는 식당을 나와 문을 잠근 다음 집을 떠난 것입니다. 여기에 필요한 시간은 시험해 보면 알 수 있다고 생각합니다.

이번에는 이 살인을 저지를 가능성이 있는 용의자에 대해서 말씀드리겠습니다. 애덤스와 카든 부인은 둘 다 마리우스의 편지를 쓸 수는 없었을 것이므로 공모자를 이용하지 않은 이상 용의자로 볼 수는 없습니다. 스튜어드라는 사람도 일단 제외합니다. 그가 저녁 때부터 줄곧 혼자서 집에 있었다는 것이 확실히 밝혀졌으니까요, 그의 저녁 식사가 다른 방에 준비되어 있었고, 게다가 그 시간에는 책을 읽고 있었다고 주장하고 있는데, 그 책은 나도 보았습니다. 피해자와 싸움을 하기 전까지는 매주 목요일 밤 두 하녀가 외출한 사이에 카드놀이를 하는 습관이 있었답니다. 그리고 70살이 훨씬 넘은 노인이 그렇게 민첩하게 움직였으리라고는 생각할 수 없습니다.

가장 유력한 용의자로는 아무래도 콘스터블 호텔에서 편지를 보낸 자인데, 그러나 그는 이 집안에 들어와 본 일이 없습니다. 게다가 만일 그 사람이라면 편지 같은 뚜렷한 단서를 뒤에 남기는 그런 어리석은 짓을 할 리가 없습니다. 그리고 다음으로는 십중팔구 유산 상속자가 될 네 조카가 있습니다. 이 조카들의 알리바이는 조사할 필요가 있습니다. 아울러 살인범이 '마리우스'의 편지를 쓴 녀석이라는 사실을 계속 염두에 두고 있지 않으면 안 됩니다."

다음으로 이튼이 이야기했는데, 그는 아주 자신이 없는 말투였다.

"실례지만, 나는 납득이 가지 않는 몇 가지 점에 대하여 다시 한번 생각해 보려고 합니다. 첫째로 그 소포입니다. 거기에는 글로브 129번지라는 쪽지가 붙어 있었는데, 그 이름과 주소는 이 지구 배달용의 주소 성명록을 보면 금방 알아낼 수 있습니다. 글로브 129번지라면 이 한길 건너입니다. 그럼, 대체 범인은 왜 하녀를 한길 맞은편으로 끌어내어, 더구나 하녀와 얼굴이 마주치게 될 현관으로 모습을 감추었을까요? 왜 소포를 메이플 테라스의 같은 주소로 보내지 않았을까요? 그렇게 했다면 하녀는 뒷문으로 나갔다가 다시 뒷문으로 돌아왔을 텐데요."

"나는 이렇게 생각하네" 하고 스콧이 말했다. "그렇게 되면 거리가 너무 멀기 때문에 하녀가 나가기 전에 허락을 받을 위험이 있었던 게 아닐까? 그리고 또 뒷길에는 가로등이 없으므로 하녀가 기분이 내키지 않아 갈 생각을 하지 않을지도 모르니까."

"그 점은 이제 납득이 갔습니다." 이튼이 말했다. "두 번째로 의문점입니다만, 그 남아프리카에서 온 조카는 왜 하필이면 백부가 늘 외출하는 날 밤에 찾아왔을까요?"

"여기서 말해 둘 게 있는데," 스콧이 다시 말했다. "인상이 일치되고 스스로 T.W. 리처드——틀림없이 리치레이의 별명이네만——라 서명한 남자가 1일부터 3일까지 콘스터블 호텔에 머물렀다는 거야. 그 사나이는 4일 아침 무거운 슈트케이스를 들고 리버풀 거리로 떠났는데, 그 뒤로 소식을 모른다네. 그쪽의 수사는 지금 호워튼 총경이 다루고 있네."

"하지만 나로서는 왜 T.W. 리처드가 하필 백부가 외출하는 날만 골라서 만나러 올 정도로 사정에 어두웠는지, 또 가정부가 집을 비우는 바로 그날 찾아와서 백부를 죽이게 되었는지 아무리 생각해도 알 수가 없습니다."

"가정부가 외출한 사실은 나중에야 알게 되었다고도 생각할 수 있겠지" 하고 비어가 말했다.

"하기야 그럴지도 모릅니다." 이튼이 인정했다. "그러나 역시 나는 이 사실을 일단 지적해 둘 만한 일이라고 생각합니다. 그럼, 이번에는 하녀에 대해서 말하겠습니다. 범인은 이 하녀에 대해서는 대단히 확실한 계산을 했다는 사실을 우리는 인정하지 않을 수 없습니다. 그런데 이 사실로부터 한 가지 묘한 일이 생겨납니다. 우리는 범인이 자기 시간을 1분 1초에 이르기까지 치밀하게 계산했다는 것을 알고 있습니다만, 그러나 그 사나이도 비가 올 줄은 몰랐을 것입니다. 만일 하녀가 소나기가 멎기를 기다리며 집에 있었다면 어떻게 되었을까요? 그 경우 범인의 계획에 어떤 차질이 일어났을까요?"

"틀림없이 범인은 두 가지 계획을 가지고 있었을 걸세. 즉 날이 개었을 경우와 비가 올 경우를 따로 생각해서……" 하고 스콧이 말했다.

"그런데 오늘 밤은 그 양쪽이 다 해당되는 셈이군요" 하고 이튼이 되받아 말했다. "그건 그렇고, 이제 두세 가지 조그마한 문제에 대해서 말씀드리면 끝납니다. 이 집에서는 마리우스의 편지에 관계된 무슨 말이 나왔던가요? 만일 우리가 들은 바대로 고인에게 적이 많았다면 그는 왜 집에만 붙어 있지 않았을까요? 그리고 끝으로 지적하고 싶은 것은——비어 경감님의 말에서 떠오른 생각입니다만——고인처럼 고집이 센 사람이 스튜어드와 싸움을 한 뒤에도 가정부에게 스튜어드의 가정과 친밀한 교제를 계속하도록 허용했다는 점을 보면, 가정부가 주인을 완전히 쥐고 흔들었다고 볼 수 있는 것입니다."

"자네 말은 아주 자극적이고 중요하게 생각되는군." 조지 경이 말했다. "그러나 나는 리치레이가 그렇게 그 여자 밑에 억눌려 지냈다고는 보지 않네. 리치레이는 틀림없이 유언장에 대해서 그녀를 속이고 있었을 걸세."

"유언장이 없었다고 말할 수 없습니다." 이번에는 스콧이 말했다. "만일 유언장이 있었다면 그것으로 사건 전체가 좀더 명확해질 것입니다. 어쩌면 범인이 가지고 갔는지도 모르지만, 만일 그가 가지고 갔다면 동기는 충분히 있는 셈입니다. 그러나 이 문제는 뒤로 미루기로 하고, 이튼이 의문을 품고 있는 점을 듣고 나도 한 가지 생각났습니다. 범인은 도대체 왜 식당 문을 열고 거리로 뛰어나가지 않았을까요? 집 안에는 아무 힘도 없는 여자가 혼자 있을 뿐이고, 더구나 이튼도 지적했듯이 범인은 그녀의 성질을 아주 잘 알고 있었을 것입니다. 가령 그 여자가 비명을 질렀다고 해도 범인은 쉽게 도망칠 수 있었을 테니까요."

"마리우스의 편지를 보면 그 사나이는 아무튼 화려하고 센세이셔널한 행동을 취하려고 했던 경향이 있소." 조지 경이 말했다.

"저도 그렇게 생각합니다" 하고 비어도 거들었다. "그리고 또 범인으로서는 비록 뒷모습일지라도 보이는 일이 있어서는 안된다는 점이 아주 중요했던 모양입니다. 만일 범인이 절름발이거나 꼽추, 아니면 스튜어드처럼 걸음이 느린 자였더라면 어떨까요?"

'누구의 말이나 다 옳게 생각되는군! 그렇다면 누군가가 잘못이어야 할 텐데' 하고 생각하며 트래버스가 자기도 모르게 미소 짓는데, 마침 자기 이름을 부르는 것 같은 소리가 들렸다.

"뭐 생각나는 일이 있습니까, 트래버스 씨?" 하고 스콧이 물어 온 것이다.

"네, 저…… 그 호텔의 편지를 다시 한 번 보여 주시지 않겠습니까?"

"그러지요." 스콧은 편지를 건네주었다.

"이것은 장갑을 끼고 취급해야겠지요?"

스콧이 미소 지었다.

"지문이라면 이미 조사가 끝났습니다. 아마 리치레이가 오늘 밤에 만졌던 모양입니다. 그 사람의 지문이 묻어 있었어요."

과연 담당자가 검출한 곳에 뚜렷하게 지문이 나와 있었다. 한쪽에는 엄지손가락 자국이 있고, 또 다른 쪽에는 두 손가락 자국이 있었다.

편지는 그의 흥미를 끈 것처럼 보였으나, 편지를 뒤집어 보고 나서 그가 한 말은 시시한 것이었다.

"정말 그 호텔 용지일까요?"

"아무튼 오늘 밤 안으로 알게 될 겁니다." 스콧은 진지한 표정으로 대답했다. "이번에는 그 테스트 건인데, 어디 한번 해보기로 합시다. 조지 경도 보고 싶지 않습니까?"

"보고 싶고말고!" 경이 대답했으므로 모두 현관 홀로 자리를 옮겼다.

2

맨 첫 테스트는 간단한 것으로, 소포가 글로브 129번지에 사는 거주자의 손에 제대로 전달되었을 경우, 범인은 얼마만큼의 시간을 얻을 수 있을까 재 보는 것이었다. 이 테스트는 아무래도 맬로운 부인의 손을 다시 한 번 번거롭게 해야 했으므로 별로 확실하다고는 볼 수 없었지만, 그래도 이튿이 그때 하녀가 했을 행동을 처음부터 끝까지 두 번 반복해 보였다. 평균 4분 걸렸다. 스콧이 지적했듯이 범인도 그 이상의 시간을 목표로 하지는 않았을 것이므로 이것을 최소한도로 생각하고 거기에 맞추어 수사를 펼쳐나갈 필요가 있었다.

다음은 하녀가 들은 소리에 대한 테스트가 행해졌다. 이것은 거기 있는 모든 사람에 의해 번갈아 시험되었다. 소리를 들을 사람이 하녀가 있던 침실 옆방에 가서 섰다. 그리고 문을 닫은 식당에서 살인범의 입에서 나온 것으로 생각되는 마지막 목소리, 즉 중앙 교환국을 상대로 한 말소리를 흉내 내었다. 그 결과 하녀처럼 정신을 바짝 차리고 귀를 기울이고 있었을 사람에게는 틀림없이 들렸으며, 또 길게 꼬리를 끄는 헛기침 소리와 비슷하다는 것으로 의견이 모아졌다.

다음은 하녀가 소비한 시간을 조사할 수 있는 가능성에 대해 약간의 검토가 있었다. 그러나 그녀가 없는 자리에서 시험해 봐야 별 소용이 없으리라는 생각이 들었다. 중요한 것은 다음 두 가지였다.

1. 우선 뒷문을 열고나서부터 헛기침 소리를 들었을 때까지 경과된 시간.
2. 헛기침 소리를 들은 뒤에 경과한 시간과 하녀가 있던 장소와의 관계.

첫 문제는 이미 4분이라는 계산이 나왔고, 이것을 바꿀 이유는 전혀 없는 것 같았다. 다음은 두 번째 문제점인데, 하녀가 전화를 건 것 같은 소리를 들은 것은 2층 침실에서였다. 본인의 말에 의하면 그런 일이 아무래도 있을 수 없는 것처럼 생각되겠지만, 자기는 두려워 떨고 있었기 때문이라는 것이다. 그녀는 그 비단 양말과 신이 자기에게 어울리는지 거울에 비춰 볼 생각으로 신어 보았다. 그런데 주인의 헛기침 소리에 깜짝 놀라 당황한 그녀는 자신의 무명실로 짠 양말과 꾸러미를 풀어서 꺼낸 비단 양말과 그 포장지를 집어 들고 아래층으로 뛰어 내려갔다. 층계참 위에서 잠깐 멈춰 섰으나 그 이상 아무 소리도 들리지 않았으므로 가능한 한 조용히 부엌으로 들어갔다. 아마 두려움은 계속 되었겠지만, 그녀에게는 현관 홀로 통하는 문을 열 만한 분별은 있었다. 사태가 이렇게 되자 그녀는 다시 자신의 양말로 바꿔 신고 새것을 화장대 서랍에 넣은 다음 포장지를 난로 속으로 던져 넣었다.

그때부터 현관문을 노크하는 소리를 들을 때까지 그녀는 아무것도 보지 못했다. 융단이 리놀륨처럼 소리를 없애지도 못했을 텐데, 그리고 그녀의 귀가 긴장해 있었을 텐데도 그녀는 아무 소리도 듣지 못했다. 헛기침소리를 들은 뒤부터 부엌에 들어서기까지의 시간은 30초 이상 걸리지 않았을 것이다. 이 시간은 정확한 것으로 인정되어, 다음 테스트와 비교해 보기 위해 보류되었다.

마지막 테스트는 범행의 재현으로 여기서는 비어가 피해자의 역할을 하고 이튼이 가해자 역할을 했다. 비어가 상상한 바에 따라 테스트가 이루어졌다. 하녀가 서서 귀를 기울인 시간도 충분히 계산되었다. 그럼에도 불구하고 이 방에서 가해자가 행한 모든 일은 겨우 2분 남짓으로 충분히 할 수 있었다는 사실을 알았다.

그런데 이 시험의 결과 약간 묘한 문제가 나왔다. 가해자에게는 자유로운 시간이 4분 있었던 셈이며, 범인이 이 집에 들어오기 가장 좋은 시간은 하녀가 소포를 살펴보고 있을 때이다. 그때부터 그녀의 주의력은 완전히 현관 홀과 식당에서 떠나 있었을 것이니. 그러나 만일 범인이 살인을 저지른 방에서 소비한 시간이 겨우 1분이라면, 집으로 들어오기 전에 그는 3분쯤 밖에서 기다렸다는 이야기가 된다. 이것은 분명히 위험한 짓이며, 4분이라는 시간을 몹시 단축하는 일이 아닌가! 그리고 하녀가 헛기침 소리를 들은 뒤 부엌으로 들어서기까지 불과 30초밖에 지나지 않았다면, 그는 도망치는 데 몹시 서둘러야 했을 터이므로 아무 소리도 나지 않았다는 것은 이상한 일이다. 그때 하녀는 층계를 뛰어내려오면서 분명 무슨 소리를 들었어야 했던 것이다.

그리하여 이 점에 대해서는 여러 가지로 의견이 오고 갔으나 끝내 만족할 만한 해답은 나오지 않았다. 겨우 한 가지 설명이 나왔는가 하면 이내 바로 옆에서 그 설명이 전혀 근거가 없다는 것을 알려 주는 것이었다.

"내가 내놓은 가설은 어떻습니까, 여러분?" 하고 이튼이 말했다. "만일 범인이 현관으로 도망친 것이 아니라고 하면 대단히 많은 일이 설명될 수 있을 것입니다. 예를 들어 소포가 129번지로 보내진 이유 같은 것도 말입니다. 뿐만 아니라 그가 방에서 보낸 시간에 대해서도 설명할 수가 있습니다. 범인은 일을 끝내고 방을 나갈 수 있게 되기 전에, 그리고 전화를 걸기 전에 도망칠 준비를 갖추어야 했을 것입니다."

"과연 그럴 듯하게 들리는군." 스콧은 말했다. "그러나 그렇게 마음먹은 대로 잘 될까? 어쨌든 머지않아 알게 되겠지?"

그러나 이제 새삼 더 조사할 만한 일은 없었다. 창문이란 창문은 모두 닫혀 있었다. 일일이 열어 보았으나 창문은 물론 덧문도 완전했다. 문도 다 닫혀 있었고, 천정이나 마루에도 아무런 이상이 없었다. 굴뚝은 문제가 되지 않았으므로 이튼의 설은 거의 실행 불가능한 것으로 생각되었다.

"좀 물어보고 싶은 게 있는데요" 하고 트래버스가 말했다. "이런 모형의 덧문은 외국에서는 별로 이상할 게 없겠지만, 나는 지금까지 영국에서는 본 기억이 없습니다. 덧문이라는 것은 안쪽에서 여닫을 수 있도록 만들어 블라인드로도 쓰일 수 있게 하는 쪽이 더 편리하지 않을까요? 보십시오, 이것은 얼마나 불편합니까? 밤이 되어 이 덧문을 닫기 전에 벽에 걸어 놓은 열쇠를 벗기기 위해서는 어떤 날씨이건 밖으로 나가야 하니까요."

"과연 그렇군요." 스콧이 대답했다. "그러나 이것은 오래된 집입니다. 실내 구조를 바꾸어 불편을 느끼기보다는 그냥 참는 경우도 흔히 있으니까요."

"게다가……." 이번에는 조지 경이 말했다. "그런 불편함이라면 주인의 눈에는 그다지 대수롭지 않았을 거예요. 이것을 여닫는 사람만이 불편할 테니까."

"그리고 이렇게 말해도 좋다면," 하고 이튼이 끼어들었다. "이 덧문도 그 나름대로 쓸모 있게 쓰이고 있습니다. 밖으로 노출된 창틀 사이로 튀어나온 창문의 경우에 흔히 볼 수 있는 것처럼 비가 들이치지도 않을 것입니다. 또 만일 이것이 안쪽에 있다면 보기에도 좋지 않을 것입니다."

"이거 참, 실례했군요" 하고 트래버스가 말했다. "문득 머리에 떠올랐을 뿐입니다."

"뭐 사과할 것까지는 없습니다." 스콧은 진심으로 말했다. "좋은 점을 생각해 내신 것입니다. 게다가 지금 우리에게는 무엇이든지 떠오르는 생각은 모두 도움이 되니까요. 그러나 보시다시피 덧문은 이렇고, 우리는 이런 상태에 있습니다. 범인이 문이 아닌 곳으로 나갔다면, 우리도 범인이 나간 곳으로 나갈 수 있을 것입니다."

"그리고 또한," 하고 조지 경이 말했다. "하녀나 카든 부인에게 고용된 공범자에게도 같은 문제가 적용될 것이오."

"그렇습니다. 어쩌면 하녀가 범인이 사라지는 것을 보고서 거짓말을 하고 있는지도 모릅니다. 그러나 그녀라면 필요할 때면 언제든지 마음대로 할 수 있습니다."

그들은 잠깐 동안 결단을 내릴 수 없는 듯 버티고 서 있었으나, 마침내 스콧이 시계를 꺼냈다.

"벌써 1시가 훨씬 넘었군. 여러분은 어떻게 생각하고 계신지 모르지만, 이 문제는 자면서 생각하는 게 어떨까요?"

"그게 좋겠구먼." 조지 경이 말했다. "그럴 리는 없겠지만 만일 나에게 볼일이 있으면, 센트 제임스 스퀘어에 있을 테니 그리로 연락해 주시오."

비어는 여러 사람과 함께 켐티스트 타운으로 갔다.

이튿이 거실에 임시로 잠자리를 만들고 있는 동안 스콧은 다시 처음부터 차근차근 생각해 보기로 했다. 차를 마시고 나서 파이프를 물고 연기를 내뿜으며 스콧은 닥쳐올 행동의 준비를 하고 있었다. 그는 식당의 책장에서 브래드쇼 철도 여행 안내서를 꺼내 자주 참고로 하였다. 이리하여 1시간 뒤 완성된 것은 그다지 도움이 될 것 같지도 않은 표였다.

5시 30분　　이튼. 아침식사.
　　6시　　　　애덤스.
　　7시　　　　카든. 1년 동안의 상세한 행적.
　　8시　　　　이튼 리틀 마팅즈 및 노리치.
　　9시　　　　경시청. 호워튼 총경. 엔필드.

※주의 : 배인가, 기차인가? 애덤스, 카든, T.T. 리치레이에 관한 서류. 오웰을 만날 것.

스콧이 안락의자로 만든 임시 침대에 누워 가까스로 빌린 깃털 이불을 덮었을 때는 벌써 오전 3시가 다 되어서였다. 밖에는 바람이 일어 빗줄기가 덧문 없는 앞 유리창을 계속 두드려 대고 있었다.

용의자

1

줄랑고 빌딩의 대식당에서 마침 수플레(달걀 흰자에 우유와 치즈 등을 섞어 오븐에 구워 만든 요리)를 다 먹은 루드빅 트래버스가 턱을 괴고 덧문과 편지에 대한 생각을 하고 있는데, 여자사환이 짤막한 편지를 가지고 왔다.

잠깐 만나고 싶은데, 와 주겠나?

F.W.

프랜시스 경은 언제나처럼 북쪽 구석에 있는 둥근 테이블에 여자사환을 한쪽에 세우고 앉아 있었다.
"잘 주무셨소, 트래버스? 오라고 해서 미안하군. 커피라도 마실까? 그럼, 블랙으로 두 잔!" 그리고 여자사환이 가 버리자 그는 "블랙을 시켜도 괜찮겠지?" 하고 물었다.
"괜찮고말고요, 프랜시스 경. 파이프에 불을 붙여도 좋습니까?"
"물론 나도 불을 붙이려던 참이었네. 자네에게 물어볼 말이 있어서 오라고 한 것일세. 자네가 지금 몹시 바쁘다는 것은 알고 있지만, 2분이면 내가 묻는 말에 대답해 줄 수 있을 것일세. 나는 오늘 아침 브리태니어 영화 주식회사의 내용 설명서를 보았는데, 자네 의견은 어떤가?"

루드빅 트래버스는 커피 속에 든 각설탕을 천천히 휘저으며 그 짧은 사이에 생각을 정리했다.

"제 생각으로는 그 회사 입장이 좀 복잡한 것 같습니다, 프랜시스 경. 결국 모든 것은 그들이 무엇을 하느냐, 또 어떤 방법으로 하느냐에 달려 있습니다. 그들의 계획은 이미 알려져 있듯이 소규모이고 꽤 인기가 있는 모양입니다. 머지않아 영국 필름의 20퍼센트가 그곳에서 제작될 것입니다. 오스트레일리아와 캐나다는 특혜 관세 협정을 맺고 있지요. 중역들도 수완 있는 사람들입니다. 그들이 패리세움즈에서 어떤 일을 했는지는 알고 계시겠지요? 그런데 제작부장 겸 감독은 경험 면에서나 배경 면에서 미국식입니다."

"엄밀하게 그렇다고 말할 수 있겠나?"

"저도 확실히는 말할 수 없습니다. 그러나 만일 그 회사의 작품이 분위기나 배경, 또…… 뭐라고 할까…… 인상 같은 면에서 순수하게 영국식이라면 식민지 시장에서의 수요는 제작량을 웃돌 것이라는 사실입니다. 회사는 충분한 보호를 받고 있으며, 뛰어난 가능성을 지니고 있는 것 같습니다. 투기라는 점에서 보면 그 회사는 저에게 약간 매력을 풍기고 있습니다."

"정말이네. 우리 두 사람과 부서 내에서만 하는 이야기지만, 실은 그 회사의 광고를 맡아 주지 않겠느냐고 의사를 타진해 왔다네."

트래버스는 예의상 놀라움과 만족의 표정을 지어 보였다.

프랜시스 경은 커피를 다 마셨다.

"이야기는 다르지만 나는 오늘 아침 용건이 있어서 자네 백부님을 만났다네. 그런데 그분은…… 뭐랄까…… 전혀 백부님답지 않더군. 자네 안부도 묻지 않더라니까."

트래버스는 쓴웃음을 지었다.

"당연하지요. 오늘 새벽 2시까지 함께 있었으니까요."

상대방의 얼굴에서 미소가 사라지고 대신 놀라움이 나타났다.

"자네는 어젯밤 줄곧 그분과 함께 있었나?"

"네, 그것이 아주 큰 행운을 가져다주었답니다. 저는 그 마리우스 사건에 약간 흥미를 가지고 있었는데, 마침 좋은 때와 좋은 장소에 있었던 것입니다. 수사과장인 스콧 씨와 저는 상당히 오래 전부터 교분이 있어서 제가 현장에 갈 수 있도록 편의를 보아 준 거지요."

"그거 참, 재미있는데!" 그는 눈을 내리깔고 다른 일이라도 생각하는 듯 고개를 끄덕였다. 그러나 곧 얼굴을 들었다. "비밀을 폭로하지 않고 누구에게 손을 빌려 줄 생각은 없나?"

트래버스는 약간 놀랐다.

"글쎄요, 빌려 주어도 될 것 같군요. 오늘은 아직 일일일선(一日一善)을 하지 않았으니까요."

"여기에서만 하는 이야기지만, 그것은 한편으로는 나에게도 상당히 도움이 된다네. 경시총감으로서 조지 경이 프랭클린——자네도 기억하고 있겠지만, 그 마리우스 사건 협의석에 있던 사나이 말일세——에게 어젯밤 살인 현장을 살펴볼 수 있도록 애써 준 걸세. 그런데 그 사람을 보내게 될 경우 떠나기 전에 잠깐 도움말을 줄 수 없을까?"

"그거야 해 드릴 수 있지요. 그런데 저로서는 무슨 일인지 좀 이해하기가 힘이 듭니다."

그러나 프랜시스 경은 상대방을 잘 알고 있었다. 다른 많은 사람들과 마찬가지로 그도 전에는 트래버스를 일종의 좀 색다른 기인, 즉 자기 전문 분야에서는 뛰어나지만 그 이외에서는 별로 신통치 않은 사람으로 보아 왔다. 그러나 여러 차례 기회 있을 때마다 겪어 본 결과 그의 여러 가지 점——예를 들어 결코 겉치레가 아니며 인습에 구애받지 않는 태도, 탄력 있고 조화된 사고방식, 언제나 급소를 파악하는 예리한 관찰력, 소박하고 사람의 가슴을 감동케 하는 천진난만한 성격 등을 알게 된 것이다.

한편 프랭클린은 경리과로 발걸음을 옮기며 루드빅 트래버스를 보았자 조사만 난처한 처지에 이를 뿐이라는 생각이 강하게 떠올랐다. 그도 유명한 《방탕자의 경제학》은 알고 있었고, 그 저자에 대해서는 상당한 경의를 표하고 있었으나, '마리우스' 회의석상에서 자기를 지지해 준 얼마쯤 우스꽝스러운 안경 쓴 인텔리에 대해서는 전혀 흥미가 없었다. 더구나 희망도 걸지 않았다.

트래버스는 사람을 끄는 독특한 미소를 띠면서 프랭클린을 맞이했다. 그리고 자기를 찾아온 손님이 조금도 편안한 마음을 갖지 못하고 이야기의 실마리를 찾으려고 더듬거리고 있다는 것을 알아차렸다.

"새로운 부문은 어떻게 진행되고 있나?"

"뭐라고 말씀드릴 수가 없군요." 프랭클린은 약간 퉁명스럽게 대답했다. "아직 자리 잡을 틈도 없어서……"

"그럴 테지."

트래버스는 다시 상대방의 관심을 다른 방향으로 돌리려고 시도해 보았다.

"프랜시스 경께서 자네가 어젯밤의 그 처참한 사건에 흥미를 가지고 있다는 말을 하더군. 내가 자네에게 별 도움이 될 수 없을 거라고 분명히 말했지만……여하튼, 나도 이 일에 최선을 다해 보겠네. 물론 내가 받은 인상을 전달하는 일이 고작이겠지만."

"경시청이 하는 일에서 당신은 어떤 인상을 받았습니까, 트래버스 씨?" 프랭클린은 그 자리에서 질문했다.

"글쎄…… 자네는 아마 정오판 신문을 보았겠지? 그것을 보았다면 신문은 경시청이 하는 일을 아주 과소평가했다고 할 수 있네."

"그렇게 말씀하시니 정말 기쁩니다. 경시청은 당연히 인정받아도 될 공적도 여간해서는 인정받지 못하니까요."

부드럽고 예의바르고, 더구나 몹시 긴장해 있는 두 사람이 이렇게 한자리에 앉아 있는 모습은 뭐라 말할 수 없이 흐뭇한 광경이었다. 마침내 트래버스는 그럭저럭 기분이 풀어짐을 느꼈다.

"한 가지 묻겠는데" 하고 그는 말했다. "지금까지 경시청이 취급해 온 탐정소설 같은 구체적인 단서가 없는 사건, 말하자면 괴로운 나머지 분별없이 임기응변으로 저질러진 사건이라고 공표된 예를 알고 있소?"

프랭클린은 여우에 홀린 듯한 표정을 지었다.

"글쎄요. 금방은 생각나지 않습니다만……?"

"그럼 이것이 선례를 만들어 낼 것 같군! 어느 모로 보나 르코크에게 안성맞춤인 사건일세. 르코크에 대해 자네는 어떻게 생각하나?"

"르코크요? 글쎄……저는 언제나 소설 속에 나오는 탐정 가운데 가장 인간미가 있고 믿을 수 있는 인물이라는 인상을 받았습니다."

"나는 자네만큼 판단력은 없지만, 그 말에 동감이네. 어쨌든 내가 할 수 있는 일은 다 말하기로 하지." 그리고 그는 그날 밤의 일과 거기서 문제시된 일을 서둘러 대강 설명했다. "현장에는 언제 갈 예정인가?" 설명을 급하게 끝내자 그는 물었다.

프랭클린은 시계를 보았다.

"별로 서두르고 있지는 않습니다. 2시 반쯤에나 갈까 합니다."

트래버스는 뒤로 기댄 자세에서 허리를 꼿꼿이 펴며 고쳐 앉더니 파이프를 손에 든 채 양팔을 무릎 위에 올려놓았다. 그의 얼굴에 묘한 표정이 떠올랐다.

"내가 하는 말을 조금도 마음에 둘 필요는 없지만, 좀 묘한 말을 해두고 싶네. 그리고 나의 견해도 이해해 주었으면 하네. 그러나 만일 내 말이 어리석다고 생각되거든 사양말고 말해 주게나."

그는 말을 끊고 파이프에 불을 다시 붙였다. 그러면서 그는 다시 한번 그 일을 생각해 보았다. 프랭클린은 상대방의 말을 어떻게 받아들여야 할지 몰랐다. 그래서 트래버스에게 슬쩍 시선을 던져 보았으나 그는 미소만 띠고 있을 뿐 아무 말도 하지 않았다.

"어젯밤에 일어난 일에 대해 꽤 많이 이야기했지만, 다른 사람들이 어떻게 생각하고 있는지는 나도 모르네. 만일 내 생각을 말한다면 자네는 아마 무슨 자격으로 그런 말을, 즉 살인 문제 따위를 생각하느냐고 의심하겠지. 그럼에도 불구하고 결과를 운명에 맡긴 내기에 약간의 시간을 할애해 볼 생각은 없나?"

프랭클린은 호기심이 생겼다. 그는 이 안경 쓴 인텔리에게 이상한 매력을 느끼기 시작했던 것이다. 그리하여 대화도 그가 상상했던 것과는 전혀 동떨어진 것이 되었다.

"기꺼이 여쭤 보겠습니다, 트래버스 씨."

"내가 너무 지껄이고 있는 모양이군. 참 나쁜 버릇이야."

"무슨 말씀이십니까. 어서 계속하십시오."

"둘이 함께 어리석음을 보게 되겠지. 사실 이 사건은 어제 있었던 회의 이래 줄곧 나의 흥미를 끌었다네. 그래서 만약 일이 생기면 무슨 수를 써서라도 현장에 가 볼 작정이었지. 그 이유를 묻는다면 이렇다할 대답이 없지만, 다만 나와 같은 민간인의 단순한 견지에서 한두 가지 다른 견해를 가지고 있었기 때문일세. 지금 내가 알고 싶은 것은 나의 직관이 올바른가 하는 점일세. 오늘 밤 7시 반쯤 나의 집――센트 마팅즈 템버 14C로 와 주지 않겠나? 도저히 형편이 되지 않거든 사환을 시켜 전화해 주게."
"찾아가겠습니다." 프랭클린은 말했다.
"정말 고맙군! 지금은 자세한 말을 하지 않겠지만, 괜찮다면 문제점을 두 가지만 적어두세."
그가 말한 두 가지 문제는 이것이었다.

1. 자네는 셜록 홈즈이다. 자네는 시체 주머니에서, 열흘 전부터 그 속에 들어 있었고 그동안 자주 되풀이 읽혀진 한 통의 편지(봉투는 없음)를 발견했다. 편지지는 낡은 상태였으며 호텔 전용의 품질이 좋은 종이로 추측된다.
2. 가는 끈을 약 280cm쯤 가지고 가서 미늘창을 내려놓은 창으로 나가 바깥쪽에서 문을 닫는다.

"괄호를 하고 '카든 부인'이라고 써 놓았는데," 하고 트래버스는 말했다. "만일 이 여자에게서 최근 2, 3개월 동안 이 집을 방문한 사람들의 리스트를 알아낼 수 있다면 큰 수확일 걸세."
그는 일어섰다.
"분수에 넘치는 말을 해서 정말 부끄럽게 생각하네. 그러나 자네는 직관이라는 것을 가져본 일이 있나, 크로스워드 퍼즐 같은 게임에서?"
프랭클린은 미소 지었다.
"가끔 있지요."
"그럼, 직관이란 어떤 것인지 알고 있겠군? 나에게는 백모가 있는데, 수다스런 어떤 사람이 내가 자릿수가 많은 숫자도 덧셈이 가능하다고 아무리 입이 닳도록 이야기해도 결코 믿으려 하지 않는다네. 그런데 만일 그 백모가 나에게 '아홉 자로 씌어진 신학상의 논문이 무엇이지?' 하고 물어 내가 '우파니샤드 (upanishad, 근대 힌두교의 철학서)'라고 대답했다면, 백모는 모든 사람에게 내가 얼마나 영리한가 떠들어 댈 걸세. 세상이란 바로 이런 것이라네. 그럼 센트 마팅즈 템버 14C에서 7시 반에 만나세. 그럼……"

그러고 나서 그는 어리둥절해 하는 프랭클린을 방 밖까지 바래다주었다. 그러나 문을 닫자마자 그가 맨 먼저 한 일은 좀 난처한 일이지만 비난으로 들릴 수 있는 휘파람을 부는 일이었다. 그리고 잠깐 동안 파이프를 내려다보고 있더니 이윽고 그는 천천히 불을 붙였다.

2

엘리베이터가 14C호실 문 앞의 액스민스터 융단 위에 프랭클린을 살짝 내려놓았을 때, 그는 입고 있는 신사복이 아무래도 신경에 거슬려 마음이 편치 않았다. 트래버스의 심부름을 하는 팔머가 식당으로 안내했는데, 그곳에 들어서자 급히 둘러본 그는 완전히 겁을 먹게 되었다. 그러나 주인의 모습을 보자 그런 기분은 깨끗이 사라져 버렸다. 만일 스웨이드 슬리퍼에 플란넬로 된 크리켓 셔츠, 화려한 스포츠용 푸른 웃옷에다 회색 바지 차림으로 손님의 마음을 충분히 편하게 해줄 수 없다면 그 옷차림이 누구의 마음에나 들기는 어려울 것이다.

"괜찮다면 이대로 이 방에 있었으면 하네" 하고 트래버스가 말했다. "나는 나중에 한바탕 일을 해야 한다네. 우선 식사를 하기로 하세. 머리는 썼지만 별로 화려하다고는 할 수 없네만."

식사가 끝나자 두 사람은 책과 서류장이 가득 들어찬 서재로 가서 활활 타오르는 불 앞에 앉았다.

"훌륭한 집에 사시는군요. 깜짝 놀랐습니다." 프랭클린이 말했다.

"자네도 이런 곳에서 살게 되면 그렇게 너무 딱딱하게 굴지 않게 된다네." 트래버스는 말했다. "조상 덕택에 나는 고생해서 일하지 않아도 먹고 살아갈 수 있는 셈이지. 그런데 카든 부인에 대해 이야기해 주기로 되어 있었지? 그 여자를 만나 보니 어떻던가?"

프랭클린의 몸짓은 그가 그녀를 어떻게 생각하고 있는지 뚜렷하게 나타내 주었다.

"이렇게 말하면 뭣합니다만, 우선 성가신 존재였습니다. 게다가 한두 잔 마셨기 때문에……."

"하녀는 외출 중이었지?"

"네, 다행히 외출 중이었습니다. 그 여자에게는 스콧 수사과장이 아버지 같은 눈길을 계속 쏟고 있을 테고, 내일이면 아무래도 심문을 받기 위해 출두해야겠지요. 물론 저도 그 편지를 보았습니다. 또 그 두 사람에 대해서는 오늘 아침 경시청에서 충분한 정보를 얻었습니다."

"그 두 사람은 흥미가 끌린단 말이야!"

"그렇습니다. 그런데 당신이 그 가정부에 대한 말을 입에 올린 것이 좀 이상하군요. 왜냐하면 그것으로 저에게는 불쑥 떠오르는 생각이 있었기 때문입니다. 제가 그곳에 닿았을 때는 두 남자가 경비를 보고 있었습니다. 카든 부인은 사람을 내려다보는 듯한 태도로 나를 불러들여 스스로 고상하다고 생각되는 자세를 취하려고 애썼습니다. 저를 경찰에서 온 사람으로 알았던지, 경찰과는 아무 관계도 없다고 아무리 말해도 믿으려 들지 않더군요. 그래서 나는 당신을 방해할 생각은 조금도 없다, 다만 잠깐 이 주변을 보여 주면 된다, 정 마음이 안 놓인다면 하녀보고 지키라고 하면 되지 않냐고 말했지요. 그러자 그녀는 하녀를 욕하기 시작했습니다. 그래서 저도 함께 옆에서 좀 거들어 주었더니 어느 새 그 여자는 자신이 말하는 객실의 훌륭한 귀부인이 되어 있더군요. 우리는 안락의자에 앉아 술잔과 호의로 완전히 따뜻한 분위기를 이루었습니다. 그러자 그녀는 제가 유언장 일로 온 사람이라고 생각한 모양입니다. 저는 그 일에 대해서는 뭔가 의심스러운 점이 있다고 말해 주었지요. 그 때 그녀가 한 말을 들려드리고 싶습니다. 그녀는 드디어 조카들에 대해 이야기했으니까요!"
"자네는 정말 정보다운 정보를 들었나보군?"
"네, 그렇다고 생각합니다. 그녀는 최근 2, 3개월 동안에 있었던 일을 세밀한 점까지 모두 말해 주었습니다. 물론 그 속에는 거짓말도 꽤 섞여 있겠지만 사실도 퍽 많으리라 생각됩니다. 그런데 이야기는 다르지만 잊어버리기 전에 말씀드리겠습니다. 알고 계신지 모르겠습니다만——저는 신문 기사를 읽고 안 것은 아닙니다——리치레이 씨는 다리가 불구였더군요. 그래서 외출을 잘 하지 않았던 것입니다. 토테넘에 갈 때도 문 앞에서 문 앞까지 언제나 차를 타고 다녔습니다."
"처음 듣는 이야기로군. 건강한 사람인 줄만 알고 있었는데."
"이 사실로 어떤 차이가 생기는지는 저로서도 알 수 없습니다만, 확실한 사실입니다. 그건 그렇고, 최근 2, 3개월 안에 그를 찾아온 사람들에 대한 정보를 그 여자로부터 완전히 다 들었습니다. 반대 심문을 할 필요도 전혀 없었지요. 그녀가 하는 말을 들으며 저는 다만 교통정리만 하고 있으면 되었으니까요. 시일에 대한 점도 대체로 정확했으며, 방문자의 주소, 그 사람들을 찾아내는 방법도 알아냈습니다.

해럴드 리치레이——이 사람은 배우입니다——가 9월 셋째 주 목요일 저녁, 카든 부인이 외출하고 없는 사이에 찾아왔습니다. 돈을 빌리고 싶다면서 백부에게 몹시 거친 말을 퍼부은 다음 배웅할 겨를도 없이 화가 잔뜩 나서 돌아가 버렸습니다. 카든 부인은 이 사실을 하녀와 리치레이 씨로부터 들었다고 했습니다.

프랭크 리치레이——이 사람은 교사입니다. 그는 그 다음 주 초 무렵에 왔습니다. 아마 화요일이었을 거라고 하더군요. 묵은 포도주를 한 병 가지고 와서 아주 화기애애하게 셋이서 카드놀이를 하면서 마셨답니다. 몹시 품위 없게 멋을 부리는 사람, 이것이 그에 대한 카든 부인의 평이었습니다.

찰스 리치레이——리틀 마팅즈 교구의 목사로 있는 인물입니다. 그가 찾아온 것은 그 다음 주 목요일 3시쯤이었습니다. 마침 카든 부인이 옷을 갈아입고 있을 때였다고 합니다. 우연히 가까이에 있는 옛 친구를 찾아왔던 김에 인사 차 들른 것이라고 합니다. 그래도 잠깐 차를 나누면서 '하나님 아버지'라느니 '나의 착한 여자여'라느니 하는 말만 늘어놓았다고, 종교와는 인연이 먼 카든 부인이 말했지요.

어네스트 리치레이——이 사람은 바로 당신도 이야기를 들은 그 변호사입니다."

"그것으로 방문자는 전부인가?"

"네, 그렇습니다. 하녀들과 가정부만 빼놓으면 요 몇 달 동안 그 집에 들어간 사람은 한 사람도 없습니다."

"그렇다면 일은 간단하군" 하고 트래버스는 말했다. "그래, 그 문제는 어떻게 되었나?"

프랭클린은 미소 지었다.

"한 가지는 문제가 없을 것 같습니다. 그러나 또 한 가지는 그다지 자신을 가질 수 없군요. 우선 편지에 대해서인데, 종이가 빳빳한 모조 양피지라면 비록 두세 시간마다 읽었다 해도 더럽혀지지 않고 깨끗할 것입니다. 조금쯤 가장자리가 더러워지긴 했겠지만. 주머니의 상태라든가 그 속에 들어 있던 다른 물건들, 그리고 읽은 사람의 직업이며 습관도 무시할 수 없는 것이 아닐까요?"

"잠깐 실례하네만," 트래버스가 말했다. "문제의 편지는 리치레이의 주머니 속에 다른 서류와 함께 들어 있었는데, 그 서류들은 모두 깨끗했지. 더구나 그중 하나는 한 달 이상이나 그 속에 들어 있었던 거라네. 그 사람은 차림새가 너무도 깔끔하여 결벽증이 있다고 생각될 정도였네. 또 한창 연애 중이었거든. 그런데 조카——신문에 기사로 나기도 하고 경찰측이 연락을 갖고 싶어 하는 조카——로부터 온 것으로 짐작되는 이 편지는 더러워진 정도가 아닐세. 아주 걸레처럼 더러웠다네. 접은 금이 닳아서 찢어져 있을 뿐 아니라 그밖에도……"

그는 앤 여왕 시대풍의 큰 책상 서랍에서 종이 한 장을 꺼냈다.

"잠깐 이것을 내 주머니 속에 넣어 보게. 가슴 주머니 속에. 우선 손가락 끝에 거기 있는 재를 묻히고."

이 일이 끝나자 그는 또 한 장의 종이를 꺼내어 그것을 접었다.

"자, 다시 한 번 손가락에 재를 묻혀 그것을 자네 주머니 속에 자신이 무엇을 하고 있는지 생각하지 말고 자연스럽게 넣어 보게. 그럼, 됐네. 그 두 번째 종이를 좀 보기로 하세."

그 차이는 단번에 알아볼 수 있었다. 처음 종이는 손가락으로 꼭 집었으므로 손가락 자국이 뚜렷이 나 있었다. 두 번째는 손가락의 위치가 움직여서 그 자국이 흐릿했다.

"다시 한 번 되풀이해 보게." 트래버스는 말했다. "그렇게 하면 매번 같은 결과가 나온다는 것을 알게 될 걸세. 자네가 오기 전에 팔머와 둘이서 몇 번이나 해보았다네. 만일 리치레이의 주머니 속에서 발견된 편지에 관한 사실, 즉 더러워진 상태와 손가락 자국이 뚜렷한 점을 생각하면, 아마 자네도 나처럼 그 편지를 범인이 주머니 속에 넣고 다니며 일부러 더럽혔다고 생각할 걸세. 게다가 범행 뒤 리치레이의 손가락으로 집게 하여 아무래도 경찰이 발견하게 될 그 사람 주머니 속에 넣었을 것일세."

"아아, 그렇군요!" 프랭클린은 소리쳤다. "그것으로 범인이 그 방에서 보낸 시간의 길이도 또한 설명되겠군요."

"부분적으로는 설명이 되겠지. 그러나 아직 창문에 대한 문제가 남아 있네. 그쪽은 어떤가?"

"그것은 간단했습니다" 하고 프랭클린이 말했다.

"알겠네. 그럼, 여기 끈이 있으니 아래층으로 내려가서 시험해 보기로 하세. 사환 조지가 있는 식기실에 그 방 창문과 똑같이 아래위로 올리고 내릴 수 있는 창문이 있네. 지면으로부터는 약 30센티미터 높이에 있지."

두 사람은 엘리베이터로 내려갔다. 조지는 싱긋이 웃으며 미리 약속이 되어 있었던 것처럼 움막 속에서 나는 듯한 냄새가 코를 찌르고, 여러 가지 잡동사니가 가득 찬 좁은 방으로 두 사람을 안내했다.

"우리는 내기를 걸었네, 조지" 하고 트래버스가 설명했다. "이 젊은이는 자네 방의 창문을 통해 밖으로 나간 다음 창문을 닫아 둘 수 있다는군. 자네는 어떻게 생각하나?"

"문고리도요?"

"물론이지, 조지. 안전 문고리라는 것은 맨 처음 사람이 방으로 들어오는 것을 막기 위해 발명된 걸세. 그러니까 여기 있는 프랭클린 씨만 빼고는 아무도 그렇게 밖으로 나갈 수 있으리라고는 생각지 못했던 일이지. 그런데 이 사람은 밖으로 나가 보이겠다는 걸세. 더욱이 방 안에 있었던 흔적도 남기지 않고 말이야."

"그렇다면 해보시지요. 시작하기 전에 잠깐만 기다려 주십시오."

조지는 창문 앞에서 여러 가지 잡동사니를 치웠다.

프랭클린은 좋은 방법을 생각해 냈다. 우선 180센티미터의 끈을 짧게 접어 양끝을 밖으로 향하게 한 후 문고리 둘레에 감았다. 이 양 끝을 문고리 홈 뒤로 돌려 홈을 통해 보고 있는 사람 쪽으로 꺼냈다. 다음에는 창틀을 들어올리고 끈의 양쪽 끝을 방 밖으로 늘어지도록 아래위 창틀 사이에 밀어 넣었다. 그러고는 아래쪽 창틀 밑을 비집고 밖으로 나가더니 아래위 창틀을 먼저 모양대로 닫았다. 그리고 두 무릎으로 벽을 꼭 딛고 끈 양끝을 힘껏 잡아당기자 문고리는 지레의 이치에 따라 홈 속으로 들어갔다. 그리고 이번에는 끈의 한쪽 끝만을 잡아당기니 180센티미터의 끈이 완전히 밖으로 끌어당겨졌다. 그러나 아래위의 창틀이 꽉 닫혀 있었기 때문에 이 마지막 행위로 끈은 꽤 많이 상한 것 같았다.

 다른 두 사람은 문고리를 조사했다. 완전히 걸렸다고는 말할 수 없었지만, 그러나 실제로 창문은 대체로 닫혀 있다고 볼 수 있었다.

 "아니, 이거 놀라운데!" 하고 조지는 말했다. "이렇게 될 줄은 전혀 생각지도 못했습니다요."

 그는 팁을 받고 두 사람이 가 버린 뒤에도 아직 믿을 수 없다는 표정이었다.

 "물론 완전히 닫히는 창문이나 문고리가 빡빡한 문은 어렵습니다." 프랭클린이 말했다.

 "그런데 그 집 문은 헐겁게 흔들거렸습니다. 오래된 집이니까 당연한 일이지요. 덧문은 어떻게 닫았다고 생각하십니까? 나이프로 닫았을까요?"

 "그렇지. 우선 홈이 있는 문을 닫는 걸세. 그 다음에는 한쪽 덧문의 무거운 문고리를 쉽게 걸릴 수 있는 위치에 놓고 그 덧문을 닫아 가는 동안 칼날로 문고리가 그 위치에서 벗어나지 않도록 받쳐 두는 거지. 덧문이 닫히는 동시에 칼을 빼 버리면 문고리는 그 자체의 무게로 떨어져 홈 속으로 들어가게 되는 걸세."

다시 난로 앞으로 돌아오자 트래버스가 말했다.

"이것으로 마침내 사건의 본 줄거리를 알게 된 셈이군. 그럼, 우선 한잔 마신 다음에 생각해 볼까."

그는 벨을 눌렀다. 그리고 얼마 안 되어 두 사람은 또 일을 시작했다.

"이런 가정이 모두 옳다고 하면……" 프랭클린이 말했다. "우리로서는 대성공입니다. 이것으로 남아프리카의 조카와 공모자 문제는 해결 되었습니다. 이것은 경시청을 훨씬 앞질렀음을 뜻합니다. 경시청에서는 하녀와 가정부를 심하게 심문하여 그 편지의 출처를 철저하게 추궁하겠지요."

"그 창문으로 나갔다는 점에서 문득 한 가지 기묘한 생각이 드는데……" 트래버스가 말했다. "범인은 방 안에 들어가는 방법에는 세심한 주의를 기울였으면서도 나갈 때는 꾸물대며 시간을 보내고 있네. 이렇게만 이야기하면 아마 무슨 뜻인지 모르겠지만, 내가 말하고 싶은 것은 이 점일세. 즉 살인범이란 한시라도 빨리 도망치려고 하며, 도망치는 방법의 졸렬함 따위는 생각지 않는다는 것일세."

프랭클린은 수첩을 꺼냈다.

"그 점에 대해서는 저도 당신이 말씀하신 창문 문제를 해결하자 곧 메모해 두었습니다. 제가 한 추론의 중요한 점은 대강 이런 것입니다."

1. 범인은 들어갈 때는 발각되지 않으리라는 확신을 가지고 있었다. 그런데 창문으로 나감으로써 일부러 사람 눈에 띄게 하는 아주 불필요한 일을 한 셈인데, 이런 짓을 한 이유는 들어갈 땐 발각되더라도 나갈 때는 결코 발각되어서는 안 되기 때문이라

고밖에 생각할 수 없다.
2. 따라서 범인은 들어갈 때 발각되었다 하더라도 특별히 주의를 끌 만한 인물이 아니다. 그는 아마 어떻게든지 구실을 붙일 수 있었을 것이며, 들어갈 때 눈에 띄었다면 틀림없이 이 살인은 범하지 않았을 것이다. 그렇게 되면 마리우스의 편지는 축축한 불꽃이나 다름없이 되었을 것이다.
3. 그렇다면 범인은 하녀가 알고 있는 인물일 것이다. 따라서 하녀가 이 집에서 일한 지 얼마 되지 않는 동안에 만나 본 일이 있는 인물이 분명하다.
4. 그렇다면 왜 범인은 변장하지 않았을까? 여기에 대한 대답은 아무래도 다음과 같은 것이 되겠다.
  (1) 어떤 육체적인 결함, 또는 불구를 감출 수 없다.
  (2) 어떤 이유로 살인한 뒤, 마음먹은 대로 곧 그 변장을 제거할 수 없다.

"그러므로," 하고 프랭클린은 말을 계속했다. "범인은 이 집을 잘 알고 있는 인물로서 상당한 교육을 받았으며, 사실 또 범인 자신이 확고한 동기가 있다고 주장하는 점으로 미루어 보아 네 조카 가운데 하나라고 생각지 않을 수가 없습니다."
"그럼, 동기는 물론 그 집안의 돈 문제가 되겠지?"
"그렇습니다. 게다가 고인은 가문을 더럽힐 정도로 아주 평판이 좋지 않았다는 사실도 있습니다."
"그렇다면 수요일 밤의 방문자는 대체 누구인가? 남아프리카의 조카이든 어쨌든 그 사람은 실제로 찾아왔었네."
"그 사람에 대해 어떻게 말하는지 하녀를 만나 볼 작정입니다. 그러나 만일 살인을 범한 것이 네 조카 가운데 한 사람으로, 일부러 거짓 증거를 남길 계획이었다면 찾아와도 괜찮지 않습니까? 물론 변장하고서 말입니다. 정말 그런 목적을 위해서라면 그는 T.W. 리처드라는 이름으로 호텔에 머물러야 했을 것입니다. 적어도 이런 생각은 가능하겠지요. 이것은 곧 조사할 수 있습니다."

"어떻게 그 알리바이와 싸워 나갈 작정인가?"

"제가 싸우는 게 아닙니다. 경시청이 조사할 것입니다. 우리가 확신할 수 있는 일이 한 가지라도 있다면, 그것은 경시청이 그 알리바이를 조사하리라는 점입니다. 조사한 결과 만일 경시청 측에서 그 알리바이를 옳은 것으로 본다면, 그것은 틀림없이 옳은 것입니다. 그런데 이야기는 다릅니다만, 호워튼 총경이 이 사건을 담당했다는 정보를 얻었습니다. 그분은 뛰어난 인물로, 제가 크게 신세를 지고 있지요. 벌써 그분은 어떤 알리바이를 조사하기 위해 프랑스로 떠났을 겁니다. 또 당신이 말씀하신 이튿이 적어도 또 한 가지의 알리바이를 조사하기 시작했을 겁니다. 그 사람과 나는 함께 일할 때 서로 여러 차례 도왔던 사이이므로 알리바이에 대해서는 이제 곧 모두 알게 될 것입니다. 그리고 경시청이 아직 모르고 있다면, 이 창문 건을 제공하고 우리가 알고 싶은 정보와 교환할 수도 있겠지요."

"지금 문득 생각난 일이 한 가지 있는데……" 하고 트래버스가 말했다. "만일 이 사건이 단순히 네 조카의 알리바이에만 관련되어 있다면 '완전 살인'이라고 말할 수는 없을걸? 그리고 무슨 일이 있어도 붙잡히지 않을 것이라고 말하고 있는 마리우스와 같은 교육받은 사람을 생각해 본다면, 이 두 가지 사실은 서로 모순되지 않나?"

"우리로서는 마리우스가 언제나 사실을 말하고 있는지 어떤지를 알 때까지 기다릴 수밖에 없습니다. 그건 그렇고, 마리우스라는 이름은 어떻습니까? 이 이름에서 뭐가 알아낼만한 건 없을까요?"

트래버스가 말했다. "내가 기억하는 한 마리우스란 흐르는 피를 보면 볼수록 국가는 점점 번영한다고 말한 피에 굶주린 고대 로마 인이라네. 이 사건의 마리우스도 아마 같은 생각을 하고 있는 모양이지. 내일은 무엇을 할 작정인가?"

"가능하면 알리바이를 확실하게 조사하려고 합니다. 모든 것은 그 다음 일이니까요. 마리우스도 역시 보통 사람입니다. 따라서 아무리 으스대도 틀림없이 바보짓을 하고 있을 것입니다. 그 바보짓을 찾아내는 것이 우리가 할 일입니다."

트래버스는 미소 지었다.

"'우리'라고 말해 주니 기쁘네만 오로지 자네 수완에 달린 것 같네. 농담은 그만두고, 내 힘으로 할 수 있는 일이란 뭔가?"

"그것은 아직 알 수 없습니다. 시작한 것처럼 당신이 계속해 주신다면 마침내 우리 힘으로 줄랑고 회사의 이름을 세상에 널리 알리게 될 것입니다."

"내가? 당치도 않은 소리!" 트래버스는 급히 말했다. "그러나 내가 할 수 있는 일이 꼭 한 가지 있네. 자네가 집이 아닌 가정이 필요할 때면 언제든지 여기 와서 하고 싶은 대로 해주게."

프랭클린은 고맙다는 인사를 하려고 했으나 이미 늦었다. 트래버스가 벨을 누르자 팔머가 귀신처럼 재빨리 눈앞에 와 서 있었던 것이다.

"팔머, 프랭클린 씨가 이곳에 오시거든 언제나 잘 돌봐 드리고, 원하는 것은 무엇이든 준비해 드리게."

복도에서 엘리베이터를 기다리며 트래버스는 말했다.

"정보는 계속 알려 주겠지?"

"그 점이라면 걱정하지 마십시오." 프랭클린은 진심으로 말했다.

"고맙네. 그리고 또 한 가지, 옆에서 조언해 주는 것은 쉬우나 쓸데없이 사건의 수사를 복잡하게 만들어 자네를 괴롭히는 일은 하지 않겠네. 나로서는 지나친 일이니까. 이쪽에서는 호기심만으로 하고 있는 일이라도, 자네에게는 몹시 곤란한 일인 동시에 큰 책임을 져야 하니까. 그러나 나는 또 한 가지 확신을 가지고 있는데, 자네라면 이 사건에서 기적을 만들어 내리라는 것일세. 나는 그렇게 믿고 있네."

프랭클린은 최초의 9홀을 수준 이하로 돈 사람과 같은 표정을 지었다.

"그럼, 안녕히 주무십시오, 트래버스 씨. 당신은 모르실 겁니다, 제가 얼마나……."

그러나 트래버스는 틀림없이 이 뒷말을 알고 있었을 것이다. 사례할 눈치가 보이자 트래버스는 얼른 자리를 떠나 버렸다.

수사망

1

 이 사건은 하나에서 열까지 전혀 납득할 수 없는 일뿐이었다. 이 사건에 대해 다음날 아침 프랭클린이 어떤 생각을 했는지는 확실히 알 수 없다. 보나마나 우연이 하는 대로 따를 수밖에 없을 것이니 그로서는 내기에 손을 댄 거나 마찬가지이리라. 루드빅 트래버스는 7시간 동안 수면을 취한 뒤, 이성이라는 시원한 바람이 부는 속에서 이 사건을 다시 살펴보았을 때 스스로를 향하여 미소 짓지 않을 수 없었다. 이때부터 모든 일이 너무도 간단했다. 그가 콘스터블 호텔의 편지를 건네주었을 때 스콧은 속으로 웃고 있었을 것이며, 이튼은 그 방을 탈출하는 상당히 훌륭한 방법을 생각해 내고 쉬운 일이라는 사실을 알아차렸을 것이다. 아마 이튼은 그런 일쯤 1, 2분만 생각하면 해결되는 사소한 문제로 여겼을 것이다. 이 두 사람은 트래버스에 대해 일을 떠나서는 충분히 호의를 가질 수 있었으나, 국외자(局外者)이며 더구나 경험이 없는 미숙한 그에게 정보를 제공하거나 수사 방법을 밝혀 줄 필요성은 인정하고 있지 않았던 것이다.

그러나 까닭이 무엇인지는 모르지만, 오늘 아침의 판단에는 뭔가 어젯밤의 낙관과 그 장밋빛에 모순되는 점이 있었다. 모든 것이 올바른 안목으로 되돌아온 것이다. 무능하고 맹목적인 경시청 사람들이 다시 법과 질서의 불가항력적인 당당하고 선견지명이 있는 힘이 되었다. 그런데 이 힘이 지난 24시간 동안 무엇을 하고 있었단 말인가?

스콧 수사과장은 나폴레옹에게 뒤지지 않을 만큼 정확하게 5시가 되자 곧 잠에서 깨어났다. 그는 이튿을 깨우기 전에 차를 끓이고 토스트를 몇 조각 만들었다. 그리고 하녀를 불러 아침 식사를 했다. 그녀는 식사가 끝날 때까지 다시 가련하게 보이는 역할로 등장했으며, 이 역할은 그녀가 스스로 나서서 맡은 것이었다. 그러나 스콧의 심문도 어젯밤 그녀가 한 진술에는 아무런 영향도 미치지 않았다. 그녀는 마리우스의 편지를 읽었으며, 그 일로 카든 부인과 이야기를 주고받았다는 것을 인정했다. 이것은 적의를 갖고 있는 두 사람의 심리와 그들의 공통된 관심을 아는 흥미 있는 자료였다.

카든 부인은 명백히 당국에 아첨하려는 태도로 나왔기 때문에 훨씬 다루기가 쉬웠다. 그녀는 모든 방문자에 대해서——나중에 프랭클린에게 이야기한 것과 거의 비슷한 것이었다——그리고 고인의 조카들에 대해서 여러 가지로 들려주었다. 그녀는 단호한 태도로 고인의 편을 들고 있기는 했지만, 유언장이 없다는 것이 밝혀지는 날에 그녀의 견해에 상당한 변화가 있으리라고 판단하는 것도 어려운 일은 아니었다. 제공된 정보는 그다지 큰 가치는 없었다. 너무 억지스러웠으며 편견이 많고 구체적이지 않은 것뿐이었다. 그녀도 마리우스의 편지에 대해 하녀와 이야기를 나눈 것을 인정했으나, 둘 다 이 편지와 관계를 갖게 되리라고는 잠시도 상상해 본 일이 없다고 말했다.

이 무렵이 되자 지문 감식반이 낮의 햇빛에 의한 최종적인 검사를 하기 위해 와 있었다. 한편, 스콧에게는 상당히 많은 전화가 걸려 왔다. 또 지난 밤에 해럴드 리치레이의 집은 노리치로 밝혀졌는데, 이 사실은 일석이조를 가능케 했다. 이튿이 리버풀 거리로 나가자 스콧은 아침 햇빛 아래 직접 자기 눈으로 뚜렷이 확인하기 위해 살인 현장을 대강 조사해 보았으나, 이렇다할 새로운 점은 아무것도 발견하지 못했다. 이윽고 오웰이 도착하여 하녀를 심문할 준비와 이 집을 격리시킬 준비를 갖추었다. 그리고 마지막으로 리치레이를 토테넘까지 태우고 간 운전기사를 찾아내는 일이 남아 있었다. 그리고 이 근처에 나도는 소문도 빠짐없이 다 들어 참고로 해야 하며, 스튜어드도 다시 심문해야 했다.

이런 일을 뒤에 남기고 스콧은 경시청으로 갔다. 여기서 그는 호워튼 총경으로부터 콘스터블 호텔의 조사 결과를 듣고, T.W. 리처드의 설명과 그 편지의 T.W.R. 이라는 서명을 비교했다. 그리하여 다음과 같은 방법을 강구하기로 결정했다. 즉 호워튼은 프랭크 리치레이의 알리바이를 조사하기 위해 기차 편으로 프랑스로 떠나기로 했다. 형 어네스트 리치레이의 말에 의하면 프랭크는 지금 오드 계곡 지방──어네스트가 알고 있는 최근의 거처──을 도보 여행 중이며, 내일은 키양에 도착하여 우송한 화필을 받을 예정이었다. 프랑스로 떠나기 전에 호워튼은 애덤스와 카든 부인 및 피해자의 서류를 조사하고, 또한 남아프리카의 조카에 대한 수사를 속히 매듭짓기로 했다. 이로써 호워튼이 이 사건을 취급한다는 사실이 뚜렷해진 셈이다. 그동안 발렌이 필요한 정보를 다 듣고 어네스트 리치레이와 만나 보기 위해 엔필드로 파견되었으며, 한편 스콧은 총경이 돌아올 때까지 집 쪽을 철저하게 조사하기로 했다.

그럼, 여기서 이야기를 새로이 당면한 드라마──네 조카의 알리바이──로 범위를 한정하기로 하고, 이 드라마를 시간적으로 더듬으려면 어네스트 리치레이 씨가 발렌 경감에게 말한 진술부터 시작하는 것이 좋을 것이다.

서퍽 주 리틀 마팅즈의 피터 리치레이에게는 세 아들이 있었다. 목사로서 급료도 괜찮았고 개인적인 수입도 있어서 두 아들을 케임브리지 대학에 보낼 수 있었다. 이 두 아들 중 토머스는 건달이었다. 그가 정학 처분을 받은 것만으로 면목 없는 사건은 끝나지 않았다. 그 뒤로 그는 몇 년 동안이나 행방불명이 되었으며, 무엇을 하고 있었는지 아무도 몰랐다. 결국 그는 토테넘 거리에 레윈이라는 사람과 공동으로 당구장을 경영하며 다시 모습을 나타냈다. 그 뒤 화재가 발생하여 몇 가지 골치 아픈 일이 생겼으나, 이 회사도 안정이 되어 그 수익의 자기 몫으로 토머스 리치레이는 이발소를 차렸다. 머리를 짧게 깎는 유행이 급격히 퍼져 그에게 더없는 행운을 안겨 주었다. 그는 '마리에트'라는 이름의 이발소를 또 하나 차렸는데, 가게는 양쪽 다 마치 소금광처럼 번성했다.

둘째아들 찰스는 목사가 되어 아버지가 죽자 그 성직록(聖職祿)을 이어받았다. 그에게는 네 아들이 있었는데, 이들이 문제의 네 조카로 나중에 다시 자세하게 말하기로 한다. 그러나 찰스는 젊어서 죽었으므로 이번에는 그의 아들인 찰스가 그의 성직록을 이어받았다는 사실을 특히 말해 둘 필요가 있을 것이다.

셋째아들 피터는 학교를 도망쳐 나오자 모험에 찬 청년 시절을 보낸 다음, 간신히 남아프리카에 자리를 잡고 케이프타운에서 잡화상 주인으로 성공을 거두었다. 형 찰스와는 가끔 편지를 주고받았고——그는 토머스에 대해서는 늘 특별한 반감을 품고 있었다——형이 세상을 떠나자 새로운 교구 목사가 된 조카와 편지 왕래를 계속했다. 그러나 대전이 끝난 뒤 재산을 정리하여 영국으로 돌아왔는데, 영국에서 재투자함에 있어 대부분은 어네스트 리치레이가 조언자가 되었다. 우선 그는 리틀 마팅즈에 집을 장만했다. 그리고 자기 돈의 최종적인 처리에 대해서도 숨기거나 하는 일이 없었다. 마음에 드는 찰스의 이름을 특별히 자주 입에 올리곤 했었지만, 다른 조카들도 각기 충분히 배려해 주고 있었다.

그러는 사이에 뭔가 사소한 일이 일어났다. 피터는 두 형제가 서로 헐뜯고 있는 일이 아무리 생각해도 마음 아프고 불필요한 일로 생각되기 시작한 것이다. 이 두 사람을 화해시키는 역할은 두 사람의 법률고문인 어네스트가 하였다. 두 사람이 만나기로 하자 피터는 단시일 동안의 방문 예정을 세워 글로브로 갔다. 이 최초의 방문이 길어지게 되어 마침내는 영구적인 것이 되었다고도 할 수 있다. 게다가 피터 리치레이의 변모에는 눈이 휘둥그레질 뿐이었다. 리틀 마팅즈에 있었을 때의 그는, 늙은 독신자치고는 굉장히 명랑하고 기분 좋은 인물로 살았다. 그런데 지금은 조카들과 얼굴을 마주 대하여도 모르는 체하는 형편이었다. 편지 왕래도 일체 그치고, 찰스가 편지를 보내도 답장을 받을 수 없었다. 그는 어네스트와도 만나려 들지 않았다. 1921년에 122번지의 집 두 번째 층계참에서 떨어져 몹시 다쳐 몇 분 뒤 죽었을 때, 그 일주일 전에 그 고장 변호사에 의해 만들어진 유언장에 따라 그의 재산은 무조건 모두 형 토머스에게 물려주었다는 것을 알았다.

그로부터 한동안 어네스트는 백부의 대리인이 되기를 거절하였으나 동생들에 대한 의무로, 적어도 모든 사람의 이익으로부터 눈을 떼는 일이 없도록 해야겠다는 생각이 들어 이전의 친척들과 친분을 맺게 되었다. 그런데 토머스는 기회 있을 때마다 애써 네 조카들에게 싸움을 붙이고 있었다. 그는 이간질을 시도하기도 하고 아첨하려고 애를 썼지만, 결국 이렇다할 성공은 거두지 못했다. 그러나 백부도 그렇게 하려고 마음만 먹으면 꽤 재미있는 인간이 될 수 있는 사람이었다는 것을 어네스트는 인정했다. 게다가 어쨌든 백부는 이 집안의 어른이었다. 여기에 대부분의 병을 고친다는 세월이라는 것이 더하고 보면, 조카들이 가끔 백부를 찾아와 애정이라고까지는 할 수 없지만 각자 따스한 사랑을 느끼고 있던 이유를 알 수 있을 것이다. 이런 일과는 다르지만, 어네스트도 솔직하게 고백하듯이 인정이란 그런 것이었다. 토머스 리치레이는 동생으로부터 3만 파운드의 유산을 받았고, 여러 방면으로부터 들어오는 수입이 1년에 적어도 2500파운드는 되었다. 이렇게 되면 누구나 대부분의 일에는 눈이 어두워지게 마련이 아닐까?

어네스트는 고인이 사람됨과 그의 일상 행동에 대해서 아주 노골적으로 말했다. 고인은 몹시 인색했으며, 또한 그 나름대로의 궤도를 벗어나고 있었다. 카드놀이를 하러 온 손님에게는 고급 진과 위스키와 포도주를 내놓았으나, 그 반면 겨우 두세 닢의 동전이 손에 들어올 것 같으면 악질적인 속임수도 사양치 않았다는 것이다. 어네스트는 그 고장의 소매상인에 대해 신문에 투서했다가 심한 곤경에 빠진 그를 끌어내느라고 몹시 애쓴 일이 있었다. 또 일요일의 수면을 방해했다고 그 지방 구세군에게 욕설과 신을 모독하는 말을 하여 벌금을 문 일도 있었다. 카든 부인이 들어오기 전에 있던 가정부와도 말썽을 일으켰는데, 이 치정에 얽힌 사건으로 인해 수백 파운드의 돈을 빼앗긴데다 지금도 그녀와 그녀가 낳은 아이에 대한 수당을 지불해야 한다는 명목으로 뒷마무리가 깨끗이 끝나지 않고 있다고 한다. 카든 부인은 이런 경향에서 완전히 벗어났는지, 아니면 한몸에 받아들인 것인지, 그 뒤로 몇 년 동안 공공연한 스캔들은 없었다. 그러나 발렌은 이 가정의 새로운 협정을 조카들이, 특히 어네스트가 가만히 지켜보고 있었으리라는 것을 능히 짐작할 수 있었다.

네 조카들에 대해 알아보면, 각자의 경력은 대개 이러했다.

현재 47살인 어네스트는 이 집안의 옛 친구가 그에게 관심을 보여 준 덕택으로 젊었을 때 들어간 회사의 대표 자리를 차지하고 있었다. 그러면서도 그는 교구 위원이자 마프리 힐 골프 클럽 회장에다가, 또 그 고장의 장미 협회 회장이고, 더구나 제5등 대영제국 공로훈장을 받은 사람이기도 했다.

찰스는 45살, 특별히 말할 만한 것도 없을 정도로 평온하고 어려움 없는 생활을 보내고 있었다. 그는 유명한 크리켓 선수로 지금도 기운차게 배트를 휘두르고 있다. 치안판사로 일하고 있으며, 결혼한 두 딸이 첼튼엄에 살고 있다.

해럴드는 모험심이 강한 사나이로, 두 백부의 피를 혼합한 듯한 사람이었다. 그는 소개를 받아 들어간 입스위치 은행을 좀더 로맨틱한 것, 즉 무대를 구하여 그만두어 버렸다. 그에 대해 말할 수 있는 가장 나쁜 점은, 결점이라고도 할 수 있을 만큼 극단적으로 너그럽고, 자기를 빼놓고는 한 사람의 적도 없다는 사실이었다. 그의 무대 생활은 처음에는 잘 되어 갔으며, 비평가들도 그에게 주목했다. 그러나 아내가 죽자 그는 갑자기 타락해 버렸다. 몇 년 동안 지나치게 술을 마시며 지낸 그는——이것도 성격의 하나이지만——거기서 도망칠 수 없을 것 같은 상태에 빠져들고 말았다. 가끔 형제들이 금전적으로 도와주었다. 요즘 그는 마침 노리치에 와 있던 셰익스피어 작품을 주로 다루는 루퍼트 파인 극단에서 단역으로 출연하고 있다.

프랭크 리치레이는 37살이며, 우수하다고는 할 수 없는 성적으로 케임브리지 대학을 졸업했다. 처음에는 이스트본의 사립학교에 취직했는데, 크리켓 솜씨가 그의 가장 확실한 자격이었다. 그 뒤로 그는 역사가 오래 된 한두 군데 시골 중학교로 전임했으며, 최후로 마프리 힐에서 수학과 지리를 가르치고 있다. 지금은 10년 근속의 공로를 인정받아 휴가를 즐기고 있는 중이었다. 재주가 많고 머리의 움직임에 색다른 점이 있는 인물로 알려져 있으며, 취미는 그림 그리는 일이었다. 뉴 잉글리시 그룹의 전람회에 몇 번 출품한 일도 있다. 대전 중에는 가리포리와 이집트에서 훌륭한 전과를 올린 기록을 가지고 있으나, 지금은 건강이 그다지 좋지 않아 겨울 휴가 중에는 예년처럼 남해안에서 지내기로 하고 있었다.

아직도 이야기해 둘 일이 세 가지 남아 있다. 첫째, 어네스트 리치레이는 '마리우스'의 편지를 읽기도 했고 또 거기에 대해 논하기도 했지만 한 번도 진지하게 생각한 일이 없었다는 점. 둘째, 그의 알리바이는 비어 경감도 말하고 있듯이 우선 확실하다는 점이다. 그는 늘 영화관에 가는 사람은 아니었지만, 그날 밤에는 아내와 딸을 데리고 런던의 판테온 극장에서 파격적으로 많은 관객을 동원한 영화 '실락원'을 재빨리 가져다 공개한 엔필드의 리얼트 극장에 가 있었다. 그는 오후 6시에 그곳에 도착하여 앞자리에 샌트 에셀보울드의 부목사로 있는 친구를 발견하고 관람 중에도 이 사람과 영화에 대한 비평을 주고받았다.

그리고 셋째, 발렌으로서는 단순한 의혹으로만 볼 수 없는 사실이 드러났다. 즉, 이 네 형제 사이에는 뭔가 묵계 같은 것, 말하자면 방위 동맹 같은 것이 있는 듯한 기미가 보였던 것이다. 그 묵계란 네 사람 가운데 누가 토머스 리치레이의 재산을 손에 넣든 넷으로 나누어 갖자는 것이리라고 단순히 추측해 볼 뿐이었다.

그러나 발렌의 머릿속에는 반드시 모든 것이 겉으로 나타난 그대로는 아니라는 어렴풋한 느낌, 교구 위원 등 높은 지위에 있는 인물이라도 인간으로서의 약점을 지닐 수 있으며 신의 아들 중에서도 여느 사람보다 마음이 약한 이들을 골라 부추기면 일반적으로 생각할 수 있는 유혹에 빠지기 쉽다는 어렴풋한 느낌도 들었다.

2

입스위치와 홀리를 지나 이튼 경감은 오전 11시가 되기 전에 베리 센트 에드먼츠에 도착했다. 그리고 15분 뒤에는 역 구내에서 탄 택시가 그를 리틀 마팅즈에 내려놓았는데, 묘한 우연으로 택시 운전기사가 그 마을 사람이었으므로 이 짧은 여행이 끝날 무렵에는 리치레이네 집안 일들, 특히 현재 교구 목사에 관한 이튼의 지식은 상당히 풍부한 것이 되어 있었다.

자동차를 문 밖에 기다리게 해 놓고 이튼은 자갈이 깔린 찻길을 따라 덩굴풀이 뒤엉킨 어수선한 목사관 앞 포치를 향해 걸어갔다. 맨 처음 그의 눈길이 닿은 곳은 창문으로부터 갈고리로 끌어올려진 덧문이었다. 그는 잠깐 그것을 조사한 뒤 문을 두드렸다.

"리치레이 씨 계십니까?"

"네, 계십니다."

하녀는 이렇게 말하고는 비켜서며 그를 들어오게 했다. 그러나 경감은 문지방이 있는 곳까지 갔을 뿐 더 이상 들어갈 생각은 하지 않았다.

"어젯밤에 뵙고 싶었는데 안 계시다는 말을 들어서……."

하녀는 놀라는 표정이었다.

"어머나, 그럴 리가 없어요! 주인님은 밤새도록 집에 계셨습니다."

"그래요. 그럼 왜 그런 착오가 생겼을까?" 이튼은 현관 홀에 발을 들여놓았다. "이름은 말할 수 없지만 아주 중요한 일로 뵙고 싶다고 전해 주시오."

그가 안내된 방은 어느 마을에 가나 흔히 볼 수 있는 그런 방이었다. 목사도 상상 밖의 타입은 아니었다. 수염을 깨끗이 깎고 통통하게 살이 쪘으며, 중키에 약간 잔망스러워 보였으나 전체적으로 보아

목사다운 사람이었다. 이를 드러내 보이며 웃는 그 미소는 형식적인 것으로, 교구 목사에게 어울리지 않게 어딘지 일부러 저자세를 취하고 있는 것 같은 느낌이 들었다. 목소리에는 교구 신자들을 방문할 때의 버릇이 그대로 남아 있어 닿소리를 하나하나 끊어서 또박또박 말했다. 내민 손이 여자의 손처럼 부드러웠다.
"잘 오셨습니다. 성함이……?"
"범죄 수사과 형사주임 이튼이라고 합니다."
목사는 약간 어리둥절한 표정이었다.
"아직 오늘 아침 신문을 읽지 않으신 모양이군요?"
"읽지 않았습니다. 자전거로 실어다 주므로 정오나 되어야 받아 볼 수 있거든요."
"그렇다면 정말 안 된 일입니다만, 제가 당신에게 나쁜 소식을 가지고 온 셈이 되었군요."
이튼은 상대방의 얼굴에서 깜짝 놀라는 빛이 나타나는 것을 보고 서둘러 덧붙였다.
"백부이신 토머스 리치레이 씨가 갑자기 돌아가셨습니다."
그는 상대방의 얼굴에서 안도의 빛을 읽고는 말을 계속했다.
"백부님은 어젯밤에 살해되었습니다."
"뭐라고요? 설마……."
목사는 슬픔에 못 이겨 말도 제대로 나오지 않는 모양이었으나 곧 자기 입장을 생각한 모양이었다.
"앉으십시오, 주임님. 아시는지 모르겠습니다만, 저도 이 지역의 치안판사 일을 보고 있습니다."
"물론 알고 있습니다. 그리고 가능한 한 도와 주시리라는 것도 알고 있고요."
그리고 나서 이튼은 되도록 짤막하게 어젯밤에 일어났던 일을 대강 설명해 주었다.

"무서운 일이군요, 무서운 일입니다!" 목사는 신음하듯 말했다. "곧 형을 만나보는 것이 좋을 것 같습니다."

"물론이지요. 우리는 이미 어네스트 리치레이 씨로부터 이야기를 들었습니다. 그런데 조사는 내일 하기로 되어 있습니다."

그렇게 말하고 이튼은 돌아가려는 듯 일어섰다.

"뭔가 가벼운 것이라도 드시지요. 그러면 안정될 것입니다. 포도주와 비스킷은 어떻습니까?"

이튼은 흘긋 시계를 쳐다보았다.

"친절하게 대해주셔서 정말 고맙습니다만 이만 실례하겠습니다."

초인종 줄이 당겨졌다. 아까 그 하녀가 들어오자 목사는 침묵을 지키라는 듯이 과장되게 눈살을 찌푸려 보였다. 하녀가 나가자 그는 말했다.

"이런 일이 세상에 알려지면 곤란하니까요."

"당신에게 도움받을 일이 한두 가지 있습니다. 신문에 나온 그 이상한 마리우스의 편지는 읽으셨겠지요?"

"네, 읽었습니다. 그다지 주목하고 떠들 정도의 문제로는 보지 않았지만……"

"그런데 마리우스가 완전 살인을 하겠다고 예고한 그 대상이 바로 당신의 백부님이었습니다. 백부님을 살해한 것은 마리우스였습니다."

이 말은 충격적이었다. 목사의 얼굴에 나타난 표정은 분노와 이해할 수 없다는 공포가 한데 얽힌 것이었다.

"백부님의 적으로, 이런 범죄를 서슴없이 저지르리라고 짚이는 사람은 없습니까?"

목사는 힘없이 고개를 저었다.

"짐작 가는 사람이 없군요. 다만 백부님은 몹시 물질적·육체적 욕망이 강한 사람으로, 모든 면에서 비열한 성품의 소유자였지요. 우리 집안 사람들은 모두 그런 성격이 아닌데."

"그랬던 모양입니다." 이튼은 술잔을 비우고 다시 일어섰다. "한 가지만 더 여쭤 보겠습니다. 이것은 완전히 형식적인 것입니다. 당신 역시 치안판사로서 이 질문의 중요성을 잘 알고 계실 것이고, 단순히 형식적인 절차라는 것을 이해하시리라 생각합니다. 살인이 이루어진 시각은 아까도 말했듯이 오후 7시 30분이었습니다. 틀림없이 당신은 어젯밤 내내 댁에 계셨으리라 생각합니다만……?"

목사는 눈썹 아래에서 번쩍 빛나는 시선을 던졌다. 그 시선은 상처 입은 존엄성과 치안판사로서의 의무 사이에 생긴 투쟁을 말해 주었다. 그의 목소리에는 네모진 딱딱함과 이 질문을 받고 당연히 생기기 마련인 비난이 담겨 있었다.

"저는 목요일 밤에는 언제나 설교 원고를 준비합니다. 그날도 여느 때처럼 집사람과 함께 있었습니다."

"고맙습니다. 아시다시피 이것은 모두 형식적인 질문입니다." 그리고 나서 이튼의 눈은 창문으로 향했다. "그런데 오다 보니 댁의 덧문이 눈에 띄더군요. 이런 것이 얼른 눈에 들어오는 것도 경찰관의 버릇이지요. 덧문이 저렇다면 도둑을 막는 데 별도움이 될 것 같지 않은데요?"

목사의 대답은 확실했다.

"이 근처에서 도둑 걱정은 없습니다."

"정말 다행이군요."

이튼은 마침내 일어서 밖으로 나갔다. 그리고 2분 뒤에는 벌써 돌아가는 택시 안에 앉아 운전기사가 지껄이는 말에 귀를 기울이고 있었다.

"당신이 누구를 만났는지 저는 압니다. 그분의 아버지도 보기 드문 크리켓 명수였죠."

"그러나 당신도 지금의 목사님을 본다면 그렇게 말할 수 없을 거요" 하고 이튼은 아들을 평했다. 그리고는 슬며시 넘겨짚어 보았다. "어제 리치레이 씨는 베리에 있지 않았소?"

"글쎄요, 그분의 모습은 못 보았습니다. 늘 시내에 오면 글리핀에서 머물곤 합니다만."

"그러니까 생각이 나는군." 이튼은 다시 한번 시계를 흘긋 쳐다보며 말했다. "글리핀에서 어떤 사람과 만나기로 약속이 되어 있소." 그리고 약속 장소를 적당히 말했다. "차를 그쪽으로 몰고 가 주시겠어요?"

행운은 그를 따랐다. 목사는 어제 시내에 있었던 것이다. 어디에 있었는지는 문제가 아니었다. 그 여관의 마부가 마차에 말을 매고 오후 5시 30분에 나간 것만은 부정할 수 없는 사실이었다. 알리바이 조사는 이것이면 충분했다. 발차 2분전에 달려가 이튼은 세트포드행 로컬 열차를 타고 1시간 반 뒤에는 노리치에 도착했다.

3

미리 준비했던 대로 경시청에 보고를 마치자 이튼은 파출소 형사부장에게서 클래식 극장의 위치를 알아냈다. 5분 뒤 그는 고전극을 주로 하는 그을린 극장문 앞에 서 있었다. 상연 프로와 월급 액수에 비례하는 크기로 씌어진 단원의 이름이 들어있는 커다란 포스터가 그의 눈길을 끌었다. 어젯밤 공연이 끝난 것은 여느 때보다 빨랐으며, 낮 공연은 '십이야(十二夜)'였고 밤에는 '맥베드'였다. 그러나 해럴드 리치레이의 이름은 보이지 않았고, 현관에 붙어 있는 많은 사진 가운데에도 그의 모습은 없었다.

이튿은 표를 파는 격자창을 들여다보았다.
"잠깐 물어 보겠습니다." 그는 창구에 앉아있는 '젊은 부인'에게 물었다. "해럴드 리치레이 씨는 어디로 가면 만날 수 있을까요?"
여자는 읽고 있던 단편소설을 천천히 내려놓았다.
"해럴드 리치레이 씨라고요?"
"그렇습니다. 어젯밤 뵙고 싶었는데 출연하지 않은 것으로 알았기 때문에……."
그녀는 프로그램을 들춰 보았다.
"아녜요, 출연했어요, 사람을 죽이고 있었는걸요."
"뭐라고요!" 이튿은 소리치다가 곧 앞뒤 관계를 알아차렸다. "아아, 실례했습니다. 수고를 끼쳐 드려 죄송합니다. 실은 아주 중대한 일이 있어서……."
그녀는 성가신 듯이 일어서더니 입구를 잠그고 주소를 찾아 주었다. 이튿이 카트로 거리 73번지에 도착해 벨을 누르자 한눈에 하숙집 주인으로 보이는 부인이 문을 열어 주었다.
"리치레이 씨를 만나고 싶은데요."
부인은 날카로운 시선을 던졌다.
"안되었습니다만 지금 외출 중입니다."
"이거 참 야단났군. 사실은 어젯밤부터 만나고 싶었는데 찾아와도 없을 거라고 해서……."
"6시까지는 집에 계셨지만 그 뒤 나갔다가 11시에 돌아왔어요."
이튿의 얼굴이 너무 큰 실망의 빛을 띠었으므로 부인은 묻지도 않은 말을 해주었다.
"'개와 꿩' 집에 가시면 만나 볼 수 있을 거예요. 그분들이 늘 가는 곳입니다. 리치레이 씨에게 뭔가 좋은 소식이 있는 모양이지요?"
'또 막다른 골목이군' 하고 생각하면서 이튿은 다시 발길을 돌렸다.

그 여관을 찾아내자, 그는 찾는 사람의 생김새와 차림새를 다시 떠올리며 당구장 문을 열고 들어갔다. 담배 연기로 자욱했으나 아크 등 불빛으로 적어도 10명쯤의 모습은 알아볼 수 있었다. 마침 내기가 끝나 명랑한 농담이 소란스럽게 오고갔다. 모두 동시에 떠들어 대고 있는 느낌이었다.

"마찬가진가, 톰?"

"그 녀석이 흑을 잡을 줄은 몰랐어."

"5기니야, 조지! 아니, 6기니로 하게."

"골드 플레이크를 한 상자 갖다 주게!"

이튿은 게임 진행자의 뒤를 따라 방을 나가자 곧 그를 불러 세웠다.

"미안합니다만 다시 들어가서 리치레이 씨에게 밖에서 꼭 만나고 싶어하는 사람이 있다고 살짝 알려 주시겠습니까? 그리고 이곳에는 작은 방이 있습니까?"

그러나 해럴드 리치레이를 만나고 보니, 그에게 말을 시키는 일이 곤란한 게 아니라 말을 말리는 일이 더 곤란하다는 것을 알았다. 그는 술을 마시면 아주 부드럽고 인류애에 불타는――단 그 가운데 백부만은 제외하고――인물이 되었는데, 이미 술은 끊었다는 것이었다. 그의 얼굴을 보면 그 사람의 경력, 즉 발렌한테서 들은 경력을 알 수 있었다. 본디 그가 어떤 사람이었나 하는 것은 외모가 천해 보이는 데 관계없이 상상할 수 있었다. 리치레이 집안에서 볼 수 있는 유사점이 그에게도 있었다. 얼굴의 천박함도 그것을 말해 주었다. 어쨌던 그와 이야기를 나눈 끝에 산더미만한 겨 속에서 간신히 한 줌의 밀을 얻을 수 있었다.

정오판 신문을 보았더니 누군지 모르지만 고마운 일을 해주었다. 하지만 2펜스를 받을 수 있다면 아마 자기도 그런 일을 했을 것이다.

그 가정부는 지켜볼 필요가 있다. 그 늙어빠진 돼지는 모두 자업자득이다. 누가 그처럼 절묘하게 계단에서 굴러떨어질 수 있으랴…… 등등. 정말이지 진절머리나는 이야기뿐이었다.

이튼은 이런 빈정대는 말을 다 따라갈 수는 없었지만, 전체적으로 한두 가지 인상을 얻었다. 아무튼 한 가지 사실만은 명백했다. 무대 감독이 그것을 확인해 주었다. 해럴드는 '맥베스'에서 제1살인자 역할을 하고 있었던 것이다. 알리바이는 이것으로 충분했다.

돌아오는 긴 여행 동안 이튼이 우울한 기분이었던 것은 말할 나위도 없다. 그가 판단해 보건대, 네 조카들은 이미 문제 밖으로 밀려나서 완전 살인 사건은 여전히 미궁 속에 있었다. 어디서부터 손을 대야 할까……그는 이 생각으로 가득 차 있었다. 사실 그가 알 바는 아니었다. 이 사건에서 완전히 손을 떼어도 나무랄 사람은 없을 것이다. 그러나 누군가는 이 긴 논두렁의 제초 작업을 해야 할 것이고, 게다가 또 누군가는 윗사람으로부터 곧 성과를 나타내도록 요구받게 될 것이다. 그러면 그 몰아치는 여파가 이번에는 그 부하에게 미치고, 그 부하가 다시 또 부하에게 미쳐 완전 살인 사건은 많은 사람에게 잊혀지지 않는 사건이 되지 않을까 하는 생각이 들었다. 이튼은 고개를 저었다.

'만일 나에게 자식이 생긴다 하더라도 결코 마리우스라는 이름은 붙이지 않을 테다!'

네 번째 알리바이

1

젊은 시절 호워튼 총경은 뭔가 특수한 기능을 제공할 수 있는 인물은 늦건 빠르건 기회를 잡을 수 있다는 것을 깨닫고 본디 지녔던 취미에 따라 프랑스어를 배워 두었는데, 이것이 훗날 크게 도움이 되었다. 기회는 누구나 잘 알고 있는 시몬느 사건에서 찾아왔다. 그가 프랑스인들과 여러 차례 만나 긴 대화를 나누는 모습을 보자 윗사람들이 완전히 감탄하여 그는 주목을 받게 되었다. 과연 그의 프랑스어는 유창했으며, 적당한 단어를 찾아 썼고, 악센트에도 영국인의 말투는 찾아볼 수 없었다. 그러나 그뿐이었다. 프랑스어로 생각할 수는 없었고, 유창한 프랑스어로 기세 좋게 말을 퍼붓게 되면 이건 좀 의심스러운 것이 되었다.

툴루즈로 떠난 여행은 훌륭했다. 그 여행이 끝날 때가 되어 점점 지리한 지방으로 접어들어도 시간은 빨리 지나갔다. 왜냐하면 그는 대부분의 시간을 내일 길을 따라 포아까지 갈 예정이라는 한 유쾌한 노신사와 이야기하며 보냈기 때문이다. 그 신사는 그날 밤은 자기도 그곳에 머물 예정이라면서 키양에서 호텔이라 불리는 것은 글랑 오텔 드 피레네뿐이라고 말하며 권해 주었다.

호텔은 확실히 기분이 좋은 곳이었다. 로비에서는 50살 남짓한 마음 좋아 보이는 부인이 같이 간 노신사에게 단골손님만이 받을 수 있는 환영의 뜻이 담긴 인사를 했다.

"방은 있겠지요, 마담?"

동행한 노신사가 필요하다면 언제나 추천의 말을 하려고 서 있는 옆에서 호워튼이 물었다.

"있고말고요. 손님은 얼마나 머물 예정이시지요?"

"일이 워낙 뚜렷하지 않아서……." 호워튼은 그럴 듯하게 꾸며 댔다. "오늘 밤을 지내고, 내일도 어쩌면 신세를 지게 될지 모르겠습니다."

그녀의 "있고말고요"라는 말은 마치 호워튼이 '한 달 동안' 묵겠다고 말한 것처럼 애교 있었다. 마담이 "맥시밀리안!" 하고 부르자 종업원이 나타났다. 마담은 손님의 가방을 가리키며 명령을 내렸는데, 영국인에게는 중국어라도 듣는 것처럼 알아들을 수 없는 이 지방 사투리였다.

그런데 숙박부에 서명하려고 호워튼이 펜을 들고 적혀 있는 이름을 훑어 내려가다가 뜻하지 않은, 적어도 이렇게 빨리 알게 될 줄은 몰랐던 것이 눈에 띄었다. 'F. 리치레이'라는 이름과, '런던'이라고 적힌 주소였다.

"영국인 손님이 머물고 있는 모양이지요?" 하고 그는 마담에게 물었다.

마담은 살집이 좋은 두 팔꿈치를 카운터에 괴고 아주 자세하게 설명해 주었다.

"그 신사는 오늘 저녁 걸어서 왔어요. 먼지를 부옇게 뒤집어쓰고

요. 그분은 진짜 영국인이랍니다. 옷이며, 구두며, 파이프며, 당신과는 달리 아주 말수도 적은 분이에요. 그래요, 이 지방에는 가끔 영국인 손님들이 눈에 띈답니다. 두 분이 한 테이블에서 식사하도록 해 드릴까요? 네, 그렇게 해 드리지요. 손님의 방은 3호실이고 식사는 15분 뒤에 준비될 거예요."

그는 서둘러 손과 얼굴을 씻고 나서 잠시 뒤 로비의 구석 자리에 앉아 〈쥬르나르〉지를 펴들어 그 뒤로 얼굴을 숨겼다. 그러자 곧 그 보람이 있어서 영국인으로 보이는 한 사람이 빗살무늬로 짠 골프복을 입고, 구멍을 뚫어 장식한 신을 신고, 언제나 외국인에게 오해받는 마음을 툭 터놓지 못하는 초연한 태도로 불쑥 들어왔다. 호워튼의 눈에는 볕에 그을리고 개성이 넘쳐흐르는 호감 가는 풍모의 그 사람이 웬지 훌륭해 보였다. 그에게는 가장 자랑스러운 뜻으로 이 사나이야말로 참다운 영국인이라고 주장해도 될 만한 그 무엇이 있었다. 어딘가 모르게 깨끗한 느낌이 들고 완전히 신뢰할 수 있는 무언가가 있었던 것이다.

마담의 목소리가 들리더니 뒤이어 그녀도 로비로 들어왔다. 리치레이는 자기 의자를 권하려고 일어났으나 마담에게서 "아니에요, 제 걱정은 마세요"라는 말을 듣자 겸연쩍은 표정을 지었다. 얼굴이 붉어지는 것이 보일 정도였다. 그는 얼버무리고 머리를 저으며 영문을 몰라 하더니 심한 악센트로 "저는 프랑스어를 잘 모릅니다, 마담" 하고 말했다.

마침 다행히도 그때 벨이 울렸다. 사람들이 마술에 불리어 나온 것처럼 나타나더니 여기저기서 웅성거리기 시작했다. 호워튼은 마지막으로 일어섰다. 그는 몹시 시장했다. 둘레의 공기는 빈 뱃속을 자극하는 냄새로 가득 차 있었다.

그러나 그가 앉자, 테이블에 앉아 있던 그 손님은 깜짝 놀란 모양이었다. 이상한 일이 아닌지도 모르지만 빈 테이블이 얼마든지 있는데, 왜 혼자 앉게 배려하지 않았을까? 그래도 그 손님은 태연한 태도로 스프를 가져오자 식욕은 있으나 천천히 즐길 시간이 얼마든지 있다는 듯이 느릿느릿 먹었다. 호워튼이 이렇게 가까이서 자세히 보아도 역시 그 맞은편 손님의 얼굴은 사람됨이 좋아 보였고, 눈도 아주 매력적이었다. 커다란 갈색 눈은 어딘가 우수에 잠긴 듯했으며, 눈꼬리에는 잔주름이 나 있었다. '이 사람은 어떤 목소리를 지니고 있을까'하고 생각하며 호워튼은 자연스럽게 이야기를 걸었다.
"자리를 같이해도 괜찮겠지요, 리치레이 씨?"
그는 그다지 영국인다운 데가 없어 보이는 호워튼이 테이블 너머에서 자신에게 말한 모국어의 울림에 몹시 놀란 모양이었다. 그러나 그것도 그다지 이상하게 생각되지는 않는 모양이었다. 대답해 온 목소리는 조심스러웠지만 상당히 매력적이었다.
"네, 제 이름은 리치레이입니다만, 어떻게 아셨습니까?"
"숙박부에서 보았습니다."
호워튼은 사환에게 포도주 반 병을 갖다 달라고 하기 위해 잠깐 말을 끊었다가 곧 다시 말을 이었다.
"사실을 말씀드리면 저는 당신에게 알려 드릴 일이 있어서 왔습니다. 아무리 놀라운 일이라 해도 여느 때처럼 말하도록 합시다. 큰 소리로 온 방에 알릴 필요는 없을 테니까요. 그런데 리치레이 씨, 신문을 보셨습니까?"
"보지 않았는데요. 하지만 당신이 말씀하시는 뉴스란 대체 무엇입니까?"
"백부님이 살해되었다는 것입니다!"
리치레이는 깜짝 놀라 정신을 잃을 것 같은 표정을 지었다. 뭔가 말을 하려고 애써 입을 벌리더니 생각을 달리했는지 그냥 다물어 버렸다. 그는 다만 뚫어지게 호워튼을 쳐다보고 있었다. 이어서 그가 한 말은 참으로 놀라운 것이었다.

"마침내 올 것이 왔군요!"

호워튼은 상대방의 얼굴에서 눈을 떼지 않고 물었다.

"무슨 뜻입니까?"

두 사람은 개와 고양이처럼 노려보았다.

"대체 당신은 누구십니까?" 리치레이가 물었는데, 그 목소리에는 분명히 노여움이 가득 차 있었다.

"런던 경시청의 호워튼 총경입니다. 우드모어 힐글로브 122번지에 사시는 백부 토머스 리치레이 씨가 살해되었다는 것을 알려 드리고, 동시에 이 사건에 대해 당신이 알고 있는 것을 여쭤 보기 위해 찾아온 것입니다."

상대방은 바람 빠진 타이어처럼 힘없이 축 늘어졌다. 안도감에서 나온 태도였다. 그리고 그는 곧 웃는 얼굴을 보였다.

"그래요? 당신은 꽤 사람을 놀라게 하는군요. 전 또 다른 백부님인줄 알고……"

"잠깐만," 호워튼은 말했다. "확실히하고 넘어갑시다. 피터 백부님은 약 10년 전에 돌아가시지 않았습니까?"

"그렇습니다." 리치레이는 말했다. "이거 정말 미안하게 되었군요. 나도 모르게 혼자 생각으로 말해 버린 것입니다. 어떻게 설명하면 좋을까……?" 그는 좀 난처한 표정을 지었다. "그렇지만 솔직하게 말하는 편이 좋겠지요. 우리는 모두——형들과 저 자신도 피터 백부님은 정상적으로 돌아가시지 못할 것이며, 빠르건 늦건 무슨 일이 일어나리라고 생각해왔답니다. 제가 방금 생각하고 있던 일도 바로 그것이었습니다."

호워튼은 자세를 고쳐 앉았다. 둘 사이에 잠깐 엄격한 긴장감이 감돌았으며, 두 사람 다 그것을 의식했다. 이윽고 호워튼이 미소 지었다. 그러나 그것은 여간해서 붙잡히지 않는 그리스도 교도를 놓친 특별히 살이 오른 사자와도 같은 미소였다.

"그렇다면 리치레이 씨, 그 문제의 해답을 알고 있는 사람은 이제 그 해답을 말할 수 없게 된 셈이군요?" 여기서 그의 미소는 한층 더 친근감을 나타냈다. "그러므로 다음에는 당신이 살인에 대해 알고 있는 일을 질문받아도 그런 생각을 했다는 말은 하지 말아야 할 겁니다."

"당신은 저를 보고 냉담한 사람이라고 생각하셨겠지요?" 하고 리치레이는 말했다. "누구나 자기 백부가 살해되었다는 말을 들으면 충격을 받을 테니까요. 이야기해 주시지 않겠습니까? 그러니까 제 말은…… 당신이……."

호워튼은 처음부터 하나도 남김없이 이야기를 들려주었다.

"리치레이 씨, 우리가 어떤 인물을 찾고 있는지 아시겠지요? 교육을 받았으며, 그 집에 대해 잘 알고 있는 인물로 누구 짐작 가는 사람이 없습니까? 백부님을 죽일 만큼 원한을 가질만한 사람말입니다."

리치레이는 고개를 저었다.

"저를 포함한 많은 사람들이 토머스 백부님 따위는 죽어 마땅하다고 바란 적은 여러 차례 있었습니다. 정말 너무 심한 짓이라고 생각하시겠지만, 워드 씨……."

"호워튼입니다." 총경이 바로잡아주었다.

"실례했습니다. 그러나 저의 백부라는 사람은 도저히 상대할 수 없는 그런 인간이었습니다. 백부에 대한 설명으로는 이것도 관대한 표현입니다."

호워튼은 리치레이의 얼굴에 험상궂은 표정이 나타나고 입술을 꼭

네 번째 알리바이 139

깨무는 것을 보았다.

"당신은 이미 어네스트 리치레이 형님을 만나 보셨겠지요?"

"네, 만났습니다. 몹시 애를 써 주셨습니다만 그분 역시 당신이 지금 말한 것 이상은 말해주지 않았어요."

"그 가정부에 대해서는?" 상대방이 물었다. "세상에 아무리 비열한 사람이 있다고 해도 그처럼 파렴치한 여자는 없을 것입니다."

"그 여자의 일이라면 우리도 꽤 여러 가지 알고 있습니다." 호워튼은 슬며시 말했다. "그런데 당신은 그 여자와 자주 만났나요?"

"글쎄요, 자주 만난 편이겠지요. 저는 꽤 자주 백부님을 찾아갔었는데, 될 수 있으면 그 여자가 외출한 동안에 가려고 했습니다. 지금 생각하니 그런 방문도 저로서는 그다지 즐겁지 않았던 것 같군요. 저는 그 사람들을 몹시 미워하고 있었으니까요."

"그러셨겠지요." 호워튼이 말했다. "그건 그렇고, 당신에게 꼭 물어 봐야 할 질문이 한 가지 있습니다. 이것은 당신 형제분들과 카든 부인에게도 이미 했던 질문입니다. 엄밀히 말해 당신은 10월 11일 밤, 어디에 계셨지요?"

리치레이는 의아한 듯이 상대방을 쳐다보았다.

"당신은 설마……?"

"우리는 여러 가지 일을 상상해 봅니다." 호워튼이 얼른 그의 말을 가로막았다. "설마 당신이 우리의 법과 그 집행방법에 대해 의심을 갖고 있다고는 생각지 않습니다만?"

"실례했습니다." 리치레이 말했다. "제가 어리석은 말을 했군요. 10월 11일이라고 하셨지요? 저는 5일에는 배를 타고, 7일까지 파리에 있었습니다. 그날 저녁 무렵 툴루즈에 닿았고, 8일에 칼카손느에 닿았습니다. 그곳에서 어네스트 형님에게 편지를 써 다음 날 아침 부쳤습니다. 성채의 일부를 스케치하고 싶은 생각이 들면서 화필을 잊어버리고 온 것을 깨달았기 때문입니다."

"비싼 것인가요?"

"네, 좀 비쌉니다. 한 세트에 30실링쯤 되지요. 게다가 특제랍니다. 저는 일단 연필로 스케치를 했습니다. 2층 배낭 속에 들어 있습니다. 그리고 그곳을 떠나 도보로 여행을 계속하여 10일에는 생 티렐르에 닿았습니다. 다음날은 림므까지 걸어갔는데, 발꿈치를 다쳐 여행을 계속할 수가 없었습니다. 그것이 11일로, 저는 카프 도올 호텔에 있었습니다. 다음날은 크이더까지 갔다가 오늘 이곳에 온 것입니다."

"아주 정확하시군요, 리치레이 씨. 조사하는 데 전혀 번거로움이 없겠습니다."

"어떻게 하면 좋을까요?" 리치레이가 말했다. "아침까지 기다리셨다가 자동차를 세내어 둘이서 제가 온 길을 다시 돌아가면 어떻겠습니까? 그러나 특히 이것은 말해 둬야 하겠습니다만," 하고 그는 설명하기 시작했다. "저도 다른 사람들처럼 학교에서 프랑스어를 배웠습니다. 그러나 전부터 그것을 싫어했지요. 좀더 공부해 두었더라면 좋았을 걸 하는 생각이 듭니다. 당신은 프랑스인처럼 말을 잘할 수 있으시겠지요?"

"뭐, 그렇지도 않습니다." 호워튼은 자신의 사투리를 생각하고 웃었다.

"대화를 나눌 수 있으시다면 손수 조사해 보는 게 좋을 것 같아서요. 물론 당신이 괜찮으시다면 말입니다만."

이리하여 그렇게 하기로 결정하고, 호워튼은 이 제안에 감사를 표했다. 외국에 있는 영국인이란 하나의 틀에 박혀 있어서, 같은 날 같은 장소에서 둘이 함께 만나는 일은 좀처럼 없을 것 같았으나 아무튼 이 문제는 결정이 되었다. 일단 그렇게 하기로 한 것이다.

2

 다음날 아침 출발할 무렵이 되자 호워튼과 프랭크 리치레이는 몇 년 전부터 알고 지낸 사람처럼 가까운 사이가 되었다. 동행으로서의 그는 조심스럽고, 그 태도에는 얼마쯤 낯가림을 하는 듯한 점도 있었던 것이다. 그러나 리치레이는 의외로 박식하고 더구나 독단적이 아니었으며, 예의범절도 더없이 분명했다. 호워튼이 판단하는 바로는 겉치레나 남을 속이는 일은 조금도 없었다.
 그는 자신이 2, 3년 동안 해 온 일에 대해서 뚜렷이 경멸하고 있었으며, 지치고 불안해하는 모습으로 그 이야기를 했다. 그런데 크리켓 이야기만 나오면 열광적이 되어, 그와의 대화에서 1년은 여름으로 시작하여 여름으로 끝나는 것이었다. 지금 그가 즐기고 있는 휴가는 말하자면 그를 고용하고 있는 학교 당국이 언제나 여기저기 여행 다니며 한 군데 자리잡지 못하는 교사들을 직장에 잡아 두기 위한 수단으로 주는 휴가인 모양이었다. 10년 동안 일한 뒤 그는 지금 7월부터 1월까지 자유로운 몸이 된 것이다. 8월은 주로 로즈(런던의 크리켓 경기장)와 오바르(켄징턴에 있는 빨리 카운티 크리켓 클럽의 경기장)에서 지냈으나, 9월에 접어들어 날씨가 그토록 나쁘지만 않았더라면 프랑스 여행을 더 빨리 떠났을 것이다.
 그가 프랑스에서 휴가를 보내기는 이번이 처음으로, 이 여행은 한 동료의 권유에 의한 것이기도 하였고 또 앙리 레끌뤼의 그림──오드의 풍경화는 그때까지 그가 모르고 있었던 것이다──이 출품된 전시회에 가 본 결과이기도 했다. 휴가도 끝날 무렵에 접어들어 이제 그는 오드 지방을 모조리 돌면서 마르세이유를 찾아가, 그곳과 투울롱 사이에서 잠시 지내려고 계획하고 있었다. 그러나 백부의 죽음으로 사정이 달라지리라는 것을 그는 인정했다. 런던에서 하던 일을 그만두고 영원히 해외에서 지내게 될지도 모른다는 것이었다. 그러나 물론 유언장에 달린 것이라고 그는 말하였다.

크이더를 찾은 여행은 짧은 것이었다.

"주인이 곧 알아볼 것입니다." 오텔 드 프랑스의 아담한 현관 앞에 차가 서자 리치레이가 말했다. "검은 수염을 기르고 있지요. 군인이 허리에 찬 사벨처럼 커다란 수염을 말입니다."

마침 문을 들어서자 그 사나이가 있었다.

"이곳에 머물고 있는 제 친구 리치레이 씨가," 하고 호워튼이 이야기했다. "중요한 편지를 잃어 버렸답니다. 어제 아침 여기에 두고 가지 않았나 하는데요."

호텔 주인은 이 말을 그대로 믿고는 호텔을 구석구석 다 뒤졌으나 편지는 없었다. 리치레이가 다시 와 주면 편지에 대해 뭔가 알게 될지도 모른다고 주인은 말했다. 대체적인 상황이 리치레이가 말한 것을 충분히 확인해 준다고 생각되었으므로 그들은 다시 림므로 향했다. 이번 일은 한층 더 중대했다.

카프 도올은 조용하고 아주 단단해 보이는 건물로 시내에서 얼마쯤 떨어져 흐르는 강물 위에 기대듯이 지어져 있었고, 그 뒤로는 가파른 언덕이 솟아 있었다. 리치레이의 설명에 따르면 그는 발꿈치를 다쳐 눈에 띄는 첫 번째 호텔에 머물렀다는 것이었다.

두 사람이 들어서자 책상에 앉은 소녀와 이야기를 나누고 있던 통통한 여자가 단번에 리치레이를 알아보았다. 그녀의 얼굴은 미소로 온통 주름투성이가 되었다. 리치레이도 조금 쑥스러운 듯 미소를 띠었다.

"다시 와 주시다니, 정말 고마워요." 여자가 인사했다.

리치레이는 여전히 미소 짓고 있었으나 아무 말도 하지 않았다. 호워튼이 말했다.

"리치레이 씨와 저는 주장이 달라 서로 우기며 왔답니다, 마담. 나는 리치레이 씨가 11일에 생 티엘르에 있었다고 생각하는데, 리치레이 씨는 이곳에 있었다고 말하지 않겠습니까? 그래서 당신에게 해결을 지어 달라고 온 것입니다."
마담은 크게 웃음을 터뜨렸다.
"당신이 틀렸어요. 마르셀, 목요일 일을 기억하고 있겠죠? 왜 커피 말이에요?" 그녀는 리치레이의 윗옷을 잡고 살펴보았다. "얼룩이 보이지 않는군요. 이것 좀 봐, 마르셀, 자국이 조금 남아 있을 뿐이에요."
모든 일이 아주 자연스럽고 친밀해 보여, 마치 돌아온 친척의 옷을 살펴보는 것 같았다.
"그리고 참, 발꿈치는 어때요? 다 나았겠지요?"
나중에 생각해 보니 그동안 리치레이는 바보처럼 우두커니 서 있었다.
"이곳은 이것으로 됐습니다." 밖으로 나오자 호워튼은 말했다. "그런데 커피 이야기는 어떻게 된 건가요?"
"아아, 가지고 온 커피를 제가 둘러엎어서 테이블보며 제 윗옷을 버렸답니다. 그것을 그 여자들이 깨끗이 해주었지요."
호워튼은 광장의 시계를 올려다보았다.
"흐음, 기차가 오기까지 30분 남았군요. 한잔 하기에는 아직 이를까요?"
리치레이는 싫지 않은 모양이었다. 테이블을 사이에 두고 두 사람은 앞으로의 일에 대해 여러 가지로 말했다. 호워튼은 어네스트 리치레이에게 보내는 편지를 부탁받았다. 리치레이는 자기에게 볼일이 생길 경우를 생각하여 앞으로의 여행 계획을 대강 지도에 그리며 설명했다. 지금 그는 아무 일도 일어나지 않은 것처럼 휴가를 계속할 작정이었다.
기차가 보이지 않자 호워튼은 곧 아까 말한 구실을 잘 이용했다.

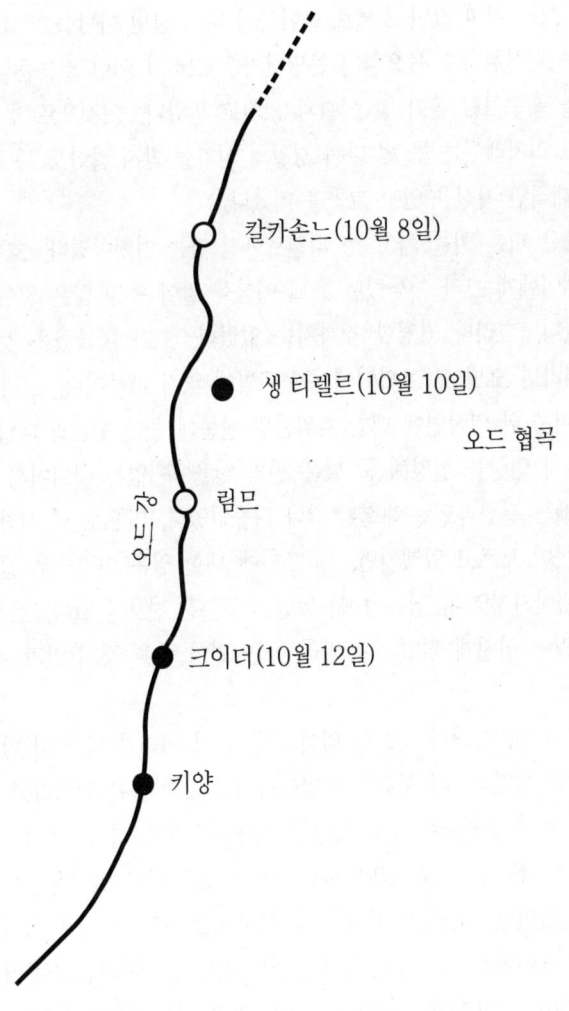

그에게는 리치레이가 기차 시간을 알고 있었나 하는 것은 아무래도 좋았다. 중요한 것은 아직 시간이 30분 이상이나 남아 있다는 사실이었다. 그는 아까 갔던 호텔로 돌아가서 다시 한번 마담을 만났다. 그 날짜는 확실한가? 목요일이 분명한가? 그러나 이런 질문은 확실한 증거를 홍수처럼 쏟아 놓는 결과가 되고 말았다. 이것으로 호워튼은 프랭크 리치레이는 두 번 다시 경찰의 성화를 받지 않아도 될 것이라는 절대적인 확신을 안고 그곳을 떠났다.

다음은 다른 차를 차고 생 티렐르까지 가는 여행이었다. 호워튼은 리치레이에게 그가 머물렀던 호텔 이름을 알아 두지 않은 일이 문득 생각났다. 그러나 걱정할 것까지는 없었다. 그가 머물렀을 것 같은 호텔이라면 오넬 드 보와이에 주우르밖에 없기 때문이다. 그리고 10일에 머문 한 영국인에 대한 호워튼의 질문에 응한 주인의 대답과 리치레이의 인상을 설명해 준 말은 믿지 않을 수 없는 것이어서, 이제 이 문제는 결정적으로 해결된 거나 다름없었다. 앞으로 몇 시간 동안은 스콧이 모르고 있겠지만, 네 조카에 대한 일은 이것으로 끝난 것이나 마찬가지였다. 남은 10분 동안 호워튼은 전보를 쳤다. 스콧으로서도 일이 어떻게 되었는지 빨리 아는 편이 좋을 것 같았기 때문이다.

이어서 긴, 그러나 생각할 일이 너무 많아 머리가 쉴 틈이 없는 여행이 시작되었다. 이 사람들의 알리바이가 모두 옳은 것이라면, 어디서부터 다시 출발하는 것이 가장 좋을까? 토머스 리치레이가 젊었을 무렵, 즉 소식을 끊고 있던 시절에는 무엇을 하고 있었을까? 그때 적을 만들었던 것일까? 협박을 당하고는 있지 않았을까? 아니면 피터 리치레이에게 정말 친아들이 있었던 것일까? 아니면 스콧이 비추고 있듯이 그 편지에 음모가 담긴 것일까? 마리우스의 편지를 쓴 사람은 대체 누구일까? 철저하게 조사해 보면 그 편지에서 무엇을 얻을 수 있을까?

 이런 생각에다 분명 신문 보도로 얻어졌다고 생각되는 지식의 평가, 자기가 없는 동안에 일어난 일에 대한 상상, 그리고 수사 활동의 다음 단계에 대한 계획 등을 더해 보면 호워튼이 이 여행 중에 자기 시간을 어떻게 보냈는가를 알 수 있을 것이다.

 이리하여 그는 다음날 오후 4시 스콧의 방에서 모든 일을 설명하고 있었다.

프랭클린의 등장

1

보도로 나선 이튼은 어디로 갈 것인가 정하지 못한 듯 망설이고 있었다.

그때 프랭클린을 보았다.

"역시 자네였군. 요즘은 어떤가?"

"글쎄, 불평할 만한 일은 없는 형편일세." 프랭클린이 대답했다.
"그래, 자네는 어떤가? 기분이 좋지 않은 것 같은데?"

"내 탓이 아닐세. 어쨌든 사흘 동안에 8시간밖에 자지 못했으니까. 그런데 자네는 어디 가나?"

"자네 형편 닿는 대로." 프랭클린이 대답했다. "식사라도 같이하지 않겠나? 혹시 집으로 돌아가는 길이었나?"

"아닐세. 정부에서 급료를 지불하는 동안은 집에 돌아가지 않을 거야. 어디 이 근처에 좋은 곳을 알고 있나?"

프랭클린은 그런 곳을 알고 있었다. 사실 그는 일단 필요한 경우를 위해 완전히 준비해 두었던 것이다. 5분 뒤 두 사람은 조리 피셔멘에 이르러 식당으로 통하는 옆문으로 들어섰다.

도중에 그는 자기가 검시 심문에 얼굴을 내민 것은 근무중에 여가가 생겨 간 것이고, 시체가 있는 곳에는 매들이 모여들기 마련이라는 두 가지 이유를 들어 변명했다. 이튼은 그가 독립하여 일을 시작하려고 한다는 소문을 듣고 있었는데, 이 의심을 프랭클린은 감쪽같이 부정할 수가 없었다. 그리고 사건이 진행되어 가는 정도에만 흥미가 있다는 것을 인정했다. 경시청을 앞지르는 것이 아닌가 하는 의심을 가지고 있다면 그것은 당치도 않은 말이고, 자기는 그토록 어리석지 않다고 변명했다.

두 사람은 남의 눈에 띄지 않는 구석 자리를 찾아 호텔의 전형적인 점심식사를 먹으며 곧 직업상의 이야기로 들어갔다.

"그런데 자네, 검시 심문을 어떻게 생각하나?" 이튼이 물었다.

"자네들은 너무나 진상을 드러내려 하지 않는 것 같더군."

"진상이라고 할 만한 것도 없네. 아니, 자네는 그 소포에 대해서 말하고 있는 건가?"

프랭클린은 아무것도 모르는 체하는 것이 가장 안전한 방법이라고 결정했다.

"소포? 무슨 소포 말인가?"

이튼은 대강 이야기해 주고 나서 "그러니까," 하고 덧붙였다. "만일 그 소포가 제출되었다면 하녀는 물러설 수 없는 처지에 놓였을 걸세. 결국 세상은 그 남자가 살해된 것인지, 살해되었다면 범인은 누구인가? 이런 것을 알고 싶은 거야. 그런데 그 사람이 살해되었다는 것은 알게 되었으나, 그의 일에 대해서는 우리도 세상사람들이나 마찬가지로 아무것도 모르고 있네."

"옳거니! 그러니까 자네들은 누가 범인이 아니라는 것은 알고 있는 모양이군?"

이튼은 목소리를 낮추어 마치 비밀 이야기라도 할 때처럼 몸을 앞으로 내밀었다.
"잭, 우리끼리만 하는 말이지만, 나는 그 점에 대해서도 그다지 자신이 없네. 내 보기에 그 짓을 저지른 자는 도저히 그런 짓을 할 수 없었던 사람이거든?"
"여보게, 잠깐 내 말 좀 들어 보겠나?"
프랭클린은 아주 솔직하게 말을 꺼냈다.
"이야기를 앞으로 끌고 나가기 전에 자네에게 한 가지 물어 볼 말이 있네. 나도 일반적인 일이라면 자네가 좋아할 때까지 이야기하겠네. 나는 이 사건의 해결을 자네만큼 열심히 바라고 있지는 않을지 모르지만, 그러나 만일 자네가 나에게 정보를 주어 내가 그것을 이용했다 하더라도 자네에게 불편을 주지는 않는지 묻고 싶군?"
"그것은 잘 모르겠는데." 이튼이 말했다. "우리가 같이 일했을 때에는 서로 도운 일이 한두 번이 아니었지. 나는 지금 비번일세. 그런데 만일 내가 개인적으로 자네와 이 사건에 대해 의논하고 싶다고 생각했다면 안 될 이유가 어디 있겠나?"
프랭클린이 말참견을 하려고 했다.
"잠깐만 기다려 주게. 나도 자네에게 물어 보고 싶은 일이 두 가지 있네. 법에 조력하는 일은 모든 시민의 의무가 아니겠나?"
프랭클린은 빙긋이 웃으며 말했다.
"그래서?"
"그러니까 기회가 있으면 자네의 지혜를 빌리는 일쯤은 내 자유가 아닐까?"
"물론이지. 그렇다고 뭐 대단한 지혜는 아니지만."
"판단은 내가 할 일이야. 그런데 이야기가 빗나갔군. 우리가 지금 무슨 이야기를 하고 있었지?"

"범인은 도저히 그런 짓을 할 수 없었던 사람일 거라고 이야기했네."
"그럼, 누가 그런 일을 할 수 있었겠나? 범인은 상당한 교육을 받은 자로 계획도 면밀하게 세웠으며, 용기도 충분하고, 그 집일이라면 마룻바닥에서부터 천정까지 훤히 알고 있었네. 그러니 누구라고 할 수 있겠나?"
"4명의 조카."
"하녀, 아니면 카든이 공범자라는 생각은?"
"그것은 무리야. 특히 카든 부인의 경우 그런 짓을 할 필요가 없지 않은가? 그 여자는 주인을 죽여봤자 아무 이득이 없거든. 게다가 자네들 같은 베테랑들의 심문을 받았다면 두 사람 다 이미 실토를 했을 걸세. 그런데 스튜어드는 어떤가?"
"그 사람은 분명히 문제 밖이네. 확실해. 그가 이 사건에 관계가 없다는 것은 나와 마찬가지일세."
"물론 자네가 알고 있는 일이니 어련하겠나. 그런데 왜 4명의 조카는 안 된단 말인가? 처음부터 끝까지 꼭 들어맞지 않나?"
"왜 안 되느냐고? 이유를 말해 주지. 프랑스에 있는 조카는 '우리 대장'이 직접 접촉하고 있으므로 나는 모르네만, 대장이 그 일을 끝마치면 이 문제도 마지막이 될 게 틀림없네. 그리고 적어도 두 사람의 확실한, 아주 다른 증인이 있으니까. 더욱이 그 두 사람 중 하나에게서는 내가 직접 듣고, 다른 한 사람에게서는 발렌이 들었다네. 아무튼 들어 보게. 이런 내용일세."
이튼은 자기가 직접 담당했던 조사 내용을 들려주었다.
"흐음, 자네 말대로 일은 복잡해졌군!" 프랭클린이 동정하는 투로 말했다. "그러나 알리바이가 완벽하다고 해서 조바심할 건 없네. 처음부터 다시 한번 시작하면 되니까. 우리가 하는 일은 늘 그렇지 않았는가?"

"그 점이 바로 난처한 것일세. 어딘가에 분명 잘못이 있을 걸세. 올바른 길에서 빗나가면 마음속으로 뭔가 '아니, 이건 틀림없이 잘못되었다'라고 느껴지는 게 있지 않나? 지금의 내 기분이 바로 그렇다네."

이튼은 괴로운 듯 고개를 떨어뜨리고 치즈를 바른 빵을 먹기 시작했다.

프랭클린은 한 발 앞으로 내딛었다.

"자네는 머릿속으로는 뭔가 잡고 있네. 어떤가, 톰? 나는 자네와 거래를 하고 싶네. 내가 그 집에 간 것은 자네도 알고 있겠지? 그 집에서 나는 도움이 될 만한 것을 보았는데, 뭣하면 그것을 알려줄 수 있네. 또 한 가지 나의 질문에 대답해 주면 이쪽 솜씨를 보여 주겠네."

"좋아." 이튼이 말했다. "자, 시작해 보게."

"T.W.R에 대해서는 어떤 방침이 세워졌나?"

"내일 신문에는 경찰 간부가 발표한 완전한 인상착의가 실릴 걸세. 그것을 바탕으로 만든 몽타주 사진도 함께 실릴지 모르네. 또 T.W.R이라는 인물에게 경찰에 나와 진술하도록 요구할 걸세. 그 사람이 호텔을 나간 뒤 모습을 보이지 않는다는 것을 제외하면 내가 알고 있는 것은 이게 전부일세."

"그런가? 그 대답으로도 충분하네. 그럼, 내 이야기를 하지."

프랭클린은 창문으로 나가는 방법을 설명하기 시작했다.

"질이 좋은 긴 줄을 가지고 직접 시험해 보게. 그러는 편이 알기 쉬울 걸세. 그리고 서쪽 창문의 놋쇠고리와 홈을 보게나, 마찰된 자국이 있을 테니까. 닦은 것처럼 반짝반짝 빛나고 있었네. 이 사실을 대장이 돌아오면 말해 주고 어떻게 생각하는지 물어 보면 좋을 걸세."
이튼은 화가 나는 듯이 혀를 찼다.
"그런 것을 몰라보았다니! 물론 그곳에 늘어선 나무 때문에 녀석이 나가는 것이 보이지 않았겠지. 그러나 발자국이 없는 것은 어떻게 된 걸까?"
"길이 콘크리트인데다 비가 왔기 때문이지. 그리고 그 창문은 누구나 놓쳐 버리기 쉬운 곳일세. 커피를 마시겠나? 자네 지금 바쁜가?"
"바쁠 까닭이 있겠나?" 이튼이 웃었다. "제대로 일을 하고 있는데."
프랭클린은 커피를 주문했다. 그리고 두 사람은 파이프에 담배를 담으며 흘끔 주위를 살펴보았다.
마침내 커피가 오자, 이튼은 마음을 정한 듯이 말을 꺼냈다.
"여보게, 잭. 나는 머릿속에 있는 것을 다 말해 버리고 홀가분해지고 싶네. 내가 이런 말을 하고 싶어지는 것도 자네뿐이야. 지금 나는 제정신이 아니니까, 자네도 나 같은 경우라면 똑같은 생각을 하게 될걸. 어쨌든 이런 걸세. 나는 그 형제 중 세 사람을 차례차례 만나보고 어떤 인상을 받았네. 어네스트 리치레이를 만나자 곧 옳건 그르건 나는 나름대로 그에 관해 요약해 보았네. 그리고 어젯밤 발렌과 오랫동안 이야기를 나누면서 그 사람에 대해 어떤 의견을 가지고 있나 물어보았지.

그리고 나서 둘째 동생을 만났네. 교구 목사인데, 그가 이런 일을 저질렀다고는 생각할 수 없지만 나는 어쩐지 그의 형에게서 받은 것과 똑같은 인상을 받았다네. 그 다음에는 배우인 셋째 동생을 만났어. 역시 그런 일을 했을 것 같지는 않지만, 본인이 이야기한 여러 가지 점들과 다른 사람들이 말해 준 일들에서 역시 그 두 사람에게서 느낀 것과 똑같은 인상을 강하게 받았네.

그 인상이란 이러하네. 물론 순전히 나 개인의 의견이네. 이들은 아무도 그 일을 하지 않았지만, 동시에 이 네 형제가 리치레이를 죽였다는 인상! 아무래도 나는 그 인상에서 벗어날 수가 없다네. 나는 그 형제들이 서로 동맹 비슷한 것을 맺어, 지금도 그것을 유지하고 있다고 믿고 있네. 즉 그들은 일종의 위원회 같은 것을 열어, 집안을 구하고 유산이 카든 부인 손에 넘어가지 못하도록 하기 위한 수단은 한 가지밖에 없다고 결정한 것으로 보이네. 그래서 그들은 완전히 짜고 필사적으로 거짓말을 하며 어떤 곤란이 닥치더라도 끝까지 버텨 나가자고 묵계를 만든 것일세. 이것이 그들이 한 짓인데, 해럴드는 술만 취하면 무엇이든 술술 다 지껄여 버리므로 그에게는 말하지 못했던 거라네. 그리고 또 알리바이가 너무 완벽해. 자, 실컷 웃게나."

프랭클린은 웃지 않았다. 그러나 몹시 열성을 기울이고 있는 것 같았다.

"여보게, 톰, 그 이야기는 큰 공훈을 세울 것 같군! 처벌이라는 생각을 품고 광신적인 청교도에 열광하는 찰스 리치레이, 약간 주정기가 있어 무슨 일이든 저지를 수 있는 해럴드, 머리가 잘 돌아가는 변호사, 그리고 체력이 좋은 교사를 생각해 보게. 자네는 상상할 수 없는가?"

프랭클린은 허공 속에서 몸짓을 해보였다.

"상상할 수 없느냐고? 이 일에 손을 대면서부터 나는 그 생각밖에는 아무것도 하지 않았다네. 지난밤에도 가까스로 잠이 들려고 했는데 이 생각이 도무지 머리를 떠나지 않더란 말이야."

"여보게, 톰" 하고 프랭클린이 말했다. "좀 생각할 여유를 주게. 이 일은 여러 가지 문제를 품고 있는데, 중요한 점은 그들이 어떻게 한 가지 거짓 알리바이가 끼어 있는 네 개의 완전한 알리바이를 만들 수 있었느냐 하는 것일세. 그들이 공범자를 이용했을 리는 없네. 요즈음 살인자로 고용될 사람은 없으니까. 그러나 부인들 중에서 누군가는 할 수 있지 않았을까? 아니야, 이것은 어리석은 생각일 걸세."

"나에게 묻지 말아 주게. 그런 악몽을 몸에서 쫓아 버리지 않으면 나는 아마 정신 병원에 가게 될 걸세. 말은 이렇게 하지만 역시 이 생각으로 되돌아오거든."

이튼은 파이프를 탁 털고 우울한 듯이 재를 바라보았다.

"자네가 해줘야 할 일이 있네." 프랭클린이 외투에 손을 넣으며 말했다. "프랑스에 있는 자의 알리바이에 대해 알게 되거든 전화해 주지 않겠나? 만일 내가 없거든 나중에라도 전해주라고 일러놓게. 뭣하면 암호 같은 거라도 괜찮네."

"주소는 그전과 같은가?"

"그렇지. 다른 이야기지만, 하녀는 지금 어디 살고 있나?"

이튼은 수첩을 들춰보았다.

"엡핑 땜장이 골목 5번지. 땜장이라는 것은……"

"알고 있네." 프랭클린은 웃었다. "황야에 바람이 아무리 불어도 포장마차 바퀴는 끄덕도 않는 이유지. 자네는 경시청으로 가겠나? 그럼, 핀즈베리 공원으로 가는 버스를 타세."

자기 생각을 도둑맞았건 아니건 프랭클린은 이날 아침의 성과에 아주 만족하고 있었다. 그가 이번 일에 손을 댔을 때와 비교하면 지금은 훨씬 많은 것을 알게 된 것이다. 한 가지 예를 들면 알리바이 중 세 가지를 자세히 알았고, 네 번째의 알리바이도 머지않아 알려 주겠다는 확약을 받은 것이다. 그 목요일 밤의 방문자와 마찬가지로 피가 흐르는 인간임에 분명한 T.W.R에 대한 정보도 곧 입수될지 모른다. 이제 남은 알리바이가 확실해지기를 기다리는 동안 그가 온 힘을 집중하려고 결정한 상대는 글로브에 찾아온 그 도전적인 사나이였다. 형제들의 알리바이는 확실하지만, 형제 가운데 한 사람이 T.W.R의 역할을 하고 그 이름으로 호텔에 머물러 있지 않았을까? 또는 위협적인 방문에 의해 사람들의 주의를 다른 곳으로 쏠리게 한 게 아닐까? 이것을 증명해 낼 수만 있다면 그때야말로 이튼이 내놓은 가설을 다시 고려해야 할 것이다.

2

며칠 전부터 프랭클린이 맡아 보기로 한 사무실에서는 다른 조사 업무도 계속 밀려들었다는 사실을 마음속에 담아 두어야 한다. 일이 너무 많아——대부분이 기계적으로 처리되는 일이긴 했지만——프랭클린의 조수로 지휘를 맡은 사람은 바쁜 나날을 보내고 있었다.

프랭클린은 그중 한 사람에게는 일반 업무도 시키지 않고 대기만 시켜 놓았다. 형사부장 출신인 포터라는 사람으로, 프랭클린이 온 그날로 고용한 사나이였다. 수완이 뛰어날 뿐만 아니라 빈틈없는 사람이었다. 프랭클린은 하녀를 만나기 위해 직접 엡핑으로 가겠다고 말했다. 만일 애덤스에게서 좀더 솔직한 이야기를 들을 수 있어 방문자의 특징을 알 수 있다면, 뭔가 확고한 근거가 잡힐지도 모른다는 생각에서였다.

포터는 2시 40분 열차를 타고 노리치로 떠났다. 그의 주요한 임무는 10월 1일부터 3일까지 해럴드 리치레이의 행적을 가능한 한 빠짐없이 조사하는 일이었다. 뭔가 사건과 관련된 정보를 손에 넣을 수 있을지도 모르며, 이 배우의 사진도 구해 놓으면 도움이 되리라 생각했던 것이다. 일요일에는 리틀 마팅즈를 찾아가 그 즈음, 특히 3일 밤에 목사가 어디 있었는가를 조사하기로 되어 있었다. 여기서도 가능하면 사진을 손에 넣도록 노력할 예정이었다. 포터는 물론 자기가 생각하고 있는 일을 머릿속에 넣어 두었지만, 그래도 왜 사진을 구해 오라는 것인지 전혀 알 수 없었다. 프랭클린이라는 인물을 좀더 알게 되면, 그에게는 사건과 관계된 사진을 모으는 취미가 있다는 것을 알았을 것이다. 그는 수사상 떠오른 용의자를 늘 몸에 지니고 다니기 좋아했던 것이다.

다른 조카들, 즉 어네스트와 프랭크가 문제의 밤에 런던에 있었다는 것은 거의 확실했다. 포터는 이 두 사람을, 프랭크는 만형을 통해 직접 다뤄 보겠다고 말했다. 그러나 무엇보다도 먼저 애덤스를 만나, 목요일 밤에 찾아온 사나이를 직접 본 그녀의 설명부터 들어 둘 필요가 있었다.

모든 일이 첫출발부터 순조롭지 못했다. 프랭클린은 차를 마시기 위해 집안 식구가 모두 모였으리라 생각되는 오후 5시에 맞추어 땜장이 골목을 찾아갔다. 그러나 집은 꼭 닫혀 있었다. 그는 이웃 사람으로부터 애덤스의 아버지가 식사 중에 전보를 받았다는 것과 토테넘의 축구 시합에 갔다는 것, 애덤스 부인과 딸은 검시 심문에 나가 아직 돌아오지 않았다는 이야기를 들었다. 메리 애덤스가 곧 돌아오기를 기다리고 있는 것은 시간 낭비라는 생각이 들었으므로 그는 월섬크로스를 지나 엔필드로 가서 어네스트 리치레이를 만나 보기로 했다.

리치레이의 사무실을 찾는 것은 아주 쉬운 일이었다.

5시 좀 지나서 그는 좁은 변호사 사무실에 앉아 있었다. 손님이 백부 살인 사건으로 찾아왔다는 것을 알자 리치레이의 태도는 갑자기 무뚝뚝해졌다. 그의 이러한 태도가 고의적이었는지는 모르겠지만, 확실히 그는 이번 사건이 아주 지긋지긋한 모양이었다. 또 아무리 먼 관계자라고 할지라도 자기와 사건을 결부시키려는 데에는 참을 수 없이 화가 나는 모양이었다. 이 사람은 조심해서 다루어야겠다고 프랭클린은 생각했다.

"리치레이 씨, 저는 전적으로 당신의 호의를 구하기 위해 온 것입니다. 부디 이 점을 이해해 주셨으면 합니다. 저는 단순히 어떤 이해 관계자의 대리인으로 온 것이므로, 제가 묻는 질문에 당신이 꼭 대답해야 할 의무는 없습니다. 제가 물어보고 싶은 것은 꼭 한 가지입니다. 저의 의뢰인에게 영향을 주는 일이기 때문에 우리 쪽에서도 결코 공개적인 문제로 삼지는 않을 것입니다. 그 이상의 질문은 여쭐 처지도 못됩니다만."

리치레이는 고양이가 쥐를 노려보듯 손님을 뚫어지게 쳐다보았다. 그가 받은 인상은 명백히 호감이었다.

"질문이란 무엇입니까? 그리고 한 가지뿐이라고 하셨지요?"

"네, 한 가지뿐입니다. 그런데 그 질문이 좀 복잡하다는 것을 말씀드립니다. 하지만 이미 말씀드렸듯이 절대로 무리하게 대답을 강요하는 것이 아님을 다시 강조해 두겠습니다. 당신이 알기로 10월 3일 수요일 밤, 동생들은 어디 있었습니까?"

리치레이는 깜짝 놀란 표정을 보이더니, 그래도 이 질문에 안심이 되는 모양이었다.

"동생들요? 그날 밤 우리는 넷이 모두 이곳에 모여 식사를 했습니다!"

이번에는 프랭클린이 놀랄 차례였다. 리치레이는 어떻게 이 갑작스러운 질문에 이렇게 확실하게 대답할 수 있을까? 그리고 다음으로 떠오른 생각을 말로 나타내었다.

"형제분들이 이곳에 모인 게 몇 시였는지 여쭤 보아도 될까요?"

"그거야 상관있겠습니까? 그러나 그렇게 되면 약속이 달라지는데요?"

"이거 참, 실례했습니다. 저도 모르게 그런 말을 하고 말았군요. 그럼, 가 보겠습니다. 여러 가지로 죄송합니다."

"사과할 것까지는 없습니다." 변호사는 말을 가로막았다. "당신이 무엇을 알려고 하시는지 저로서는 알 수 없습니다만, 프랭클린 씨, 한 가지 일만은 당신도 확실히 알고 있으리라 생각합니다. 리치레이라는 이름을 가진 우리 형제들에게는 이번의 불행한 사건 때문에 결과적으로 좋지 않은 이름과 추문을 제외하면 거의 아무 이득이 없다는 사실입니다. 우리는 이 두 가지를 헤치고 나가야 하겠지요."

프랭클린은 뭐라고 할 말이 없었으므로 동감의 뜻으로 고개를 끄덕여 보였다.

"잠깐만 기다리십시오." 변호사는 말했다. "딸이 있나 보고 오겠습니다." 그리고 그는 문으로 가서 소리를 질렀다. "도로시!"

2층에서 대답하는 소리가 들리더니 곧 18살쯤 된 소녀가 방으로 들어왔다. 그녀는 낯선 손님을 보자 잠깐 멈춰 서서 아버지에게 의아한 눈길을 던졌다.

"도로시, 며칠 전에…… 정확히 말해서 지난 3일 엄마 생일 파티에 삼촌들이 오셨던 일을 기억하고 있지? 찰스 삼촌이 오신 때가 몇 시였니?"

"잘 모르겠어요, 아버지. 5시 반쯤이 아니었을까요…… 아버지는 기억 안 나세요? 해럴드 삼촌을 리버풀 시내까지 마중 나갔다 두 분이 함께 오시지 않았어요?"

"그래! 참 그랬었지. 그럼, 프랭크 삼촌은?"

"파티가 막 시작되려고 했을 때 오셨어요. 삼촌이 미끄러져 넘어졌다고 해서 우리가 바지의 흙을 털어주었잖아요?"

"그랬지, 7시 반쯤이었을 거야. 고맙구나, 도로시."

그는 딸이 방을 나갈 때까지 기다렸다가 말없이, 그러나 거침없는 표정으로 프랭클린을 돌아보았다.

프랭클린으로서는 아무 할 말이 없었다. 바깥문 앞에서 리치레이는 반갑지 않은 손님을 쫓아내는 듯이 "안녕히 가십시오" 하고 마지막 인사를 하며 손을 내밀었다.

"안녕히 계십시오, 리치레이 씨. 친절히 대해 주셔서 정말 고맙습니다. 만나 봐야 할 사람들이 다 이런 식으로 협력해 주신다면 좀 더 살맛이 날 텐데요."

마치 액자 속 인물처럼 문지방 한가운데 서서 전등불 빛을 등 뒤로 받아 얼굴도 잘 뵈지 않는 리치레이는 곧 대답했다. 알아듣기 힘든 목소리였으므로, 프랭클린은 그가 무슨 말을 했는지 알 수가 없었다.

"프랭클린 씨, 당신이 만나볼 사람들이 다 이런 식으로 할 말이 없다면 인생은 참 지루할 것입니다."

독자 여러분은 이런 뜻하지 않은 정보를 얻었으므로 틀림없이 프랭클린이 크게 만족했으리라고 생각할지 모르지만, 그는 결코 그런 사람이 아니었다. 그는 뭔가 개운치 않았다. 그 까닭이 뭔가 하고 자문해 보았지만 도저히 결론을 얻을 수가 없었다. 이 변호사를 만난 뒤로는 그 또한 모든 것이 반드시 겉보기와는 다르다는 느낌이 들었다. 그를 만나 본 뒤로는 그 단념한 듯한 몸짓에도 어딘가 꾸민 듯한 의문점이 생겼고, 스스로에게 할당된 자기 몫 이상의 것을 지껄이지나 않을까 하고 빈틈없이 신중해졌다. 그러므로 더욱 이 문제에는 손을 대 볼 용기가 나지 않았다. 리치레이가 차지하고 있는 입장은 난공불락이었다. 어네스트 리치레이는 살인을 범하지 않았다. 그러나 그에게는 뭔가가 있다! 뒤에 뭔가가 있는 것이다.

글로브를 방문한 사나이에 대해 세 조카는 이제 문제 밖으로 사라진 셈이다. 만일 나라 밖에 있는 넷째 조카도 아니라면 그 수수께끼의 방문자를 알아낼 가능성은 거의 없었다. 겉으로 보기에는 범행 자체와 아무 관계도 없는 날짜상의 일을 질문받으면 그로서는 충분히 화를 낼 권리가 있는 것이다. 그렇지만 이 방문자에 대해서 애덤스를 심문할 때는 프랭크 리치레이를 문제의 인물로 가정하고 심문할 필요가 있었다. 프랭크는 형들보다 늦게 왔다. 더러워진 바지는 빨리 오려고 달려오다가 넘어진 것을 뜻하고 있는지도 모른다.

그러나 프랭클린의 머릿속을 계속 오락가락하는 것은 주로 어떤 불안감이었다. '이튼이 쫓고 있던 것은 단순한 달그림자가 아니었을까? 이튼의 생각은 그다지 광기가 서린 것은 아니지 않겠는가' 하는 의구심 때문이었다. 확고한 알리바이가 있다 해도 리치레이 형제 네 사람은 감시할 만한 가치가 있는 것이다.

프랭클린, 바빠지다

프랭클린이 엡핑행 기차를 타려고 리버풀 시내까지 오자 일요신문의 컬러 광고 전단이 눈에 띄었다. 그가 가지고 있던 신문에는 자기가 모르는 일은 하나도 실려 있지 않았는데, 다른 두 신문 〈위클리 뉴스〉와 〈워크맨〉에는 만일 광고에 쓰어 있는 일이 사실이라면 센세이셔널할 폭로 기사가 실려 있었다.

　나의 신상명세서
　　　——로즈 카든

그리고,

　글로브 122번지에서 보낸 생활
　　　——로즈 카든

한쪽에는 이런 표제가 나와 있는 한편, 다른 쪽에는 이렇게 쓰어 있었다.

　내가 본 토머스 리치레이
　　　——메리 애덤스

　프랭클린은 2페니를 투자했다. 기사가 별 도움이 되지는 않더라도 기차 여행의 지루함은 잊을 수 있으리라고 생각한 것이다.
　우선 대강 훑어본 결과, 정보라는 견지에서 볼 때 분명히 실망이었다. 그러나 그 자신도 인정하고 있듯이 남보다 앞선다는 것은 중요한 일이다. 세상 사람들은 이번 살인에 관한 일이라면 무엇이든 알고 싶어했다. 그들은 뭔가 이야깃거리가 될 만한 일을 바라고 있으며, 신문은 그것을 공급해 주는 셈이었다. 이것이 좋은 저널리즘이 아니라면 도대체 어떤 것이 좋은 저널리즘이란 말인가? 로즈 카든의 낯가죽 두꺼운 이야기나, 메리 애덤스의 난 체하는 말로 아주 매끄럽고 구미당기는 기사를 만들어 낸 각색가에게는 프랭클린으로서도 경의를 표하지 않을 수 없었다.
　가정부의 이야기에는 세 장의 사진이 들어가 있었다. 실물보다 잘 나온 그녀의 사진이 한 장, 그녀와 남편이 나란히 서서 찍힌 사진이 한 장——그녀의 남편은 포병대 사병 군복을 입고 있었다——, 그리고 사진관에서 찍은 토머스 리치레이의 사진이었다. 이야기 자체로도 흥미는 있었다. 장황함을 빼고 엄격히 사실만을 간추려 본다면 머지않아 경시청이 틀림없이 조사하리라고 생각되는 내용이었다.
　그는 신문 기사에서 새로운 일, 또는 중요하다고 생각되는 일을 수첩에 요약해서 적었다.

　1. 윌리엄 카든은 1918년 베튜느 전투에서 전사했다.

2. 5년 뒤 카든 부인은 리치레이를 만났다. 이 만남은 토테넘에 있는 이발업과 관계가 있는 모양이다.
3. 그녀는 유언장의 존재에 대해 절대적인 신념을 표명했으나, 결정적인 이유는 말하지 않았다.

이밖에 그 조카들을 떠올리게 하는 '어떤 사람'이라는 막연한 인물들을 헐뜯는 몇 가지 이야기가 실려 있었다. 메리 에덤즈에 대해서는 아주 은혜를 베풀었다는 투로 다루어져 있었다.

애덤스가 이야기한 기사는 특히 종잡을 수 없는 것이었다. 각색가는 여기서 참으로 천재적 재능을 발휘했다. 어쨌든 그가 쓴 기사는 거의 무에서 출발한 것이나 다름없기 때문이다. 게다가 그는 명예 훼손이라는 것을 하나하나 염두에 두고 써야만 했을 것이기 때문이다. 그러나 애덤스는 자기에게는 애인이 없다는 사실과, 살인이 일어난 날 밤에 한 젊은 남자와 함께 부엌에 있었다는 소문에 대해서만 거짓말이라고 분명히 밝히고 있었다. 그리고 고인에 대해서, 고인과 가정부와의 관계에 대해서 빈정대는 말을 여러 가지 늘어놓았다. 이밖에 또 한 가지 그 기사에서 흥미 있는 일은 전날 오후 메리 애덤스가 집을 비웠다는 사실이다.

프랭클린은 카든 부인이 자기 경쟁 상대가 지껄인 말을 읽는다면 무엇이라고 말할 것인가 생각해 보았다. 그리고 만일 경시청이 이 두 여자를 움직이지 못하게 하여 같은 방 양쪽 끝에 앉혀 놓고 살짝 엿듣는다면 무슨 일이든 다 들을 수 있을 텐데 하는 생각도 했다. 근대적인 심문 방법도 대단히 좋겠지만, 때로는 고문의 미묘한 변종이 훨씬 효과적인 때도 있을 것이다.

어쨌든 이렇게 신문을 읽다 보니 시간은 유쾌하게 지나가 버렸다. 그가 땜장이 골목 5번지의 집 대문을 두드린 것은 9시였다. 문을 열어 준 사람은 수염을 축 늘어뜨린 작은 사나이로, 셔츠 바람에 구두끈이 풀어져 있는 것으로 보아 누워 있다가 나온 모양이었다. 좁은 집 안에서 아이를 나무라는 여자의 목소리가 들려 왔다.
"애덤스 양을 만날 수 있을까요?"
"무슨 볼일이시오?"
아주 거만한 말투와 눈초리였다. 프랭클린은 이 대답 속에서 애덤스가 신문 인터뷰의 대가로 받은 금액을 능히 짐작할 수 있었다.
"대단히 중대한 일로, 어제 있었던 검시 심문과도 관계가 있습니다."
"신문사에서 온 사람인가요?"
"제가 어떤 사람인가는 문제가 안 됩니다." 프랭클린은 지갑에서 1파운드짜리 지폐를 꺼내 그에게 내밀었다. "댁의 따님과 5분쯤 만나고 싶은데, 그렇게 해주시면 사례를 하겠습니다."
아무 말없이 그 사람은 방으로 들어갔다가 한동안 나타나지 않았다. 이윽고 돌아왔을 때도 그의 태도에는 여전히 하찮은 거만함이 있었다.
"괜찮다면 부엌으로 들어오시오, 뒤로 돌아서."
화를 내봐야 아무 이득이 없을 것이므로 프랭클린은 잠자코 뒤로 돌아서 부엌으로 들어갔다. 메리 애덤스는 아주 순진하고 달콤한 어린아이 목소리로 새끼고양이에게 말을 걸고 있는 참이었다. 그녀의 태도는 완전히 긴장되어 있었다. 이러한 태도에는 프랭클린도 난처했다. 어떻게 해서든지 그녀를 이 긴장 상태에서 풀어 주어야 했다.
"조금만 정보를 얻게 해주면 대단히 고맙겠는데, 애덤스 양. 질문하기에 앞서 우선 나는 지난 주 목요일 밤의 일에 대해서는 완전히 알고 있다고 말해 두는 게 좋을 것 같군."
순간 극적인 변화가 일어났다. 그녀의 얼굴에 공포의 빛이 떠오르더니, 입을 다물고 프랭클린을 물끄러미 쳐다보았다.
"이것은 물론 아가씨와 나만의 일이지. 나로서는 개인적인 일⋯⋯ 이를테면 그 비단 양말이 들었던 소포 같은 것에 대해 물어볼 마음은 조금도 없고, 다만 가능한 한 힘을 빌리고 싶을 뿐이야."
역시 그녀는 아무 대답도 하지 않았다.
"아가씨는 경찰에게 10월 3일 수요일 밤에 한 남자가 리치레이를 만나려고 122번지의 집 현관에 왔었다고 진술했는데, 정확히 말해서 그때가 몇 시쯤이었지?"
"확실히는 모르지만 찻잔을 씻은 뒤였고, 아직 저녁 준비를 하지 않았을 때였어요."
"6시 반에 가까웠나, 아니면 7시에 가까왔나?"
"7시는 아니었어요."
"자, 그 점은 되었어. 이번에는 아가씨가 문을 열었을 때 어떤 일이 일어났는지 말해 봐."
"어떤 남자가 서 있었어요. 머리에는 소프트 모자를 쓰고 있었고 목도리를 두르고 코트를⋯⋯."
"그날은 추웠나? 생각이 안 난다고? 그건 그렇고, 어서 말을 계속해 봐."
"그리고 전등불 빛에 번쩍였기 때문에 안 일이지만 안경을 쓰고 있었는데, 아주 이상하게 보였어요."
프랭클린은 태도를 부드럽게 했다.
"관찰력이 대단한데! 그래서 어떻게 했지?"
"난 해럴드 리치레이 님인 줄 알고 들어오라고 할까 했는데, 그분은 안경을 쓰지 않았거든요. 그래서 곧 그분이 아니라는 것을 알았어요."
"그 밖에 다른 이유는?"

"말투가 그분과는 달랐어요."

"그럼, 왜 처음에는 리치레이 씨인 줄 알았지? 옷차림이 리치레이 씨 같았나, 아니면 뭔가 특별한 버릇, 예를 들어 턱을 문지른다든가 하는 리치레이 씨가 여느 때 잘하는 버릇이라도 보였나?"

"아니예요, 다만 그분과 비슷했을 뿐이에요."

그리고 여러 가지 설명을 했으나 결국 알아낸 일은 이것뿐이었다. 더 이상 다그치면 위험하다. 어떻게 해서든지 대답해야만 한다고 생각하게 되면 거짓 정보를 만들어 내기 쉽기 때문이다.

"그럼," 하고 프랭클린은 말했다. "그것을 다른 방향에서 보기로 할까? 아가씨는 프랭크 리치레이 씨라면 곧 알아볼 수 있겠지? 그럼, 잠깐 이 사진을 보아요. 조금이라도 그 사나이와 닮은 데가 있나?"

그는 접어 두었던 〈위클리 뉴스〉를 건네주었다.

그녀는 멍하니 쳐다보았는데, 그 사진은 그녀에게 거의 아무런 인상도 주지 못한 것 같았다.

"이 사람은 아니었어요."

"찾아온 사람이 프랭크 리치레이 씨라는 생각은 전혀 갖지 않았나?"

"네, 절대로 그분이 아니었어요."

"어두워서 머리칼도 안 보였겠지? 그러나 그 사람은 수염을 기르고 있지 않았던가, 더부룩한 수염을?"

"수염은 없었던 것 같아요."

"나이는 어느 정도였지?"

"중년으로 보였어요. 글쎄요……한 40살쯤 되었을까? 등을 몹시 웅크리고 있었어요."

"등을 웅크리고 있었다고? 어디 한번 흉내를 좀 내 주겠어?"

그러나 그녀는 순순히 두 어깨를 웅크리고 추운 곳에서 기다리고 있는 남자의 모습을 흉내내어 보였다. 프랭클린은 신문을 다시 주머니에 넣었다.
"목소리는 어떠했지?"
"아주 화가 난 목소리였어요. 고함을 지르지나 않을까 하는 생각이 들 정도였어요."
"됐어. 그럼, 이번에는 아가씨가 어떤 일을 상상해 주었으면 하는데, 자, 부엌에 앉아서 그 사람이 밖에 있는 누군가와 이야기하는 목소리를 들었다고 상상해 봐요. 그 경우 아가씨는 그를 장사꾼이라고 생각하겠나, 아니면 신사라고 생각할까?"
그녀는 열심히 생각하는 표정을 짓더니 마침내 이렇게 말했다.
"품위 있는 사람 같은 기분이 들었어요."
"그래! 아가씨는 그 사람의 뒷모습을 보았겠지?"
"아니오, 저는 문을 쾅 닫아 버린걸요. 그 사람이 들어올 것 같아 무서웠어요."
"주먹이라도 휘둘렀나?"
"그런 일은 없었지만, 아주 화가 난 듯한 말투였어요."
"그럼, 마지막으로 한 가지만 물어 보지. 아가씨는 그 사람을 보고 있을 때나 말하는 것을 들으면서 프랭크 리치레이 씨인지도 모른다는 생각은 전혀 안했나?"
이 생각은 참으로 어리석은 것으로, 그녀 역시 빙긋이 웃을 정도였다. 프랭클린은 재빨리 알아차리고 말을 계속했다.
"그러나 아가씨는 그 사람을 해럴드 리치레이 씨인 줄 알았다고 말하지 않았어? 두 사람은 키가 비슷하니까……."
"네, 그러나 프랭크 씨와는 전혀 달랐어요."
그러나 그녀로서는 그 차이가 어디에 있는지 설명할 수 없었다. 몸집은 비슷한 것 같았지만 얼굴은 비슷하지 않다는 것을 프랭클린도 알고 있었으므로 이 문제는 거기서 끝을 맺을 수밖에 없었다. 그는 그 집을 나오기 전에 고맙다는 인사를 거듭했을 뿐만 아니라, 자기가 이렇게 찾아왔던 일을 절대로 비밀로 해 두겠다고 다짐받음으로써 앞으로의 자기 입장을 다져 두는 일을 게을리하지 않았다. 어쨌든 언제 또 애덤스를 이용하게 될지 모르기 때문이었다.

돌아가는 2층 버스에서 그는 그날의 일을 돌이켜보았으나 충분한 성과가 있었다고는 생각되지 않았다. 물론 증인으로서 애덤스를 얼마만큼 신뢰할 수 있는가, 그 정도 여하에 따라 많은 문제가 달려 있었다. 그녀의 말을 있는 그대로 다 받아들였다고 해도 일은 조금도 진전되지 않았다. 그녀의 말에 따르면 수요일 밤에 찾아왔던 사람은 프랭크 리치레이도 아니고, 신문에 인상착의가 실린 T.W.R도 아니었다. 그러나 프랭크 리치레이가 아니라고 판단내릴 수도 없었다. 이를테면 그가 생일날 만찬회에 4명의, 아니 세 형제 가운데 가장 늦게 도착했다는 점은 뭔가 의심스러운 데가 있었다. 도중에 그가 만나야 할 사람도 없었으니 런던에서 곧장 오기만 하면 되었던 것이다.

그리고 또 한 가지 중요한 일이 있었다. 만일 그 방문자가 프랭크 리치레이였다면, 그 방문은 머리를 쓴 나쁜 장난에서였든가 사악한 동기 때문이든가 둘 중 하나일 것이다. 이를테면 그런 종류의 속임수──가장 심한 것이 바로 T. W. R의 편지이지만──를 준비해 두었다는 사실이 바로 그러했다. 그러므로 프랭클린은 마프리 힐 중학교에 가서 프랭크 리치레이의 일상생활과 인품에 대해 몇 가지 조사해 보고, 가능하면 수요일 밤 그가 어디에 있었는지 알아볼 필요가 있다고 생각했다. 또 여름 휴가 이래 프랭크가 어디에 머물고 있었나를 추궁하여 그의 행동을 조사해 볼 생각이었다. 그렇게 되면 여러 가지 일이 백일하에 드러나게 될지도 모른다.

그런데 그날 밤 생각지도 않았던 일이 생겼다. 포터가 예정보다 하루 빨리 여러 가지 정보를 가지고 돌아온 것이다. 해럴드 리치레이가 이제 앞으로는 배우 일을 하지 않겠다는 뜻을 발표했다는 것이다. 그는 하숙에도 없었고 역에서도 그의 모습을 볼 수 없었다는 것이다. 그가 어디서 돈을 마련했는지는 아무도 모르지만 모습을 감춘 것은 사실이며, 지배인 혼자 뒤미처 분개하고 있었다. 또 노리치에서 있었던 공연은 동해안의 피서지에서 가졌던 순회공연이 끝난 9월 초순 이후 그가 맨 처음 착수한 일이었다. 그 동안 대부분을 런던에서 보냈다는 사실은 여러 증인의 입을 통해 입증되었다. 그가 10월 1일과 3일에 코벤트리 거리의 '독수리' 여관에 있는 것을 본 사람도 있었다. 그의 하숙은 핌리코의 헐리즈 거리 7번지에 있었다.

거기서 포터는 리틀 마팅즈까지 찾아갔다. 그곳에서는 일이 간단히 끝났다. 목사는 수요일 아침까지 자기 교구에 있었고, 그의 조카가 말한 시간에는 리버풀 시내로 가는 기차를 타고 있었다. 마을 주변의 소문을 들어 보면 이 교구에서는 그를 거만하게 생각하는 사람들도 있었다. 오히려 부인 쪽에서 더 명망을 얻고 있었다. 또한 그는 머잖은 장래에 망아지가 끄는 경마차를 소형 자동차로 바꾸고 싶다는 말을 한 적이 있었다. 포터는 또 두 형제의 사진도 구해 가지고 왔다. 찰스의 사진은 마을의 크리켓 클럽에서 찍은 것이었으며, 해럴드의 것은 연극 광고에서 얻은 것이었다.

"대단히 훌륭하네, 포터!" 프랭클린이 칭찬했다.

두 사람은 곧 이 행방불명된 배우를 찾는 일에 들어갔다. 이 일을 도와 줄 사람을 구하라고 말하자, 포터는 자기가 적당한 사람을 알고 있다면서 우수한 사나이를 추천하여 허락을 받았다.

다음에 할 일은 이 형제의 사진을 확대하여 세 장씩 인화하도록 수배하는 것이었다. 그리고 바로 뒤 프랭클린은 자기 방에서 급하게 휘

갈겨 쓴 이튼이 보낸 쪽지를 발견했다.

    F.R은 예상대로 OK. 내일이나 모레쯤 만나세. 창문에 관해서는 새로운 사실이 나타날 가망이 있네. 오늘 오후 그곳으로 오게.

T.S

    추신——하마터면 '마리우스'라고 서명할 뻔했네!

프랭클린, 더욱 바빠지다

1

프랭클린이 마프리 힐 중학교를 방문할 계획을 세우는 데 도움이 된 것은 그의 학교 시절의 기억이었다. 그는 오전 중 쉬는 시간은 오전 10시 반쯤이 될 것이라고 짐작했다. 그곳 여사무원에게 물으니 쉬는 시간이 되려면 아직도 10분쯤 있어야 한다는 것이었다. 그 여사무원은 리치레이 선생은 휴가로 출근하지 않고 있는데, 지금 어디에 가 있는지는 모르겠다는 대답이었다. 소문에 의하면 선생의 방은 역전거리 12번지에 있는데, 그는 지난 학기말에 그 방을 내놓고 나왔다는 것이다. 그러나 아침 휴식 시간까지 기다릴 생각이라면 직원실에 가보면 누군가가 알고 싶은 것을 일러 줄지도 모른다고 말했다.

다행히 직원실에는 수업이 없는 교사가 두 사람 앉아 있었다. 프랭클린은 갑자기 찾아와 폐를 끼치게 된 일을 사과하며, 벌써 오랫동안 만나지 않은 리치레이를 찾아왔더니 학교에 나오지 않았다는 말을 듣고 낙심해 있는 참이라면서, 어느 분이든 리치레이의 주소를 알고 있는 분이 없느냐고 물었다.

두 교사는 모두 친절한 사람이어서 난로 옆에 의자를 당겨 놓고 앉으라고 권했다.

"파셀, 리치레이 선생의 주소를 알고 있는 것이 누구였더라? 윌튼이었나?"

"글쎄, 모르겠는데." 파셀이 말했다. "기다리셔도 된다면——'저는 프랭클린이라고 합니다'——프랭클린 씨, 곧 다른 사람이 올 것입니다. 그런데 리치레이 선생을 잘 아십니까?"

프랭클린은 얼버무렸다.

"네……."

"그 사람하고 크리켓을 함께 하신 모양이지요?"

프랭클린은 슬쩍 받아넘겼다.

"리치레이는 지금도 열심히 하고 있나요?"

"그럼요. 한편이 되면 꽤 쓸 만한 사람이지요. 그건 그렇고, 선생의 백부님이 어처구니없는 일을 당했더군요!"

"아아, 리치레이의 백부님이었던가요? 들은 적이 있는 이름이라고 생각했더니……."

"네, 그 사람의 백부님입니다. 누구에게 물어 보나 사귈 만한 사람이 못되었다고 하더군요. 리치레이 선생이 백부님에 대해 말하는 것은 들어 본 일이 없습니다만. 안 그런가, 버튼?"

"그 사람은 비밀주의자였으니까" 하고 버튼이 말했다.

"하지만 아주 머리가 좋은 사나이라고는 생각지 않습니까?" 하고 프랭클린이 말했다.

파셀은 동료를 흘끔 쳐다보았다. 그 눈초리에는 경고하는 듯한 빛이 있었는데, 버튼은 그 눈치를 전혀 모르는 모양이었다.

"아주 독창적인 사람이지요. 교사로서는 좀 지나칠 정도로 교양이 있는 사람입니다. 그 사람이 돌아오지 않는다 해도 나는 놀라지 않을 겁니다."

그는 동료를 돌아다보았다. "이보게 파셸, 나는 리치레이 선생이 안 돌아온다는 데 걸겠네!"

"걸다니, 무엇을? 괜찮다면 1실링씩 거는 게 어떤가?"

그러나 이 내기는 결론짓지 못했다. 어디서 벨 소리가 나고 저벅저벅 발자국 소리가 들려 왔다. 얼마 안 있어 각 학급의 학생들이 우르르 계단을 뛰어내려오더니 갑자기 소란스러워졌다. 이윽고 직원실 문이 열리고 교사들이 하나둘 들어왔다. 프랭클린은 일어나 불 옆에서 물러났다.

"비키지 않아도 됩니다." 파셸이 말했다. "앉을 데는 얼마든지 있으니까요. 저기 기다리던 사람이 왔습니다. 여보게, 월튼!"

그리고 모든 사람에게 소개하기 위해 소리를 높였다.

"이분은 프랭클린 씨인데, 리치레이 선생의 친구분이라네. 자네는 주소를 알고 있지?"

"처음 뵙겠습니다, 프랭클린 씨" 하고 월튼이 말했다. 40살이 조금 지난 듯한 남자였다.

"아시고 싶은 것은 주소입니까? 프랑스 쪽은 모르겠습니다만……."

"프랑스요?" 하고 프랭클린이 말했다. "그런 곳에서 대체 무엇을 하고 있습니까?"

"세계 여행을 하는 거지요" 하고 상대방은 웃었다. "마르세유에서 알제리까지 갈 예정이 아닌가 합니다. 그 사람은 아라비아어에 대단한 열정을 가지고 있지요. 지난 학기에도 이곳에 이집트인을 한 사람 데리고 와서 학교 안을 안내해 주었습니다." 그는 여기서 잠깐 말을 끊었다가 곧 이었다. "묘한 친구입니다, 리치레이는……." 그러나 아마 안할 말을 했다는 생각이 들었는지 곧 "하지만 여러 가지 점에서 아주 좋은 사람이지요" 하고 덧붙였다.

그러나 프랭클린은 그것이 의례적으로 덧붙인 말임을 눈치 챘다.

"그가 있던 하숙집은 알고 있습니다만," 하고 프랭클린이 말했다. "7월에 이미 정리한 것으로 아는데요?"

"그렇습니다. 휴가의 일부를 시골에 계신 형님 집에서 지냈으리라고 생각됩니다. 아시지요? 목사님입니다. 그리고 잠깐 동안 런던에 가 있었지요. 사우댐턴 거리의 덴버스 호텔에 있었습니다. 저는 학기초에 그곳에서 만났는데, 프랑스로 갈 때까지 그곳에 머물 예정이라고 했습니다. 어쩌면 지금도 그곳에 있을지도 모릅니다."

"그렇군요. 대단히 고맙습니다." 프랭클린이 말했다. "한바탕 뛰어 확인해 보기로 하지요. 아니, 일부러 나오시지 않아도 됩니다."

"아니오, 괜찮습니다." 월튼이 말했다. "잠깐 새로운 공기를 마시고 싶어서요. 이런 직원실은 아주 공기가 나쁘거든요."

그러나 정문을 나서자 비로소 월튼이 마음을 털어놓고 말했다.

"프랭클린 씨, 당신은 리치레이의 친한 친구분이십니까? 무례한 질문인 듯합니다만."

"아닙니다" 하고 프랭클린은 대답했다. "솔직히 말씀드려 제 앞에서는 리치레이에 대해 마음대로 말씀하셔도 괜찮습니다."

"그렇다면 말씀드리겠습니다. 당신은 오는 새학기에 그 사람과 만나고 싶다고 하셨지만, 만난다 하더라도 이 학교에서 만날 생각은 안하는 편이 좋을 겁니다. 이곳 교장이 요즘 그 사람에 대해 좀 좋지 않은 감정을 가지고 있는 것 같아요. 게다가 모든 사람의 평판도 그다지 좋지 않거든요."

"설마 그럴 리가!"

"그렇다고 해서 반드시 그 사람이 나쁘다는 것은 아닙니다. 프랭크 리치레이에게는 월급 이외에 약간의 수입이 있지요. 또 그 사람은

프랭클린, 더욱 바빠지다 175

우리보다 상당히 신사다운 데가 있어요. 그러나 사람을 피하고 대인 관계는 원만하지 못합니다. 이 세 가지는 우리 직업에서 용서할 수 없는 죄랍니다. 그 사람은 다른 직원들과 어지간해서 말을 하지 않습니다. 그러나 학생들과의 사이는 비교적 원만했지요. 흔한 표현을 사용한다면 리치레이는 자기 체험으로 인해서 비뚤어진 거지요. 산성이 강한 유산처럼 신랄한 혀를 가지고 있었어요."
"당신과는 어땠습니까?"
"괜찮았어요. 그 사람이 사이좋게 지낸 것은 저뿐이었지만, 저한테도 그다지 많은 말은 하지 않았습니다. 그런데 백부님 사건이 일어나고, 저는 우연히 교장이 그에게 사표 제출을 요구할 결심이라는 것을 알았습니다."
"리치레이를 변호할 생각은 없습니다만, 정말 유감스러운 이야기군요. 만일 리치레이가 항의한다면 교장은 곤란한 입장에 서지 않을까요?"
"고양이를 죽이려면 머리를 때리지 않아도 방법은 여러 가지로 많이 있으니까요."
월튼은 아리송한 말을 했다. 그리고 그는 혹시 사람이 없나 잠깐 주위를 둘러보았다. "교장은 묘한 사람이랍니다. 한 가지 예를 들면, 그는 아주 지독한 냄새가 나는 담배를 피우는데, 리치레이가 직원실에서 그것을 들먹였습니다. 상당히 재치 있는 말이었지요. Dunhill(담배의 상표)에 'g'자를 넣어 Dunghill, 즉 똥의 언덕이라는 말을 쓴 것이 바로 그 사람이었으니 말입니다. 그것을 공손하게 교장에게 일러바친 자가 있었어요. 그래서 교장이 리치레이를 심하게 나무란 것입니다."
"그 교장을 만나보고 싶군요." 프랭클린이 말했다. "재미있는 사람 같은데요."

"천만의 말씀!" 월튼이 말했다. "자, 이제 길은 아시겠지요? 이 언덕을 곧장 내려가면 됩니다. 리치레이를 만나시거든 안부 전해 주십시오. 그리고 교장의 이야기도 전해 주시고요."

'형제가 단체 행동을 하고 있는 모양이군.' 프랭클린은 언덕을 내려가며 생각했다. 2분이 지나자 그는 역전 거리 12번지의 문을 두드리고 있었다. 중년 여인이 문을 열었다.

"리치레이 씨 계십니까?"

"아니, 그분은 지난 7월에 짐까지 다 가지고 나갔습니다. 방을 보려고 그러시나요?"

"아닙니다. 고맙습니다. 혹시 그 사람의 주소를 아십니까?"

"어디 계신지는 모릅니다만, 편지는 언제나 엔필드의 형님 집으로 회송하고 있습니다."

"그래요? 만나 보지 못해 섭섭하군요. 댁에 상당히 오랫동안 계셨나요?"

"5년이 좀 넘었어요. 정말 나무랄 데 없는 신사 분이었지요. 이사 가실 때 이 그림을 주셨답니다." 그녀는 뒤로 물러나, 현관 홀 문에서 좀 들어간 곳에 걸려 있는 한 폭의 수채화를 가리켰다. "그 분이 이사 가신다는 말을 듣고 정말 슬펐어요."

"그러셨겠지요." 프랭클린은 정말 훌륭한 수채화를 쳐다보며 말했다. "학교를 그린 것이군요?"

"네, 그분이 손수 그리신 거예요. 크리켓 경기장이에요."

그녀는 나름대로 황홀한 눈길로 그림을 쳐다보았다.

"그분의 사진 가운데, 제가 빌려 갈 만한 것이 있을까요?"

"글쎄요······그분 혼자 찍은 것은 없지만, 이사 가실 때 여러 사람과 함께 찍은 것이라면 두고 가셨어요."

"그것이면 충분합니다!"

프랭클린은 사진 가운데에서 잘 나왔다고 생각되는 것을 골라내었다.

이렇게 하여 첫 번째 목표로 삼은 일은 일단 끝났지만, 런던으로 돌아가는 여행 동안 프랭클린이 생각해 두어야 할 일은 많이 있었다. 프랭크 리치레이라는 인물은 상당히 유별난 사람인 것 같았다. 돌아올 생각이 있다면 왜 방을 정리해 버렸을까? 설마 얼마 안 되는 방세를 절약하려고 그런 것은 아닐 것이다. 아니면 학교 사정을 모두 꿰뚫어본 것일까? 그러나 그런 문제는 나중에 생각해도 될 것이다. 중요한 일은 다음 행동을 취하는 일이었다.

그가 머릿속에 그리고 있던 일의 진행순서는 약간 멜로드라마적이었지만, 어떤 뜻으로 보면 지극히 단순했다. 프랭크 리치레이는 조금 전에 안 일이지만 덴버스 호텔에 머물고 있었던 것이다. 콘스터블 호텔과는 엎어지면 코 닿을 곳에 있다. 하룻밤이나 이틀 밤 덴버스 호텔에서 빠져나와 콘스터블 호텔로 간 다음 그곳에서 T.W. 리처드 노릇을 할 수 있지 않았을까? 프랭클린은 리치레이가 수요일 밤에 호텔을 나온 것이 몇 시였는지 알아볼 생각이었다. 만일 리치레이가 6시 반까지 엔필드에 도착할 만한 시간의 여유를 두고 나왔다면 그날 밤의 방문자로 생각할 수도 있을 것이다.

당면한 문제는 우선 어떤 호텔부터 시작하는 편이 좋으냐 하는 것이었다.

콘스터블 호텔이 지하철 역 바로 옆이었으므로 그곳부터 가기로 했다.

2

콘스터블 호텔의 지배인 방으로 안내되었을 때, 프랭클린은 생각보다 젊은 여자라서 약간 놀랐다.

"하마터면 당신이 지배인이냐고 물을 뻔했습니다" 하고 그는 말을 꺼냈다.

그녀는 생긋 웃으며 말했다.

"저에게 무엇을 팔아넘길 작정이신가요?"

이번에는 그가 당황했다.

"미안합니다. 경찰 등살에 몹시 성가실 줄 압니다만, 저도 다시 한 번 당신께 수고를 끼쳐 드릴 생각으로 왔습니다. 저는 특별한 이해 관계자의 대리인으로서, 이곳에 1일부터 3일까지 머물렀던 T.W. 리처드에 관한 정보를 구하고 있습니다. 숙박부에는 기입했겠지요?"

"네."

"정말 호텔에서 잤습니까?"

"우리가 알기로는 주무신 걸로 알고 있습니다. 침대에서 주무셨는지 어떤지를 아침에 침실 담당 하녀가 보고해야 한다는 규칙은 없으니까요. 그분은 매일 아침 이곳에서 아침을 드셨습니다. 절대로 확실하니까 믿어 주셔도 됩니다."

"침실 담당 하녀를 만날 수 있을까요?"

"그럴 필요는 없을 거예요. 경시청에서 오신 형사 분이 이 방에서 하녀에게 질문했을 때 제가 입회했으니까요. 하녀는 여느 때와 다른 일은 아무것도 기억에 없으며, 눈치도 못 챘다고 말했어요."

"아침은 몇 시에 들었습니까?"

"글쎄요…… 매일 400여명의 손님이 이 호텔에서 아침 식사를 하니까요."

"다른 식사는?"

"없었어요. 거기다 특별히 준비해 드리는 일도 없었습니다."

"정말 고맙습니다." 프랭클린은 돌아갈 채비를 차리며 말했다.

"담당 사환을 잠깐 만나 볼 수 없을까요?"

"당신이 만나고 싶어하시는 사환은 지금 비번이에요. 하지만 당신이 물어보실 말이 있다면 제가 대답할 수 있을 거예요. 모조리 외고 있으니까요."

그녀가 말을 마치자 프랭클린은 말했다.

"그럼, 끝으로 한 가지만 더 묻겠습니다. 이 호텔에서는, 예를 들어 편지를 쓰기 위해 남의 눈에 띄지 않게 드나들 수 있습니까? 물론 그 사람이 모르는 사람이었을 경우에 말입니다만."

"솔직히 말씀드려 가능하다고 생각합니다."

프랭클린은 고맙다는 인사를 하고는 총총히 다음 목표로 향했다. 이번에는 남자 지배인이었다.

"조용히 당신과 잠깐 이야기를 나누고 싶은데요. 저는 사립 탐정으로, 최근 이 호텔에서 묵고 간 어떤 손님의 일로 물어볼 게 있어 찾아왔습니다."

"좋습니다. 대답할 수 있는 성질인지 아닌지는 당신 물음에 달려 있습니다만."

"그 점은 잘 알고 있습니다." 프랭클린이 말했다. "만일 대답하고 싶지 않다면 솔직히 그렇다고 말해 주십시오. 실은 며칠 전 이곳에 묵었던 리치레이 씨에 대한 일입니다."

"리치레이요?" 지배인은 이 이름을 들은 기억이 있는 것 같았다. "그분은 여기를 언제 떠나셨지요?"

"5일이던가, 아마 그 무렵일 것입니다. 잠깐만 기다려보십시오."

지배인은 사무실 책상이 있는 곳으로 갔다. 이윽고 그는 숙박인 명부를 가지고 돌아 왔다.

"이것을 보면 알 수 있습니다. 여기에는 8월 28일부터 10월 5일까지의 일들이 기입되어 있으니까요."

지배인은 그것을 프랭클린에게 건네주었다.
"과연 리치레이 씨는 10월 1일부터 3일까지 이곳에 있었군요. 이 사람이 이곳에 머물고 있는 동안 정말 이곳에서 잤는지 확인할 방법은 없습니까?"
갑자기 지배인의 태도가 위엄있게 바뀌었다.
"그건 전혀 불가능합니다. 손님이 숙박료를 지불한 방에서 정말 잤는지 어떤지를 알아보는 것은 지배인의 직무와 아무 관계가 없으니까요. 그런 것을 조사하려면 상당한 노력이 필요할 것입니다."
"정말 그렇겠군요. 다만 그런 것을 알아볼 수 있지 않을까 하는 생각이 잠깐 들었을 뿐입니다. 날짜가 상당히 중요하거든요."
"잠깐만 기다리십시오" 하고 지배인이 말했다. 거의 10분이나 기다리고 있어야 했지만 기다린 만큼의 값어치는 있었다. "리치레이 씨가 그 무렵 밤에 늘 방에 계셨던 것만은 확실합니다. 그런데 그분이 이번 살인 사건과 무슨 관계가 있나요?"
'흐음, 조사하는 목적을 알아차린 모양이군' 하고 프랭클린은 생각했으나, 곧 말했다.
"있다고도 할 수 있고 없다고도 할 수 있습니다. 그는 피해자의 친척인데, 살인이 있기 훨씬 전에 영국을 떠났습니다. 프론트 직원과 이야기를 좀 나누고 싶은데, 괜찮겠습니까? 그 사람이 떠날 때의 일에 대해 몇 가지 알고 싶은 일이 있어서……."
"터핀!" 하고 지배인이 불렀다. "잠깐 이리 와 봐. 9월 중 내내 이곳에 머물다가 이달 5일에 떠나신 리치레이 씨라는 분을 기억하고 있겠지? 277호 말이야."
"아직 중년이라고까지는 말할 수 없고, 키가 저와 비슷한 분이었습니다. 처음에 오셨을 때부터 크리켓 시합이 있을 때마다 꼭 외출하셨지요."

"터핀은 얼굴이나 숫자 기억에는 아주 탁월하지요" 하고 지배인이 말했다.

"이 사진은 그 사람이 아니라고 생각하는데……?"

프랭클린은 일요판 신문에서 만든 T.W.R의 몽타주를 내밀었다.

"네, 그분이 아닙니다" 하고 터핀은 그 자리에서 대답했다.

"그럼, 이 크리켓 클럽 사진 속에는 그 사람이 있습니까?"

터핀은 곧 찾아냈다.

"이분입니다. 가운데 앉아 있는 분이 바로 그 손님입니다."

"정확히 말해 언제 이 호텔을 나갔지요?"

"5일이었는데, 그때 저에게 팁을 반 파운드 주셨습니다. 그분과 저는 크리켓에 대한 이야기를 꽤 많이 주고받았지요."

"어디로 갈 예정이었는지 짐작되는 곳은 없나요?"

"프랑스로 가신다고 했습니다. 그쪽으로 가는 꼬리표를 제가 짐에 달아드렸으니까요."

"한 가지만 더 묻겠소. 그 사람은 떠나기 전 수요일 밤에 엔필드에 있는 형네 파티에 갔는지, 혹은 그가 이곳을 나간 것이 몇 시였는지 기억하고 있나요?"

터핀은 잠깐 생각하더니 곧 입을 열었다. "예. 이곳을 나간 시간은 상당히 늦었을 때였습니다. 잘 기억하고 있습니다. 말씀하신 대로 수요일 밤이었습니다. 리치레이 씨는 저를 보고 이렇게 말했습니다. '택시를 불러 주게, 터핀. 빨리 부탁하네. 6시 반에는 엔필드에 도착해야 하는데, 벌써 시간이 이렇게 되었으니 말이야' 라고요."

"그래, 그때가 몇 시였소?"

"거의 7시가 다 되었습니다."

프랭클린은 프론트 직원에게 팁을 주고 지배인에게 고맙다는 인사를 한 뒤 그곳을 나왔다. 호텔 밖으로 나와서 그는 시계를 보았다.

점심을 이 근처 어디서 때울까, 아니면 줄랑고 빌딩으로 돌아가서 할까 생각하다가 회사로 들어가기로 결정하고 버스를 탔다. 그러나 그가 빌딩 입구에 발을 들여놓자마자 수위장인 글릭슨이 그를 발견하고 달려왔다.
"저, 접수처에 당신께 급한 연락이 와 있습니다."
그것은 포터가 보낸 것이었다.

  곧 '독수리' 호텔까지 와 주시기 바랍니다. H.R을 잡아 놓고 있습니다.   W.R.P

점심이고 뭐고 다 잊어버리고 10분 뒤 프랭클린은 그 호텔 바로 들어서고 있었다.

3

두 사람은 라운지의 구석 자리에 앉아 있었는데, 부지런히 샌드위치를 먹고 있는 포터 옆에는 기네스 흑맥주가 놓여 있었다. 그 맞은쪽에 바를 정면으로 마주 보는 자세로 한 남자가 앉아 있었는데, 9미터 거리를 두고 본 바에 의하면 덧없는 세상의 풍상을 한몸에 다 겪은 듯한 표정의 사나이로 한물 간 듯한 느낌도 들었으나 그리 보기 흉하지 않은 풍채를 지니고 있었다. 조끼 단추는 풀어 놓았으며 운두 높은 모자를 젖혀 쓰고 있었다. 얼굴은 붉은 벽돌빛이었는데 좀더 다가가 보니 온통 울퉁불퉁 부어올랐으며, 눈 밑이 축 늘어져 있었다. 친구라도 찾고 있는 듯한 태도로 다가가면서 프랭클린이 알아차린 것은 대강 이 정도였다. 이윽고 그는 포터의 시선을 잡았다.
포터는 뜻하지 않은 행운이 찾아오기라도 한 것처럼 얼굴이 환해져서 일어섰다.

"어이, 조지 아닌가! 어서 이리 오게. 어디서 오는 길인가?"
프랭클린도 질세라 기쁜 표정을 지어 보였다.
"야아, 누군가 했더니 톰이었군. 반갑네. 무얼 들겠나? 이봐요, 웨이터! 자네, 뭐로 하겠나?"
"잠깐만 기다려 주게." 포터가 말했다.
"친구 리치레이 씨를 소개하겠네."
리치레이는 손을 내밀면서 비틀비틀 일어섰다. 그리고 두 손을 테이블 위에 놓더니 엄숙하게 인사했다.
"만나 뵙게 되어 기쁩니다, 조지 씨. 리치레이…… 그렇습니다, 리치레이라는 사람입니다. 술은 제가 사겠습니다."
"아닙니다. 무슨 말씀이십니까?" 프랭클린이 말했다. "만나 뵈어서 기쁩니다. 리치레이 씨. 그러나 이것은 제가 계산하겠습니다."
이리하여 마실 것을 주문하고 세 사람은 앉았다. 포터는 반쯤 남은 잔을 비웠다.
"여기 있는 브라운 씨, 즉 톰 브라운 씨가……" 하고 말하며 리치레이는 술에 취해 흐리멍덩한 눈으로 두 사람을 번갈아 보았다. 그리고 어수룩한 웃음소리를 내었다. "바로 저를 살려 주셨습니다."
포터가 얼른 설명했다.
"조지, 자네도 알고 있겠지? 왜 켐프톤에서 우리가 만난 소매치기 녀석 말이야. 바로 그 녀석이 입구에서 리치레이 씨를 뒤따르고 있지 않겠나? 녀석이 나를 보자 도망치는 꼴이라니! 정말 자네에게 보여 주고 싶었다네."
"그거 참, 다행이었군. 대단한걸, 자네도."
술과 함께 샌드위치도 두 접시 나왔다. 리치레이는 배가 고프지 않다고 했지만, 결국 권하는 대로 먹었다. 이미 술은 잔뜩 마신 것이 확실하였고, 이대로 내버려 두었다간 무슨 소동이라도 벌일 듯한 기세였다.

"오후에는 무엇을 하실 작정이십니까, 리치레이 씨?" 프랭클린이 물었다. "축구 시합이 있나, 톰?"

"축구 같은 것에는 흥미가 없습니다." 리치레이가 말했다. "자기 학교를 위해 싸우는 게 고작이지요. 직업 선수란——이 말을 할 때 그는 약간 혀가 돌아가지 않았다——하찮은 녀석들입니다. 정신이 올바로 박힌 사람이라면 할 일이 아닙니다."

다른 두 사람이 눈치 채기 전에 그는 지나가던 웨이터를 불러 세워 위스키를 또 주문했다. 그리고 곧 이야기를 계속했다.

"저는 엔필드 근처에 사는 형님을 찾아갈 작정입니다. 좋은 곳이지요, 시골도 가깝고."

"엔필드?" 프랭클린이 말했다. "얼마 전에 살인이 있었던 근처가 아닙니까?"

리치레이는 위스키를 집더니 웨이터에게 몸짓으로 어서 가라는 표시를 하고 1실링 은화를 쟁반 위에 던졌다. 그리고 술잔을 들어올려 단숨에 마셔 버렸다. 아주 멋지게. 그리고 자리에서 일어나 머리를 약간 숙였다.

"우리 백부님은……" 그는 하인들 우두머리 같은 투로 말했다. "목사입니다!" 그리고 곧 쓰러지듯 주저앉았다.

두 사람은 각기 전혀 다른 기분으로 그를 바라보고 있었다. 한 사람에게는 그가 무엇이든 지껄여 댈 것 같은 남자로 보였지만, 다른 한 사람에게는 뭔가 참을 수 없는 구역질을 느끼게 하는 인간으로 보였다. 이윽고 리치레이가 죽은 사람에 대해 비열하기 짝이 없는 말을 내뱉었으므로 프랭클린은 술을 마저 마셔 버리고 남은 샌드위치는 그대로 놓아 둔 채 일어섰다.

"가지 않겠나, 톰?"

"응, 가세, 조지." 포터는 상대방의 말에 숨은 뜻을 알아차리고 대답했다.

리치레이에게 말할 여유도 주지 않고 두 사람은 바에서 나왔다. 프랭클린은 웨이터를 불러 반 크라운을 손에 쥐어 주었다.

"우리와 함께 술을 마시고 있던 사람 말인데, 이제 더 이상 술을 주지 말고 돌아가게 해주게."

그는 거리로 나왔다. 포터도 뒤에서 따라왔다.

"정말 골치 아픈 사람이로군! 그로부터 눈을 떼지 말고 엔필드로 가는 것을 지켜보게. 무슨 일이 일어나면 회사로 전화해 주게. 아무 일도 없으면 보고는 내일 아침에 듣기로 하겠네."

이 얘기를 듣고 아침 일을 생각해 보니 프랭클린은 생각할수록 불만스러웠다. 프랭크 리치레이가 그 수요일 밤의 방문자가 아니라는 것이 확실히 밝혀졌으므로, T.W.R도 완전히 별개의 인물이 분명했다. 그렇다고 해서 해럴드 리치레이가 그 남자의 역할을 했을 리도 없고, 또 두 형제 역시 그런 일을 할 것같이 생각되지는 않았다. 그렇다면 완전 살인의 범인으로 의심이 가는 사람은 누구란 말인가? 그는 연필과 종이를 들고 생각나는 대로 막연하게 써 내려갔다.

4명의 조카—각자의 알리바이를 생각해 볼 때 용의자로 생각할 수 없다.

이튼의 가설—아주 그럴 듯하지만 실행 불가능.

T.W.R—이 사람은 누구인가? 그는 호텔에 머물렀고, 떠날 때도 여느 손님과 조금도 다른 점이 없었다. 그렇다면 왜 이 남자는 행방을 감추었는가? 그리고 지금 어디에 있는가?

방문자—이 사람은 누구인가? 만일 정말 살인으로까지 발전시킬 작정이었다면, 왜 협박하는 말을 입에 담았을까?

이 가운데 끝에 든 두 가지에 대해서는 뭔가 단서를 잡을 수 있을 것 같다가도 이내 아무래도 신빙성이 희박한 것 같았다. 첫째, 그는 손에 들어온 정보는 모두 샅샅이 검토해 보았다. 그렇다면 그 밖에 무엇이 남아 있는가. 유언장? 정말 그런 것이 있단 말인가? 카든 부인의 진술은 자신만만했다. 그럼, 만일 유언장이 존재하고 그때의 증인을 찾아낼 수 있다면 조항의 하나쯤은 말했을지도 모르며, 또는 서명할 때 흘끗 이름 정도는 보았을지도 모른다. 만일 범인이 그 방이나 피해자의 몸에서 유언장을 가져갔다면 뭔가 새로운 문제가 생길지도 모른다. 어쨌든 그 유언장 확인이야말로 오전 중에 맨 먼저 착수해야 할 일이었다.

그러나 프랭클린은 본디 무엇이든 해결을 못 본 채 내버려 두는 일을 가장 싫어하는 꼼꼼한 성미였으므로, 우선 남은 두 조카를 깨끗이 조사해보기로 했다. 어네스트나 찰스가 금전적인 문제로 쫓기고 있었던 것은 아닐까? 그렇지 않다면 이튼의 가설에 주의를 기울일 가치는 하나도 없는 셈이다. 이리하여 포터에게는 다시 리틀 마팅즈로 가라는 명령이 내려졌고, 새로 같이 일하게 된 사람에게는 엔필드 일대의 소문을 대강 모아 오라는 명령을 내렸다.

프랭클린 자신은 그날 밤 1시간쯤 루드빅 트래버스와 지내기로 했다. 그래서 회사의 교환대를 불러 경리과로 연결해 달라고 부탁했다. 전화에 나온 것은 비서였다. 그리하여 다음과 같은 이야기가 오고갔다.

──트래버스 씨는 오늘 아침 회의에 참석하러 브뤼셀에 가셨습니다. 언제 돌아옵니까? 확실히는 말할 수 없지만 일주일 동안은 돌아오시지 않을 것입니다. 네, 하인은 언제나 함께 갑니다.

그래서 그는 호워튼을 만나, 새로운 일에 대해 자기가 어떤 입장에 있는가를 알려야겠다고 마음먹었다. 그렇게 해 두면 만일 대장이 자기가 개입한 사실을 알게 되더라도 적어도 오해는 받지 않을 것이다. 그러나 경시청에서 1시간이나 기다렸으나 과연 상대방이 언제 틈이 날지 알 수가 없어, 화이트홀 거리(런던 번화가로 여러)로 접어드는 모퉁이를 막 돌아서다가 발렌과 마주치게 되었다. 그들은 같이 차라도 마시며 이야기하기로 하고, 어느 가게에 자리를 잡고 앉았다. 그런데 그 자리가 또 뜻하지 않은 정보를 제공해 주는 기회가 된 것이다.

그날 밤 남은 시간을 그는 리뷰를 보며 지냈다. 무슨 일이 일어나든 내일 아침까지는 더 이상 '완전 살인 사건'으로 골치를 썩이지 않겠다고 마음속으로 굳게 다짐한 것이다.

찾아온 행운

1

 토테넘으로 떠나기 전에 프랭클린은 다시 한번 신문철에서, 살인이 일어나기 전 두 번째 수요일에 주간 사용료를 받으러 가는 토머스 리치레이를 태운 자동차 운전기사가 말한 내용을 쓴 기사를 읽어 보았다. 리치레이는 언제나 같은 운전기사와 같은 차가 아니면 타지 않았고, 신문에 실린 운전기사의 말로 추측해 보건대 늘 똑같은 일이 반복되었던 모양이다.
 이를테면 운전기사는 오후 5시에 122번지로 리치레이를 태우러 갔고, 리치레이가 차에 오르면 관리인이 가게 2층에 살고 있는 북 런던 이발소로 곧장 차를 달린다. 운전기사는 리치레이를 도와 가게 입구까지 데리고 가서 관리인이 나타나면 곧 차로 되돌아온다. 그리고 차 안에서 저녁 신문을 읽으며 1시간쯤 기다린다. 이윽고 리치레이가 다시 나타나면 그를 태우고 '마리에트'라는 이름으로 알려져 있는 이발소로 차를 몬다. 그곳에서는 여자 관리인의 남편이 그를 맞아 준다. 여기서도 1시간쯤 기다렸다가 이번에는 페루 요리점으로 간다. 거기서는 언제나 현관지기가 손을 빌려 준다. 한 30분 지나면 돈이 든 자그마한 검정색 가방을 손에 움켜쥐고 리치레이가 다시 모습을 나타낸다. 집에 돌아가는 시간은 언제나 9시 15분이다.

프랭클린도 곧 알았지만, 그 두 집 가운데 어느 집에서든 유언장을 만들 기회와 시간은 충분히 있었던 셈이다. 그리고 유언장이 다른 장소에서 만들어질 이유도 없었고, 만일 리치레이가 자기 집에서 만들었다면 카든 부인이 수익자가 되기 때문에 필요한 증인을 얻을 수 없다. 프랭클린은 분명히 유언장이 있다고 보았었다. 리치레이는 유언장을 만들려고 했을 것이다. 그는 완전히 자기 집 가정부의 손아귀에 들어 있었던 것 같았으므로 성의를 표시하는 뜻으로 곧 유언장을 그녀에게 보여주어야 할 형편이었을 것이다. 아니면 그녀가 막연한 결혼 약속과 유언장에 관한 그의 단순한 말을 결혼 그 자체와 동등한 가치가 있는 것으로 보리라고 상상할 만큼 리치레이는 무지했단 말인가? 또는, 만일 자기가 그녀와 결혼하여 유언장 없이 죽는 경우 그녀가 자동적으로 상속인이 된다는 사실을 알고 교묘한 말로 그녀를 속이고 있었던 것일까?

마침내 좋은 생각이 떠올랐다. 프랭클린은 자신의 머리가 마침 깎을 시기인데다, 1시 15분인 지금에는 이발소가 비었거나 한산하리라는 생각이 든 것이다. 게다가 이런 것도 계산에 넣고 있었다. 즉, 이발사들이란 그다지 말수 적은 사람이 아니므로, 교묘하게 계획을 세워 대화를 끌고 나가면 나중에 만나볼 예정인 관리인과의 면담에 못지않을 만큼 중요한 사실을 얻어낼 수 있을지도 모른다는 기대였다.

기다란 모직 천을 목덜미에 감는 조수의 차가운 손가락이 소름 끼쳤다.

"어떻게 해 드릴까요, 손님?"

"목과 귀 쪽에서부터 깎아 올라가 가운데 부분을 짧게 잘라주게.

자네는 이곳에 오래 있었나?"
조수는 대답하기 전에 지배인이 있는 방문을 흘끗 보았다.
"3주일쯤 됩니다만, 토요일에는 나갈 작정입니다."
"무엇이 불만인가? 일이 고된 모양이지?"
"그런 게 아닙니다. 아주 진절머리가 나서요. 제가 오기 전에 있던 녀석이 어떤 녀석인지는 몰라도 툭하면 '프레드는 이렇게 했는데, 저렇게 했는데' 하고 말하거든요. 그게 아주 지긋지긋해요."
"그게 무슨 소린가?" 프랭클린이 물었다. "그 사람이 그렇게 좋았다면 왜 그냥 잡아 두지 않았을까?"
"그것은 관리인 탓이 아닙니다. 손님 때문이었지요. 그 녀석은 이곳에 10년이나 있었기 때문에 손님들은 밤낮 그만 찾았답니다. 그런 녀석이라면 웨스트엔드에라도 가면 될 텐데!"
"지금은 어디 있는지 모르나?"
"어디 있느냐고요?" 그는 기분 나쁜 소리로 웃었다. "바로 이 거리 세 집 건너에 있습니다. 굴속같이 좁은 방이지요. 손님이 세 사람만 와도 한 명은 서 있어야 한답니다. 의자가 없으니까요."
'10년이나 있었다면 가게 일은 물론 경영자에 대해서도 잘 알고 있을 것이다. 만나 두면 크게 도움이 되겠군' 하고 프랭클린은 생각했다. 거기다가 이 음침한 사나이가 말하는 바에 의하면, 지금 있는 지배인은 이 일을 시작한 지 겨우 1년밖에 안된다는 것이다. 게다가 살인사건으로 경찰이 찾아오고 구경꾼들이 기웃거리고 하는 바람에 가게 사람들은 모두 넌더리를 내고 있었다. 차라리 동물원 원숭이 우리에 들어가 있는 편이 낳을 거라는 것이 그들의 불평이었다.
프랭클린은 곧 이발소에서 세 집 건너에 있는 간이 찻집에서 프레드를 만날 수 있었다. 그는 같은 테이블에 앉았으나, 여종업원이 주문한 차를 가지고 오기까지는 이야기를 꺼내려고 하지 않았다.

"혹시 전에 리치레이 씨 가게에서 일한 적이 있는 스트로우드 씨가 맞습니까?"
그는 날카로운 시선을 던지더니 약간 머뭇거리다가 대답했다.
"네, 그렇습니다만……."
"꼭 물어 볼 말이 있어 그러는데 시간 좀 내줄 수 있습니까?"
상대방의 얼굴에 나타난 표정은 기분 나쁜 듯 보였으며, 의심쩍어 하는 기색이 역력했다.
"나는 내 변호사 앞에서가 아니면 상대방이 누구든 말하지 않겠습니다." 프랭클린은 당황했다.
"나는 당신이 하는 말을 알아들을 수가 없군요. 당신 변호사야 아무래도 상관없습니다만, 나는 토머스 리치레이에 대해 잠깐 물어 보고 싶은 일이 있어 부탁하는 것뿐입니다."
"탐정입니까?"
"그렇습니다. 그러나 그것은 지금 문제가 아닙니다. 나는 경찰에서 온 사람은 아니니까요. 당신이 그런 뜻으로 말한 것이라면, 내 말을 들어 보십시오, 스트로우드 씨. 나는 지금 당신이 말하려고 하는 일에 대해서는 아무것도 모릅니다. 정말입니다. 뿐만 아니라 당신이 한 말은 결코 입 밖에 내지 않겠다고 맹세하겠습니다."
그는 꾸밈이 없는 아주 단정한 사나이로, 말투에 시골 사투리가 약간 섞여 있었다. 얼마쯤 고집이 세어 보였으며, 뭔가 불만에 차 있다는 것도 알 수 있었다. 그러나 그의 대답은 프랭클린이 다음 말을 이을 수 없도록 만들었다.
"당신이 어떤 분인지, 또 내게 무엇을 바라는지 모르겠습니다만, 한 마디만 말해 두겠습니다. 세상 사람들은 흔히 진실만 말하면 틀림없다고 이야기합니다. 그러나 그런 말을 믿어서는 안 됩니다! 증인이 없으면 누구의 말이건 마음대로 만들어 낼 수 있으니까요."

프랭클린은 테이블 위로 몸을 내밀며 되도록 열의를 다해 말했다.
"스트로우드 씨, 무슨 일인지 모르겠습니다만, 거기에 대해 당신의 생각을 말해 준다면 나는 절대로 입 밖에 내지 않겠습니다. 굳게 맹세하지요."

이 말 속에 포함된 성의로 인해서인지, 아니면 말한 사람의 인품 때문이었는지, 뭔가가 이 이발사의 마음을 움직이게 만든 모양이었다. 아무튼 그가 말할 의사를 밝힌 것이다.

"좋습니다, 그럼 당신을 믿고 이야기하지요. 일의 발단은 이렇습니다. 그러니까 수요일이었어요. 가게에는 손님도 거의 없고, 마침 목에 두를 모직 천을 자를 일이 있었으므로 저는 계단을 올라가 층계참에 놓아둔 새 깡통을 가지러 갔습니다. 그때 지배인이 2층으로 올라오는 소리가 들렸습니다. '거기서 무얼 하고 있나?' 하고 묻기에 저는 '모직 천을 가지러왔다고' 대답했습니다. 그랬더니 '빨리 가게에 내려가 있어. 그 방에는 돈이 잔뜩 있으니까' 하고 말하더군요. '그게 무슨 뜻입니까?' 하고 내가 묻자 '무슨 말인지 자네도 알 텐데!' 이렇게 말하더군요. 그래서 저도 평소에 하고 싶은 말을 죄다 해 버렸지요. 그랬더니 '너무 말이 많군! 짐을 꾸려 토요일에 나가도록 해!'라고 말하지 않겠어요. '좋아, 마음대로 하시지! 지금 당장 나가 주마. 어디 두고 보자' 하고 저도 말했습니다. 저는 내 짐을 챙겨서 그 이발소를 나온 뒤 아직 그곳에 한번도 간 일이 없습니다."

"아주 비겁한 짓이로군!" 프랭클린이 말했다. "왜 그랬을까요? 질투인가요, 아니면 당신에게 원한을 갖고 있었던가요?"

스트로우드는 소리를 낮추어 말했다.

"늙은 리치레이가 지배인에게 시킨 짓입니다. 그 녀석들은 어떻게 해서든지 저를 쫓아내려고 짜고 있었던 거예요." 그는 주머니를 더듬어서 편지를 한 통 꺼냈다. "이것을 읽어 보십시오."

글로브 122번지 202호

친애하는 마로 양

당신은 제가 부탁한 일을 이해할 수 없을 것입니다. 출세할 기회를 받아들이지 않는 것은 어리석은 짓입니다. 다음 주 목요일에 위에 적힌 주소로 저를 꼭 찾아 주십시오. 대략 7시쯤이 좋겠습니다. 만일 이번 기회를 놓친다면, 당신은 나에게 손해를 끼칠 생각이라 믿겠습니다. 돈문제도 포함되어 있으니까요. 돈이란 언제나 유용한 것입니다.

목요일에는 틀림없이 오실 것으로 알고 기다리고 있겠습니다.
193X년 9월 27일, 당신의 성실한 친구 T.T. 리치레이

"그 사람의 짓이란 것을 알 수 있으시겠지요?"
프랭클린이 대답했다.
"알 것 같군요. 마로 양이란 대체 누구입니까?"
"제 애인입니다. 언제나 함께 다녔고, 어렸을 때부터 아는 사이지요. 어느 날 밤, 다른 가게에서 마로를 보고 마음이 좀 동한 모양입니다. 이후 그 녀석은 마로에게 주급을 10실링이나 더 올려 줬고, 언젠가 수요일에는 늦게까지 잡아 두려고 했으나 그녀가 전혀 응하지 않았던 것입니다. 오히려 마로는 그 사실을 저에게 다 말하고 이 편지까지 보여 주었지요. 우리는 둘이서 머리를 맞대고 의논한 결과, 그녀가 녀석에게 답장을 보내어 호되게 공격해 주었지요. 그러자마자 그녀는 곧 해고되었습니다."
"그거 참, 비열하기 짝이 없군! 그래, 그 아가씨는 새 일자리를 찾아갔나요?"

"아니오."
"그래, 당신은 어떻게 하였소? 설마 그렇게 심한 일을 당하고 가만히 있지는 않았겠지요?"
"제가 어떻게 했느냐고요? 아무튼 날도 저물었으므로 마로와 의논하여, 그녀의 언니가 타이피스트로 있는 사무실의 변호사를 만나러 갔습니다. 그 변호사는 한번 더 와 달라면서, 그때까지는 아무 말도 해서는 안 된다고 하면서 힘써 주겠다고 말했습니다. 저는 하도 화가 나서 그 늙은 돼지를 직접 만나 담판을 하려고 했으나……."
프랭클린은 깜짝 놀랐다.
"혹시 3일, 수요일이 아니었소?"
"그렇습니다. 바로 그날이었어요. 방금 말한 것처럼 저는 그 악질 늙은 악마를 만나 따질 작정으로 찾아갔는데 집에 없었습니다. 그가 그날 집에 없다는 것은 알고 있었는데도……."
"어떻게요?"
"그날은 늙은이가 수금을 하러 가게에 가는 날이었으니까요. 그런데 저는 너무 화가 나서 그 사실마저 잊어버리고 있었던 겁니다. 현관에서 하녀로부터 그가 없다는 말을 듣고서야 비로소 생각난 셈이지요."
"그때가 7시쯤이었지요?"
"제가 그 집에 간 시간을 말씀하시는 건가요? 그렇습니다. 7시쯤 되었던 것 같습니다."
"그런데 당신은 언제나 안경을 끼고 다니나요?"
"안경을 안 쓰면 박쥐나 다름없이 아무것도 안 보입니다." 그는 대답했다. "독가스를 마셨거든요, 전쟁터에서."
　가게를 나온 프랭클린은 다음에 무엇을 할 것인지 망설일 필요가 없었다. 이제 유언장 일로 지배인을 만날 필요는 없어졌다. 그런 일은 경시청에서 이미 손을 대고 있을 것이다. 그보다는 대장을 만나 지금 막 입수한, 그리고 경시청으로서는 분명히 처음 듣는 일이리라 생각되는 이 정보와, 유언장이며 그 밖에 뭔가 대장의 테이블에서 얻어낼 수 있을지도 모르는 뜻밖의 정보를 맞바꾸는 편이 훨씬 나을 것이라 여겨졌다. 그러나 별로 즐거운 일이라고는 할 수 없었다. 그는 경시청의 공적인 지위에 있는 것도 아니고, 우선적인 대우를 받을 아무 이유도 없기 때문이다. 그러니까 모든 것은 대장의 기분에 달려 있는 셈이다.

그러나 헛되이 보낸 일요일 아침의 일이며, 애덤스에게서 애써 끌어낸 증언을 생각하니 프랭클린은 그녀의 목을 비틀어 버리고 싶은 기분이었다. 그녀의 목소리는 마치 상류부인 같지 않았던가! 그러나 잘못은 그런 하찮은 여자아이로부터 지성을 필요로 하는 답변을 원하던 그에게 있었다. 나중에 안 일이지만, 그가 원하던 답을 듣지 못한 일이 메리 애덤스에게는 오히려 유리했다는 사실을 알게 되었다.

2

호워튼은 자리에 있었으나, 급한 볼일로 30분쯤 먼저 온 사람과 면회 중이라고 했다. 그러나 5분도 기다리지 않아 그는 방으로 안내되었다. 총경은 혼자 앉아서 무엇인가 쓰고 있던 중이었다. 무언지 중대한 일인 모양으로 "앉게, 프랭클린" 하고 조용한 목소리로 말했을 때도 얼굴을 들 생각을 하지 않았다.

한참 뒤에 호워튼은 쓰던 일을 마쳤다. 그러고는 자리에서 일어나 파이프를 꺼내더니 의자를 끌어당겼다.

"꼭 5분만일세. 그래, 자네가 가지고 온 문제는 뭔가?"

웬일인지 프랭클린은 준비해 온 말이 나오지 않았다.

"네, 실은 한 마디로 할 수 없는 말입니다. 우연히 도움이 될 만한 정보를 손에 넣게 되었으므로 그것을 전하려고 왔습니다."

호워튼은 파이프에 불을 붙이는 동안 잠자코 있더니 갑자기 흥미를 보이며 프랭클린을 쳐다보았다. 목소리가 아주 무뚝뚝하게 들렸다.

"무슨 정보인데?"

"10월 3일 밤에 토머스 리치레이를 만나러 갔던 남자를 알아냈습니다."

호워튼은 무표정한 얼굴을 보이고 있더니 "그래, 그게 누구인데?" 하고 물었다. 그 말투로 미루어 이 정보는 처음 듣는 이야기인 것 같았다. 프랭클린은 상세히 말했다. 호워튼은 이야기에 끌려들어가 결말에 이르렀을 때는 꽤 놀란 표정을 하고 있었다.

"이거 정말 고맙네. 그리고 자네가 말했던 그 유언장 말인데, 그런 것은 아무 데도 없었네. 자네가 우리 수고를 덜어 주었으니까 나도 자네 수고를 덜어 주어야지."

그는 다시 성냥을 그어 파이프에 불을 붙였다. 보아하니 틀림없이 무슨 말이 있겠구나 했더니 짐작대로였다.

"그런데 자네에게 한두 가지 물어볼 일이 있네. 특히 이것은 꼭 알고 싶은 거야. 우선 처음부터 시작하세. 자네는 왜 경시청으로 돌아오지 않나?"

프랭클린은 양쪽 팔꿈치를 무릎에 괴고 손에 든 모자를 흔들고 있었으나, 눈길은 상대방의 얼굴에서 떠나지 않았다.

"거기에는 몇 가지 이유가 있는데, 한 가지는 건강입니다. 다시 돌아온다 해도 일을 해 나가기 힘들 것 같아서요, 근무 시간 내내 뛰기란. 그런데 마침 민간사업으로 제가 하고 싶은 대로 일해도 좋다는 일자리가 나타났습니다. 어디인지는 제 입장으로서 말씀드릴 수 없습니다만……."

"그런 염려는 말게. 다 알고 있으니까." 호워튼이 말을 했다.

"그럴 줄 알았습니다만, 제 입으로는 말할 수 없었으므로……."
"됐네. 성공을 빌겠네."
호워튼의 말투는 친근감을 느끼게 했다.
"나는 자네를 높이 평가하여 결국은 나보다 높은 지위까지 올라갈 것이라고 말했었다네. 어쨌든 자네는 좋은 일자리를 잡았군."
"이런 말씀 드리면 건방지다고 할지 모르지만, 앞으로 총경님 기대에 어긋나는 일은 결코 하지 않을 작정입니다."
"내가 모든 사람에게 기대하는, 즉 정직하게 일해 나가는 한은," 호워튼은 신중하게 말했다. "어긋나는 일은 있을 수 없겠지. 그러나 자네는 스스로 의심받아도 어쩔 수 없는, 그런 씨앗을 뿌리고 있다고는 생각지 않나? 자네는 벌써 이곳에 몇 번 왔었네. 검시 심문에도 나왔었고, 또 그 집에 드나들 수 있는 허락도 받았지. 그리고 지금은 정보를 가지고 왔네. 그렇지 않은가?"
"맞습니다. 그 점은 말씀하신 대로입니다. 그러나 이 사실만은 제 말을 믿어 주십시오. 총경님이 프랑스에서 돌아오시자마자 저는 만나뵈려고 노력했고, 그 뒤로도 줄곧 노력해 왔습니다. 그리고 뵙게 되면 곧 지금 말씀드린 이야기를 전하려고 했습니다."
이 말을 끝으로 총경의 얼굴에서 불쾌한 빛이 사라졌다.
"그럼, 이것으로 그 말은 다시 되풀이하지 않도록 하겠네. 마지막으로 자네에게 한 가지만 더 묻겠네. 지금 말한 것 같은 사실을 그대로 내가 생각하고 있었다면 자네는 귀에 거슬리는 말만 듣고 가는 셈이 되었겠지. 그래서 말이네만, 자네는 나에게서 무엇이 알고 싶은 건가?"
프랭클린은 이런 단도직입적인 질문에 어떻게 대답해야 좋을지 몰라 잠깐 망설였다.
"네, 실은 이렇다 하고 여쭤 볼 만한 일이 있는 건 아닙니다만……

만일 한 가지 질문에 대답해 주신다면 몹시 도움이 되겠습니다. 프랑스에서 조사한 알리바이에는 전혀 의심스러운 점이 없으시던가요?"

"없었네. 정말 완벽했어."

"고맙습니다."

그렇게 말하고 프랭클린은 일어서려고 했다. 그러나 상대방은 이야기가 아직 끝나지 않았다.

"돌아가기 전에 자네가 사정을 이해해 줬으면 하네. 자네는 이 사건에 이해관계를 가지고 있네. 그러나 법은 자네의 일을 고려할 수 없거든. 특히 자네를 비롯한 다른 어느 누구의 도움에 대해서도 감사는 하네만, 법은 자네의 일을 공적으로는 고려해 주지 않으며 정보를 사는 일도 결코 인정하지 않고 있네. 그러나 자네도 정보를 제공해 주면 일반 시민이나 다름없이 감사를 받네. 이 점을 분명히 해야 하네."

"충분히 알고 있습니다. 규율은 어디까지나 규율이니까요."

"그럼, 됐네."

호워튼은 손을 내밀었다. 그런데 문가에서 그는 뜻밖의 선물을 준비하고 있었다.

"나는 4시쯤 헤이마켓의 프림로즈 찻집에 있겠네. 만일 존 프랭클린이 나타난다면 나로서도 꽤 기쁘겠네만……."

스틀랜드 거리를 걸으며 프랭클린은 마치 자기가 크리켓 팀의 주장에게 살짝 머리를 얻어맞은 흙투성이 개구쟁이 같은 기분이 들었다. 만일 꼬리를 가지고 있었다면 정신없이 흔들었을 것이다.

4시 15분전까지 그는 가게 밖에 이르러 양쪽 입구를 지켜보고 있었다. 호워튼은 정각에 왔는데, 날마다 겹치는 피로에 시달려 온 사람이라기보다는 오히려 느긋하니 여유가 있는 인정 많은 시민처럼 보였다. 프랭클린은 그가 자리에 앉는 것을 보고 다가갔다.

끝 무렵의 5분 동안은 나의 흥분을 불러일으켰다.

"무슨 일이 일어날 때란 묘하단 말이야." 호워튼이 말을 꺼냈다. "우리가 어떻게든지 T.W. 리처드라는 인물과 연락을 취하고 싶어 하는 것은 자네도 신문을 보아 알고 있었겠지. 오늘 오후에도 그 사람의 일로 골치를 썩이고 있었는데, 갑자기 문이 열리더니 '리처드 씨라는 분이 면회를 하러 왔습니다' 하는 소리가 들리지 않겠나? 아무렴! 당장 만나야지. 드디어 나타난 걸세, 실물이 말이야. 맨체스터의 홀랜 상점에서 파견된 유리그릇과 도자기 구매담당 직원이며, 이 일을 시작한 지 얼마 안 되므로 콘스터블 호텔에는 친구의 권유로 묵게 됐다는 거였네. 도매상을 만나는 일로 하루 이틀 런던에서 보낸 뒤 4일 아침 프론트 직원에게 리버풀로 간다고 말했던 모양일세. 그리고 그 말대로 가긴 갔는데, 거기서는 의형제를 만났을 뿐이었다는군. 두 사람은 빅토리아로 간 다음 마지막에는 빈으로 가서, 거기서 리처드는 다시 물건을 사들이고…… 그리고 우리끼리 이야기지만, 둘이서 한바탕 소동을 벌인 모양이야. 그 사람은 신문을 보고 경찰이 자기와 연락을 취하기를 바라고 있다는 것을 알자 무슨 영문인지 몰라서 마지못해 경찰서로 찾아왔다는 거였네. 그 사람에게 그 편지를 보였더니, 거기에 대해서는 나보다도, 아니 우리 모두보다도 더 모르는 모양이었네."

"리처드에게 말을 걸어 여행 예정을 물어 본 낯선 남자라도 발견된다면 재미있을 텐데요. 리처드 씨가 그 사람의 인상을 특별히 기억하고 있다면 말입니다."

"자네 말대로야." 호워튼이 말했다. "그런데 불행히도 리처드 씨는 어느 날 밤, 경기장에서 흰 턱수염을 기른 훌륭한 노신사와 말한 일 말고는 다른 사람과 이야기한 기억이 없다네."

그는 일어서서 웨이트리스에게 눈짓을 했다.
"안 되네!" 호워튼이 말했다. "내가 나오라고 한 게 아닌가? 함께 계산해주시오." 그러고 나서 그는 손을 내밀었다.
"그럼, 실례하네. 너무 과로하지 말고 틈이 나면 놀러 오게나."
프랭클린이 사례를 하려고 하자 상대방은 한사코 말렸다. 그리고는 윗몸을 구부려 그의 귀에 대고 속삭였다.
"자, 자네는 자네 일을 계속하게. 나는 여기서 잠깐 할 일이 남아 있네. 그 흰 턱수염을 기른 사나이의 수염이 진짜인지 확인해 봐야 겠네."
프랭클린은 묘하게 억압당하는 듯한 가라앉은 마음으로 찻집을 나섰다. 이제 경시청으로부터 더 이상 정보를 받을 생각은 말아야 한다. 하지만 호워튼 총경은 얼마나 좋은 사람인지 모른다. 그렇게 좋은 사람도 없을 것이다. 게다가 총신(銃身)처럼 성격이 곧은 사람이었다. 그날 오후의 일을 이것저것 생각해 보자 갑자기 밀려오는 흐뭇한 행복감을 느꼈다.
그리고 곧 뒤이어 으레 생기기 마련인 의문이 떠올랐다. 이제 어떻게 하면 좋을까? 여러 가지 문제는 다 정리된 셈이고, 무대에서 단역을 맡고 있던 지금까지의 용의자들도 이제 모습을 감추게 될 것이다. 그러나 새로 등장하는 인물을 발견해야 한다. 그들이 어디서부터 나타날 것인가? 그가 1시간이나 생각한 결과 나온 답은 겨우 이 한가지 뿐인 것 같았다.
발렌에게서 들은 리치레이의 젊은 시절――그가 완전히 모습을 감추고 있던 시기에 무슨 일이 있었는지를 왜 조사해 보려고 하지 않는가? 그 숨겨진 세월 동안에 충분한 비극의 재료가 있었는지도 모르는데. 아무튼 다시 한번 출발해야 할 상황이니만큼 어딘가에 출발점을 두어야만 할 것이다.

경시청도 바빠지다

1

 토머스 리치레이의 생애 초반에 대한 사실을 알아내야겠다고 결심했을 때, 프랭클린은 거기에 포함되는 막대한 곤란은 거의 계산에 넣지 않았다. 그 즈음은 낙천적으로 생각했다. 모든 면에서 생각할 때 지금까지 별로 까다로운 일도 없었는데다 호워튼과 만나 이야기한 결과도 원인이 되어, 장차 나름대로 자유롭게 쓸 수단과 단서도 부족하다는 생각은 하지 않았던 것이다. 리치레이는 젊었을 때 있었던 여러 가지 일을 다 숨기고 있었으므로, 그가 그 시절 어디서 어떻게 지냈는 지에 대해 아는 사람은 아무도 없었다. 카든 부인이나 그전의 가정부에게도 그는 아무 말도 하지 않았고, 어쩌다 잘못 지껄이는 일도 없었다. 조사를 위한 편의와 이용할 수 있는 시간도, 프랭클린이 1분 밖에 사용하지 못하는 것을 경시청에선 1시간이나 사용하는 형편이었다. 게다가 경시청은 그로서는 전혀 손이 닿지 않는 곳까지 다가갈 수 있는 유리한 수단과 방법을 지니고 있었다.
 내가 앞으로 설명하겠지만, 살인이 이루어진 뒤 몇 주일 동안 당국은 몹시 바빴으며, 또 그래야 마땅했다. 세상에는 경찰이 무엇을 하고 있으며, 왜 임무를 제대로 수행하지 않는가 알고 싶어하는 사람들이 많이 있었다. 이 사건은 몹시 도전적이었으므로, 경찰도 이에 분발하여 깜짝 놀랄 수완을 보여야 하지 않겠느냐고 생각한 것이다. 또한 세계 어느 수사진에도 뒤지지 않는 경시청의 편을 드는 일이 자기들의 의무라고 느끼는 사람들이 얼굴을 찡그리며 참고 있는 모습도 애처로울 지경이었다. 자기네 국가 이익을 무시하고 있던 이들은 불쾌할 정도로 의기양양했다.

이렇다할 특별한 사건이 일어나지 않았던 처음 무렵, 이 사건은 한동안 각 신문에서 대서특필되었다. 신문사 자체의 조사, 싫증이 날 만큼 줄곧 실리는 사진, 나타났는가 하면 곧 사라져 버리는 갖가지 사건의 실마리, 회견, 익명의 편지와 거짓투성이의 경고, 소문, 거기에…… 상금. 〈레코드〉지가 유죄 판결로까지 끌고 갈 수 있는 정보에 500파운드를 제공한다고 하자, 이에 질세라 〈와이어〉지도 500파운드를 내놓았다. 그러나 얼마 안 가서 소문도 한때라는 말이 들어맞게 되었다. 지면도 점점 줄어들어 마침내는 겨우 몇 줄 안 되는 기사로 바뀌었고, 그나마도 이따금 거르는 날도 생기더니 드디어는 멀리서 들려오는 약하디 약한 북소리처럼 들릴락 말락 하게 되었다.

그뒤 범인이 창문으로 도망쳤으리라고 추정되고 있다는 사실이 밝혀지자, 다시 몇 단의 기사와 사진과 이해할 수 없는 도망 방법을 추적한 추측기사가 실렸다. 그러나 그것도 또 얼마 안 되어 사라져 버렸다. 다음에는 다른 방면에서 조그마한 일이 일어났다. 메리 애덤스가 일주일 계약으로 슈빈더 블로즈 영화회사의 '고양이가 없는 틈에'에서 하녀로 출연하게 된 것이다. 이 영화는 조잡한 희극에 안성맞춤인 뻔뻔스러움을 지니고 있다는 것과, 연출자의 천부의 재능 덕분으로 그녀가 좋은 돈벌이를 했다는 것만은 확실했다. 어쨌든 필름이 완성되면서 영화사 홍보부에서는 세상이 메리 애덤스라는 이름을 기억하도록 충분히 주의를 기울였던 것이다. 이 발작적이고 변덕스러운 부활이 그 살인사건에 대한 마지막 이야깃거리가 되었다.

한 해가 저무는 12월 말이 되자 그런 기억도 아스라할 정도였는데, 그때 몇 가지 일이 일어났다. 그 중에 한 가지만은 말해 둘 필요가 있으리라. 제임스 스튜어드가 폐렴으로 죽은 것이다. 자기 집 뜰에서 걸린 감기가 사흘 뒤 그를 저 세상으로 데려가 버린 것이다. 리치레이 사건에 대한 마음고생이 그의 죽음을 재촉했다는 말이 나돌았으나, 그것은 곧 부정되었다. 어쨌든 이 사건에 아주 조금밖에 관계가 없는 남자의 죽음마저도 관심을 되쏠리게 하는 원인이 되었던 것이다.

그러나 요 몇 주일 동안 세상이 정말 몰랐던 일은, 경찰이 실제로 무엇을 하고 있느냐 하는 것이었다. 별반 생각 없는 이들이나 말이 험한 이들이 전혀 아무 일도 하지 않는다고 추정한 것은, 조사가 대부분 지엽적인 것인데다 극비리에 이루어졌기 때문이다. 따라서 그 이유를 올바르게 평가하지 않고 호워튼 총경이 시도하고 수행한 일을 본다면 꽤 흥미를 느낄지도 모르겠다. 호워튼에 대해 사람들은, 여느 때의 잔재주를 부리고 돌아다니던 일을 단호하게 피하고 있다고 말하였다. 이번 사건을 처리하는 데 있어서도 그가 어디까지나 외곬으로 밀고 나가는 일에 성공한 것은 인정하여야 할 것이다. 이 일의 일부, 특히 토머스 리치레이와 관계있는 부분이 프랭클린의 손에 의해 이루어졌다는 사실은 이 즈음의 특기할 만한 일일 것이다.

2

처음에 본 바로는 완전 살인 사건이 단서가 풍부한 것처럼 보였지만, 웬일인지 그 단서를 잡고 조사해 가다 보면 거기서는 아무것도 나타나지 않았다. 거기서 나타나는 것이라고는 살인 범인이 아주 뛰어난 선견지명을 가지고 이 사건을 계획했다는 확신을 더욱 더 굳게 해줄 뿐이었다. 소포를 예로 들면, 포장지며 꼬리표며 끈이며 알맹이도 다 어디서나 볼 수 있는 흔한 종류의 것뿐이었다. 비단 양말만 해도 보통 남성들이 선물하기에 적당한 물건으로 아무나 쉽게 살 수 있는 것이었다. 그러므로 조사 결과 너무도 많은 해답이 나오기 때문에, 그것을 일일이 다 조사하려면 일생을 허비해도 모자랄 정도였다. 칼도 마찬가지였다. 나이프는 새것도 아니고 헌것도 아니며, 제조원에서는 해마다 이와 똑같은 칼을 몇 천 개씩 만들어 내고 있었다. 창문으로 도망가는 데 사용한 장선(腸線), 즉 동물의 창자로 만든 노끈 같은 줄의 구입도 크게 다르지 않았다. 몇 천이나 되는 장선으로 만든 현악기 줄이 날마다 악기점에서 팔리고 있는 형편이었으니 이것을 조사하기란 거의 불가능했다. 또 마리우스의 편지를 쓴 인물이 사용한 타이프라이터와 동일한 제품을 가진 사람을 조사하는 일도 가망이 없다는 것을 알았다.

  범행 현장만 해도 오래 된 명화의 진위를 가리듯 되풀이 조사되었다. 현장은 지문을 찾아 구석구석까지 살폈고, 뜰과 그 통로도 단서가 될 만한 게 없나 빈틈없이 샅샅이 훑었다. 글로브에 사는 모든 주민들 가운데 범인이 침입하는 것이나 도망치는 것을 본 사람이 있지 않을까 하는 기대로, 누구나 그날 밤에 한 행동에 대한 조사를 받았다. 글로브와 서로 등을 맞대고 있는 메이플 테라스에 사는 사람들과 이 지역 경찰들도 같은 조사를 받았다. 또 소매상인들도 그날 초저녁에 그 부근 거리를 배달하고 돌아다니던 일로 조사를 받았다. 어쨌든 해가 빨리 지는 시기였으므로 이것은 전혀 희망이 없는 일이었다. 이 지역의 각 역에서 일하고 있던 역무원들도 마찬가지로 믿을 만한 존재가 못되었다.

덧문도 아주 세밀한 점까지 철저하게 조사되었다. 리틀 마팅즈 목사관의 덧문은 누구에게 물어 보나 아주 옛날부터 그곳에 있었다고 했다. 글로브에 있는 집 덧문은 그 고장 직공이 리치레이의 설계대로 만든 것으로, 왜 그런 문을 달았는지는 아무도 알 수 없었다. 어떤 변덕에서거나 아니면 밖에서 들여다볼까봐 두려워서였다고만 짐작할 뿐이었다. 찰스 리치레이도 자기네 집 창문을 실험해 본 사람에 대한 기억은 없었고, 지금 있는 하녀나 전에 있던 하녀들을 몇 년 전까지 거슬러 올라가 조사해 보아도 그런 일을 기억하고 있는 이는 없었다.

이윽고 모든 서류가 완성되었고, 그와 함께 새로운 사실이 표면화되었다. 토머스 테일러 리치레이의 생활은 아주 지저분했다. 지문 검사 덕분에 훌륭한 단서와 출발점을 얻은 검찰 당국은, 그의 일생이라는 어려운 문제의 기분 나쁜 공간을 메워 나가는 일이 뜻밖에도 아주 쉬운 것임을 알게 되었다.

케임브리지 대학을 졸업한 뒤, 그는 자기 이름을 토머스 테일러로 바꾸었다. 1883년에 나이를 줄이고 군대에 들어가 군기(軍旗) 호위조장 자리까지 올랐으나, 1900년에 소속되었던 연대가 남아프리카로 출발하라는 명령을 받자 그는 하사관실에 있던 돈을 가지고 탈주하였다. 1902년에는 공갈죄로 판결을 받았다. 교도소를 나오자 그는 정상적인 생활인으로 돌아가 친척과의 유대를 부활시켜 갔다. 우선 토테넘에서 빌리야드 홀을 하면 루인이라는 사람과 함께 사들였으며, 턱수염을 기르고는 다시 자기의 본디 이름을 쓰기 시작했다. 그 뒤의 경력에 대해서는 독자도 이미 아는 바와 같다.

그러나 이러한 사실들에 대한 조사가 사건 해결에 도움이 되었느냐는 점에서 보면, 결국 시간낭비에 지나지 않았다. 그 공갈 사건으로 말미암아 인생을 망친 장교는 1905년에 해외에서 죽었고, 확인된 범위 안에서 보면 이번 살인 사건까지 그에 대한 원한이 지속되고 있다고 생각될 만한 적은 한 사람도 없었다. 그와 죽은 하먼 루인과는 말할 수 없이 좋은 사이였다. 그 밖의 두 방향에서 이루어지던 조사도 곧 끊어졌다. 리치레이의 진술 기록을 조사해 보아도 공갈이 원인이 되어 이번에는 자기가 공갈당했으리라는 증거는 나오지 않았다. 그리고 그의 결혼이 신화적인 것도, 아마 쉽게 세상의 신용을 얻으려고 그가 의도적으로 만들어 낸 것 같았다.

메리 애덤스의 조사 서류도 결백한 것으로 판명되었으므로 여기서 인용할 만한 가치는 없다. 전에 이 처녀를 고용한 일이 있는 사람들이 말하는 그녀의 나쁜 점이란 기껏해야 건방지고 마음이 들떠 있다는 정도가 다였다.

그러나 로즈 카든, 옛 성이 번즈인 그녀에 대해서는 아주 달랐다. 글로브 122번지에서의 생활은, 이 여자에게는 평온했으며 아울러 하는 일도 비교적 평판이 좋았다. 신상 이야기로 기록된 유치한 감상은 사실에 그 바탕을 둔 것이었다. 거기에 실린 것은 대부분 사실이었다. 그러나 일부러 빼놓은 것이 하나 있었는데, 그것은 무척 흥미로웠다. 이를테면 '호텔 생활과는 평생 끊을래야 끊을 수 없는 관계'에 있었다는 것도 반드시 부정확한 것이라고만은 말할 수 없었다. 그녀의 아버지가 양조업자의 운반 수레를 끄는 인부였기 때문이다. 그녀는 심부름꾼으로 출발하여 바에 딸린 하녀의 지위까지 올라갔다. 그녀는 에드몬튼에 있는 드리 에이커즈 호텔에서의 그 일을 남편이 죽은 뒤 18개월의 준비 기간을 거쳐 가정부가 되기까지 계속하고 있었다. 그 과정에서 장차 많은 일에 연관성을 가져올 어떤 사건이 일어났다. 햄스테드의 로드 산부인과 병원에서 그녀는 딸을 낳았는데, 태어난 지 불과 몇 시간 만에 아이는 죽고 말았다. 아이 아버지는 조제프 퍼랜드라고 하며, 토테넘의 이발소 직공이었다. 그는 이 일이 있은 지 석달 뒤에 그 근처에서 자취를 감춰 버렸다.

카든이 리치레이와 접촉하게 된 것은 그 남자를 찾고 있던 동안에 이루어진 것이 사실이었고, 그 즈음 리치레이는 세상의 냉대도 받고 고생도 거듭해 오긴 했지만 아직 기력은 정정했다. 표면상의 급료는 의복과 음식을 모두 제공받고 40파운드였다. 그러나 살인이 일어난 날 그녀의 저금통장에는 400파운드 남짓한 돈이 있었던 것으로 보아, 리치레이의 가정부로서만이 아닌 어떤 밀접한 관계가 있을 것이라는 추측도 나올 법한 일이었다.

여기서 카든의 전임자에 대한 이야기를 하겠다. 그녀는 아버지가 죽자 옛날에 살던 마을을 찾아가 지금도 살고 있다. 그녀는 리치레이에 대해 아무런 원한도 가지고 있지 않았으며, 친척이나 연고자도 전혀 없었다. 매달 지급되는 수당을 태연하게 아주 당연한 것처럼 받고 있는, 소처럼 둔중하고 똑 부러지는 데가 없는 사람 같았다. 마을에서는 미망인으로 알려졌고, 아들은 아직 학교에 다니고 있었다.

한편 유언장에 대한 일은 막다른 골목에 부딪쳤다. 광고를 냈지만 한 사람의 증인도 나타나지 않은 것이다. 만일 그런 서류를 작성한 변호사가 있어 자기 사무실에서 증인을 내세웠다면, 그도 의뢰자의 죽음을 모를 리가 없으므로 곧 증거를 가지고 출두하든가 그 유언장을 유언 집행인 앞으로 제출하든가 해야 할 것이다. 그리고 보면 역시 리치레이는 유언장 없이 죽었다고 추정할 수밖에 없었다. 어네스트는 친척 회의를 거쳐 유산관리 허가증을 신청했고, 결국 거기에 필요한 권한을 받았다.

아직 정보가 나올 만한 길이 두 군데 더 남아 있었다. 그 고장 사람들의 입에 오르내리는 소문은 닥치는 대로 다 긁어모아 검토되었다. 고인과 접촉한 일이 있는 사람은 상인, 고용인, 정원사, 하녀, 은행 지배인을 막론하고 모두 심문을 받았다. 그러나 성질이 비뚤어지고 인색하며, 그다지 양심적이 아닌 리치레이만 다시 확인될 뿐 새롭게 나타난 사실은 아무것도 없었다.

또 위조된 T.W.R이라고 서명된 편지와, 리처드와 이야기를 나눈 상대를 조사해 보는 시도가 있었다. 그 중에는 헤이마켓의 찻집에서 차를 마시며 호워튼이 들려 준 흰 턱수염의 신사가 가장 가망성이 있는 것 같았다. 그러나 그 사람은 귀가 좀 어두웠고, 리처드도 인정하고 있듯이 경기장에서의 대화는 무슨 방송이라도 하는 것처럼 떠들어 댔으므로 누가 듣고 있었는지 어떤지는 물어 보지 않아도 알 일이었다. 또 호텔 용지에 대해 말하자면, 호워튼도 스스로 인정한 일이지만 라운지나 흡연실에 쉽게 들어가 마치 지배인처럼 으스대며 편지를 쓸 수 있다는 것이 여러 호텔에서 입증되었다.

그리고 그 편지, 특히 첫 번째 편지가 있었다. 마리우스의 말 중 어느 정도가 진실로 판명되었다고 해서 그 밖의 부분까지 신용할 수 있다고 믿어야 할 이유는 없었다. 오히려 가능성은 그 반대였다. 일부러 자진해서 함정 깊숙이 목을 틀어박을 정도로 어리석은 자가 있다고는 생각할 수 없기 때문이다. 아마 석기 시대의 음모가에 의해 습득된 최초의 트릭은, 적에게 한 말이 거짓으로 보지 않도록 어느 정도 진실을 부여하는 일이었을 것이다. 더구나 호워튼은 그 편지에 대해 아주 많은 의견을——세상일에 능숙한 사람이나 스포츠맨, 정신병 전문의사, 또 일반 사람에게서도 구했던 것이다. 그리고 누구나가 "만일 이 편지가 사실이라면……" 하는 하나의 장애물에 부딪쳤다. 호워튼은 반농담으로 '만일'이라는 말 속에 큰 가치가 있다고 믿게 되었다.

이 사건이 확정적으로 단념되기 전에 마지막으로 남은 아슬아슬한 단서가 추가되었다. 그것은 남아프리카의 가짜 조카로부터의 편지가 분명히 위조라는 사실이 밝혀졌기 때문이다. T.W.R이란 리처드의 머리글자를 그대로 딴 것으로서, 더구나 그 호텔에는 그 밖에 T.W.R

의 머리글자를 가진 자는 한 사람도 없었던 것이다. 이런 사실이 있었음에도 불구하고 호워튼은 운에 맡기고 한번 조사를 해보았다. 그러나 케이프 당국이 빈틈없이 상세히 조사해 주었는데도, 피터 리치레이가 결혼한 사실이 있다든가 사생아가 있다든가 하는 일을 입증할 만한 것은 하나도 나타나지 않았다.

이 사건은 일단 미궁으로 빠져들었으나 완전히 단념한 것은 아니었다. 기회가 있을 때마다 문득 생각난 것처럼 소규모적인 조사가 이루어졌다. 언제 어디서 무엇이 나타날는지 모르고, 전혀 다른 사건에서 풀려나온 실이 미궁으로 빠지는 줄 알았던 사건의 단서를 제공해 주는 수도 있으며, 또는 불쑥 지껄인 말이며 이상한 행위가 주의를 끌게 되는 일도 있는 법이다. 그러나 호워튼 총경에게는 이미 이 사건은 끝난 것처럼 여겨졌고, 아브네트가 그 뒤를 이어받았다. 지금 '이어받았다'고 말했으나, 그 표현이 정확하다고는 볼 수 없다. 왜냐하면 아브네트가 막 이어받으려고 할 때, 어떤 일이 일어났기 때문이다.

그것이 어떤 일이었는지 설명하려면 길어질 것이고, 비록 그것이 믿기 어려운 이야기라 할지라도 낱낱의 사건이 의심할 여지가 없을 정도로 사실이고 보면 적어도 믿지 않을래야 믿지 않을 수 없었던 것이다.

의혹의 성

 프랭클린이 루드빅 트래버스와 함께 하룻밤을 지낸 것은 11월 어느 날의 일이었으며, 거기서 생긴 일로 인해 이 사실은 그의 생애에 아주 중대한 밤이 되었다. 그는 요즈음 혼자 너무 많은 걱정에 싸여 있었으므로, 트래버스와 이야기를 나누는 일은 기분전환거리로도 매우 즐거운 일이 아닐 수 없었다. 그러나 거기서 화제에 오른 일의 중대함은 그가 집을 나설 때부터 조금이라도 예측했던가는 의문스럽다.
 "그래 어떤 식으로 진행되고 있나?" 트래버스가 물었다.
 "그저 심심치 않을 정도지요" 하고 프랭클린이 대답했다. "요 며칠 동안은 아무 일도 없었습니다만, 토머스 리치레이의 생애를 거슬러 올라가 조사해 보았습니다. 두 부하에게 토테넘과 우드모어 힐에서의 소문을 모으도록 시키고 있고, 포터와 저는 토머스 리치레이가 처음 토테넘에 왔을 때까지의 일을 조사했는데, 그 이상의 일은 아무래도 조사할 방법이 없었습니다."
 "그래, 경시청에서는 어떤 식으로 하고 있나?"
 "우리와 비슷하겠지요. 적어도 경시청이 뭔가를 발견하면 우리 귀에도 들어오게 될 겁니다."

"방해를 하고 있다는 인상은 주지 말아야 할 텐데." 트래버스가 말했다. "자네는 리치레이를 조사한 모든 서류 속에서 무언가를 발견하려고 기대를 걸고 있겠지? 그가 나쁜 짓을 저지른 것을 폭로한 적이라든가 뭐 그런 것 말일세."

"솔직히 말해 저도 잘 모르겠습니다. 무언가 떠오르겠지 하며 막연히 기대하고 있을 뿐입니다."

"이렇게 자네를 방해하는 건 정말 뻔뻔스러운 일이네만," 트래버스가 말했다. "나는 어렸을 때 유명한 경마 마구간에 한 번 따라가, 그곳에 있는 말을 하나하나 살펴본 일이 있네. 그 뒤로 몇 년 동안, 나는 신문을 들면 반드시 스포츠란을 펴서 그때의 말이며 그 자손들이 어떻게 되었는지 보곤 했다네. 이번 사건도 그런 셈일세. 이 사건에 나 스스로 파고들어가, 이제는 호기심 때문에라도 여기서 빠져나오지 못하고 있는 걸세."

프랭클린의 얼굴에서 배어나오는 침울한 표정은 트래버스가 기대한 것처럼 쉽게 사라지지 않았다.

"물론," 하고 트래버스는 말을 이었다. "나 같은 문외한이라면 초조하게 생각하는 것도 당연하겠지만, 자네들은 아무리 안달을 해도 소용이 없다는 것을 알고 있지 않나."

"정말이지 어떻게든 해결되어야 하는데 말입니다." 프랭클린이 말했다. "지금 저를 괴롭히고 있는 것은 무엇을 하든지 모두 헛수고라는 겁니다. 그 용의자들을 예로 들어 보겠습니다. 웬일인지 그들과 함께 있으면 마음이 편해집니다. 그들은 살인을 범하지 않았습니다. 그러나 범했어도 이상할 것은 없습니다. 제가 말하는 뜻은, 비록 제가 다른 용의자를 발견했다 하더라도 과연 지금까지의 용의자들처럼 저의 흥미를 끌 수 있을까 하는 것입니다. 리치레이는 외출하지 않았습니다. 그렇다고 이 사건에 딱 들어맞는 사람이 달리 또 있을 수 있겠습니까? 제가 보기에 범인으로서의 첫 조건은 그 하녀가 아는 인물일 것이며, 따라서 최근 그 집에 간 일이 있는 사람이어야 할 것 같습니다."

"이 문제를 다른 면에서 생각할 수는 없을까? 자네도 읽었을 줄 아네만, 어제 체스터튼(브라운 신부 시리즈를 쓴 추리 소설가)이 어느 탐정 소설을 위해 쓴 머리글을 읽어 보았네. 그 속에서 체스터튼은 살인범이 그때까지 이야기 속에 나오지 않던 인물이라든가, 있음직하지도 않은 일을 설명하기 위해 억지로 마지막 장에서 등장하는 인물이라든가, 외국에서 불쑥 나타나는 친척이었을 경우에 얼마나 화가 나는지 모른다는 말을 하고 있더군. 자네가 말하고 있는 것도 바로 그런 것이라고 생각하네. 만일 살인범이 자네가 잘 모르던 인물이라는 것을 알게 되면, 뭔가 속임수를 당한 듯한 기분이 들지 않겠나?"

"정말 그렇습니다. 그러나 4명의 조카를 생각해 보십시오. 저는 생각하면 할수록 그중 하나가 범인이 아닌 것이 분해서 못 견디겠습니다. 정말 끈질기게 생각해 나가면, 그중 한 사람이 범인이라는 것만은 절대로 확실합니다. 그러나 이런 말을 해봤자 아무 소용도 없겠지요."

"그다지 확신할 수는 없는 일이지만, 알리바이를 무시한다면 자네는 네 사람 중 누구를 범인이라고 생각하나?" 트래버스는 진지한 표정으로 물었다.

"프랭크입니다!" 상대방은 조금도 머뭇거리지 않고 대답했다. "그는 교육을 받았습니다. 그리고 행동파입니다. 또 그 집을 알고 있으며, 하녀도 그를 알고 있습니다. 스포츠맨이며, 그의 생활은 억압된 것이었습니다. 자기는 더 훌륭한 일을 할 수 있는데도 기회를 제대로 잡지 못했다고 생각하는 사람입니다. 그렇지만 현실에서는 동료

의혹의 성 213

들로부터 무능한 사람으로 인정받아 왔습니다. 그러므로 그렇게 신랄한 혀를 가지고 있었던 겁니다."

"그리고 마리우스의 편지가 그에게 한바탕 연극을 할 기회를 준 셈이겠지. 자네 이야기는 분명히 사건 전체의 화려한 면을 설명하고 있네. 그러고 보니 생각나는데……."

트래버스는 안락의자에서 일어나 한 묶음의 사진을 꺼냈다.

"이 사진은 자네가 보내 준 것일세. 그런데 프랭크와는 전에 어디서 한번 만난 일이 있는 것 같단 말이야. 대체 어디서 만났는지 전혀 기억이 없는데도 웬일인지 그 사람 얼굴이 분명 낯익거든."

그는 들고 있던 사진을 되도록 멀리 두고 바라보았다. 프랭클린도 다가와서 어깨 너머로 흘끗 쳐다보았다.

"묘한 일도 다 있군! 입에서 뱅뱅 돌면서도 생각이 전혀 안 나니." 트래버스는 사진을 테이블 위로 내던졌다. "분명히 본 기억이 있어! 언젠가 문득 생각이 떠오를 때가 있겠지."

"정말 안타깝지요, 그런 일은." 프랭클린이 말했다. "그런데 이튼의 가설을 제가 말씀드린 적이 있었습니까?"

"아니, 없네. 그렇게 말하니, 그 이야기를 듣고 싶구먼."

이튼이 자리에 있었다면 프랭클린이 자기 설을 피력해 주어서 기뻐했을 것이다. 또 트래버스가 웃지 않았다는 일로도 만족했을 것이다. 트래버스는 이 설을 아주 그럴 듯하게 여기는 모양이었다.

"이튼은 아주 창의적인 사람이군. 감탄했어!" 그는 말했다. "어쨌든 지금까지 있었던 어느 가설보다 뛰어난 생각일세. 어네스트가 이 사건과 관련성이 있으면 왜 안 된단 말인가?"

"아무리 생각해도 모험이 지나치고, 게다가 남아돌 정도로 돈을 잔뜩 가지고 있으니까요. 그 돈으로 여유 있게 살고 있지요."

"그럼, 찰스는?"

"그도 넉넉합니다. 어느 정도 빠듯한 면이 없지도 않습니다만, 포터는 이 사람에 대한 이튼의 견해는 전혀 잘못되었다고 말하고 있습니다. 아주 선량한 남자이며, 소년 시절부터 알고 있는 사람들이 모두 지금까지 이렇게 쾌활한 목사님은 만난 일이 없다고 말하는 모양입니다."

"그럼, 해럴드는? 말이 나온 김에 말해 두지만, 그가 유난히 과장된 추태를 보여 효과를 노리고 있다고는 생각할 수 없다고 여기네만?"

"그렇습니다. 만일 그가 그런 연극을 할 수 있었다면 지금과 같은 서투른 배우가 아니라 런던 제일의 명배우가 되었을 것이고, 또 만일 그런 분장을 할 수 있다면 뛰어난 분장 전문가가 될 수도 있었을 겁니다. 게다가……" 프랭클린은 저도 모르게 웃음을 머금었다. "그는 어제 하트퍼드의——술주정꾼을 위한 수용소라고 생각합니다만——정신 병원으로 옮겨졌습니다."

트래버스는 커다랗게 웃음을 터뜨렸다. 프랭클린도 따라 웃고 말았다.

"충분한 이유가 있기 때문이겠지. 특히 마지막 인물은."

그리고 나서 트래버스는 이제 슬슬 말을 맺을 때라 생각하고, 요 며칠 사이에 생각했던 일을 말하기로 했다.

"여기서 자네에게 어떤 문제를 내려고 하네. 자네가 프랭크 리치레이에 대한 모든 자료를 그를 만나지 못한 상태에서 얻었으니, 만일 그를 만나서 한두 주일 생활을 함께 한다면 또 다른 생각을 갖게 되지 않을까?"

"그러나 그런 일이 무슨 소용 있겠습니까? 그가 살인을 범한 것도 아닌걸요. 절대 있을 수 없는 일입니다."

"있을 수 있든 없든 그것은 아무래도 좋네. 이 문제를 허심탄회하게 보세나. 지금 여기에 달리 그 예를 찾아볼 수 없는 놀라운 사건이 있네. 머리가 뛰어난 사나이가 자기는 절대로 붙잡히지 않는다고 큰소리치고 있네. 경찰은 결코 자기를 체포할 수 없으리라는 단정적인 말을 이 사나이는 모든 사람들 앞에서 공공연하게 선언했네. 왜 그랬을까? 그것은 그가 아무도 가능하다고 생각지 못했던 일을 할 수 있는 방법을 발견했기 때문일세. 그는 살인을 하고도 현장에 있지 않을 수 있는 방법을 발견했는지도 모르며, 또는 동시에 두 장소에 있는 방법을 발견했는지도 모를 일일세. 그런데도 자네들은 여전히 가능한 일만 추구하고 있어."

거기까지 말하고 그는 미소 지었다.

"무례한 말을 한다고 생각하겠지? 그러나 한번 해보아도 나쁘지는 않잖겠나. 이 사건에 딱 들어맞는 그 프랭크 리치레이를 자네가 만나러 가도 나쁠 건 없단 말일세."

프랭클린은 2, 3분 동안 잠자코 있었다. 그는 엉키어 춤추는 불꽃 속에서 수수께끼의 해답이라도 추구하고 있는 듯이 물끄러미 난롯불만 쳐다보고 있었다.

"저로서는 뭐라고 말씀드려야 좋을지 모르겠습니다. 그 사건이 일어난 지 꽤 시일이 지났는데도 우리는 여전히 사건의 핵심에 한 발자국도 다가서지 못하고 있으니까요."

"자네 말대로야. 그래서 나는 더더욱 지금 같은 20세기에 어떤 인간이 살인과 관계된 알쏭달쏭한 수수께끼를 공공연하게 떠벌이면서도 절대 우리가 해결하지 못할 거라고 확신하고 있는 일에 자못 당혹하고 있는 걸세. 또한 그렇기 때문에 자네가 이것을 해결한다면 콘포스텔로의 성(聖) 제임스에게 무선 전신탑과 같은 촛불을 바쳐도 좋다고 생각하고 있네."

"낯 뜨거운 말씀이군요. 알겠습니다, 저도 확실한 단서가 있으면 1

년치 봉급을 걸겠습니다."

"머지않아 그런 단서가 하나쯤 나오겠지. 교회가 늘 신성하고 절대적이라는 믿음은 해로운 교리야. 거기다 이 '마리우스'란 인물은 말이 너무 많네. 부인네들처럼 너무 이러쿵저러쿵 잔소리가 많아. 그는 슈퍼맨도 아니며, 또 말없이 실천하는 의지가 강한 남자도 아닐세. 어딘가 모르게 겁이 많고 훈련이 모자라는 데가 있을 거야."

프랭클린은 머리를 번쩍 쳐들었다. "아무리 생각해 보아도 프랭크 리치레이입니다."

"그럼, 다시 한번 말하겠네." 트래버스가 말했다. "그를 만나 보게. 그리고 부담 없이 사귀는 거야. 자기도 모르게 비밀을 말하도록 기회를 제공해 주게나."

"기꺼이 해보겠습니다만……."

말은 이렇게 했으나 프랭클린의 목소리는 낮게 가라앉아 있었다. "사실 무슨 도움이 되겠습니까? 제가 그것을 조사하기 위해 프랑스로 가서, 그로 인한 비용의 보고서를 제출한다 하더라도 과연 감사에서 그것을 인정해 주겠습니까? 쓰는 돈이 제 돈이라면 문제가 달라집니다만."

그의 이가 담뱃대를 꽉 물고 그의 눈썹이 굳은 결의를 나타내듯 찡그려지는 것을 트래버스는 보았다.

"비록 어떤 최악의 사태에 이르더라도 끝까지 밀고 나가 보겠습니다. 이 살인은 인간의 손으로 이루어진 것이므로, 당신도 말씀하셨듯이 뭔가 잘못을 저질렀을 겁니다. 비록 한평생이 걸리더라도 언젠가는 꼭 범인의 빈틈을 찾아내고야 말겠습니다."

"좋아, 좋아. 늘 말하듯이 바로 그 기백일세." 트래버스가 격려했다.

그는 방안 공기가 조금 긴장된 것을 느꼈다. 그래서 상대방의 잔에

의혹의 성 217

술을 따르고 가정용 탄산수 제조 사이펀에서 탄산수를 부은 다음 슬쩍 화제를 돌렸다.

 그날 밤 나온 이야기 중에서 가장 뚜렷한 사실은, 프랭클린이 놓인 특수한 입장에서는 이 사건의 해결이 상당히 힘든 일이라는 것을 트래버스가 이해했다는 점이었다. 게다가 프랭클린은 융통성 있는 기질이 결여되어 있어서 어떤 한 가지 관념에서 더 편한 길로 옮겨가지 못하는 남자였다. 만일 프랭클린이 모든 일을——비록 자신의 일이라 할지라도 너무 진지하게 생각하면 큰일을 할 수 없을지도 모른다.
 그리하여 트래버스는 여느 때 잘하지 않던 일을 하려고 결심했다. 그는 어떤 일로 의견을 말해 달라는 요구를 받고 프랜시스 웨스튼 경의 방에 와 있었는데, 당면한 문제를 해치우기 위해서는 지금이야말로 좋은 때라고 생각했다.
 "이런 말씀을 드리는 건 참으로 뻔뻔스러운 일입니다만, 프랜시스 경, 실은 비밀리에 꼭 알려 두고 싶은 일이 있습니다."
 "말해보게, 트래버스, 뭔가, 그게?"
 "단도직입적으로 말씀드리겠습니다. 그러면 저절로 설명이 될 테니까요. 언젠가 저에게 어떤 사건으로 프랭클린 씨를 만나라고 하셨지요? 그 뒤로 저는 그 사건과 프랭클린이라는 인물에 큰 흥미를 가졌습니다. 숨김없이 말하는 것을 용서해 주시겠지요, 프랜시스 경?"
 "사양 말고 어서 말해보게." 경은 그가 무슨 말을 할 것인지 호기심을 갖고 대답했다.
 "그럼 말씀드리겠습니다. 저…… 프랭클린이란 사나이는 참으로 유능한 사람이지만 몹시 긴장해 있는 듯합니다. 뿐만 아니라 그는 곧 눈에 보이는 결과를 올리기 위해…… 그 사람 식으로 말한다면,

훌륭한 일을 해주기를 기대받고 있다는 관념에 사로잡혀서 제 눈에는 신경쇠약을 향해 말을 타고 돌진하고 있는 것처럼 보입니다. 저는 경시청도 같은 곤경에 빠져 있을 것이라고 누구이 강조했습니다. 당신이 성공을 강요하고 있다고 잘못 생각하든 경비는 무조건 최소한으로 줄여야한다고 생각하든, 하여간 거의…… 아니, 사실 제가 알 바는 아니지요."

"고맙네" 하고 경은 말했는데, 너무 무뚝뚝했으므로 트래버스는 처음에 공연히 쓸데없는 말을 해서 완전히 실패한 것이 아닌가 하고 걱정이 될 정도였다.

"사실 말이지, 나는 몹시 감사하고 있다네. 곧 프랭클린을 만나 봄세."

"참으로 실례인 줄 압니다만, 프랜시스 경, 이런 이야기는 순전히 경의 의견이라고 말씀해 주셨으면 합니다."

"그렇게 해보도록 하지. 요전에 만났을 때는 아주 만족하고 있는 것 같았는데. 어쨌든 자네가 지금 지적한 것 같은 인상을 더 이상 확대시켜서는 안 되네. 실적을 올리는 일보다 더 좋은 일이 또 어디 있겠나. 하지만 나는 누구에게나 불가능한 일이 요구되거나 기대되는 일은 절대로 용서치 않겠네."

프랜시스 경은 종이 나이프를 집어 들어 자신의 말을 강조하듯이 휘둘렀다.

"정말 그렇습니다." 트래버스는 쉰 목소리로 입속에서 중얼거렸다.

상대방은 손을 들어 그 말을 가로막았다.

"남자 대 남자로 말해 주게. 이 사건에 대한 자네 인상은 어떤가? 오래 걸리겠나?"

"꽤 오래 걸릴 것 같습니다. 출발부터 이례적인 사건이니까요."

의혹의 성　219

"흐음, 얼마가 걸려도 상관없네. 참으로 고맙네, 트래버스."
 프랜시스 경은 아무렇지 않은 듯 유머를 섞어 말했다. "오늘도 착한 일을 하나 행했다는 것을 잊지 말고 노트에 적어 두게나."
 트래버스는 허둥대며 서류를 집어 들고 그 방에서 나왔다.

프랭클린의 재출발

 프랜시스 경의 뜻하지 않은 호출을 받고 다녀온 프랭클린은, 자기가 정말로 위대해진 듯한 기분이 들어서 기운이 불끈 치솟았다. 트래버스의 말마따나 그도 '불가능이 어딨어' 하는 마음이 들었다. 이제는 사실을 있는 그대로 받아들이거나, 남이 말하는 인상을 그대로 믿고 싶은 생각은 사라졌다. 그리하여 이미 두 조카는 만났으므로, 남은 두 사람을 만나야겠다고 생각했다. 그러나 포터의 의견에는 상당한 존경심을 갖고 있었으므로, 우선 찰스 리치레이는 문제삼치 않고 그 학교 선생에게 온 힘을 기울이기로 했다.
 어쨌든 한두 가지 곤란은 헤쳐 나가야 했다. 살인이 일어났을 때, 프랭크 리치레이는 오드 협곡을 여행하고 있었으며, 칼카손느를 향해 출발하려던 참이었다는 것은 그도 알고 있었다. 이튼에게 다시 물어보아, 현재 프랭크가 머물고 있는 곳은 키앙이라는 것을 알았다. 문제는 그가 아직도 그곳에 있느냐 하는 점이었다. 영국에서 이 물음에 대답할 수 있는 인물은 아마 형 어네스트뿐이겠지만, 그에게 문의할 수는 없었다. 틀림없이 어네스트는 곧 편지로 이 사실을 알려 줄 것이고, 용의자는 경계를 하게 될 것이다. 게다가 프랭클린에게는 이런 일을 요구할 권리가 없으니만큼 어네스트는 곧 의심을 품게 될 것이다. 호워튼에게 물어보는 것도 좋지 않다. 그가 철벽처럼 굳건하다고 인정한 알리바이를 다시 조사하는 것처럼 받아들여지기 때문이다. 그러나 그는 이 곤란을 헤쳐 나가려고 애를 썼다. 프랭크가 형에게 보낸 편지를 어떻게 해서든지 손에 넣기 위해 포터가 엔필드로 파견되었다. 그러나 그 일도 별로 쉽지 않을 것 같았다. 겨울철에는 종이쪽지가 난로 불쏘시개로 쓰이므로 쓰레기통에는 들어가지 않기 때문이다.

 그리고 영국인으로서 그렇게 먼 곳까지 가는 건 곧 의혹을 살 우려가 있었다. 프랭클린은 프랑스어를 곧잘 했지만, 썩 잘한다고는 할 수 없었다. 하지만 어머니 덕분에 이탈리아어는 모국어처럼 했으며, 덕분에 정보부에서도 중요시되었었다. 그럼, 이탈리아인으로 꾸미고 간다고 하면 어떤 인물이 좋을까? 루드빅 트래버스가 도움을 주었다──그 지방은 어디를 가나 성과 골짜기와 폭포가 널려 있다. 그러니까 '가스똥 드 포아' 등의 공훈담을 주제로 한 영화 제작에 흥미를 가진 영화회사에서 로케 장소를 찾으러 간 인물로 분장하면 되지 않을까? 게다가 트래버스는 그 지방의 사투리도 가르쳐 주고, 기차 안에서 읽으라고 책까지 몇 권 빌려 주었다.

 그런데 프랭클린이 칼카손느에 와 보니, 리치레이가 어디에 있는지 전혀 소식을 알 수 없었다. 그는 실패한 것이다. 그래도 프랭클린은 걱정하지 않았다. 그 영국인의 발자취를 발견하여 더듬어 가는 것은 그다지 어려운 일이 아니었다. 그리고 그의 알리바이를 확인해 가기에 실로 좋은 기회였다. 림므에서는 맨 처음 눈에 띈 호텔──그것이 그가 목표로 했던 호텔이었다──을 찾아가 바라던 확증을 얻었다. 사실 그 확증은 너무나 확고하여 의문의 여지가 없었으므로, 그는 이것을 처음으로 수첩에 써넣었던 것이다. 그리고 그가 영국으로 돌아갈 때까지 써넣었던 것 중에서, 언뜻 보기에 올바른 것 같으면서도 올바르지 않았던 사실 또한 이것이 마지막은 아니었다.

크이더에서도 마찬가지였다. 그리고 다음에는 키양으로 가서 피리네 호텔을 찾았다. 리치레이의 이름을 듣더니 부인의 얼굴은 환히 밝아졌다.

"저는 리치레이의 친구인데요" 하고 비토리니 프랭클린은 말했다. "중요한 용건이 있어 되도록 빨리 만나고 싶은데, 이곳으로 되돌아오지 않았겠지요?"

부인은 맥시밀리안을 불러내더니, 둘이서 기관총처럼 지껄여 대기 시작했다. 들어 보니 리치레이는 며칠 동안 키양에 있다가 발카이르로 갔는데, 이 화가의 눈에는 그 지방이 재미없어 보인다면서 돌아와 다시 국경에 있는 몬투이로 갔고, 거기는 또 너무 춥다고 곧 돌아와서 마침내 포아로 떠났다는 것이다.

리치레이 씨는 아직 포아에 있느냐고 물었으나 부인은 알지 못했다. 저녁까지 포아에 갈 수 있느냐고 묻자 버스로는 지금 갈 수 없다고 일러 주었다. 하지만 내일 아침까지 기다렸다가 편하고 싼 버스로 가는 것이 좋지 않겠느냐고 말했다. 프랭클린도 당연한 말이라고 생각하고——분명히 훌륭한 손님으로 알려져 있었던 것으로 보이는 이 호텔에서 리치레이에 대해 더 물어 보려고 생각했다.

그런데 다음날 아침 포아에 가 보고, 그는 뜻하지 않은 불쾌함을 맛보게 되었다. 운전기사의 말에 의하면 리치레이는 텔미뉴스 호텔에 이틀 전까지 머물고 있었으나, 짐을 가지고 어디론가 가 버렸다는 것이었다. 역에서 물어 보니, 분명히 그런 사투리를 쓰고 그런 옷차림을 한 영국인이 툴루즈까지 가는 차표를 끊었다는 것을 알 수 있었다. 프랭클린은 다음 기차를 타고 뒤를 쫓았다. 계속 조사를 하던 끝에 그 영국인은 툴루즈에서 하루를 묵으면서 마르세이유행 급행열차를 예약하도록 권유받았다는 사실을 알게 되었다.

 이쯤 되자 프랭클린은 프랑스 횡단 여행에 싫증을 느끼기 시작했다. 알리바이는 성서처럼 확실한 것이므로, 이렇게 뒤쫓는 일은 그만둬야겠다는 생각을 몇 번이나 했는지 모른다. 그러나 두 가지 생각이 그를 강제로 이끌고 갔다. 그것은 그의 성격 속에 깃들어 있는 집요함과, 이 여행이 끝날 때쯤이면 지금은 불가능하게 보이는 일도 해결될 것이라는 막연한 위안이었다.

 마르세이유에서는 이틀이나 걸려서, 리치레이가 수하물 보관소에서 대형 슈트케이스를 찾아 보통 열차로 툴롱으로 갔다는 사실을 알아냈다. 그런데 툴롱에서는 재수가 없었다. 리치레이가 차에서 복장을 바꿨는지도 모르지만 어쨌든 그와 비슷하다고 단언할 수 있는 영국인에 대한 정보를 하나도 얻을 수가 없었던 것이다. 게다가 리비에라(관광휴양지로 알려진 지중해 북부 연안 지방)가 붐비는 시즌이 시작되면 이 지방에서는 영국인을 얼마든지 볼 수 있다는 말을 듣고 그는 놀랐다.

 리비에라를 다 찾아보려면 두 달은 걸린다. 그래서 그는 호텔에 방을 정하고 정확한 정보를 더 얻기 위해 루드빅 트래버스에게 기다란 긴급 전보를 쳤다. 이틀 뒤에 회답이 왔다.

 정확한 거처불명. 마르세유, 툴롱, 예르의 우체국 우편 보관소를 알아보라.

우체국에도 리치레이 앞으로 온 편지는 없었다. 따라서 다음에 할 일은 예르로 가는 수밖에 없었다. 마르세유로 되돌아간다면 굉장히 긴 여행이 되기 때문이다. 예르까지는 전차와 기차를 다 이용할 수 있었으므로, 그는 해안 지방의 여행 안내서를 들고 전차로 갔다. 그런데 그곳 우체국에서 행운이 기다리고 있었다.

"리치레이 씨에게 온 편지가 없습니까?"

"한 통 있습니다."

프랭클린이 받아 보니 엔필드의 소인이 찍혀 있었다.

"이거 참, 실례했습니다." 그는 편지를 되돌려 주며 이렇게 말했다. "이름이 다릅니다. 제가 말한 것은 Ritchleigh의 리치레이(지금까지는 Richleigh였다)입니다."

다음으로 그는 경찰서장을 찾아가 신임장을 제출했다. 그리고 우체국을 감시해도 좋다는 허가를 달라고 요구했다. 신임장이 강력하고 만족할 만한 것이었던지 경찰서장은 우체국장에게 가는 편지와 식사 시간 중의 교대원으로 평복 차림의 형사까지 한 사람 딸려 주었다.

첫날부터 성과가 있었다. 점심을 먹고 와서 교대한 형사와 자리를 바꾸는 순간, 사무원이 그에게 눈짓을 했다. 어떤 남자가 책상 앞에 서 있었다. 모자는 쓰지 않았고 갈색 윗옷과 바지를 입고 있었는데, 얼굴이 까맣게 탔으므로 프랭클린도 그가 누구인지 거의 알아볼 수 없을 정도였다. 그 사람은 곧 편지를 뜯어 서둘러 읽더니 빙그레 미소 짓고는 편지를 가슴주머니 속에 넣은 다음 우체국을 나갔다. 프랭클린은 곧 뒤를 따랐다.

리치레이는 한참 동안 전찻길을 걷더니 이윽고 긴 가로수 길로 꼬부라졌다. 그로부터 4분의 1마일쯤은 두 사람의 간격이 백 야드 남짓했다. 분명히 역으로 가고 있는 모양이었다. 역 바로 앞의 두 갈래 길에 접어들자 그는 걸음을 멈추고 시계를 보았다. 그리고 버스 정류소인 듯한 벤치에 걸터앉았다. 프랭클린은 모자를 푹 눌러 쓰고 영국인다운 모습을 감춘 채 길모퉁이로 천천히 걸어갔다. 5분이 지나고 10분이 지나도 리치레이가 무엇을 기다리고 있는지 프랭클린으로서는 짐작이 가지 않았다. 그는 직접 부딪쳐 보려고 생각했다. 그는 공

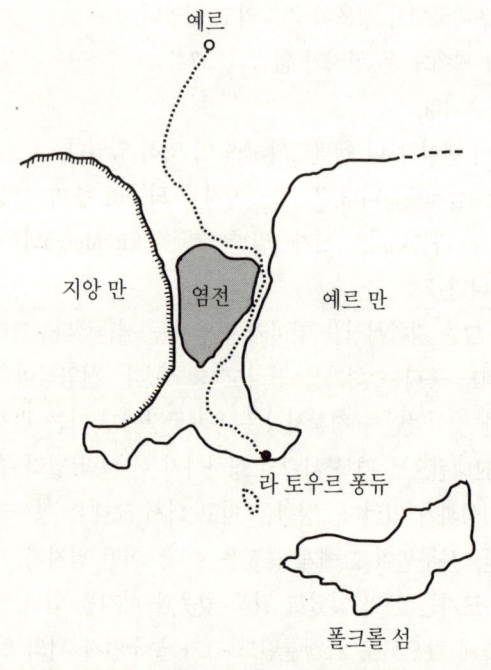

손하게 그 영국인 앞으로 다가가 유창한 이탈리아어로 말을 걸었다. 리치레이는 기분이 좀 나쁜 듯한 모습을 보이더니, 고개를 내젓고 가슴을 두드리며 '영국인'이라고 말했다. 프랭클린은 여전히 이탈리아어로 대답했다. 그런데 마침 버스가 와 섰으므로 리치레이는 분명히 안도감을 느낀 듯한 표정으로 버스에 올랐다.

프랭클린도 탔다. 어디까지 가는지도 몰랐고 짐을 호텔에 둔 채였지만, 그는 뒷자리에 앉아 어떻게 되겠지 하고 생각했다. 어려운 일은 리치레이가 내릴 때 눈치 채지 않도록 뒤를 밟는 일이었다. 그리고 또 버스 값을 얼마나 내느냐 하는 문제였는데 차장이 5프랑 짜리 지폐를 받고 차표를 주었다.

'한 구역이군. 한 3마일쯤이겠지' 하고 프랭클린은 생각했다. 그러나 여간해서 목적지에 닿지 않았다. 버스는 똑바로 서쪽을 향해 달리더니 마침내 넓은 염전을 따라 남쪽으로 구부러졌다. 길 위는 온통 소금산인데, 비로 더러워지지 않도록 타일을 깔아 놓았다. 버스는 작은 마을에서 멎은 다음 좁은 길을 1, 2마일가량 올라갔다. 육지로 둘러싸인 훌륭한 해안 경치가 보이는 나지막한 구릉지대를 지나, 마지막으로 가파른 언덕을 내려가 갑자기 구부러지는가 싶더니 바다로 나왔다.

승객들이 우르르 내리고, 리치레이도 내렸다. 앞에는 돌로 된 나루가 내려다보이고, 그 옆에는 작은 모터보트 '콜모란'호가 정박해 있는 것이 보였다. 높은 곳에서 보니 아더 와트의 그림을 방불케 하는 경치였다. 버스 정류소 옆에 여관이 하나 있고, 돌이 깔린 광장에 테이블이 놓여 있었다. 버스를 함께 타고 온 손님 몇 사람은 여기서 조급하게 음료수를 들고 있었으며, 다른 사람들은 보트 쪽을 향해 비탈길을 내려가고 있었다. 마침내 버스가 돌아가려고 방향을 바꾸자 콜모란호에서 내린 듯한 손님이 세 사람 버스에 올랐다. 프랭클린도 잠깐 손발을 뻗어 본 다음 버스에 올라 창문으로 바다를 내다보았다. 그리고 마음을 결정짓기 위해 잠깐 망설였다. 상대방의 뒤를 쫓을 것인가, 모습을 숨기고 있을 것인가?

그때 그는 먼 곳에서 무언가를 발견했다. 광선 탓이었는지도 모르지만, 3, 4마일 떨어진 먼 수평선 위에 섬 같은 것이 보였다. 하늘을 배경으로 한 아주 작은 반점처럼 보이는 섬이었다. 고래가 안개 속으로 사라지는 모습과도 같았다. 멀리 동쪽으로 역시 섬이 하나 보였다. 아니, 두 개인지도 모른다.

프랭클린은 그대로 버스 안에 있기로 결심했다. 어쨌든 섬이 도망치지는 않을 것이다. 이윽고 짐을 다 싣자 콜모란호는 규칙적인 엔진 소리를 내며 떠났다. 갑판에는 리치레이가 그 섬으로 얼굴을 돌리고

서 있었다. 그때 말소리가 들려오고 운전기사와 차장이 여관에서 나왔다. 짐을 차 뒤에 싣고 버스는 온 길을 되돌아갔다.

"저 배는 어디로 가는 겁니까?" 프랭클린이 옆 손님에게 물었다.

상대방은 놀라는 표정이었다.

"폴크롤 섬으로 가는 거지요!"

"그렇습니까." 프랭클린은 말했다. "그 섬에는 무슨 오락 설비라도 있습니까?"

성에는 갖가지 많은 시설이 있는 듯했다. 여름에는 해수욕을 할 수 있고, 등산을 좋아하는 사람은 사계절 기분 좋게 산에 오를 수도 있는 모양이었다. 섬에는 훌륭한 호텔이 있는데, 이것은 콜모란호를 비롯한 모든 시설과 마찬가지로 이 섬 주인이 경영하는 것이었다. 지금 타고 있는 버스가 날마다 예르에서 출발하고 있으며, 발차 시간은 차장에게 물어보면 알 수 있다고 했다.

"그 섬은 가볼 만한 가치가 있습니까?"

"있고말고요. 무어인의 성채며 해적의 동굴, 그 밖에 참으로 웅대한 전망대가 있습니다. 당신은 영국분이시지요? 아아, 이탈리아인이신가요? 그거 참, 재미있는 일이군요. 호텔의 파피니 씨——황금성 호텔이라고 합니다만——도 이탈리아인입니다."

그런 대화가 동기가 되어 두 사람은 종점에 닿을 때까지 이야기꽃을 피워, 프랭클린은 반 시간 안에 여행 안내서를 읽은 거나 다름없는 지식을 얻게 되었다.

예르로 돌아오자 할 일이 얼마든지 있었다. 경찰서와 책방을 찾아야 했고, 영화관 지배인도 만나 봐야만 했다. 책방에서는 주인의 권유로 아베 페라가 쓴 《폴크롤 섬》이라는 책을 샀다. 또 옷도 새로 맞추어야 했다. 특별히 영국인다운 옷차림을 하고 있었던 것은 아니지만, 양복점이며 세탁소의 마크를 떼고 좀더 이탈리아인 재봉사가 만든 듯한 점을 강조한 옷을 입는 것이 마음 놓일 것 같았기 때문이다.
 그리고 '가스똥 드 포아'를 다루는 역사 영화에 관한 그의 처음 계획도 바꾸어야만 했다. 그래서 그는 츄린에 본사가 있는 어느 이탈리아 영화회사의 대표자가 되기로 정했다. 제작하는 영화는 알제리의 해적이나 현대의 스파이를 소재로 한 아주 로맨틱한 배경을 필요로 하는 멜로드라마였다. 이런 준비가 다 끝나고 나서야 그는 7시에 깨워 달라는 부탁을 하고 잠자리에 들어 겨울잠을 자듯 아주 깊이 잠들었다.

폴크롤 섬

1

프랭클린이 폴크롤 섬에 잠깐 머무는 동안에 일어난 일은 '완전 살인 사건'의 수수께끼를 깨끗이 풀어 줄 만한 것은 아니었지만, 일어난 일 모두가 최종적인 해명에 큰 도움이 되었다. 그리고 재미있는 일은, 보기에 아무 관계도 없는 하찮은 일들이 가장 큰 도움이 되었다는 사실이다.

이를테면 라 토우르 퐁듀에 갔을 때의 일이었다. 잠에서 깨어 보니 바람이 몹시 불고 있어 아무래도 모든 일이 뜻대로 될 것 같지 않은 석연치 않은 기분이 마음 한구석에 감돌았다. 그리고 곧 이 심리적 동요가 무엇 때문인지 알았다——바다를 건너는 일이었던 것이다. 작은 콜모란호가 바람 부는 날씨에 무사히 갈 수 있을지 그는 의심스러웠다. 그는 전부터 배에는 약했다. 취미로 작은 배를 타고 바다로 나가는 사람들의 마음을 이해할 수가 없었다.

그는 이른 버스를 타고 운전기사 바로 옆자리에 앉아 계속 질문을 퍼부었다.

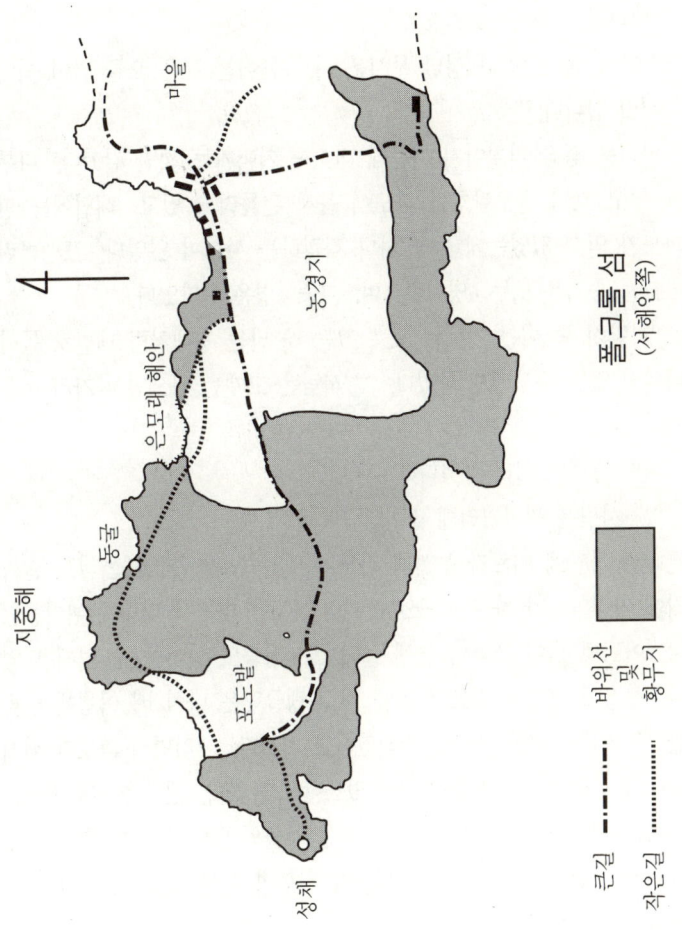

"웬일로 이렇게 바람이 불까요?"
"북서풍이 불 징조입니다."
"바다가 거칠어지겠지요?"
"조금은요. 그러나 정말 무서운 파도가 이는 것은 오늘 밤이 되어서일 겁니다."

바다는 점점 거칠어져 가는데 버스는 기어가는 것만 같았다. 나루에 닿고 보니 콜모란호는 파도에 몹시 흔들리고 있고, 해협에는 흰 파도가 일고 있었는데 누구 하나 걱정하는 사람이 없었다. 프랭클린 말고는 승객은 모두 6명이었으며, 그중 4명은 여자였다.

"파랑이 좀 이는 것 같군요." 그는 줄 타는 광대처럼 맨발로 돌아다니고 있는 수부에게 물었다. 그 사람은 고개를 저으면서 자기 혀를 가리켰다.

어떤 승객이 일러 주었다.
"그 사람은 귀머거리에 벙어리랍니다."

해협 복판에 이르자 무섭게 파도가 일었다. 콜모란호는 파도 골짜기에 가라앉는가 하면 곧 코르크처럼 파도를 타고 높다랗게 튀어올랐다. 어느덧 섬이 조금씩 눈에 들어오고 집들도 알아볼 수 있게 되었다. 선장이 뱃삯을 받으러 왔을 때 프랭클린은 마치 배 여행에 익숙한 사람인 양 아주 유쾌한 항해였다고 말했다. 그러면서 파도가 세게 일어 콜모란호가 휴항하는 일도 있느냐고 물었다. 선장은 안심하라는 듯이 꼭 한 번 있었으나 그것도 작년 겨울의 일이었으며, 특히 콜모란호는 우편물을 나르고 있으니만큼 정부의 일을 하고 있는 거나 다름없다고 말했다.

마을은 꽤 컸으며, 중세의 성채 같은 것이 한쪽에 치솟아 있었다. 호텔은 바닷가에 있었다. 3층 건물로 앞쪽에 넓은 유리 베란다가 달려 있었다. 프랭클린은 무거운 슈트케이스를 들고 모래밭을 걸어 호텔 옆문으로 들어갔다. 커다란 식당 옆에는 칸막이한 사무실이 있고, 그곳에 지배인이 있었다.

"방은 있겠지요?" 프랭클린은 모자를 휘두르며 말했다.

지배인은 방이 있다고 대답하면서도 전혀 열의를 나타내지 않았다. "얼마나 계실 겁니까?"

"이틀이나 사흘, 어쩌면 일주일이 될지도 모르오. 회사에다가 최후의 결정적인 보고를 해야 하는데, 영화와 경치가 맞느냐에 따라 결정될 일이오. 실제로 보기 전에는 뭐라고 말할 수 없거든요."

"하지만 여기서 영화 촬영은 못합니다." 지배인이 말했다. "우선 섬 주인의 허락을 받아야 합니다."

"토리노에서는 그런 일이 없는데?" 프랭클린은 과장된 몸짓을 해보이며 대답했다. "쉽게 이야기가 이루어지겠지요."

"당신은 토리노 분입니까?"

"저도 어머니도 모두 토리노 태생입니다."

파피니라고 소개한 지배인은 프랭클린의 손을 힘주어 잡았다.

"어딘가 달라 보여서 다른 나라에서 오신 분인 줄 알았습니다. 방은 물론 있습니다. 호텔에서 가장 좋은 바다가 내다보이는 방이지요. 하루든 이틀이든 필요하실 때까지 쓰십시오."

이것으로 더 할 말은 없었다. 지배인은 프랭클린을 2층 복도로 안내했다. 복도에서 가장 가까운 방이었다. 기다란 방으로 좁은 쪽 끝이 바다를 향해 있고, 옆은 비탈진 솔밭을 내려다보고 있었다.

"좋은 방이군요." 프랭클린이 말했다. "친구들에게 둘러싸여 있다는 건 정말 기쁜 일이군요."

길 맞은편에 광장과 유칼리 가로수 길을 따라 찻집을 겸한 식당이 있어서 두 사람은 그곳으로 갔다. 파피니 씨는 손님의 매력적인 목소리에 사로잡혀 급한 볼일도 잊어버렸다. 여러 곳을 여행했고, 런던

폴크롤 섬 233

같은 곳을 손바닥 들여다보듯 환히 알고 있는데다 지금은 영화 회사 대표자인 이 손님.

"세상은 참으로 좁군요!" 파피니가 말했다. "게다가 전쟁으로 많이 변했습니다."

"그것이 전쟁이겠죠." 프랭클린이 거드름을 피우며 말했다. "이 섬도 마찬가지입니다. 무어인들이 입구에 있던 시절에는 해안에서 늘 그 녀석들의 부엌 냄새가 났으니까요. 그 무렵은 크게 좋은 시절이 아니었죠."

"그래서 선생께서는 다시 그 시대를 재현하기 위해 오신 거로군요." 지배인은 웃었다. "알제리인이라든가 해적이라든가 그리스도 교도들을 모아 놓고 말입니다. 일이 시작되면, 호텔에 30명은 수용할 수 있습니다. 물론 일찌감치 신청을 주시면 말입니다."

비토리니는 아페리티프 (식욕 증진을 위해 식사전에 마시는 포도주 따위의 술)를 다 마시고 나더니 일을 해야 한다고 말했다.

"해적의 동굴은 어디에 있습니까?"

"섬 반대쪽 끄트머리에 있습니다." 지배인이 대답했다. "걸음이 빠르면 30분이면 갈 수 있습니다. 길을 가르쳐 드리지요."

"농담 마시오" 하고 비토리니가 말했다. "걸어서 왕복할 만한 운동가로 보입니까? 버스는 없나요?"

"이 섬에는 없습니다." 지배인이 말했다. "섬 주인이 채석장에서 돌을 나르는 트럭을 한 대 가지고 있었는데, 한 달도 되기 전에 길 한가운데서 산산조각 나 버렸답니다. 이곳 길은 정말 굉장히 험하지요."

그는 침을 탁 뱉았다. 비토리니는 해가 내리쬐어 더워서 이마에 땀이 흘러내렸다.

"그곳까지 안내해 줄 사람이 호텔에 혹시 없을까요? 저녁 무렵 떠나기로 하지요. 그러면 조금 서늘해질 테니까요."
 비토리니에게 행운이 찾아왔다. 지금 호텔에 묵고 있는 영국인 화가가 하루 종일 스케치를 하러 나갔다 점심을 먹으로 오는데, 아마 그 사람이 안내해 줄 것이라고 지배인은 대답했던 것이다. 지배인이 아페리티프를 한 잔 더 들라고 권했으나, 비토리니는 짐을 풀고 편지를 몇 통 써야 하므로 안 된다고 거절했다. 이리하여 두 사람은 공손히 인사를 나누고 헤어졌는데, 둘 다 몹시 만족스러운 모습이었다. 두 사람 다 속내를 아직 표면으로 드러나지 않은 까닭이었다.
 점심 식사를 하는 비토리니는 맹렬한 식욕을 보였다. 그는 냅킨 끝을 칼라 안에 집어넣고 잔뜩 먹었다. 문이 똑바로 바라보이는 자리에서 그는 리치레이가 들어오는 것을 지켜보고 있었다. 리치레이는 흑인처럼 까맣게 타 있었다. 이윽고 커피가 나오자 그는 사무실로 갔다.
 "방해를 해서 죄송합니다만, 동굴로 안내해 줄 사람이 저 영국인 맞습니까?"
 파피니는 기운차게 벌떡 일어나 그를 영국인 테이블로 데리고 갔다. 비토리니는 영국인을 보자 곧 행방불명된 친척이라도 만난 듯이 싱글싱글 웃으며, 이탈리아어로 전날 예르에서 만났던 일을 설명했다. 그리고 한술 더 떠 등까지 두드려 대는 것이었다. 리치레이는 서커스 천막 속에 뛰어든 것 같은 떨떠름한 표정을 지었다.
 지배인은 딱할 정도로 서투른 프랑스어로 설명했다. 비토리니는 손짓발짓을 해 가며 한두 마디 영어를 섞어 이야기 속에 끼어들었다.
 "필름! 시네마! 필름!"
 이 꼴은 정말 볼 만했을 것이다. 이윽고 이 섬의 지도를 가져와 '해적의 동굴'을 가리키며 다시 손짓발짓과 폭발적인 단어가 나열되자 리치레이도 가까스로 그 말뜻을 알게 되었다. 그는 미소 짓고 고개를 끄덕이며 말했다.

"몇 시?"

비토리니는 손가락을 두 개 세워 내보였다.

"2시!"

리치레이가 다시 웃는 얼굴을 지어 보이자 비토리니는 등을 두드렸고, 이야기는 끝났다.

2

프랭클린은 점심을 먹은 뒤 30분 동안 쉴 수 있어서 속으로 잘 되었다고 생각했다. 리치레이와의 소풍은 조금 어려운 일이었으므로 어느 정도 마음의 준비를 해 둬야 했다. 몹시 긴장할 필요가 있다는 것은 알고 있었지만, 이렇게 광대놀이를 하게 될 줄은 생각지도 못했던 것이다.

다음 이야기는 거짓 없는 실화인데, 언젠가 한 남자가 시나이 사막에서 어떤 베드윈 젊은이를 만났다. 한쪽은 아라비아어를 모르고 다른 한쪽은 영어를 몰랐다. 그러면서도 두 사람은 흥미 있는 대화를 나누었다. 그 대화로 여러 가지 사실과 함께 그 젊은이에게는 두 형제와 두 자매가 있었으며, 두 자매는 행방불명되었다는 것을 영국인은 알게 되었다. 또 형제 중 하나는 이질——그런 것 같았다——로 죽고, 다른 하나는 캐러밴을 따라다닌다는 것 등을 알게 되었다.

언어 소통을 위해 손짓을 하거나 어떤 일을 설명하기 위해 몸짓을 해보이고 얼굴을 찡그린 일을 생각하면, 말이 통하지 않는 이 두 사람이 함께 한 40분 동안의 소풍이——거의 오르막길뿐이었다——어떠했으리라는 것은 대강 짐작할 수 있을 것이다. 그것은 단순히 힘들다는 수준을 훨씬 넘어선 것이었다. 그렇다고 땅바닥에 뒹굴며 법석을 떨 수도 없는 노릇이다. 게다가 설명할 내용은 상당히 전문적인 것이었다. 그러나 이 새로운 《천로역정(天路歷程)》의 두 사람의 모습은 다른 사람들에게 있어서는 꽤 재미있는 구경거리가 되었을 것이다. 비토리니는 3개 국어를 구사했다. 단, 가끔 묘한 악센트를 섞어 하는 영어는 다분히 계산적인 것이었다. 리치레이 쪽은 그다지 효과는 없었지만 프랑스어로 갖은 핸디캡과 싸워 가며 상대방에게 영국 어린아이들이 쓰는 말이며 피전 잉글리시 (Pidgin English, 호주나 동남아시아 중국인이 혼히 사용하는 현지어의 영향을 많이 받은 영어) 같은 것을 이해시키려고 애를 쓰고 있었다.

즉, 다음과 같은 광경을 상상해 주기 바란다——오솔길이 황무지며 솔밭을 지나 오른쪽으로 구부러져 있다. 비토리니는 자신만만하게 미소를 띠고 한쪽 손을 내밀어 "오른쪽으로 간다(이탈리아어), 오른쪽으로(프랑스어). 영어로는?" 하고 말하면, 상대방은 그를 이해시키려면 악을 써야 한다고 생각하는지 큰소리로 "맞소"라고 고함쳤다. 조금만 더 가면 본토가 보이는 곳까지 왔다. 비토리니가 미소 짓고 "저기(이탈리아어), 저쪽(프랑스어)" 하고 말했는데, 이번에는 대답이 없었다. 그러나 여전히 미소를 띠고 이번에는 리치레이가 나무를 두드리면서 "소나무"라고 말하면, 이번에는 비토리니가 "소나무(이탈리아어)"이라고 큰소리로 말하고, 또다시 리치레이가 "그래요, 소나무!" 하고 소리치는 식이었다.

곶을 돌아 해변으로 내려가려고 하는데 리치레이가 갑자기 소리쳤다.

"발밑을 조심해요!"

비토리니는 뒤돌아보았으나, 순간 나무뿌리에 걸려 넘어졌다.

"이거 참!" 하고 리치레이는 말을 꺼내려다 말고 상대방의 바지를 보고는 "큰일날 뻔했습니다" 하고 말했다.

무릎이 까지고 두 손에 약간의 상처가 났을 뿐 심하게 다친 곳은 없었다. 그로부터 약 5분 동안 두 사람은 벼랑 위를 지나 바다로 뻗어 나간 두 그루의 소나무가 서 있는 곳에 이르렀다. 리치레이가 발을 멈췄다.

"해적의 동굴?" 하고 비토리니가 물었다. 상대방은 고개를 끄덕이면서 아래를 가리켰다.

거기서 무언극의 걸작이 상영되었다. 여기에 어떻게든 온 목적을 설명해야 했다. 비토리니는 카메라의 핸들을 돌리기도 하고, 메가폰으로 감독하는 흉내도 내보였다. 머리에 터번을 두르고 손에는 초생달 모양의 칼을 든 해적이 되기도 하고, 갈리선(船)의 노를 저어 보이기도 했다. 요컨대 그는 땀을 뻘뻘 흘리며 대분투를 하면서 사이사이에 "필름! 시네마!" 하고 외쳤다. 가까스로 상대방의 눈에 이해한 듯한 표정이 엿보였다. 그리고 리치레이가 무언극의 바톤을 넘겨받았다. 비토리니는 그렇다는 듯이 웃는 얼굴로 아래 있는 동굴을 가리켰다. 이윽고 두 사람은 밑으로 내려갔다.

그들은 바위를 파서 만든 9미터 거리의 울퉁불퉁한 계단을 지그재그로 내려갔다. 다음 6미터는 앞에서보다 훨씬 가파른 계단으로 된 비탈길이었다. 리치레이는 거칠게 부서지는 물보라 때문에 미끄러워진 바위를 딛고 조심스럽게 자세를 구부리고 앞장을 섰다. 리치레이가 또 "발밑을 조심해요!" 하고 외치면, 비토리니는 걸음을 멈추고 무슨 뜻인가 생각하는 체하기도 했다.

그런데 애써 내려간 돌계단 밑에는 이렇다할 만한 것은 보이지 않았다. 바위가 갈라진 틈은 있었지만 겨우 자그마한 벽장만한 크기이고, 옛날에 해적들이 숨어 살았다는 동굴은 오랜 세월의 풍파로 인한 산사태로 파묻혀 있었다. 바다로 면한 앞쪽에도 바위와 돌멩이뿐이었다. 다만 좁은 입구가 있는, 세 면이 절벽으로 둘러싸인 만(灣)만이 옛 흔적을 남기고 있었다.

비토리니는 별로 볼 만한 풍경이 못된다는 의견을 나타내고 나서 돌아가자고 위쪽을 가리켜 보였다.

"먼저 가시오" 하고 리치레이가 말했지만 상대방의 얼굴에 아무런 반응이 나타나지 않는 것을 보고 그가 앞장을 섰다. 그런데 돌계단을 다 올라간 곳에서 비토리니의 눈에 전에 보이지 않았던 것이 들어왔다. 1마일쯤 떨어진 곳에 불쑥 튀어나온 벼랑 끝에 성이 있었다. 그는 그것을 가리켰다.

"무어인, 성채." 리치레이가 일러 주었다.

"아아, 성!" 비토리니는 자못 만족스러운 듯 말하고, 어서 가자고 손을 흔들었다. 그리고 기어 올라가 보니 그곳은 참으로 힘들여 와 볼 만한 가치가 있었다.

지중해가 내려다보이는 아슬아슬한 벼랑 끝에 당당한 사각 탑이 치솟아 있었다. 전에는 뜰이고 방이었던 부분을 벽이 빙 둘러싸고 있었다. 마침 태양이 얼굴을 내밀었다. 회색 바다가 보랏빛으로 변하고, 에머랄드 빛 물결이 일렁이고 있었다. 멀리 보이는 소나무들은 푸른 빛을 띠고, 나무가 없는 들판은 장밋빛이 감돌았으며, 바위틈은 녹색 풀과 바위 빛깔이 미묘한 무늬를 펼치고 있었다.

"근사해!" 비토리니가 외치며 돌아보았으나 리치레이는 그곳에 없었다.

잠시 뒤 리치레이는 스케치북을 들고 탑 뒤에서 모습을 나타냈다. 그리고 스케치북에서 스케치 한 장을 꺼내 비토리니에게 건네주었다. 아주 훌륭한 그림이었다. 큰 캔버스에 그린 그림은 원색을 사용하여 장려한 포스터적인 효과를 나타내고 있었다.

"훌륭하오!" 비토리니가 칭찬했다. 리치레이는 미소를 띠며 그 그림을 도로 집어넣고 또 다른 그림을 꺼냈다. 래더스톤의 부채처럼 아름다운 수채화였다.

그때 비토리니가 묘한 행동을 했다. 그는 돈다발을 꺼내더니 그 그림을 붙잡고 팔라는 뜻을 나타냈다. 리치레이는 얼굴을 붉히고 고개를 내저었다. 그리고 스케치북을 집어넣은 다음 한 장 더 그려서 그것을 주겠다는 뜻을 몸짓으로 해보였다. 비토리니는 몹시 기뻐하며 곧 자기 주소를 써 주고 몇 번이나 고맙다는 말을 한 뒤 리치레이의 등을 두드렸다. 그리고 그는 시계를 보고 손가락 10개를 펴 보인 다음 자기 혼자서 탐험에 나섰다.

꼭대기에서는 보이지 않았으나 기다란 갈리선이 뱃머리를 나란히 하고 있었다. 벼랑을 따라 바닷가로 내려가는 좁은 오솔길이 있었다. 그러나 프랭클린은 여기에 흥미가 있었던 것은 아니었다. 그가 바란 것은 이 우스꽝스러운 연극에서 잠시 해방되어 담배를 한 대 피우는 동안만이라도 본디의 자기로 돌아갈 기회를 얻는 것이었다. 프랭클린이 다시 꼭대기까지 올라갔을 때 리치레이는 부서진 바위에 걸터앉아 파이프 담배를 피우고 있었다.

"라 피브" 하고 비토리니로 돌아간 프랭클린은 조심스럽게 말하고 자신의 메릴랜드 상자를 가리켰다. "스파니오렛티! 담배!" 이렇게 또다시 우스꽝스러운 대화가 시작되었다.

두 사람은 섬 복판을 지나고 있는 울퉁불퉁한 길을 따라 돌아갔다. 동쪽은 거의 농경지를 이루고 있어서 그다지 재미있는 일이 없을 것이라고 그는 상상했다. 녹색 덧문이 있는 건물이 보이고 마을 어귀에 이를 때까지 사람이라고는 그림자도 찾아 볼 수 없었다. 저녁 어둠이 깔리면서 건너편 해안지에도 불빛이 반짝이기 시작했다. 공기 속에는 달콤한 남국의 향기가 감돌고 있었다. 오렌지 잎사귀, 장작이 타는 연기, 담배, 마늘 등이 섞인 묘한 냄새였다. 호텔 앞 광장에는 아직도 공놀이를 하며 큰소리로 떠들고 있는 아이들이 있었다. 호텔 입구에서 두 사람은 감사의 인사와 미소와 애교를 나눈 다음 헤어졌다. 프랭클린은 머릿속이 빙빙 돌면서 하루 종일 체스를 한 것처럼 피로

했다.

 그러나 그날 밤 잠자리에 든 것은 잠을 자기 위해서가 아니었다. 오후에 있었던 일로, 머리를 최고도로 써야 할 일이 앞으로 얼마든지 있었기 때문이다. 그리고 1시간쯤 생각한 다음 그는 잠자리에서 나와 각서를 썼다. 그가 드디어 잠을 이루려고 할 때 마지막으로 머리에 떠오른 것은, 리치레이가 저녁 식사 테이블에서 자기를 쳐다보던 모습이었다. 그의 눈은 조용히 프랭클린을 관찰하고 있었지만 두 눈에는 비웃음이 어려 있었다.

3

 다음날 아침은 쌀쌀했으나 하늘은 맑게 개었다. 비토리니는 9시에 일어나 부둣가로 나가 체조를 하고, 콜모란호가 들어오는 것을 보고 있었다. 그리고 광장에 있는 작은 가게에서 보트가 날라온 신문을 샀는데, 문득 카운터를 보니 〈데일리 메일〉지가 놓여 있었다.
 "이 신문은 예약된 건가요?"
 "그렇습니다" 하고 점원이 대답했다. "호텔에 묵고 계신 영국 분의 주문입니다."
 "그래요?" 프랭클린은 말했다. "이 섬에는 영국인이 자주 오나요?"
 "여간해서 오시지 않습니다. 그러나 부활절에는 한두 분 눈에 띄지요. 그런데 언제나 영국 신문을 주문한답니다."
 그는 30분쯤 파이프를 피워 물고 신문을 읽은 다음 파피니를 만났다. 무어인의 성은 참으로 장려했다고 말한 다음 그 밖에 볼 만한 장소는 없겠느냐고 물으니, 파피니는 서쪽으로 은모래가 깔려 있는 해안은 어떻겠느냐고 하며 일러 주었다. 어제와 같은 길로 가면 되는데, 도중에 큰길에서 왼쪽으로 갈라지는 오솔길이 있다고 했다.

리치레이의 모습은 보이지 않았으나 프랭클린은 조금도 아쉬운 생각이 들지 않았다. 아침부터 어제 오후와 같은 짓을 되풀이한다는 것은 질색이었다. 감시하는 데 그런 희생을 해야 한다면 견디기 힘든 노릇이다. 그래서 그는 기운차게 걸어서 오른쪽에 있는 솔밭을 지나 만이 내다보이는 바위 위로 나왔다.

얼마 안 되어 모터보트 소리가 그의 주의를 끌었다. 콜모란호가 출항하는 모양이다. 그런데 소리가 너무 가까이에서 들렸다. 바로 발밑에서 들려오는 것이었다. 그는 튀어나온 바위 위에 서서 몸을 내밀고 아래를 내려다보았다. 여섯 사람이 탈 만한 크기의 보트에 리치레이가 혼자 타고 있었다. 엔진 소리가 멎었으므로 프랭클린은 몸을 숨겼다. 잠시 뒤 다시 엔진 소리가 들렸다. 그리고 한동안 보트는 5노트의 속력으로 천천히 움직이더니 이윽고 해협 쪽으로 뱃머리를 돌리고 속력을 내어 흰 파도를 가르며 검은 줄기처럼 일직선으로 달려갔다. 보트는 곶을 돌아 거친 바다로 접어들자 속력이 떨어졌으나, 선채가 보이지 않게 된 훨씬 뒤까지도 엔진 소리는 똑똑히 들려 왔다.

은모래 해안으로 가는 일을 단념하고, 5분 뒤 프랭클린은 호텔로 돌아왔다. 그는 남의 눈에 띄지 않도록 조심하여 자기 방까지 돌아왔다. 침대는 이미 정돈돼 있고, 복도에는 하녀의 그림자 하나 보이지 않았다. 어제 리치레이가 어느 문으로 나왔더라? 그래, 분명히 두 번째 문이었다. 손잡이를 돌려 보았다. 놀랍게도 문이 열렸다. 게다가 방은 비어 있었고 청소도 끝나 깨끗이 정돈되어 있었다.

프랭클린은 번개처럼 움직였다. 열려 있는 슈트케이스 속에 든 물건, 그리고 두 개의 서랍, 화장대 위의 물건 등을 한순간에 다 훑어보았다. 다른 테이블에는 책과 신문이 놓여 있었다. 《프랑스어 지름길》과 《폴크롤 섬 및 황금성》이라는 안내서였다. 그는 이 두 권의 책을 빨리 들추어 보았는데, 안내서 뒤표지 안쪽에 무엇이 들어 있을 것 같아 그의 흥미를 끌었다. 그는 안내서를 들고 서둘러 복도로 나와 자기 방으로 돌아갔다. 잠시 뒤에 그는 다시 살그머니 먼저 있던 자리에 책을 갖다 놓았다. 그리고 1시간 정도 그는 시간표를 노려보고 있었는데, 거기서 발견한 것이 상당한 불안을 안겨 주었던지 그는 걱정스러운 얼굴로 몇 번이고 일어나 방 안을 서성거렸다.

저녁때가 되어 서늘해지자, 찻집을 겸한 파필로트 식당에서는 손님들에게 아페리티프를 대접했다.

"이 섬에서 모터보트를 빌릴 수 있을까요?" 프랭클린이 물었다. "보통 때 같으면 있지요" 하고 한 손님이 대답했다. "하지만 지금은 쓸 수 있는 보트는 리치레이 씨가 빌리고 있습니다."

보트 주인인 파필로트의 말에 의하면, 리치레이가 무기한으로 빌렸다는 것이다. 그리고 오늘 밤에 파도만 일지 않으면 리치레이는 벙어리 선원이 함께 고기잡이를 나가기로 한 모양이었다.

그때 마침 리치레이가 지나가다가 그 자리에 끼어들었다. "이 섬에 대한 책을 가지고 있지 않습니까?" 하고 비토리니가 묻자 파피니는 그 질문을 리치레이에게 전해 주었다. 리치레이는 기분 좋게 호텔에 들어가 갖다 주었다. 비토리니는 그것을 열심히 살펴보았다. 특히 그가 주의한 것은, 주로 그가 찾고 있던 것이 무엇이냐 하는 것이었다. 그날을 끝으로 프랭클린은 섬을 떠났다. 육체적으로는 원기 왕성하여 유명한 교회라도 쓰러뜨릴 만한 기세였다. 다음날 점심을 먹은 뒤 콜모란호를 타고 잔잔한 바다를 건넜다. 예르에 닿자 여행 안내소로 갔다. 툴롱에서 튜린에 있는 사촌 앞으로 소포가 오거든 영국으로 회송해 달라는 편지를 썼다. 그 때문에 할 수 없이 거짓 주소를 일러두었는데, 리치레이로부터 약속한 수채화가 오면 무사히 자기 손에 들어오도록 한 것이다.

다음날 오후, 그는 좋지 않은 날씨인데도 칼레에서 해협을 건넜다.

도버에는 차가운 바람이 불고 진눈깨비가 선창을 때리고 있었다. 바로 하루 전에는 영국의 6월과 같은 뜨거운 햇빛을 받고 모자도 쓰지 않은 채 인생의 기쁨에 차서 콜모란호의 갑판에 있었던 생각을 하니, 마치 거짓말 같은 기분이 들었다. 그리고 향긋한 소나무 냄새가 지금도 코끝에 남아 있는 것 같았다. 그는 파이프를 피워 물고 비로 뿌옇게 보이는 켄트의 전원이 차창 밖으로 휙휙 지나가는 것을 바라보며 폴크롤 섬을 떠올렸다. 숲, 해변가, 태양, 음식, 싹싹한 주민들, 애를 많이 써 주었던 안내인, 그리고 로맨틱한 화가이자 가장 흥미 있는 인물——프랭크 리치레이를 생각했다.

프랭클린, 서광을 발견하다

"얼굴빛이 아주 좋아진 것 같군." 트래버스가 훌륭한 저녁 식사를 한 뒤 난로 쪽으로 의자를 끌어당기며 말했다. "빈에라도 갔다 온 게 아닌가?"

"빈이라고요?" 프랭클린은 잠깐 어리둥절해서 되물었다.

"아아! 젊어지는 법 말씀이로군요." 그는 웃었다. 그 목소리는 새로운 자신이 담긴 기운찬 목소리였다.

"우리 탐정 사무실이 본격적으로 일을 시작하면 틀림없이 악당들은 다 리비에라로 도망쳐 버리겠지요."

"특히 11월에는." 트래버스는 비가 쏟아지고 있는 창문을 가리키며 말했다. "그런데 무언가 놀라운 사실이라도 알아냈나?"

프랭클린은 수첩을 꺼냈다.

"제가 셜록 홈즈고 당신이 왓슨 역할을 하는 것은 아닙니다만, 조사해 온 중요한 점을 이야기하기로 하지요. 우드로우 윌슨만큼 많은 문제를 안고 있습니다. 그 섬의 일반적인 이야기와 유머러스한 대화는 아까 말한 대로입니다만, 지금부터 말하는 것은 특별한 일입니다.

　우선 기본적인 면에서 볼 때 사정은 조금도 변하지 않았습니다. 알리바이로는 호워튼 총경의 말이 옳으며, 프랭크 리치레이가 그 살인을 범하지 않았다는 점은 믿어도 좋겠지요. 그런데 제가 주목하는 점은 그 사람의 알리바이가 날이 갈수록 확고해지는 점입니다. 호워튼은 사건 관계자와 만날 때 조사할 사건을 그들에게 말했습니다. 그들은 어떤 날짜에 대해서는 그렇다고 수긍을 했습니다. 그런데 제가 같은 질문을 하면 그들은 마치 준비라도 해둔 것처럼 말이 떨어지기가 무섭게 빨리 대답을 했습니다. 만일 누군가 다른 사람이 1년 동안 같은 질문을 한다면, 그들은 더욱더 단정적인 대답을 하겠지요. 왜냐하면 그 질문은 두 번이나 반복되면서 뚜렷이 그들 마음속에 아로새겨졌기 때문입니다. 따라서 비록 처음 말했던 알리바이가 거짓이라도 이제 와서 그것을 증명하려 해봐야 이미 때가 늦었다는 것입니다."

　"잠깐만!" 트래버스가 말했다. "그거 참, 재미있는 일 같구먼. 담배를 피우게. 그리고 우리 서로 생각해 보세. 술도 알아서 마시게나."

　"술은 그만두겠습니다." 프랭클린은 파이프에 불을 붙이며 말했다. "하지만 정말 흥미 있는 정보를 말하면 한잔 따라 주셔야 합니다. 약속해 주십시오. 그럼, 이야기하겠습니다. 제가 프랭크 리치레이를 만났을 때 어떤 인상을 받았는지, 당신의 지혜를 시험해 보고 싶었습니다. 아까도 말한 것처럼 연극을 하느라고 여느 상태는 아니었습니다만 제가 받은 인상은 다음과 같았지요. 리치레이는 여러 면에서 꽤 매력 있는 사람이지만, 성격이 그 모든 장점을 죽이고 있는 것 같았습니다. 바꾸어 말하면 그 사람에게는 못마땅한 점이 있었던 겁니다. 뿐 아니라, 알아듣지 못할 말이며 손짓발짓으로 대화를 나누는 동안 저는 점차 확신을 가지게……."

"약속한 술을 따르게 하려는 건가?"

"그렇습니다. 프랭크 리치레이는 적어도 세 번 정도 불쑥 영어를 써서 내가 어떻게 나오는지 보려고 일부러 시험했습니다. 설마 거짓말이라고 생각지는 않으시겠지만, 뭣하면 한 번 더 힘주어 말하겠습니다."

"그 친구가 무언가 의심했다는 말인가?"

"네, 무언가 미심쩍게 생각하고 조심하고 있었던 것 같습니다. 이것이 바로 중요한 점입니다. 아마 호워튼의 태도가 예사롭지 않았다는 생각에 긴장했던 것이겠지요. 확실합니다. 그러나 주제넘는 말 같지만, 겉보기에는 아무런 변화도 드러내지 않았다는 것을 단언합니다. 이것이 두 번째로 중요한 점입니다. 그리고 세 번째는 저도 한두 번 함정을 던져 보았습니다, 프랑스어로. 그 결과, 프랭크 리치레이는 보기보다 훨씬 프랑스어를 잘 알고 있다는 확신을 가졌습니다."

"정말 그렇게 생각하나? 하지만 모르는 체하거나, 심한 사투리를 쓰는 편이 훨씬 쉬울 걸세. 게다가 학교에서 배운 것을 그렇게 완전히 잊어버린다는 것도 생각할 수 없는 일이지."

"네 번째로 리치레이는 섬의 신문 매점에 〈데일리 메일〉지를 특별히 주문하고 있었습니다. 그리고 어느 날 아침 신문을 가지고 모터보트를 타고 남의 눈에 띄지 않는 곳으로 가서 보트를 잠시 멈췄습니다. 그리고 무슨 기사가 없나 하고 눈이 벌개져서 신문을 보는 것이었습니다. 첫 페이지부터 마지막 페이지에 이르기까지 정성껏 훑어보았습니다. 그리고 안심한 듯이 신문을 내려놓았습니다. 그 신문에는 크리켓 우승전 기사가 나와 있었는데, 그 기사는 읽을 생각도 하지 않은 것 같습니다."

"흐음, 그리고 그 밖에는?"
"많이 있습니다. 다섯째로, 예를 들면 그 녀석이 책에 연필로 뭐라고 써 놓았기에 읽어 보니, 빅토리아에서 예르까지——우리가 생각했던 것처럼 칼카손느가 아니었습니다——의 기차 시간표와 라 토우르 퐁듀로 가는 버스 시간과 폴크롤 섬에 닿는 시간이었던 것입니다. 그 녀석은 자기가 말한 여행을 한 것이 아닙니다. 나중에 그 책을 빌려 보니 시간표는 정성껏 지워 놓았더군요. 그뿐만이 아닙니다. 예르 여행 안내소에서 리치레이의 사진을 보이자 한 사무원이 이 사람은 여름에 온 일이 있다고 단언하지 않겠습니까? 요컨대 아무리 속임수를 쓰더라도 리치레이는 여름 방학 첫무렵부터 폴크롤 섬에 갈 계획을 세우고 있었을 뿐 아니라, 섬을 조사하기 위해 적어도 라 토우르 퐁듀까지는 실제로 갔다는 것을 상당히 확실하게 증명할 수 있습니다."
"도망칠 길을 준비하기 위해서인가?"
"물론입니다. 폴크롤 섬은 인가에서 멀리 떨어진 곳이지만 배가 출발하는 큰 도시, 툴롱이라든가 마르세유 같은 곳에서는 아주 쉽게 닿을 수 있는 곳입니다. 그리고 여섯째로——이것은 기차 안에서 생각한 일입니다만——그 무렵의 세상이나 신문의 심리를 생각해 보면 이 완전 범죄는 밤에, 그것도 아마 10시쯤에 일어날 것으로 모두 생각하고 있지 않습니까?"
"그리고 보니…… 모두 그렇게 생각하고 있었지."
"그런데 실제로는 어떠했습니까? 저녁때, 정확히 말하면 7시 반에 이루어졌습니다. 만일 범인이 빅토리아 역에서 출발하는 8시 50분 기차를 타려고 했다면 꼭 알맞은 시간이지요."
이 점을 강조하면서 그는 물끄러미 난롯불을 지켜보고 있는 트래버스의 표정을 살펴보았다.

"뿐만 아니라, 만일 말입니다——이 '만일'이라는 말은 근거없는 '만일'이 아닙니다——만일 프랭크 리치레이가 살인을 저지른 것이라면, 그로서는 도망치는 것을 하녀에게 들키고 싶지 않았겠지요. 그렇다고 해서 감쪽같이 변장할 수도 없었을 거구요. 왜냐하면 살인을 한 뒤 필요한 때, 즉 프랑스행 열차를 탈 때 문제가 되기 때문입니다."

트래버스는 질문을 삼가고, 다만 고개를 끄덕이며 "그리고?"라고 말했을 뿐이었다.

"이제 한 가지가 남았습니다. 이것은 돌아오는 길에 문득 생각난 일입니다. 오늘 밤, 당신은 무심코 그 말씀을 하셨습니다. 그리고 이것은 다른 점과 마찬가지로 배심원 앞에서는 한 푼의 값어치도 없는 것입니다. 제가 폴크롤 섬을 떠나던 날은 해가 비치는 맑은 날씨에, 공기는 아주 깨끗하고 상쾌했습니다. 석 달만 지나면 해수욕이며 일광욕도 할 수 있을 것입니다. 제가 말을 하지 않아도 당신은 아시겠지만, 시간 가는 줄 모르는 한가로움이나 탁 트인 풍경, 원하면 얼마든지 검소하게 살 수 있고 싫으면 얼마든지 사치스럽게 살 수도 있는 곳이었습니다. 더구나 이것이 125대 1의 환산율로 쳐서 하루에 40프랑입니다. 그런데 영국은, 잠깐 들어 보십시오…… 온통 비와 바람과 안개와 진눈깨비뿐입니다. 저는 생각했습니다. 만일 나에게 돈이 있다면 영국에서 11월의 생활을 다시 참겠다는 어리석은 짓을 할 것인가 하고요. 그리고 어느 틈엔가 그 일을 계속 생각하고 있었습니다. 만일 내가 학교 교사라면, 세상으로부터 인정 받지 못하고 재미도 없고 수지도 맞지 않는 직업을 가지고 있다면, 세상에서는 통용되지 않는 사상을 가지고 있고 취미를 키울 만한 시간이나 돈도 없다면, 이쪽에선 지적으로 경멸하고 상대는 이쪽을 바보 취급하는 동료와 거만하게 버티고 앉아 있는 관료적인 교장이 있다면, 더욱이 나이를 먹어서 이제 새삼 떠날 수도 없는 직업, 게다가 리치레이처럼 투기로 손해를 보고 저금도 없앴다면, 그리고 끝으로 해마다 겨울이 되면 고통스러운 병을 가지고 있다면, 나라고 할지라도 무슨 수를 써서든지 폴크롤 섬으로 가기 위해 어떤 짓이라도 하고 싶어하지 않겠습니까?"
트래버스는 일어섰다.
"이렇게 되면 한 잔으로는 안 되겠군! 병째 주머니에 넣고 가게."
"지금 하신 말씀을 잘 기억해 두겠습니다. 그런데 솔직히 말해서, 제가 말한 요점에 무언가 도움이 될 만한 것이 있겠습니까?"
"내 생각으로는," 하고 트래버스가 말했다. "그것도 아주 진지하게 깊이 생각한 것이네만, 만일 자네의 말이 사회자의 손에 박혀지는 못이라면, 그것은 누군가의 관 뚜껑을 덮는 못이 될 걸세."
프랭클린은 우두커니 생각하고 있더니 마침내 술잔을 쭉 들이켰다.
"지금 것은 인형 맞추기에서 제대로 명중한 것이나 마찬가지지요."
"아니, 그렇지 않네." 트래버스는 말했다. "왜냐하면 이번 사건에선 내가 땅으로 떨어지는 인형 같은 처지가 아닌가 하고 생각하네. 게다가 멋대로 비평해봐야 무슨 소용 있겠나? 그보다는 프랭크 리치레이가 정말 이번 여름에 섬을 조사하러 갔는지 어떤지 확실하게 알고 싶네."
"뭐, 그리 어려운 일은 아니라고 봅니다. 호텔엔 이틀이면 갔다 올 수 있으니까요. 그러나 살인이 일어난 날 밤에 동시에 두 군데에 있을 수는 없지 않겠습니까."
"알리바이에 뭔가 수상쩍은 점은 없었나?"
"없었습니다." 프랭클린은 놀라며 대답했다.
"아니, 수상하다기보다는 흥미를 끄는 점인데 그 변호사의 알리바이를 증명한 사람은 누구인가?"

"부인과 딸과 교구의 부목사입니다."
"배우의 알리바이는?"
"같은 극단 사람들입니다."
"그럼, 목사의 알리바이는?"
"부인과 두 하녀와 마부입니다."
"교사의 알리바이는?"
"두 호텔의 주인과 사무원과 사환입니다."
"그 점일세! 처음 세 사람의 알리바이는 시일이 경과해도 전혀 변하지 않네. 그리고 네째 번 인물의 알리바이는 자네도 말했듯이 날로 확고해지고 있네. 세 사람의 알리바이는 틀림없는 인물에 의해 증명되고 있으나, 교사의 것은 타인에 의해 증명된 것이야. 세 사람의 알리바이는 말하자면 집안에서 일어난 일이지만, 프랭크의 알리바이는 외국의 먼 곳에서일세."
"그렇긴 합니다만, 그 알리바이를 뒤집을 수 없다는 사실 역시 확고합니다. 호워튼 총경도 그렇게 말했고, 저 역시 맹세합니다."
"틀림없이 뒤집을 수 없겠지. 게다가 자네도 말했듯이 자꾸만 시일이 지나가네. 오늘 뒤집을 수 없는 것이라면 한 달 뒤에는 더욱 더 움직일 수 없는 것이 되겠지. 그것은 등차급수가 아니라 등비급수일세. 리치레이 같은 수학자의 입장에서 생각하면 말이야. 그러나 같은 사람이 동시에 다른 장소에 과연 있을 수 있겠는가?"
"대리 인물을 쓰는 방법이 있을 수 있는데, 그렇다면 그 사람을 찾아낼 필요가 있습니다. 어쩌면 그런 일도 가능하다는 생각이 들기도 합니다. 사실 이 세상에는 불가능이란 있을 수 없다는 뜻에서 말입니다."
"나는 불가능하다고 단언하네." 트래버스는 말했다. "피커딜리 서커스는 영국의 중심지이고, 온 세상 사람들이 오간다고 여겨지고 있네. 그런데도 만일 자네와 내가 몇 달이 걸려 한 사람 한 사람의 얼굴을 보고 있었다 하더라도, 세상에서 생각하고 있는 것처럼 완전히 닮은 사람은 발견할 수 없을 걸세."

프랭클린도 그 의견에는 찬성이었다.

"하지만 프랭크 리치레이가 이 사건에 중대한 관계가 있다는 것은 인정하시겠지요? 비록 살인을 직접 범하지 않았다 하더라도 그는 분명 범인을 알고 있을 겁니다."

두 사람은 정말로 무언가 있는 것 같은 기분이 들어 잠자코 있었다. 트래버스는 긴 다리를 난로 쪽으로 내던진 채 적당한 말을 찾는 듯이 두 손을 마주잡고 앉아 있었다. 아니, 엎드려 있다고 하는 편이 옳을지도 모른다. 프랭클린은 난롯불 너머에 있는, 자기 혼자만의 상상의 세계라도 들여다보고 있는 것 같은 모습이었다. 트래버스가 먼저 입을 열었다. "앞으로 어떻게 할 작정인가?"

"무엇보다도 먼저 마프리 힐로 가서 리치레이와 접촉이 있었던 인물과 될 수 있는 대로 많은 이야기를 해볼 작정입니다. 나도는 소문이며, 기억하고 있는 대화며, 인상 등을 모조리 모아 보겠습니다. 포터도 하루이틀 슬쩍 가 보았지요. 리치레이가 돈을 잃어 버렸다는 말을 들은 것도 포터에게서입니다. 그러나 속담에도 있듯이, 쇠뿔도 단김에 빼랬다고, 식기 전에 직접 가서 제 생각을 정리해 보겠습니다. 그리고 리틀 마팅즈에도 가서 그곳에서 떠도는 소문을 듣겠습니다. 그 일만 끝내면 일전에 만든 노트를 정리하여 다시 한번 맞춰 보겠습니다. 그렇게 하면 프랭크 리치레이가 실제로 어떤 인물인지 꽤 자세한 사실을 알 수 있게 될 겁니다."

"마음을 느긋하게 먹어야 할 일이로군."

"말씀하시는 대로입니다. 그러나 저는 결코 잘못되지 않으리라는 생각이 듭니다. 지금 저는 터널 속에 있는 셈이지만, 참고 견디며 계속 걸어가노라면 출구가 나타나고 햇빛을 보게 되겠지요. 그리고 영국에서의 일이 끝나면 다시 한번 프랑스로 건너 가겠습니다. 이번에는 구실삼아 카메라맨을 데리고 가서 리치레이가 있는 가까이에서 며칠 지내보고 싶습니다. 이제까지 이야기한 생각이 겨우 2, 3시간에 정리된 것이니, 한두 주일 리치레이와 함께 있으면 상당히 많은 것을 알게 될 게 아닙니까? 그러면 더 많은 새로운 사실과 그의 사고방식을 이해하게 되겠지요."

"결국 우리가 몇 주 전에 나누었던 말로 다시 돌아가는구먼" 하고 트래버스는 말했다. "이 사건에서는 르코크 탐정의 방법을 쓸 수밖에 없네. 늦건 빠르건 무슨 일이 일어난다는. 보기에는 무의미하게 생각되는 일일지도 모르지만, 거기서 여러 가지 일이 시작되는 것 아니겠는가?"

"그렇겠지요." 프랭클린이 말했다. "그리고 또 제가 왜 이런 말을 하는지 이해하리라 생각합니다만, 저는 보고할 만한 값어치가 있는 것을 손에 넣을 때까지 다시는 아무 말씀도 드리지 않기로 하겠습니다. 이를테면 이번에 폴크롤 섬에서 알아 온 일과 같은 중요한 일을 발견하면 그땐 쏜살같이 돌아오겠습니다."

프랭클린이 돌아간 뒤에도 트래버스는 한참 동안 난로 앞을 떠나지 않았다. 마침내 그는 벨을 눌러 팔머를 불렀다.

신사다운 시중꾼, 집사, 청지기…… 아무렇게나 불러도 상관없지만 팔머는 센트 마팅즈 템버에서는 높이 평가되고 있었다. 동료끼리는 스스럼없이 대하는 일도 있지만 그래도 꼭 필요한 최소한의 조심성은 지니고 있었다. 트래버스는 팔머의 전생이 아마 검은 옷을 입은 까마귀였을 거라고 했다. 지금 주인의 명령을 기다리고 있는 그는, 당당한 풍채에 침착하기 이를 데 없는 모습이었다.

"팔머, 잠깐이면 되는데 틈을 좀 낼 수 있겠나?"
"네, 나리."
"그럼, 난로 옆에 의자를 가져와 앉게나. 다름이 아니라 어떤 일에 대해 자네 의견을 듣고 싶구먼. 자네는 '완전 살인 사건'에 대해 신문에서 읽은 적이 있겠지?"

팔머는 조금도 당황하지 않았다. 이런 종류의 대화는 결코 조금도 이상할 것이 없기 때문이다. 그래서 그는 손가락 끝을 마주 대면서 되도록 조심스럽게 대답했다.

"글쎄요, 읽은 것 같기도 하고 읽지 않은 것 같기도 하고……."
"상세하게는 읽지 않았단 말이로군."
"그렇습니다. 가정부의 이야기는 읽었지만, 그것도 나리가 말씀하시는 살인 사건이라는 견지에서가 아니라……."
"직업적 단체정신에서인가? 그럼, 누구를 범인으로 보는지 자네에게 물어보아도 헛일이겠군?"
"그렇지는 않다고 봅니다."
"흐음, 그럼 자네는 마권(馬券)을 사나?"

팔머는 조금도 동요하지 않았다.

"살 때도 있고 사지 않을 때도 있습니다."
"참으로 명쾌한 대답이로군. 그럼, 마권을 산다면 어떤 식으로 하나?"
"소령님이나 헨리님으로부터 축의금을 받을 때가 있으므로, 그 돈에 저의 반 크라운을 더 보탭니다. 그 이상은 하지 않습니다."
"돈은 아무래도 좋네. 거기서 갑자기 어떤 불현듯 떠오르는 직관같은 것을 받은 일이 있나?"

팔머의 말은 의례적인 틀을 벗어났다.

"'직관'도 어떤 '직관'이냐가 문제가 되겠지요."

"어떤 '직관'이냐고? 흥, 나는 본능적인 추측을 말하는 것일세. 자네는 지금까지 그런 느낌을 받은 적이 있나?"

"그야 있습지요, 나리. 그렇지만 난처하게도 별로 잘 맞지 않더군요."

트래버스는 고개를 끄덕였다.

"그럼, 이것은 어떻게 생각하나? 워터포드의 유리그릇을 내가 자네에게 팔게 하려 한다고 하세. 언제나 자네가 다루고 있는 그 물품이지. 그럴 듯하게 만들어진 위조품이 아니라, 느낌이며 빛깔이며 상표 등 모든 것이 더 바랄 나위 없이 좋은 것이라네. 그런데도 자네는 도무지 손을 댈 생각조차 하지 않네. 왜일까?"

팔머의 얼굴에는 조금 전까지의 조심스러움이 사라지고 생기가 감돌기 시작했다.

"저는 알 수 없습니다. 그리고 나리도 모르실 겁니다. 다만 제 마음속에서 뭔가가 '만지지 마라'고 말리기 때문입니다. 단지 그것뿐이지요. 바보가 아닌 이상 제가 손을 대지 않는 것은 실로 당연한 일입니다."

프랭클린은 미소를 지었다.

"됐네. 그런데 끝으로 한 가지만 더 물어보고 싶은 것이 있네. 내가 흥미를 가지고 있는 일, 그러니까 이번 살인 사건에서 지금 말한 것과 같은 직관을 느꼈다고 하세. 그럴 경우 그 직관을 믿어도 된다고 생각하나?"

"물론이지요. 다만 나리가 경찰관일 경우에만 말입니다."

트래버스는 웃었다. "팔머, 자네는 철학자로군. 돌아가서 일을 보게. 내가 속으로 생각하는 계획이 있는데, 그 일에 자네 손을 빌리고 싶네."

그는 자기 계획을 설명했다.

잠시 뒤 팔머가 여우에 홀린 듯한 걱정스러운 얼굴로 방을 나가자, 트래버스는 유명한 무대 배우 롤랭 드 플레느가 아직 집으로 돌아가지 않았으면 좋겠다는 생각을 하며 아카데미 극장으로 전화를 걸었다.

희극과 크로스워드 퍼즐

며칠 뒤였다. 줄랑고 빌딩에 있는 루드빅 트래버스의 방 전화벨이 울렸다. 그는 수화기를 들었다.
"여보세요, 응, 그렇네…… 프랭클린은 자기 방으로 갔다고? 고맙네, 연결해 주게."
이윽고 두 사람의 대화가 이어졌다.
"여보세요, 프랭클린인가? 트래버스일세. 뭔가 달라진 것이라도 있나? 으음, 뭐 서두를 것은 없네. 그런데 자네에게 부탁하고 싶은 일이 있네. 굉장히 중대한 일일세. 체링 크로스 거리의 그레골리오라는 나이트클럽을 알고 있나? 으음…… 스포츠 신문을 파는 울버포스 상점 바로 아래라네. 밑에 지하실이 있네, 레스터 스퀘어 쪽에 입구가 있고 말이야. 자네는 그냥 가서 명함을 내보이기만 하면 되네. 뒤는 내가 알아서 할 테니까. 알겠나? 시간 말인가? 글쎄, 정각 9시로 하세. 가게에 손님은 그다지 많지 않겠지만, 재미있는 일이 일어날 것 같네. 듣고 있나? 틀림없이 내가 말한 대로 해줘야 하네. 정각 9시에 갈 테니 나를 보더라도 모르는 체하게.

자네에게 아무 말도 않고 내가 그곳을 나가거든 따라오지도 말고 그냥 돌아가게. 우리 집에도 오지 말게. 잘 알았나? 됐네, 거기서 만일 자네에게 말을 걸지 않거든 다음날 밤에도 같은 장소로 같은 시각에 와 주게. 올 수 있겠지? 좀 멜로드라마 같지만 어쩔 수 없네. 그럼, 수고하게나. 아무튼 미안하이. 그럼, 부탁하네."
그는 서둘러 수화기를 놓더니 방에서 나갔다.
이리하여 뭐가 뭔지도 모르는 채 프랭클린은 밤 9시에 그레골리오 나이트클럽으로 통하는 층계 입구에 모습을 나타냈다. 그는 트래버스가 시킨 대로 입구에 있는 검은 웃옷을 입은 지배인에게 명함을 내밀었다.
"프랭클린 씨로군요. 네, 알고 있습니다. 외투와 모자를 이리 주십시오. 이 자리에 앉으십시오. 커피는 블랙입니까, 아니면 화이트입니까? 그리고 술도? 감사합니다."
기분 좋은 자리에서 프랭클린은 실내를 둘러보았다. 길이는 크리켓의 세 기둥문 사이 정도쯤 되어 보이며 폭은 좁았다. 왼쪽 한복판에 바가 있고, 나머지 자리에는 안락의자와 테이블로 가득 차 있었다. 댄스 플로어도 깨끗이 닦여 아주 훌륭했으나 지금은 아무도 나와 있지 않았다. 사실 클럽은 거의 비어 있는 상태였다. 저쪽 구석에서 젊은 여자 둘이서 무얼 마시며 재잘거리고 있었고, 바에서는 중년 남자 둘이 나지막한 소리로 이야기를 나누고 있을 뿐이었다. 오른쪽 구석에서는 피아노와 악보가 동그마니 놓여져 오케스트라가 있다는 것을 나타내고 있었다. 프랭클린은 푹신한 의자에 편안히 앉아 블랙커피를 마시면서 무슨 일이 시작되기를 기다리고 있었다.
오래 기다릴 것까지는 없었다. 바깥 로비에서 사람의 말소리가 들리는가 싶더니 낯익은 루드빅 트래버스의 모습이 보이고, 이내 그는 닦아 놓은 마루를 밟고 바가 있는 쪽으로 걸어갔다. 그는 두 중년 남자를 향해 가볍게 인사를 하고 카운터로 몸을 내밀어 양쪽 팔꿈치를 힘껏 받쳤다. 웃옷을 입지 않은 바텐더가 잔을 갖다 놓자 그는 두 사람에게는 들리지 않을 정도로 뭐라고 말하더니, 고개를 끄덕이고는 잔을 들어 단숨에 들이켰다. 그리고 방을 둘러보며 그 눈길이 프랭클린 위로도 스쳐 간 것 같았으나 알아차리지는 못한 것 같았다. 뿔테 안경을 쓰고 있어서 그렇게 보였는지도 모른다. 이윽고 그는 안으로 걸어 들어갔다.

그런데 놀랍게도 트래버스는 곧 그 젊은 여자들에게 말을 걸었다.

웃음소리가 들리고 한 여자가 몸을 옆으로 비켜 트래버스에게 자리를 내주었다. 바텐더가 나타났다가 곧 사라지더니 이윽고 칵테일을 세 잔 가지고 왔다. 그것을 보자 트래버스는 안경을 벗고 과장되게 눈을 깜박여 보였다. 그리고 10분쯤 명랑한 말소리와, 귀에 대고 뭐라고 즐거운 말을 속삭이는 듯한 몸짓과, 가끔 일어나는 웃음소리가 한동안 계속되었다.

트래버스가 장난스럽게 손가락을 흔들며 그 여자들과 헤어질 무렵이 되자 손님들이 모여들기 시작했다. 트래버스는 또 안경을 벗어 여느 때처럼 안경을 닦아 쓰더니 실내를 둘러보았다. 그리고 10분쯤 더 기다리다가 시계를 보았다. 그는 옆 출입구를 지나 밖으로 나갔다. 호기심을 마음껏 만족시키지 못한 프랭클린은 잠시 기다리고 있었으나, 마침내 모자와 외투를 찾아 입고 밖으로 나갔다. 뭐가 뭔지 그로서는 짐작도 되지 않았다. 만일 트래버스의 머리가 돈 것이라면 몰라도.

다음날 그는 두 번이나 경리과에 전화를 걸었으나 트래버스는 자리에 없었다. 아무리 생각해 봐도 별도움이 될 것 같지 않으므로 꾹 참고 다시 어젯밤의 연극을 되풀이해 볼 수밖에 다른 방법이 없는 것 같았다. 그리고 이틀째 되는 밤에도 처음에는 첫날밤과 조금도 다름이 없었다. 다른 것이라곤 다만 방 안이 거의 가득 차서 만원을 이루었고, 오케스트라가 연주되고 있다는 것이었다. 트래버스는 모습을 보이더니 싱글싱글 웃으며 곧장 프랭클린이 있는 자리로 다가왔다.
 "여어, 이런 데서 자네를 만나다니 즐거운 일이로군!"
 프랭클린은 미소 지었다. "위선자는 저만이 아닌 것 같군요."
 "아무래도 그런 것 같네. 그런데 술은? 여길 어떻게 생각하나?" 트래버스는 가득 찬 손님들을 둘러보며 말했다.
 "우선 악덕의 소굴이라 할 수 있는 곳이군요."
 프랭클린의 대답은 경쾌하고 리드미컬하게 '어머니의 아기 고양이'를 연주하기 시작한 오케스트라 때문에 지워져 버렸다. 그래서 그는 조금 조용해지기를 기다렸다가 말했다.
 "꽤 번창하는 모양이군요."
 "그런데," 하고 트래버스가 말했다. "어젯밤에는 실례했네. 나를 만나지 못했다고 해서 화를 내지는 않았겠지?"
 "아닙니다, 당신 모습을 분명히 보았습니다." 프랭클린은 웃으며 말했다. "게다가……"
 "내 모습을 보았다고!" 하고 트래버스는 소리쳤다. "몇 시쯤?"
 "9시 15분이었습니다. 바로 그 시간에 이리로 들어오셨지요."
 "들어왔다고! 어디로?"
 "이 안으로 말입니다." 프랭클린은 재미있다는 듯이 말했다.
 "이 안으로! 무슨 소리야? 어젯밤 9시 15분에 나는 포티코에서 스콧 수사과장과 이야기를 하고 있다가 10시에 헤어졌네."
 "그런 말씀이 어디 있습니까! 잠깐만 기다리십시오, 지배인이 있으니까. 여보게, 이 신사가 자신은 어젯밤 여기 오시지 않았다고 하고 나는 오셨다고 하는데, 누구 말이 옳은가?"
 "이 신사 분은 어제 분명 오셨습니다."

프랭클린은 웃는 얼굴을 지어 보였다.
"자네는 이 신사의 모습을 보고 말도 걸었었지?"
"그렇습니다."
"9시 15분쯤이던가?"
"그 무렵이었습니다."
"아무래도 자네 말이 사실인 것 같군." 트래버스는 진지한 얼굴로 말했다. "그렇다면 묘한 일이 생겼군. 그 밖에 나를 본 사람이 또 있는지 모르겠네그려."

바에서 알아본 결과도 역시 마찬가지였다. 바텐더도 이 신사를 잘 기억하고 있었다. 트래버스가 어리둥절해 하자 프랭클린은 거듭 말했다.

"누가 당신으로 변장하고 있었군요. 오늘 밤에는 안면이 있는 아름다운 여성이 와 있지 않아 서운합니다."

"우리 집으로 가세" 하고 트래버스가 말했다. "그리고 이 일을 자세히 이야기하기로 하세. 3분이면 갈 수 있네."

팔머가 현관문을 열고 프랭클린을 향해 먼저 "안녕하십니까" 하고 말했다. 활활 타오르고 있는 난로 앞에 자리를 잡자 트래버스는 다시 아까 그 문제를 꺼냈다.

"자네가 어젯밤 9시 15분에 그레골리오에서 분명 나를 보았단 말이지?"

"분명히 보았습니다. 약속한 일을 기억하고 계시겠지요?"

"군인이 하는 말은 믿을 수 없네."

트래버스는 태연하게 되받아넘겼다. 그리고 상대방을 물끄러미 쳐다보았는데, 그 눈이 장난스럽게 빛나고 있었다.

"자네가 진지하게 받아들이고 있는 것 같으니 사실을 말하지. 어젯밤 나는 그레골리오에 가지 않았네."

반대의 말을 털어놓을 줄 알았던 프랭클린은 그저 막연하게 어딘가에 함정이 있다는 생각을 하기 시작했다.
"도무지 모르겠군요. 어떻게 된 일입니까?"
"지금 말한 대로일세. 나는 가지 않았네."
"그렇다면 제가 본 사람은 누구입니까?"
"팔머였어."
"팔머였다고요?"
"그렇다니까. 그는 키는 나만하지만 좀 뚱뚱하지. 그런데 밴드가 있는 내 외투를 입히고 단추를 꼭 채우니까 나와 같은 모습이 되더군. 그래서 내 안경을 쓰게 하고 고양이 등처럼 구부리는 연습을 네댓 번 시킨 다음, 롤랭 드 플레느——이 사람은 제2막이 되어야 등장하네만——가 와서 팔머에게 분장을 시키고 무대 연습을 하게 했네. 더욱이 자네는 대역에서 10야드나 떨어져 있었고, 조명도 환하지 않았다는 점을 고려해서 생각해 보게. 자네에게 탄로날 기회가 있었겠나?"
프랭클린은 그제서야 납득이 갔다.
"기회는 전혀 없었지요, 그러나 저는 결코……."
"그야 그렇겠지. 변장은 빈틈없고 짙은 화장도 거의 하지 않았으니까. 문지기 조지에게 시험해보았더니, 보기 좋게 속아 넘어갔어. 그래서 생각이 났는데, 한잔하겠나?"
"지금 막 한 대 얻어맞지 않았습니까? 팔머를 칭찬해 줘야겠군요."
"그도 연극을 꽤 잘했네." 트래버스가 말했다. "자네에게 그런 짓을 했다고 기분 나빠 하지는 않겠지?"
"천만의 말씀, 오히려 유쾌합니다. 그러나 한 가지 일러 주셔야 할 일이 있습니다. 무엇 때문에 그런 일을 꾸미셨습니까?"

"사실을 말하자면," 하고 트래버스는 말했다. "첫째로 리치레이가 공범자를 사용하는 일이 쉬웠으리라는 것을 증명하려고 했던 것일세. 어젯밤의 내 거처를 자네가 단언했듯이, 세상 사람도 리치레이의 거처를 단언하지 말라는 법은 없으니까 말일세."

"하지만 그 공범자를 발견하지 못하면 헛일이 아닙니까?"

"찾으면 구멍이 있다는 말을 알고 있네. 그런 광대놀이를 하기 전부터 그런 것은 알고 있었네. 그러나 그 밖에 이유가 또 있었지. 나는 점점 마음이 초조해지고 있네. 그리고 내가 초조해지기를 자네가 기다리고 있다는 것을 알아차렸네. 그래서 기분전환으로 간단한 희극에 자네를 끌어 낸 걸세. 말이 나온 김에 하는 말이네만, 이것은 정말 기분전환일세. 나에게는 일이 산더미처럼 쌓여 있다는 것을 알고 있고, 자네도 마찬가지라는 것 역시 알고 있네. 일이 있는 동안은 휴식도 취할 수 없지 않나? 그런데 어떤가, 자네는 이렇게 여기 와 있네. 자네에게 대답할 여유도 주었지만 마프리 힐에 가서는 무언가 재미있는 일이라도 발견했나?"

"그곳에 2, 3일 머물렀습니다. 어떤 면에서는 때를 놓치지 않고 뜨거울 때 쇠를 두드렸다고 만족하고 있습니다."

"무슨 일이 있었나?"

"도움이 될지 어떨지는 아직 모릅니다. 이를테면 리치레이가 1, 2년 전에 돈을 손해 보았던 일을 알아냈습니다. 그리고 정확히 말해, 학기 중간에 교장은 리치레이의 사표를 받았습니다."

"왜 '정확'이라는 말을 하나?"

"너무 딱 들어맞기 때문입니다. 사직하려면 반 학기의 예고가 필요합니다. 그 사표 날짜가 11월 3일인데, 리치레이는 백부가 유언장 없이 죽으리라는 것을 알고 있었을 리가 없습니다. 만일 알고 있었다면 상당히 주도면밀하게 계획한 일임에 틀림없으며, 살인이 이루어진 날과 실로 딱 들어맞는 셈입니다."

"그거 참, 놀라운 사실이로군!" 트래버스는 말했다. "모든 것이 계획대로 되었군. 프랭크 리치레이에게는 더 말할 수 없이 모든 일이 잘 풀리고 있는 셈이야. 그래서 영국으로 돌아가려고도 하지 않았군. 운이 좋아, 그 젊은이는!"

"제가 보기엔 다소 의심스럽도록 운이 좋은 편입니다" 하고 프랭클린은 말했다. "이 사건으로 가장 많은 이득을 보게 될 유일한 인간이 살인을 범하고 있지 않으니까요."

"그 밖에 발견한 것이 또 있나?"

"대수로운 것은 없습니다. 다만 기묘한 것은 같은 학교의 교사들 중 그를 나쁘게 말하지 않는 사람이 드물며, 그렇지 않은 이들은 모두 그에게 호의를 갖고 좋게 말하는 겁니다. 저는 꽤 많은 사람들을 만나보고 왔습니다. 여관집 부인, 단골 담뱃가게, 학교 운동장 관리인, 상급 학생, 주치의 등등."

"의사한테는 대체 뭐라고 말하고 만났나?"

"갑자기 소화불량이 생겼으니 진찰해 달라고 했지요. 주소를 말해야 할 때 좀 난처했고 현금으로 지불하라는 말에도 묘한 느낌을 받았습니다. 옛 친구 리치레이를 프랑스 남부에서 만난 지 얼마 안 된다고 말하여 이야기의 동기를 만들었지요. '그 사람에게는 남프랑스가 가장 좋은 곳입니다' 라고 의사가 말하기에 '그렇습니까' 하고 저는 말했는데, 그것으로 끝이었습니다. 더 이상 말을 꺼내지 않더군요. 덕분에 5실링이 날아가 버렸지요."

"돈을 치른 값어치만큼의 수확이 없었다는 건가?"

"아직 뭐라고 말할 수는 없습니다. 그리고 교장을 만났습니다. 리치레이가 크리스마스에는 학교를 그만둔다는 말이 있기에 비서로 쓰려고 한다는 구실을 내세웠지요. 그 교장처럼 거만한 바보는 처음 보았습니다. 리치레이 쪽에서 먼저 사표를 낸 일에 화가 머리끝까지 나 있었습니다."

"그럼, 정말 리치레이의 목을 자를 생각이었나 보구먼?"

"그런 눈치를 보이더군요. 앞서 말한 월튼이라는 사람도 그렇게 얘기했습니다. 그러나 저로서는 아무래도 수상한 생각이 듭니다. 그보다 직원실에서 한 교사로부터 들은 말이 더 흥미롭습니다. 첫 번째 '마리우스'의 편지 투를 기억하고 계시겠지요? 전체적으로 으스대며 비꼬던 말투를. 저는 리치레이가 남을 업신여기는 듯한 가시 돋친 말을 잘한다는 사실을 이미 말했습니다. 그런데 또 한 가지 예가 있습니다. 어느 날 리치레이는 구석 자리에 혼자 있었는데, 갑자기 음악 교사에게——리치레이를 싫어하는 젠스튼이라는 사람인데——'오늘 아침 4학년 아이들에게 들려 준 것이 무슨 곡이오, 젠스튼?' 하고 묻더랍니다. '자네 같은 취미를 가진 사람이라면 알고 있을 텐데? 그래도 모른다면 가르쳐 주지. 성직자의 진군 행진곡일세.' 젠스튼이 이렇게 대답하자 리치레이가 '그래? 난 또 실업자 행진곡인 줄 알았지!'라고 말했답니다. 제가 잘못 생각하고 있는 것인지 모르지만, 생각하면 할수록 그 편지를 쓴 사람이 리치레이인 것 같은 생각이 듭니다."

"흐음, 리치레이의 성격에 대한 그 밖의 일은?"

"그 밖에는 없는 것 같습니다만…… 아! 또 한 가지 있습니다. 교장 말을 들으니 리치레이는 조그만 일에도 금방 발끈하는 성미라더군요. 그러나 평소에는 그런 기색을 보이지 않고, 빨갛게 단 숯처럼 그저 꾹 참는 편이라고 했습니다. 교장도 실제로 화를 낸 것은 한 번밖에 본 일이 없는 모양이며, 그것은 마지막 학기 때 일이었다고 합니다."

"무엇이 원인이라던가?" 트래버스가 물었다. "이렇게 끈질기게 샅샅이 캐물어서 기분 나쁘게 생각할지도 모르겠네만, 모든 각도에서 리치레이를 알고 싶은 욕심에 아무리 물어도 한이 없네. 그래, 무슨 원인으로 화를 냈다고 하던가?"

"실은 아주 어이없는 일입니다. 적어도 저는 그렇게 생각됩니다. 아까 말했던 젠스튼이라는 사람이 직원실에서 리치레이를 별명으로 불렀더니 느닷없이 그를 때려눕히더랍니다. 교장도 그 말을 들은 모양입니다."

"그 별명이 뭐였기에?" 트래버스는 반쯤 혼잣말처럼 물었다. 프랭클린은 대답했다.

그러자 뜻하지 않은 일이 생겼다. 트래버스가 벌떡 일어선 것이다.
"미안하네만, 다시 한번 말해 주게."

프랭클린이 되풀이 말했다. 트래버스는 깨지지 않을까 걱정이 될 정도로 힘껏 안경알을 닦았다. 그러나 그는 눈 한번 깜박이지 않았다. 두 눈을 꼭 감은 채였다. 이윽고 그는 일어서더니 사진을 가지고 왔다. 그리고 프랭크 리치레이의 사진을 전등불에 대고 꼬박 30초쯤 보고 있다가 그가 입 밖에 낸 말은 도무지 영문 모를 소리뿐이었다.

"그런 것을 생각해 내지 못했다니! 자네에게 크로스워드 퍼즐을 내겠네. 스펠링 9개로 이루어진 살인 범인의 이름을 찾아내 보게. 답은 리치레이(R-i-c-h-l-e-i-g-h)가 아닐세."

프랭클린으로서는 도무지 알 수가 없었다.

"미안하네. 좀 서두른 것 같군. 더 쉬운 문제를 내도록 하지. 리치레이는 수학 선생이었네. 동일한 것이란 두 가지 이상이 서로 같다는 것을 리치레이가 몰랐다고 생각하나?"

프랭클린은 아직도 여우에 홀린 것처럼 어리둥절한 얼굴이었다.

"자네는 내 머리가 돌기라도 한 줄 알겠지?" 트래버스는 말했다. 그리고 기묘한 미소를 지어 보였다. "나는 이 일을 생각해야 되네.

공연히 흥분해 봐야 아무 소용도 없으니까. 내일 아침 식사를 하러 오지 않겠나? 8시쯤이 좋겠군."

"오고말고요."

프랭클린은 상대방의 얼굴을 물끄러미 지켜보았다. 트래버스를 자극하여 전기가 통한 것처럼 행동케 한 놀라운 일이 있을 것 같으므로, 그 실마리라도 찾아내려고 했던 것이다.

"뭔가 굉장한 것이라도 발견하신 모양이군요?"

"아침 식사로 말인가?"

트래버스가 이렇게 말했으므로 두 사람은 소리 내어 웃었다. "여느 때와 같은 것일세. 어쩌면 특별 요리가 나올지도 모르지만 너무 기대는 하지 말게."

프랭클린은 그 말만으로 만족하지 않을 수 없었다.

발굴 작업

"밤새도록 자지도 않고 생각한 것일세." 트래버스가 말했다. "처음에는 오리무중이었으나 점점 깨닫게 되었지. 어젯밤 리치레이의 사진을 보고 문득 머리에 떠오른 사람을 생각하니, 이 크로스워드 퍼즐의 대답은 진 앨런(Gene Allen)이라는 것이 확실해졌네. 오늘 아침 정세는 지금 말한 대로일세. 어떤가, 이것으로 이야기가 진전될 것 같은가?"

"그러지 않아도 할 일이 없나 하고 심심해 하던 참입니다." 프랭클린이 말했다. "이번 조사가 운에 달렸는지는 몰라도 무언가 단서가 되기는 할 겁니다."

"어디서부터 시작할 작정인가?"

"글쎄요, 몇 가지 방법이 있을 것 같습니다. 우선 그 일에 관여한 사람부터 찾아야 하겠지요. 늘어선 줄은 꽤 길었다고 하셨지요?"

"줄잡아 200명은 되어 보였고, 내가 보고 있는 동안에도 10여명이 더 늘어섰네. 그러니 물론 최종적인 인원수는 모르지만, 진심으로 응모한 사람은 처음에 섰던 사람들이 아닌가 하네."

"크게 두 가지 방법이 생각났는데, 그런 인물이 행방불명이 되어 있는가를 조사하여, 만일 그렇다면 줄에 서 있었을 터이니까 거기서부터 신원을 파악하는 겁니다."

"처음 문제는 좀 어렵지 않을까? 즉, 그런 인물을 찾아내려고 한다. 그리고 그 줄에서 마지막으로 서너 명을 뽑아낸다. 모두 조건에 들어맞는 사람들이지. 다른 조건이 다 같다고 한다면 최종적인 선택은 어떻게 할까? 틀림없이 행방불명이 되어도 조사해 보려는 가족이나 친척들이 없는 사람일 걸세."

"그럴지도 모릅니다." 프랭클린이 대답했다. "그러나 포터라면 어떻게 해낼 겁니다."

"또 한 가지 문제인데," 하고 트래버스가 말했다. "이 방법은 자네의 수고를 덜어 줄 것 같네. 신문철을 다 조사하여 사진을 찾아보면 어떨까? 장삿속인 카메라맨이라면 분명히 그 행렬을 찍어 놓았을 걸세. 그리고 신문사 사진부에 찾아가 보는 거야. 그 중에서도 주요한 세 영화 신문사로 가 보게. 사무실은 나중에 알려 주지. 그리고 그 행렬을 사진으로 찍어 놓은 이가 있는지 조사하고, 사진이란 사진은 모두 긁어모아 얼굴 사진을 확대한 다음 스튜디오에 가서 신원을 알아보는 걸세. 배우, 스탭, 스튜디오의 수위 등에게 물어보면 무언가 알아낼 수 있겠지."

"그와 함께 현존하는 영화회사에서 정말 그 광고를 냈는지 어떤지를 조사해 보는 게 어떻겠습니까?"

"그것부터 먼저 조사해야 되겠군. 잘못된 전제라면 시작해 보아야 헛수고니까. 그러나 현존하는 영화회사가 아니라면, 그만큼 우리는 수확물에 다가서는 셈일세. 30분 뒤 회사 이름을 조사해 주겠네. 아마 혼자서는 못 할 걸세."

프랭클린은 줄랑고 빌딩으로 가기 전에 그 광고를 게재한 네 신문사의 광고부를 찾았다. 장부를 조사해 보니 어느 신문사에서나 타이프라이터로 친 광고문과 2회 게재분의 요금을 받았다는 사실이 밝혀졌다. 사무실 이름 말고는 표제도 없고, 서명은 다음과 같이 되어 있었다.

  지배인 F.W. 번팅

그리고 그 밑에 괄호를 친 뒤, 희극 영화 주식회사라고 적혀있었다. 구인 광고란의 이런 작은 광고는 특별한 사정이 없는 한 조사를 하지 않고 받고 있었다. 사용한 타이프라이터도 휴대용 롤랜드가 아니었다.

영화사 이름이 적힌 목록을 보고 프랭클린은 참으로 놀랐다. 모두 17개 회사! 그러나 희극 영화 주식회사는 그 속에 없었다. 그렇다면 광고가 진짜였나 하는 문제는 이미 해결된 것이다. 곧 세 사람의 부하가 신문의 사진 편집에 착수했다. 신문을 발행하고 있는 세 회사에는 프랭클린이 직접 가보기로 했는데, 이것은 시간과 인내를 필요로 하는 일이었다.

어느 회사나 다 워더 거리에 모여 있으므로 시간은 별로 걸리지 않을줄 알았는데, 5분이면 읽을 수 있는 이런 신문을 만들기 위해 몇천 피트나 되는 필름을 편집한다는 것을 미처 생각지 못했기 때문이다. 이 날은 겨우 한 회사만으로 끝났지만, 그는 이미 리게에트에 있는 창고로 가서 몇 마일이나 되는 필름을 보았던 것이다. 프랭클린이 구하는 사진은 격주에 한 번씩 발행되는 신문에 게재할 만큼 화제를 불러일으킬 흥미가 있다고는 볼 수 없었으며, 더 중요한 사건이 계속 일어나므로 사용되지 않고 있었던 것이다. 그러나 중요한 것은 프랭클린이 정말 잘된 사진을 손에 넣었다는 사실이었다. 그래서 다른 두

회사는 애써 찾아가지 않고 있는 재료만으로 일을 진행시켜 볼 작정이었다. 특히 다른 회사의 사진도 틀림없이 같은 위치에서 찍었으리라고 생각되기 때문이다.

포터를 비롯한 부하들이 확대한 사진을 들고 스튜디오를 돌아다니는 동안, 프랭클린은 하루해를 빌어 우선 그 사무실의 위치를 조사했다. 실제로 면접이 이루어진 방은 어느 가게였고, 임대 기한은 이미 끝나 있었다. 관리자——베드포드 가든즈의 파크네스 상회——는 폐쇄했던 이 점포를 F.W. 번팅이라는 남자에게 빌려주었다고 했다.

그 사람의 생김새를 물으니 사무원은 루돌프 발렌티노와 무정부주의자의 혼혈아처럼 생겼다고 일러 주었다. 아주 커다란 펠트 모자에 뿔테 안경을 썼으며, 턱수염을 기르고 있었다. 다리를 조금 절고 남이 알아차릴 정도로 말을 더듬었으며, 날카롭고 높다란 목소리로 말했다. 노란 장갑을 끼고 계약서에 서명할 때에도 장갑을 낀 채였다. 집을 빌린 사람이 행렬을 정리하는 데 고용했던 사람은 파크네스 상회에서는 모르고 있었다. 어떤 목적으로 가게가 쓰였는지조차도 모르고 있었다. 알고 있는 것은 다만 계약 기한이 끝나기 전날 열쇠를 돌려주었다는 것과, 가게며 증축된 별채에도 아무 이상이 없었다는 것뿐이었다.

"일주일 동안의 집세는 얼마였습니까?" 프랭클린이 물었다.

"20기니였지요." 사무원은 태연하게 대답했다.

프랭클린은 너무나 놀라서 저도 모르게 소리를 질렀다.

"그래, 그 사람은 무엇으로 지불했습니까?"

"현금입니다. 재무부에서 발행한 지폐로 말입니다."

프랭클린은 고맙다는 인사를 하고 F.W. 번팅의 서명을 베껴 적은 다음 그곳을 나왔다. 교장의 책상에 있던 서류에서 얻어 온 F.C. 리치레이의 필적과는 전혀 다르다는 것을 발견하고도 그는 그다지 뜻밖으로 여기지 않았다.

  이틀 만에, 그 행렬에 서 있다가 마술의 문 속으로 들어갔던 남자를 하나 찾아냈다. 게다가 그 사람 덕분에 다른 사실을 파악하는 단서도 얻을 수 있었다. 그는 복도에 있는 옆문으로 들어갔는데, 그 방은 가구다운 가구도 없이 다만 바깥쪽 창문에 걸린 커튼과 의자와 테이블이 하나 있을 뿐이었으며, 그 테이블 앞에 스페인 사람으로 보이는 한 신사가 앉아 있었다. 방은 어두컴컴했다. 그가 받은 명령과 질문은 대강 다음과 같은 것이었다.

"이름은?"

"주소는?"

"결혼했나?"

"무대 또는 영화에 출연한 경험은?"

"술은 마시나?"

"라이트 쪽으로 얼굴을 돌려 보라(이때 갑자기 플래시가 터졌다)."

"이번에는 옆얼굴."

  이 마지막 두 가지 문제를 다루는 사이에 조사를 받고 사진과 비교도 해보았다. 면접을 하는 시간은 모두 해서 3분도 채 걸리지 않았다. 테이블 앞에 있던 사람이 좀 날카로운 목소리로 말했다.

"수고했습니다. X씨. 합격되면 내일까지 알려 드리겠습니다. 그 문으로 나가십시오."

  그래서 그 사람은 증축한 별채 같은 곳을 통해 홀로 통하는 가운데 뜰로 나갔다. 낯익은 두 사람이 자기보다 앞서 면접을 치렀는데, 따라갈 수가 없었다. 프랭클린이 판단한 바로는 이 응모자는 그가 손에 넣은 진 앨런의 사진과 꽤 흡사해 보였다. 그는 결혼하여 아이가 셋이나 되며, 무대와 영화에도 경험은 있으나 금주(禁酒)주의자는 아니라고 솔직히 털어놓았다.

줄지어 섰던 다른 사람들이 시험을 치르는 모습에 대하여 꽤 흥미 있어 한다는 사실을 알 수 있었다. 어떤 응모자는 곧 거절당하고 말았다. 시험의 수속 절차는 아무래도 필요한 타입과 얼마나 비슷한가에 따라 다른 모양이었다. 얼굴을 매만지고 복장에 액세서리를 달아달라고 부탁하던 남자가 있었는데, 그에게는 처음의 세 가지 질문은 하지도 않고 요구하는 타입이 아니라고 간단히 거절했다고 한다.

그 몇 사람들에게 프랭클린은 턱수염과 뿔테 안경을 그려 넣은 리치레이의 사진을 내보여 주었다. 거의 모든 사람이 그 자리에서 그것은 테이블 앞에 있던 남자라고 말했다. 프랭클린은 한순간 승리한 듯한 기분이 들었으나, 다시 냉정한 마음으로 되돌아가 그 기쁨을 억눌렀다. 그는 이미 죽은 루돌프 발렌티노, 오웬 네어즈, 포브스 로버트슨의 사진을 사 가지고 왔다. 그리고 그 사진에도 역시 마찬가지로 턱수염과 안경을 그려 넣어 시험해 보았다. 결과는 두려워하던 대로였다. 뿔테 안경과 턱수염의 마술이었던 것이다.

그 밖에 안 일이라면, 그날 아침 11시 반이 되자 행렬이 전보다도 빠른 속도로 갑자기 앞으로 나아가기 시작했다는 사실이었다. 응모자들은 방으로 들어서자 한 사람에 2분의 비율로 시험을 빨리 마쳐 버렸다. 그리고 정오가 지나자 창문에 큰 쪽지가 나붙었다.

결정이 났습니다.
신청은 더 이상 받지 않습니다.

이것만을 조사하는 데도 며칠이 걸렸는데, 마침내 단서가 날아 들어왔다. 포터가 앨스트리에서 중요한 정보를 제공할 수 있는 인물을 발견하고, 곧 부장의 손에 맡겼다. 그 사람은 프랭클린에게 다음과 같은 말을 했다.

 이름은 아더 레스터, 피에로 극장에서 희극에 출연하고 홀에서 쇼도 했으며, 앨스트리의 국제 영화사에서 일한 경력도 가지고 있다. 진 앨런 역을 할 배우 모집 광고를 보자 분장에는 재능이 있었으므로 응모해 볼 만한 일이라고 생각했다. 맨 앞 줄에 서려고 홀번에서 일찍 아침을 먹었는데, 그 레스토랑에서 전에 함께 일했던 사람을 만났다. 프레데릭 플래이스라는 유순한 사람으로, 아주 훌륭한 인물이다. 플래이스도 응모할 예정이라고 말했다. 사실 레스터도 인정했지만 플래이스가 채용될 가망은 충분히 있었다. 촬영소에서도 그는 진이라는 별명으로 불리었으며, 기다리고 있는 동안에도 여러 차례 멋지게 진 앨런 흉내를 내보이곤 했다.

 그러나 두 사람이 8시에 와 보니 벌써 40명이나 되는 사람들이 줄지어 서 있었다. 그러나 그들은 줄 뒤에 차례로 서서 나중에 그 레스토랑에서 만나 의견을 나누기로 단단히 약속했다. 차례가 오자 레스터가 먼저 나갔다. 그러나 그의 허풍을 곧 알아보았으므로 그는 안뜰로 나오게 되었다. 그래서 그는 15분쯤 기다렸으나 플래이스는 나오지 않았다. 그리고 레스토랑에도 나타나지 않았으므로 더 이상 기다려도 소용이 없을 것 같았다. 아무래도 그는 채용된 것 같았다. 어쨌든 그 뒤로 플래이스의 소식은 들을 수 없었고, 모습도 찾아볼 수 없었다. 그가 알고 있기로, 플래이스가 마지막으로 일했던 직장은 여름 동안 서해안을 순회한 클리포드 카트라이트 흥행회사였다. 프랭클린은 충분한 사례를 했는데, 이 정보는 그만한 돈을 치를 만한 값어치가 있다고 생각되었기 때문이다. 다음으로 할 일은 전화번호부에서 클리포드 카트라이트 흥행사무실을 찾아내는 일이었다. 문의한 결과, 플래이스의 주소는 캄덴타운 마셜 거리 11번지라는 것을 알았다.

 마침내 목적물에 다가선 프랭클린은 곧 다음 버스를 탔다. 문을 노크하자 나온 중년 여인에게 플래이스 부인을 만날 수 있겠느냐고 물었다. 그러자 뭔가 잘못 안 것이 아니냐고 되물었다. 자기 남편은 세필드라고 하며, 2층에 살고 있는 가족은 플래이스가 아닌 로저스라고 했다. 자기는 이곳에 온 지 얼마 안 되므로 전에 그 방에 있던 사람이 누구인지 모르는데, 그러고 보니 아마도 이름이 플래이스라고 한 것 같으니 2층 사람에게 물어 보고 싶으면 옆문으로 올라가라고 말했다.

로저스네 가족은 모두 모여서 차를 마시던 중이었다. 로저스 부인은 플래이스 부인을 잘 알고 있었다. 시골에서 온 자그마한 여자로, 결혼한 지 얼마 안 되어 아직 아이는 없었다. 플래이스는 부인이 방을 내놓기 전 며칠 동안은 집에 없었다. 플래이스 부인은 가구를 다 팔아 버리고 이사를 갔다. 노퍽의 어디라고 했던 것 같다. 좀 잘 생각해 보라고 했더니, 아무래도 생각이 나지 않으나 그곳 이름을 들으면 알 수 있을 것 같다고 말했다. 그래서 프랭클린은 알고 있는 고장의 이름을 몇 군데 대어 보다가 나가서 자동차 여행용 지도를 사 가지고 왔다. 로저스 부인은 그 자리에서 손가락으로 어떤 지명을 가리켰다——세트포드.

플래이스 부인이 왜 이사를 갔는지 모르느냐고 물으니, 로저스 부인은 잘은 모르지만 무슨 강한 의심을 품고 있었던 것 같다고 말했다. 플래이스 부인이 울고 있는 것을 본 일이 있으므로, 짐작컨대 남편에게서 버림을 받은 것이라는 결론을 내렸다고 한다. 플래이스가 배우이고 종종 순회공연을 가는 것은 알고 있지만, 이번 경우는 여느 때와는 다른 것 같다고 말했다는 것이다.

프랭클린은 아직 기뻐하기는 이르다고 생각했다. 이제 가까스로 희망이 있음직한 발자취를 찾아낸 데 지나지 않는다고 스스로에게 타일렀다. 법정에서 조금이라도 도움이 될 만한 것은 아직 아무것도 발견되지 않은 것이다. 리치레이도 지금 이 발견과는 전혀 관련성이 없었다. 그러나 그는 루드빅 트래버스에게 전화를 걸었다.

"플레이스 부인이 간 곳이 어디라고 하던가?"

"세트포드입니다. 노퍽에 있는 작은 고장입니다." 그리고 그는 "아시겠습니까?" 하고 물어 보려다가 상대방이 굉장히 많은 지식을 가지고 있음을 떠올리고 곧 입을 다물었다.

"세트포드? 그거 참, 재미있게 되었군! 자네가 내일 점심을 마칠 때까지 기다렸다가 나도 함께 데리고 간다면 자동차로 갈 텐데?"

프랭클린은 이 기회를 놓치지 않았으므로 다음날 두 사람은 마지막 발굴 작업에 착수하기 위해 벨 야드를 향해 출발했다. 여관집 마부는 플레이스 부인에 대해서는 아무것도 몰랐으므로 우체국부터 들러 보았다. 배달부는 아무 도움이 못되었으나, 한 사무원이 우연히 생각해 냈다.

"어머니가 미망인이라면, 유스톤 거리의 별장 같은 집에 살고 있는 사람인지도 모릅니다."

그래서 드디어 마지막으로 한 바퀴 둘러보기 위해 출발했다. 프랭클린이 작은 별장처럼 지어진 집의 문을 두드리니 아직 30살이 채 안되어 보이는 흰 블라우스에 검은 스커트 차림의 여자가 문을 열었다. 프랭클린은 모자를 벗었다.

"실례입니다만, 플레이스 부인이 사시는 곳은 어디입니까?"

여자는 이상한 듯이 프랭클린을 쳐다보았다. 눈은 물끄러미 그를 쳐다보고 있었으나, 겁을 먹은 듯한 표정을 짓고 있었다. 이윽고 그녀의 시선은 뒤에 서 있는 키가 더 큰 사람 쪽으로 옮겨졌다. 그녀의 대답은 오랜 수사가 드디어 종점에 이르렀음을 알려주었다.

"제가 플레이스 부인입니다."

그리고 그녀는 그 자리에 서서 말없이 기다렸다.

수수께끼는 풀렸다

1

 프랭클린은 망설였다. 이 우수에 서린 표정을 짓고 있는 부인에게 이제부터 해야 할 말은 그로서는 힘든 일이었고, 그녀에게는 가슴 아픈 일이었다. 그러나 그가 지금 그런 동정을 하고 있을 때는 아니다.
 "들어가도 괜찮겠습니까, 플레이스 부인? 당신에게 알려 드릴 일이 있어 왔는데요."
 그녀는 깜짝 놀라 무슨 말인가 물어 보려는 몸짓을 했다. 그러나 손을 힘없이 내려뜨리고 뒤로 물러선 다음 프랭클린과 트래버스를 안으로 들어가게 했다.
 거실에 있는 가구는 의자와 커다란 책상, 소나무로 만든 그릇 선반, 녹색 테이블보를 씌운 식탁 등 소박한 시골풍이었다. 난롯가 선반에는 김이 오르는 주전자가 놓여 있고, 난로 앞에는 고양이 한 마리가 손으로 짠 깔개 위에 배를 깔고 누워 있었다. 맨틀피스 위에는 놋쇠로 된 촛대 두 개가 은처럼 희게 반짝이고, 그 사이에 구릿빛 나는 인형과 반짝이는 술잔이 놓여 있었다. 버드나무로 엮은 의자에 중년 부인이 앉아, 창문으로 비치는 오후의 햇살을 등에 받으며 양말을 깁고 있었다.
"이제 그만 하세요, 어머니." 플래이스 부인이 말했다. "그렇지 않아도 눈도 나쁘면서……. 우리에게 알릴 것이 있다고 신사 분들이 찾아오셨어요."
어머니도 낯선 두 사람을 보자 깜짝 놀란 모양이었다. 부인은 당황하며 깁던 양말을 내려놓고 일어섰다.
"그대로 앉아 계셔도 돼요" 하고 딸이 말했는데, 프랭클린이 듣기에는 좀 화가 난 것 같았다. "앉으세요, 저……?"
"저는 프랭클린이라고 하며, 이분은 트래버스 씨입니다. 죄송하지만, 좀 앉겠습니다. 지금부터 말씀드려야 할 일이 시간이 걸릴지도 모르니까요."
그는 두 여인의 얼굴에 경계하는 빛이 짙어가는 것을 보자 서둘러 덧붙였다.
"그렇다고 뭐 대단한 일은 아닙니다. 사실을 말하자면 두 분의 도움을 바라고 있는 겁니다."
"밀리, 나는 차를 가져오마." 월포드 부인이 말했다.
"어머닌 여기 계세요." 딸은 단호한 말투로 말했다. "그리고 램프에 불을 켜 주세요." 그러면서 이번에는 프랭클린을 보고 말했다.
"제 남편에 대한 이야기인가요?"
"그렇습니다. 하지만 대단한 일은 아니라고 생각합니다. 어머니도 계셔 주시면 고맙겠습니다. 월포드 부인이시지요? 우체국에서 댁의 이름과 주소를 일러 주더군요."
"그렇습니다. 그리고 밀리는 제 하나밖에 없는 딸입니다."
월포드 부인은 자기 의자에 엄격하게 도사리고 앉으면서 애써 마음의 동요를 감추려고 했다.

"제 설명을 들어 보시면 왜 찾아왔는지 부인도 이해하시리라 생각합니다." 프랭클린이 말했다. "저는 사립 탐정으로, 플레이스 부인의 남편과는 아무 관계도 없습니다. 그런데 우연히 제가 찾고 있는 사람이 댁의 남편을 고용하고 있었다는 것과, 두 사람 다 행방불명이 된 사실을 알게 되었습니다. 남편 친구로부터 당신이 살던 캄덴타운의 주소를 알아내었고, 그집 2층에 살고 있는 로저스 부인에게서 당신이 세트포드에 산다는 말을 듣고 찾아온 겁니다. 이것으로 제가 바라는 일이 무엇인지를 아셨겠지요? 남편이 어디에 계신지 말씀해 주시면 제가 찾고 있는 사람도 찾아낼 수 있다고 봅니다."

"전 남편이 어디 있는지 몰라요. 벌써 오랫동안 만나지 못했고 소식도 못 들었거든요."

"그거 참, 안 됐습니다. 부인께서는 부디 제가 개인적인 문제를 물어보고 있다고는 생각지 마십시오. 저는 플레이스 씨에 대해서는 아무것도 모르며, 비밀 같은 것을 알고 싶지도 않습니다. 제가 바라는 것은 다만 플레이스 씨를 고용한 사람을 찾아내는 일입니다."

밀리의 눈에 눈물이 왈칵 괴는가 싶더니, 소리 내어 흐느껴 울기 시작했다.

"부탁입니다, 플레이스 부인······아아, 미안하게 됐습니다."

프랭클린이 얼버무려 달래면서 난처한 얼굴로 트래버스를 돌아보았다. 어머니가 급히 다가와 딸의 어깨를 손에 얹었다.

"왜 이러니, 밀리! 이러지 말라고 했잖니? 이제 그만 울어라."

부인은 프랭클린을 보고 말했다.

"곧 가라앉을 거예요. 여러 가지 너무 속상한 일이 있었던 터라 충격을 받은 거랍니다."

울음이 차츰 가라앉더니 마침내 밀리는 눈물을 닦았다.

"이분들께 그 편지를 보여 드리세요, 어머니. 제 핸드백 속에 있으니까요."

윌포드 부인은 편지를 가지고 왔다.

"차를 드시겠어요? 가져오겠습니다."

"고맙습니다, 윌포드 부인. 마시고 싶군요. 다 함께 들기로 하지요."

윌포드 부인이 차를 준비하고 있는 동안 그는 편지를 읽었다. 그리고 트래버스에게 주었다. 그러나 둘 다 무슨 뜻인지 전혀 알 수 없었다.

"남편이 말한 이 어기란 누구입니까?" 하고 트래버스가 물었다.

"저야말로 알고 싶어요." 플래이스 부인도 영문을 모르겠다는 듯이 대답했다. "보나마나 남편을 못 살게 구는 여자일 거예요. 그리고 제가 아무리 걱정을 해도 남편은 멋대로 내버려 두고 있을 거예요."

"당신이 실제로 남편을 마지막으로 만난 것은 언제입니까, 플래이스 부인?" 프랭클린이 물었다.

"언제였지요, 어머니? 나는 분명 8월 말쯤이라고 생각하는데……. 순회공연이 순조롭지 못하여 돌아왔는데, 무언가 다른 일이 생기기까지는 적어도 한 달은 놀아야 한다는 것이었어요. 그때 마침 신문 광고를 보고 응시해 보겠다고 했지요."

"그 광고가 어떤 것이었는지 아십니까?"

"몰라요. 그 사람은 일을 얻지 못하면 제가 걱정할까봐, 그런 일은 절대로 저에게 의논하는 법이 없었지요."

"좋은 남편이셨군요."

"물론이에요. 그렇게 좋은 사람은 없었어요. 그러므로 여자가 생겼다 해도 조금도 이상할 건 없다고 생각했지요. 저는 그날 이후 그 사람을 전혀 만나지 못했어요. 그리고 나서 일주일쯤 지나 편지가 왔는데, 북부에서 직업을 잡을 것 같다면서 일단은 비밀로 해 둬야 한다고 말했습니다. 그리고 제가 편지를 보낼 주소와 함께 돈이 10파운드 들어 있었어요. 그래서 저는 어디인지 알아보려고 직접 가보았더니, 엘리팡트 근처에 있는 담뱃가게로 편지만 받고 있었어요. 그리고 2, 3일이 지나 또 편지가 왔는데 역시 10파운드가 들어 있었어요. 편지 내용도 무슨 말인지 갈피를 잡을 수가 없어서 저는 너무 화가 나서 불 속에 던져 버렸어요. 그 뒤로 한동안 아무 소식도 없다가 이 편지가 왔는데, 이 편지 속에는 20파운드가 들어 있었지요. 어머니가 이곳에서 회송해 주셨어요. 다른 한 통도 이쪽으로 왔었지요."

"이것을 받았을 때, 어떻게 생각하셨습니까?" 프랭클린이 물었다.

"댁이라면 어떻게 생각하시겠어요? 따로 여자를 두고, 편지를 봉투에 잘못 넣은 거겠죠."

"남편께서는 상당한 교육을 받은 분이셨군요?"

"중학교에 다녔다고 했지요, 어머니? 그이는 늘 책을 읽어요."

"어떤 책입니까?"

"쓸데없는 추리소설이었어요. 늘 그 생각만 하는 것 같아서 전 딱 질색이었어요. 그이는 집에 있을 때도 난로 앞에서 말없이 책만 읽고 있었답니다."

"자, 이쪽으로 오셔서 차를 드세요." 윌포드 부인이 말했다. "다 식겠어요."

"죄송합니다만, 조금만 더 기다려 주십시오." 프랭클린은 트래버스에게 봉투를 건네주며 말했다. "좀 의심스러운 점이 있습니다. 그다지 중요한 일은 아니라고 생각되지만, 왜 봉투에 미스 플래이스로 되어 있을까요?"

윌포드 부인은 차를 따르다 말고 다가왔다. 그리고 두 부인은 봉투를 불빛에 비춰 보았다.
"정말 그렇구나, 밀리!" 윌포드 부인이 소리쳤다. "정말 이분의 말이 옳아. 나는 그걸 몰랐어."
딸은 의심스러운 표정을 짓더니, 당연하다는 듯이 말했다.
"어머니는 눈이 나쁘시잖아요. 하지만 무엇 때문에 이렇게 썼는지는 저도 역시 모르겠어요. 그 사람에게는 누이도 없고, 남자 형제도 없는데."
"아니, 뭐 그리 걱정할 일은 아닙니다."
트래버스는 플레이스 부인의 눈에서 금방이라도 눈물이 쏟아질 것 같은 기색을 알아차리고 말했다.
"당신도 급히 쓸 경우에는 '미시즈'와 '미스'를 잘못 쓰는 일이 있지 않겠습니까? 그러면서 '미시즈'라고 쓴 줄로만 알고 있는 거지요. 그러니까 사실상 마찬가지인 셈입니다."
모두 테이블로 옮겨 앉자, 두 사람은 이야기를 다른 방향으로 이끌어 가려고 애썼다. 교육을 받지 못하고 가난하게 자란 시골 사람 가운데에는 모르는 사이에 자연의 품격을 몸에 지니게 되는 사람이 있다. 윌포드 부인이 바로 그런 여자였다.
"당신은 이 지방 분이시지요?" 트래버스가 물었다.
"그렇습니다. 태어나면서부터 줄곧 이곳에서 살아 왔지요."
"그러십니까? 그럼, 헤인튼을 아시겠군요?"
부인이 딸을 보고 웃자, 딸도 웃었다. "모를 리 있겠어요? 저는 결혼하기 전에 그 목사관에서 잔심부름을 했는걸요."
"아아, 정말 뜻밖의 일도 있는 법이로군요!" 하고 트래버스는 크게 소리쳤다. "저는 어렸을 적에 휴가 때면 늘 그곳에서 지냈습니다. 제프리 랜섬과는 같은 학교를 다녔어요."
"어머나? 그거 참 묘한 일도 다 있군요. 그 랜섬 도련님의 아버지는 제가 일하고 있을 무렵, 이 고장의 목사님이었지요. 저는 제프리 도련님이 태어났던 일을 기억하고 있어요."

어느새 묘한 어색함은 사라져 버렸다. 그러나 프랭클린은 자기들이 찾아와서 월포드 부인이 왠지 모를 불안과 공포를 느끼고 있다는 사실을 알았다.

돌아가려고 트래버스와 함께 일어섰을 때, 프랭클린이 말했다.

"이 편지를 좀 베껴 가도 되겠습니까, 플래이스 부인?"

그녀는 흘끔 어머니를 쳐다보았다.

"잊지 마시고 되돌려 주신다면 가지고 가서도 괜찮아요."

"그 일이라면 염려 마십시오."

프랭클린은 편지를 조심스럽게 집어넣었다. 그리고 마지막으로 물었다.

"플래이스 부인, 이런 것을 묻는 건 마음 내키지 않는 일입니다만 용서해 주시리라 생각합니다. 남편에 대한 말은 꽤 많이 들었습니다만 누구에게 물어 보나 평판이 꽤 좋은 것 같더군요. 이 편지에는 실제로 씌어 있는 내용 이상의 뜻이 있다고 보는데, 어떻게 생각하십니까? 실례입니다만, 남편이 세상에서 말하는 비열한 수단을 쓴 것 같다는 생각을 해본 일은 없으십니까?"

그녀는 고개를 저었다.

"남편에게 다른 여자가 생겼다는 의심이 갈 만한 다른 징조는 눈에 띄지 않았습니까? 즉 당신은 남편을 믿고, 남편은 당신을 믿고 있었느냐는 말입니다만?"

그녀는 그렇다는 몸짓을 했으나, 곧 눈에 눈물이 글썽거렸다. 프랭클린은 자기가 무슨 말을 더 하게 될지 자신이 없어졌다. 트래버스 쪽으로 흘끗 눈길을 던진 다음 두 사람은 작별 인사를 했다. 그리고 문 앞에서 한마디 덧붙였다.

"여러 가지로 고맙습니다, 플래이스 부인. 너무 낙심하지 마십시오. 이제 우리가 남편을 찾아 드리겠습니다. 그러면 모든 것이 해결되겠지요. 월포드 부인, 내년 이맘때쯤에는 따님이 꽤 어리석은 일로 걱정했다고 한바탕 웃게 될 것입니다."
어머니는 곧 상대방의 말뜻을 알아들었다.
"그렇게 말씀하시니, 정말 그럴 것 같은 생각이 드는군요."
그러나 돌아가는 길은 둘 다 그다지 즐거운 기분이 아니었다. 그 작은 가정에서 베푼 정성 어린 대접과 소박한 호의로 두 사람의 가슴은 마치 두들겨 맞은 것처럼 아팠던 것이다. 거기서 얻은 정보로 말미암아 앞길은 점점 어두워졌다. 두 사람의 눈으로는 벌써 그 일이 실제로 일어나고 있음을 뚜렷이 볼 수 있었지만, 결국 언젠가는 그 작은 가정을 또 누가 방문하여 눈물을 흘리는 것만으로는 가라앉지 않을 슬픔 속에 한 여성을 남기고 가버릴 운명이 펼쳐질지도 모를 일이었다.

2

"참 딱한 일이로군." 트래버스가 말했다. "나는 토머스 리치레이 같은 자의 살인 사건에 참견하지 않아도 되련만, 살인 사건이라는 게 일어났고, 또 그 부인들이 처한 상황도 보았네. 앞으로 그 두 사람은 어떻게 살아간단 말인가! 그 일에 대해 어떻든 생각해 줘야 할 걸세, 프랭클린."
그리고는 그는 급히 무엇인가 써넣었다.
프랭클린은 언짢은 표정으로 물끄러미 난롯불을 쳐다보고 있었다. 그는 잠깐 잡담을 나누고 잠자리에 들기 전에 술이라도 한잔 드는 동안 앉아 있으려고 했는데 사실은 이 잡담이 벌써 1시간이나 계속되고 있었다. 더욱이 돌아오는 길에도 내내 계속되었으며, 식사를 하면서도 줄곧 그 이야기를 나누었다. 그는 그 편지를 들고 있었고, 두 사람이 마주 앉은 테이블 위에는 봉투와 도수 높은 독서용 확대경이 놓여 있었다.

"더 이상 우리가 아는 일이 있습니까? 그것이 문제입니다. 플래이스가 일에 손을 댄 것만은 확실합니다. 그러나 어떤 뜻으로 보나 리치레이와 결부되는 증거가 없잖습니까?"

"전혀 없네." 트래버스가 말했다. "아무리 조바심해도 소용없네. 이렇게도 말할 수 있겠지——로마는 하루아침에 이루어지지 않는다. 그래도 우리가 예상했던 것보다 사정은 좋아지지 않았나?"

"자신이 넘치는 모양이시군요. 저도 그렇습니다. 지금 골치를 앓고 있는 것은, 왜 플래이스가 그 편지를 다른 봉투에 넣는 얼빠진 짓을 했을까 하는 점입니다."

"가령 플래이스가 그런 잘못을 저질렀다고 하세. 그러면 자네가 한 이야기와 자네의 질문에 대답한 플래이스 부인의 말로 미루어 보건대, 플래이스의 생각과 연애 사건은 아무래도 관련성이 없는 것 같네. 내가 알고 싶은 것은 플래이스가 두 통의 편지를 보내는 데 왜 직접 보내지 않고 장모의 손을 거쳤을까 하는 거야."

"제 생각에는," 프랭클린은 말했다. "플래이스 부인이 걱정할 것을 알고 한동안 시골 어머니한테 가 있으리라고 상상한 것 같습니다. 플래이스가 보낸 돈은 그런 작은 고장에서라면 상당히 오랫동안 살아 나갈 수 있을 겁니다. 편지를 노력으로 보내면 확실하게 전해질 테니까요. 부인이 그곳에 있으면 직접 받을 것이고, 만일 없다 하더라도 어머니가 반드시 전해 줄 게 아닙니까."

"그러면 '미스'로 되어 있는 것은 어떻게 된 일일까? 누가 보더라도 그렇게 읽을 수밖에 없지 않나?"

프랭클린의 머리가 활발히 움직이기 시작했다.

"알았습니다. 당신은 F.W. 번팅이 질문한 말을 생각한 거지요? '결혼했느냐' 하는 질문에서 플래이스는 그 어투로 보아, 자기가 그 일을 바란다면 '아니오'라고 대답하는 편이 좋다고 판단했던 겁니다. 그런데 무슨 일이 있어도 아내에게 편지를 써야 했으므로 꾀를 내어 미혼인 여동생을 만들어 낸 것입니다."

"그렇게 생각하는 것이 아마 옳을 걸세" 하고 트래버스는 말했다. "그러나 왜 플래이스는 편지로 설명하지 않았을까? 부인에게라면 비밀히 하라고 말할 수도 있었을 텐데."

"플래이스는 약속을 했고, 어리숙하게 그 약속을 지킨 것입니다. 아마 보수가 너무 많아서 그 자리를 놓칠까봐 모험을 할 생각이 없었던 거지요. 어쨌든 아내에게 아주 짧은 기간에 꽤 많은 돈을 보냈습니다. 그 사람으로서는 한 밑천을 마련할 만한 돈을 받고 있었을 겁니다."

"자네 말이 옳은지도 모르겠네" 하고 트래버스는 말했다. "그러나 리치레이라는 인물을 아무 데서도 찾아볼 수 없지 않나? 그 편지를 다시 한번 보세.

　사랑하는 어기
　편지를 받으니 몹시 반갑긴 하지만……

플래이스는 아마 그런 편지를 받은 일이 없을 걸세. 그저 둘째 번 편지를 쓸 이유를 만들기 위해 거짓말을 꾸며 댈 수밖에 없었던 거지."

"하지만 그렇지 않을 겁니다." 프랭클린이 말했다. "만일 자기가 보낸 첫 편지의 답장을 받았다면 여동생에게 주소를 가르쳐 준 셈이 됩니다. 틀림없이 필적을 바꾸어 자기가 자기에게로 보내는 답장을 써서, 이곳이라면 동생이 편지를 보내도 좋다고 허락받은 주소로 보낸 것이겠지요."

"그것은 정확히 모를 일일세." 트래버스는 말했다. "좀더 정보를 손에 넣지 못하면 이 편지의 배후에 있는 사실을 파악할 수 없네. 그 다음은 뭐라고 씌어 있나?"

······관절염으로 고통받고 있다니 정말 안됐구나. 만일 나의 충고를 받아들여 준다면, 네가 하는 말은 절대로 안 될 일이다. 톰 부인을 찾아가 거기서 지내도록 해라. 그대로 수렁에 빠져 꼼짝도 못하고 있어서는 그레이트 옥슬리도 관절염에 좋지 않을 거야······

"그런데 이 사람은 왜 또 이렇게 구구하게 관절염에 대한 말을 썼을까?"

"그레이트 옥슬리로 가서 좀 조사해 보면 어떨까요?" 프랭클린이 말해 보았다.

"잠깐만! 생각난 일이 있네." 트래버스는 벌떡 일어서더니 도서실로 갔다가 곧 되돌아왔다.

"영국을 다 찾아보아도 그런 이름을 가진 도시도 없고 마을도 없네. 자, 보게나."

낱장으로 떨어진 편지를 펼치더니 트래버스는 그 뒤쪽에 풀 묻은 테이프를 붙여 차례대로 고정시켜 놓았다. 그랬더니 곧 엄청난 사실이 발견되었다.

그레이트 옥슬리도 관절염에 좋지 않을 거야. 적어도······ (Great oxley is no good for rheumatism and nobody could ever······)

"알았네! 낱말 하나하나의 머리글자를 모아 보게! '프랑스로 간다(Going France)'가 되지 않나?"
두 사람은 깜짝 놀라며 얼굴을 마주 보았다. 그러나 곧 다시 편지로 눈길을 옮겼다. 트래버스가 손가락으로 짚어 내려가자 또 다른 부분이 나타났다.

……모든 관절염 환자에게 효력이 있다고는 볼 수 없으므로…… 기대할 수는 없을 것 같다(……cure all rheumatic cases and so surely one needn't expect……)

"칼카손느(Carcassonne)를 말하는 것이라면 'n'이 두 개 있어야 하지만," 트래버스는 말했다. "그러나 그런 것은 아무래도 좋네. 또 있나?"
편지는 다시 불길한 감동과 함께 계속 읽혀졌고 그 머리글자가 모여 하나의 문장을 이루는 부분이 나타났다.

……잘하면……정식 직원이 되어 있을 거야……(……news ought to make a real record if everything doesn't……)

"됐다!" 프랭클린은 외쳤으나 곧 입을 다물었다.
"다시 한번 해보세." 트래버스가 말했다.
"이번에는 거꾸로. 이러니 확대경으로 보아도 비밀 표시가 있을 리가 없지."
그러나 더 이상은 나타나지 않았다. 트래버스는 'GONIG FRANCE. CARCASSON(N)E. NOT MARRIED'라는 말을 써서 프랭클린에게 주었다.

"플래이스 부인이 불속에 넣었다는 횡설수설한 편지만 볼 수 있다면 나는 기꺼이 50파운드 내겠네! 그 편지가 이보다 앞서 왔다고 한 건 틀림없는 사실이며, 게다가 이 편지에 대한 설명도 했을지 모르니 말일세."
"플래이스가 너무 잔꾀를 부리지 않았더라면 지금까지 살아 있을지도 모를 텐데……. 아니, 이렇게 말해서는 안 되지요. '너무 정직하지 않았으면' 이라고 고치겠습니다."
트래버스는 머리를 저었다.
"우리는 아직도 모르는 일이 많이 있네. 플래이스가 왜 이런 편지를 썼을까 하는 데 대해 자네는 어떻게 생각하나?"
프랭클린은 잠시 생각했다.
"뭔가 이상한, 그리고 도저히 피할 수 없는 이유로 플래이스는 아무하고도 편지 왕래를 하지 않겠다는 약속을 한 것입니다. 그런데 나중에 곰곰이 생각하니 아내가 몹시 걱정하리라는 생각이 들었지요. 그래서 요행수를 바라며 아주 조심스러운 편지를 썼고, 또한 편지를 써 보낼 곳을 일러 주었던 겁니다. 그런데 그 편지에 답장이 오지 않았으므로 같은 방법으로 또 편지를 냈다가는 위험하리라는 생각이 들었겠지요. 그래서 플래이스는 고용주를 찾아가, 고용주가 편지를 읽어 본 다음 편지를 부친다는 조건으로 노퍽에 있는 누이동생에게 편지를 보내도 되겠느냐고 물었던 것입니다. 한편 플래이스가 보낸 돈은 아내에 대한 그의 진심을 보증하는 것입니다. 그 뒤 다시 한번 편지가 쓰고 싶어서 좀 전에 잠깐 말씀드린 대로 고용주가 있는 장소가 아니라 허락된 주소로, 자기가 받을 편지를 쓴 겁니다. 아마 그 편지에는 여기서 말하고 있는 관절염 운운하는 문구가 들어 있겠지요. 그리고 플래이스는 그 편지에 답장을 보낼 수 있도록 허락을 받은 것입니다. 또 플래이스는 아내가 숨겨진 뜻을 알아차리고 읽어 주기를 기대했을 겁니다. 그 부인이 잘 생각하면, '어기'라는 별명과 관련이 있는 부부 사이에만 통용되던 개인적인 실마리가 생각날지도 모릅니다. 아마 어떤 기회에 둘이서 장난치며 말했던 농담인지도 모르지요. 플래이스는 이 생각을 탐정소설에서 따 왔을 것이므로 그 소설을 읽어보면 거기서 무언가 다른 사실을 파악할 수 있을지 모릅니다. 제가 생각할 수 있는 건 이게 전부입니다."

"만일 내가 플래이스를 고용한 사람이라면," 트래버스가 말했다. "그 편지를 부치게 된 일을 오히려 기뻐했을 걸세. 걱정하지 말라느니, 해외로 갈지도 모른다느니, 또 불쑥 나타날지도 모른다느니 하고 의심하는 마음을 달래 주는 말이 씌어 있으니까 말이야."

프랭클린은 시계를 보았다.

"꽤 늦어졌군요. 내일 또 일찍 찾아오기로 하고 그만 가 봐야겠습니다."

"자고 가면 되지 않나? 잠자리는 팔머가 준비해 줄 걸세. 돌아가지 않아도 걱정할 사람이 없지 않은가?"

"괜찮으시다면 자고 가게 해 주십시오. 그럼, 고용주가 쥐고 있던 플래이스의 급소란 어떤 종류의 것이었을까 하는 문제를 생각해 보기로 하지요. 그것을 알면 사건 전체의 대체적인 재구성을 할 수 있다고 생각되는데요."

"플래이스의 고용주를 리치레이라 가정하고 생각하는 게 좋을 것 같군. 칼카손느라는 말이 있는 이상, 거의 틀림없을 것일세. 그럼, 리치레이가 쥐고 있다고 할 수 있는 플래이스의 급소란 어떤 것이었을까?"

이리하여 다시 토론이 시작되었다. 그 토론이 끝나자, 다음날 아침에 제출할 수 있도록 토론 내용을 요약해서 적어 두었다. 그리고 밤

이 이슥해졌는데도 트래버스는 끝으로 편지를 한 통 써서 그 겉봉에
다음과 같이 써넣었다.

노리치 헤인튼 목사관
P. 랜섬 귀하

전투 준비 완료

1

 다음날 아침, 프랭클린이 지난밤에 참으로 극적인 결말을 보인 갖가지 사건에 대해 상세한 설명을 하고 났을 때는 이미 9시였다. 프랜시스 웨스튼은 그를 눈엣가시처럼 여기면서도 날카로운 상상력만큼은 인정하고 있었는데, 과연 놀라고 감탄했다. 그리고 상황 증거이건 무엇이건 배심원을 납득시키는 데 필요한 증거를 얻기 위해서라면 아무리 오랜 시간이 걸리더라도 이 사건은 반드시 결말을 지어야겠다고 생각했다.
 "내가 내릴 수 있는 유일한 비평은 이 증거에 서로의 관계가 결여되어 있다는 점일세. 이를테면 프랭크 리치레이는 과연 F.W. 번팅과 동일 인물인가? 플래이스는 리치레이를 만난 뒤 실제로 어떤 일을 했는가? 이 공모자들은 어디서 만났는가? 이런 여러 가지 점에 대해 좀더 증거를 수집해 주기 바라네. 그러면 소송 사실로 제출할 수 있을 걸세."
 "그런 어려움은 분명히 있습니다만," 하고 프랭클린은 인정했다.

"그러나 한 가지 사실은 인정해 주시리라 생각합니다. 이 통신이 그 편지에서 밝혀진 이상 리치레이와 플래이스는 분명히 서로 관련이 있다는 것 말입니다. 이 날짜와 칼카손느라는 말이 그것을 증명해 주고 있습니다."

"그것은 인정하네." 웨스트 경이 대답했다. "그러나 기억할 줄 아네만, 전에도 말했듯이 나는 일반적인 배심원의 관점에서 말하는 것일세. 하기야 자네가 말하는 것은 옳다고 보네. 자네 말이 옳다는 데 몇 파운드를 걸어도 좋아. 그러나 또한 배심원이 유죄를 인정하지 않으리라는 것에도 같은 액수의 돈을 걸겠네. 자, 다른 문제로 옮기세. 자네들은 경시청에 제출할 만한 충분한 사실을 파악하고 있다는 점에 서로 의견이 일치되고 있는 거겠지?"

"약속한 대로라면 이것으로 충분하다고 확신합니다." 프랭클린은 말했다. "이쪽에서 경시청이 해야 할 일을 제시하고 있는 겁니다. 특히 경시청이 아니면 할 수 없는 일이지요. 게다가 우리는 경시청을 적대시하는 건 아니니까요."

"자네는 어떻게 생각하나, 트래버스?"

"전혀 문외한이지만, 저도 동감입니다."

그런데 아침 식사가 끝난 뒤 다시 한자리에 모였을 때, 네 번째로 등장한 것은 호워튼 총경이 아니라 스콧 수사과장이었다. 그의 태도는 아주 친밀했다. 아무래도 프랭클린에게보다는 트래버스에게 친절히 대했는데, 이것도 예상했던 일이었다.

"스콧 과장은," 하고 프랜시스 경은 말했다. "지금 대강 이야기를 했더니 이 증거에 상당한 가능성이 있다고 인정하고 있네. 나는 아주 온당한 조건을 내놓았네. '아주 온당한'이라고 내가 말한 것은, 당국에 간청하는 기회를 얻는 일이 그렇게 자주 있는 일은 아니기 때문일세. 그리고 조건에 대해서는 서로 의견이 일치했네. 만일 이 증거가 우리가 예상한 대로 밝혀지면 신문이 제공하고 있는 상금은 프랭클린이 받게 될 걸세."

"프랜시스 경, 잠깐 여쭐 말씀이 있습니다." 프랭클린이 말했다.

"말해 보게."

"지금까지 이 사건은 완전히 운이 좋아서 잘 풀려 나갔다는 사실을 저도 인정하며, 트래버스 씨도 그렇게 생각하고 계십니다. 경시청과 다투게 되리라고는 전혀 생각지도 못했지요. 우리는 조사에 있어 단독적인 방법을 택했을 뿐이며, 우연히 큰 행운을 만난 데 지나지 않습니다."

"그렇게 말해 주니 기쁘네만," 하고 스콧이 말했다. "그러나 자네들에게 대해 공평하려면, 내 경험으로는 행운과 노력은 결코 인연이 먼 게 아니라는 말을 덧붙여야 할 것 같네."

"이런 문제는 너무 딱딱하게 생각할 필요가 없다고 보네." 이렇게 말하며 프랜시스 경은 시거 상자를 테이블 위로 밀었다. "그런데 자네에게 부탁할 일이 꼭 한 가지 있네, 프랭클린. 아까 읽어 주었던 보고서를 다시 한번 읽어 주게."

"좋습니다. 그러나 단지 윤곽에 지나지 않는다는 것을 알아 주셔야 합니다. 이것은 어젯밤에 트래버스 씨와 제가 의견의 일치를 본 보고서입니다."

자기 일에 대해 한두 가지 불쾌함을 느끼게 되는 시기가 프랭크 리치레이의 인생에 찾아들었다. 우선 일에 싫증이 났다. 또 교장이며 동료들과도 뜻이 맞지 않았고, 게다가 영국의 겨울은 앉아서 하는 일이 많은 그로서는 건강에 너무 부담이 컸다. 그는 만일 백부가 죽게 되면 지금 생활과는 크게 달라지리라는 생각을 가끔 했다. 자기 재산은 불운한 투자로 잃었으나, 만일 모든 일이 뜻대로 잘 되면 1년에

500파운드라는 돈이 자기 손안으로 굴러들어올 수 있었다.

　더욱이 그는 백부를 미워하고 있었다. 백부와 가정부의 관계를 처음 들었을 때, 그는 무서운 충격을 받았다. 이 사실은 곧 그가 이 학교에서 앞으로 20년 동안은 더 일해야 한다는 걸 뜻하기 때문이었다.

　"미안하네만, 잠깐만 기다려 주게." 스콧이 말했다. "그렇다면 왜 다른 학교로 전근을 가지 않았을까?"

　"옮겨갈 수 없었던 겁니다." 프랭클린이 대답했다. "그 사람은 이른바 최고로 높은 급료를 받고 있었거든요, 뭐라고 했지요? 그 위원회를……."

　트래버스가 말했다.

　"배넘 재정(裁定) 위원회일세."

　"이 배넘 위원회의 결정에 의해 그는 일정한 액수를 봉급, 즉 그의 경우는 1년에 500파운드를 받을 자격이 있었습니다. 교장으로서는 새로운 교사를 채용할 때 대학에서 직접 데려오거나, 또는 1년쯤 경험 있는 이를 데려오면 적어도 1년에 200파운드는 절약되는 셈입니다. 그렇기 때문에 리치레이는 같은 조건으로 계속 일을 할 수밖에 없었던 겁니다."

　게다가 그와 그의 형제들이 피터 백부가 죽으면 으레 자기네 것이 되리라 생각했던 돈이, 야비하기 이를 데 없는 여자의 손으로 넘어가려 하고 있었다. 사색적인 생활을 보내던 그는 이런 일을 골똘히 생각하던 중에 마침내 백부를 살해해야겠다고 마음을 품게 되었다. 가정부와의 결혼이 임박했다는 사실도 한 가지 결정적인 요인이었으며, 우연히 특별 휴가를 얻게 된 것도 또 하나의 요인이 되었다.

　그러나 그가 어떻게 다른 사람을 대신 쓸 생각이 들었는지——책에서 보았는가, 영화 또는 신문의 사진에서 보았는가는 알 수 없다. 어쨌든 동료가 그에게 진 앨런이라는 별명을 붙였을 때, 머릿속에 이 생각이 떠오른 것만은 확실하다. 어쨌든 그는 자기가 얼마나 행운아인가를 알았다. 우리는 자기와 비슷한 사람을 찾아보려고 해도 그리 쉽사리 찾아낼 수 없을 것이며, 적어도 짙은 화장을 해야 할 것이다. 그런데 리치레이는 자기가 그 유명한 희극배우 진 앨런을 닮았다는 것을 발견했다. 그의 상식과 그의 수학적인 지식이 동일한 것은 두 가지 이상의 것이 서로 같다는 사실을 가르쳐 주었으리라. 그러므로 그로서는 다만 진 앨런을 닮은 배우를 찾아내는 일에 착수하기만 하면 되었던 것이다. 그 뒤 확실한 증언을 할 수 있는 사람들에 대해서는 알리바이 조사가 이루어지지 않도록 무서울 정도로 교묘한 어떤 제한을 가했다. 예를 들면 조사될 장소가 프랑스의 외진 구석으로 설정되었고, 플래이스는 리치레이가 가르쳐 준 말 외에는 프랑스 말을 할 줄 몰랐으므로 목소리에 대한 걱정은 전혀 없었다.

리치레이는 광고를 내어, 다행스럽게도 플래이스라는 뜻밖에도 꼭 알맞은 인물을 발견했다. 플래이스는 몹시 기뻐했으며, 또한 양심적인 사람이었다. 리치레이는 플래이스를 채용하겠다고 말했다.

"플래이스, 이 광고는 남의 눈을 속이기 위한 구실이었네. 자네는 기밀 조사부에 근무하게 되며, 정부가 감시하려 하는 어떤 인물과 비슷하기 때문에 특별히 뽑힌 것일세. 그러므로 우선 자네는 훈련 기간을 거쳐야 하며, 또 앞으로 자네는 모든 일을 절대로 비밀에 붙이지 않으면 안 되네. 자네는 여동생이 있을 뿐 친척은 한 사람도 없다고 했지? 만일 누구에게, 비록 여동생한테라도 편지를 낼 때는 미리 나한테 허락을 받고, 편지는 내 검열을 받아야 하네."

이리하여 리치레이는 플래이스의 훈련을 시작했다. 그는 아마 플래이스에게 이렇게 말했을 것이다.

"돈은 충분히 나오지만, 그 대신 그만큼 일을 해줘야 하네. 기밀 조사부의 감시의 눈은 곳곳에서 번뜩이고 있으니까. 아무것도 모르는 이들은 공연한 거짓말이라고 생각하겠지만, 자네가 하고 있는 일을 단 한 사람에게라도 말한다면 자네 목숨은 그 자리에서 없어질 걸세. 그러나 만일 훌륭하게 해내면 무엇이든지 바라는 일을 다 이루어 줄 수 있네. 그럼, 어떠어떠한 곳에 가서 이러이러한 일을 해주게. 그리고 일어난 일은 다 보고해 줘야 하네. 보기에 아주 하찮은 일 같고 자네가 하는 일 뒤에 무슨 일이 숨어 있는가도 알 수 없겠지만, 거기에는 자네의 윗사람만이 알고 있는 어떤 결정적인 목적이 있다는 것을 잊지 않도록 명심해 주게."

그는 여러 주일에 걸쳐 이런 훈련을 계속했다. 때로는 플레이스와 함께 원정을 가기도 했다. 그리고 플레이스가 자기가 지시한 옷을 입고 지시한 이름으로 아무리 조그만 명령이라도 마지막까지 잘 실천하는가를 확인했다. 실없는 농담과 위협적인 말도 나왔을 것이고, 급료는 점점 올라갔을 것이다. 플레이스는 완전히 신임을 얻어, 동생에게 편지를 보내도 된다는 허락을 받았다. 리치레이는 절대로 실패를 하는 일이 없으리라는 것을 확인할 때까지 플레이스를 철저하게 시험해 본 것이다. 그리고 자기가 얼마나 재치 있는가를 나타내려고 마리우스의 편지를 쓴 것이다.

그런데 여기에는 한 가지 주의할 점이 있다. 이런 놀라운 사실이 착착 진행되고 있는 동안에도 리치레이는 언제나 자기가 좋을 때——그야말로 살인이 이루어지기 1분전에라도 손을 뗄 수 있으며, 만일 그럴 경우에는 이 사건이 한낱 장난에 지나지 않았다고 생각될 수밖에 없었을 것이다. 또 만일 그가 살인을 하지 않았다 하더라도 남은 일은 다만 플레이스가 프랑스에서 돌아왔을 때 해고하기 위한 적당한 구실만 만들면 되었던 것이다.

그러나 리치레이는 이 계획을 계속 진행시키고 있었다. 그는 틀림없이 플래이스에게 '자네는 머지않아 굉장히 중요한 극비의 사명을 이행하게 될 것'이라고 말한 다음, 그를 프랑스로 파견했을 것이다. 플래이스는 프랭크 리치레이라는 가명을 쓰기로 되어 있었는데, 여권 제도가 작년에 폐지되었으므로 그 점에 대해서는 아무런 어려움도 없었다. 그는 자기의 행동에 아주 상세한 지령을 받았으며, 11일 밤에는 림므에 있으라는 엄격한 명령이 내려졌다. 그리고 다음날 밤 8시쯤에는 크이더 가까이 있는 어느 지점에서 누구와 만나기로 되어 있었다. 또 여행하는 동안 줄곧——특히 11월에는 있었던 일을 세밀한 점에 이르기까지 정확하게 일기에 적어 놓기로 되어 있었다. 그는 리치레이와 똑같은 옷차림을 하게 되었다.

그리고 리치레이는 호텔을 나가 살인이 이루어지던 날 밤까지 어딘가 다른 곳에 있었다. 그는 백부네 집 식당에 들어간 뒤에도 손을 떼려면 뗄 수 있었다. 만일 비단 양말 계획이 실패하여 하녀에게 들켰다 하더라도 얼마든지 그럴 듯하게 꾸며 댈 수 있었을 것이다. 그러나 일단 살인이 이루어진 뒤에는 아무래도 모습을 드러내는 일은 피해야만 했던 것이다. 그러므로 그는 창문으로 도망쳤다. 그리고 곧 프랑스행 기차를 타고 간단히 변장을 한 다음 칼카손느에 닿자 플래이스와 만나기로 약속한 크이더를 향해 자동차를 운전해 달렸던 것이다.

플래이스는 기다리는 사람이 기밀 조사부에 있는 자기의 직속상관임을 알고 몹시 기뻐했다. 그는 리치레이를 만나자 그 동안에 일어난 일을 하나도 빼놓지 않고 상세히 보고했다——다리를 다쳤던 일, 커피 사건, 마르셀의 일 등등. 그래서 리치레이는 플래이스가 다음 단계에서 수행할 일과 옷을 바꿔 입어야 한다는 것을 말했다. 그리고 리치레이는 플래이스를 죽이고 그 시체를 감춘 다음 크이더의 호텔로 갔다. 그의 알리바이는 완전했다. 그리고 일단 호텔에 들어가자 더 상세한 점을 일기로 조사하여 알리바이를 더욱 완벽하게 만들었다.

"고맙네." 스콧은 말했다. "그 보고서는 이 사건을 아주 확실히 설명한 것으로 보네. 그런데 기차가 칼카손느에 도착하는 정확한 시간을 가르쳐 주지 않겠나?"

"19시 10분입니다. 그 뒤로는 크이더행 열차가 없으므로 리치레이는 자동차를 타야만 했을 겁니다. 약 46킬로미터, 즉 40마일은 될 테니 꼬박 1시간은 걸렸겠지요. 플래이스와 만나기 위해 그곳에 닿은 건 아마 오후 8시 30분쯤이었을 겁니다."

"플래이스가 림므를 떠난 것은 몇 시이고, 리치레이가 크이더에 닿은 것은 몇 시인가?"

"분하게도 그 점을 모르겠습니다. 제가 한 일은 다만 알리바이를 확인하는 것이었으므로……."

"그런데 한 가지 물어 보고 싶은 일이 있네. 8시 30분은 그런 회합을 갖기엔 너무 늦지 않았을까? 플래이스를 만나서 우선 말도 해야 했을 것이고, 옷을 갈아입히고, 죽인 다음 시체를 은닉하고, 그 밖에도 우리가 모르는 일이 여러 가지 있었을 테니까. 그렇다면 리치레이가 숙소에 닿은 시간은 아주 늦어졌을 게 아닌가? 반드시 남의 눈에 띄었을 텐데."

"말을 가로막아 죄송합니다만," 하고 트래버스가 말했다. "파리에서 툴르즈까지 날마다 비행기가 뜨고 있다는 사실을 말하고 싶습니다. 가령 리치레이가 비행기로 갔다면 칼카손느에는 오후 일찍 닿았을 겁니다."

"확인한 일인가?" 프랜시스 경과 스콧이 동시에 물었다.

"완전히 확인한 일입니다. 프랭클린이 그곳에 갈 때 제가 조금 흥미가 있어 조사했지요. 프랭클린은 비행기로 갈 것인가 기차로 갈 것인가 하고 생각했었으니까요."

"이것으로 해결되었소." 스콧은 딱 잘라 말했다. "마침 잘됐군. 호워튼 총경이 오늘 아침 그르노블에서 돌아오기로 되어 있으니 파리에서 체포하도록 수배하기로 하지. 프랭클린이 내가 주는 서류를 가지고 클로이든에서 비행기를 타고 가면, 파리에서 호워튼 총경과 만나 거기서 다시 한번 검토할 수 있을 텐데, 총경이 어떻게 나올지 그것을 알 수 없단 말이야. 이건 완전히 그분 생각에 달려 있거든. 그러나 이런 제안은 나쁘지 않다고 생각하네만."

"참으로 좋은 생각입니다." 프랜시스 경이 말했다. "이 새로운 단서에 대해 어떤 공표를 하는 건 경솔한 짓일까요?"

"그건 결코 안 됩니다. 어떤 사정이 있더라도 리치레이가 경계하게끔 해서는 안 됩니다."

"저는 이렇게 생각합니다. 리치레이의 체포가 기정사실이 되었다는 암호 전보를 프랭클린이 보내오면, 줄랑고에서 마음대로 이 사건의 경위를 발표한다. 이렇게 되면 타당하겠지요? 약속은 확실히 지키겠습니다."

스콧은 떨떠름한 표정을 지었다. "은혜를 모르는 자라는 말을 듣는 건 참으로 괴로운 일입니다만, 리치레이가 실제로 체포될 때까지 세상에는 비밀로 해 둬야 합니다. 만일 무슨 말이 새어나가 리치레이의 체포가 1년이나 늦어지는 일이 있다면 경의 회사 사람이 책임을 지게 됩니다. 체포된 뒤라면 욕을 해도 되고 마음대로 발표해도 됩니다만."

프랜시스 경은 웃으며 말했다.

"잘 알았습니다. 그런데 과장님께서는 호워튼 총경을 전적으로 믿고 계시군요?"

스콧은 이 말에 얼굴을 번쩍 들었다.

"물론, 전적으로 믿고 있습니다." 그는 비난하듯 대답했다.

이 비난은 묵살해 버렸다. 프랜시스 경은 속으로 꽤 만족스러운 듯 미소 짓더니 상대방의 팔을 잡고 사무실 밖까지 바래다주었다.

2

그리고 이틀 뒤, 호워튼과 프랭클린은 툴즈에서 칼카손느로 가는 기차 안에 있었다. 지난 이틀 동안에는 꽤 여러 가지 일이 있었다. 두 사람이 만난 파리 경시청에서는 프랭클린이 자기 성공을 극구 사양해 가며 말하는가 하면, 한쪽에서는 가치 있는 독창적인 일을 했다고 인정하려는 공정한 정신을 유감없이 발휘하는 참으로 흐뭇한 광경이 벌어졌다. 그것은 마치 예의를 아주 중시하는 두 프랑스 인이 문 앞에서 옛날식으로 말을 주고받는 모습 같았다.

어떤 일이 실제로 이루어졌을 경우에 중요한 것은 그 경위보다 오히려 결과이다. 파리 경시청에서는 리치레이를 계속 감시하기 위해 한 밀정을 파견하고 있었다. 참된 프랑스인이라면 경계받을 일을 저지를 리 없으리라고 생각되었지만, 만일의 경우를 생각하여 칼카손느를 경유해서 연락하도록 지시하고 있었다.

항공회사 본사에 10월 12일 아침, 말린스키라는 사나이가 툴즈로 여행을 떠났다는 정보가 들어왔다. 이 사나이는 턱수염을 기르고 검은 안경을 썼으며, 목을 머플러로 푹 싸매고 있었다. 영어 악센트로 프랑스어를 말하고 있었으며, 유대인 같지도 않은 점으로 미루어 보아 이름이 좀 이상했다. 비행기는 14시 10분에 닿았고, 말린스키 씨는 창구에서 영수증에 서명을 마치자 다른 여객들과 함께 사라졌다. 왜 이 사람이 이렇게 눈길을 끌고 있었는가 하면, 우연히 그날 경찰에서는 배임(背任) 행위를 한 출납계원을 쫓고 있었기 때문이다.

　칼카손느에 닿자 호워튼은 신임장을 제출했다. 경찰은 곧 차고에 있는 사람들과 택시 운전기사들에게, 10월 12일 오후에 림므나 크이더로 가자던 손님이 없었느냐고 묻기 시작했다.

　이틀 뒤에 정보가 들어왔는데, 그 운전기사가 틀림없는 증거가 될 말을 했다.

　툴르즈에서 오후 열차가 도착하자마자 곧, 즉 16시 30분쯤 한 외국인이 그 운전기사의 택시를 타더니 단 한 마디 "생 티엘르까지!" 하고 말했다는 것이다. 그래서 운전기사는 상대방이 알맞은 요금을 말하므로 자기가 바라는 금액을 받은 다음 곧 차를 몰았다. 그런데 그 외국인은 생 티엘르 시가지를 빠져나가자 차를 세우더니 "크이더로 가 주시오"라고 말했다. 그래서 다시 요금을 정한 다음 그 자리에서 요금을 받았다.

　"당신은," 하고 호워튼이 물었다. "그 사람을 자동차 강도로 생각지 않았소?"

　운전기사는 그런 생각은 전혀 한 일이 없다고 말했다. 그 사람은 노인이었으며, 치아도 빠져서 거의 없었다. 안경을 쓰고 다리를 조금 절었으며, 몸집도 자기보다 작았기 때문이었다. 아무튼 림므를 빠져나가 그대로 달리다가 크이더를 2킬로미터쯤 남겨 놓은 곳에서 차를 세우고 밖으로 나와 50프랑의 팁까지 주었다. 그러나 차를 돌려 백미터쯤 갔을 때 운전기사는, 대체 저 사람은 이렇게 외진 바위투성이 골짜기에서 차를 세워 어쩔 셈인가 하고 문득 의심스러운 생각을 했다. 그런데 호기심에 뒤돌아보았더니 배낭을 어깨에 맨 이상한 사람이 또 하나 바위 뒤에서 나타났다고 했다. 이미 저녁무렵이라 햇빛이 그다지 밝지 않았다.

　"이로써 다른 말은 필요없습니다." 프랭클린이 말했다. "내가 아는 바로는 노인으로 보이게 하는 가장 효과적인 변장은······."

"틀니를 빼는 일이지. 리치레이의 이는 어떠했나?" 호워튼이 물었다.

"분명히 그 사람은 틀니였습니다. 만일 틀니가 아니라면, 그렇게 고른 이를 가질 수 없을 것입니다. 이제부터 어떤 방법을 취하실 겁니까?"

"림므로 가야겠네. 무엇을 추구해야 할 것인지 목표가 선 이상, 좋은 증거를 잡게 될지도 모르지. 거기로 가서 마르셀이라는 처녀가 있거든 자네는 그 아가씨를 맡게. 나는 마담을 만날 테이니."

호텔에 이르자 모든 상황이 두 사람을 기다리고 있는 것 같았다. 현관에 들어서니 마르셀이 책상 앞에서 뜨개질을 하며 두 사람이 들어오는 것을 검은 눈으로 바라보고 있었다. 호워튼은 식당으로 들어갔다.

"벌써 돌아오시는군요!" 마르셀이 말했다.

"그렇소. 이렇게 귀찮은 일을 해야 하는 것도 다 그 리치레이 탓이오. 만일 당신에게 쌍둥이 자매가 있어 늘 두 사람을 혼동한다면 어떤 기분이 들겠소?" 하고 프랭클린이 물었다.

"재미있겠는데요!" 뜻밖의 대답이었다. "그럼, 리치레이 씨에게는 쌍둥이 형제가 있나보지요?"

"그 성가신 점을 생각해 보구려. 여기서 묵은 손님 중에 커피를 엎질렀던 리치레이 씨를 기억하고 있겠지요? 그 사람이 쌍둥이오. 그리고 하루인가 이틀 뒤에 그 사람의 형제가 지금 마담을 만나러 간 키 큰 신사와 함께 왔었소. 어때, 완전히 속았지요? 당신은 그 사람도 같은 리치레이 씨인 줄 알았던 거요."

"하지만 그 발뒤꿈치는? 그리고 커피 얼룩은?"

"잠깐 나를 좀 보시오." 프랭클린은 다리를 절며 방 안을 걸어 보였다. "지금 나는 발뒤꿈치를 다친 거요. 내가 사환 제롬과 웃옷을 바꿔 입었다고 해서 내가 제롬이 되는 것은 아니지요."
"당신은 저를 놀리고 계시는군요?"
"그러나 목소리를 생각해 봐요, 상당히 달랐을 테니."
"하지만 리치레이 씨가 한 말은 '방'이라는 말뿐이었어요, 아주 이상한 투로."
"그러나 웃을 때 이가 보였겠지요?"
"그래요, 아름다운 이였어요! 눈처럼 새하얀."
"그래, 이곳을 떠난 게 언제쯤이었소?"
"아침 일찍이었나 봐요."
"어쨌든 당신이 두 사람을 전혀 가려 보지 못한 일은 참으로 재미있구료. 둘이 한 자리에 있는 것을 보면 아마 당신은 웃음을 터뜨릴걸."
"전 커다랗게 웃을 거예요." 마르셀은 장난스럽게 말했다. "만일 세 사람이 함께 있는 것을 본다면."
리치레이가 떠난 것은 오전 10시 조금 전이었다는 것 말고는 호워튼에게 이렇다할 새로운 정보는 없었다.
"플레이스는 하루 종일 방 안에 틀어박혀 있을 수밖에 없었던 모양이군요." 프랭클린이 말했다. "그 동안에 일기는 자세히 썼겠지만요." 크이더의 호텔에서 얻은 정보는 이 일을 확증하고 있는 것 같았다. 리치레이는 저녁 식사가 시작되기 조금 전에 와서 아픈 발뒤꿈치를 치료하기 위해서인지 곧장 자기 방으로 들어가 버렸다.
"총경님은 지금까지 리치레이를 의심한 적이 있습니까?"
두 사람이 탄 차가 돌아가려고 방향을 바꿨을 때 프랭클린이 물었다. "저는 어째서 의심을 갖게 되었는지 알 수 없습니다만."
"글쎄 의심했다고도 할 수 있고 그렇지 않다고도 할 수 있겠지."

"제가 묻는 이유는, 제 보고를 들으셨을 때도 총경님은 그다지 놀라는 기색은 아니었기 때문입니다."

"자네가 말했듯이 그는 의심스러운 점이 있긴 하지만 그의 알리바이를 완전히 무시할 수는 없지 않은가? 그런데 내가 골똘히 생각한 일이 한 가지 있었네. 그것은 바로 그림붓이 의문스러웠던 걸세. 그는 형 어네스트에게 잊어버리고 온 붓을 두 자루 보내 달라고 편지를 보냈다네. 그 편지가 상당히 유력한 알리바이가 되었지. 그야말로 '너희들은 나에게 손가락 하나 댈 수 없다, 나는 프랑스에 있으니까'라고 외치고 있는 거나 다름없었으니까. 그런데 그 붓은 새것이었어."

"무슨 뜻입니까?"

"즉, 자네라면 새로운 화필에 애착을 갖겠는가 하는 말이지. 보통은 전부터 쓰던 것에 애착이 가게 마련이지. 또 칼카손느는 화가들의 중요한 중심지란 말일세. 거기서도 얼마든지 살 수 있었을 거야. 더구나 그는 그 붓의 가치를 과장되게 말한 적이 있네. 그때 나는 거짓말을 한다고 생각했었지. 이젠 끝났네."

앞으로의 활동에 대한 호워튼의 계획은, 그의 설명에 의하면 플래이스의 시체를 발견하는 일과 관련이 있는 것 같았다. 그는 프랑스 경찰의 응원을 얻어 리치레이와 플래이스가 만난 부근 일대를 수색하여 땅을 판 흔적이 있는 곳이라든가, 시체를 숨길 만한 골짜기며 바위틈, 또는 아주 조금 단서가 될 만한 것이라도 좋으니 시체를 찾는 데 힘쓰자고 했다.

"그건 무리한 일이 아닐까요?" 프랭클린이 말했다. "저 산비탈이며 덤불을 보십시오. 저런 곳에서 시체 수색이 될 것 같습니까?"

"산에 익숙한 알프스의 안내인을 고용할 걸세." 호워튼은 단호하게 말했다.

"그렇군요. 그런데 리치레이는 왜 그렇게 오랫동안 키얀에 있었을까요? 그것은 시체를 감추기 위한 시간을 많이 가졌기 때문일 것입니다. 하지만 저렇게 험한 산속이라면 숯 굽는 사람이나 갈까, 누가 저런 덤불 속을 가겠습니까?"

"하긴 그렇네만" 호워튼이 말했다. "상대방은 꽤 머리가 좋은 녀석이니까. 게다가 우리는 확실한 사실 위에 모든 것을 쌓아올리고 있는데도 결정적인 단서가 전혀 잡히지 않는단 말일세. 그가 만일 수완 좋은 변호사──하트레트 프렌치나 그 밖의 거물──를 고용한다면 확실한 증거가 없으면 어떻게 그를 옭아 넣겠나? 현재까지 수완 좋은 변호사들이 기소 이유를 박살낸 말들을 들어보고 싶군. 그들은 사정없이 공격해 온다네."

그러나 결국 무언가 단서를 알아내게 될지도 모른다는 한 가닥 희망을 걸고 수색을 시작하기로 했다. 그런데 경찰본부에 새로운 정보가 들어와 있었다. 예르 경찰의 부세 형사로부터 전화가 걸려 온 것이다.

우리의 친구는 당장이라도 여행을 떠나려 합니다. 거래를 바라신다면 곧 그와 만나는 일이 중요합니다.

"그렇게 되면 큰일일세" 하고 호워튼이 말했다. "어쩌면 세계 일주를 갈지도 모르지. 만약 그렇게 되면 마냥 지키고 있어야만 하는데, 그래서야 언젠가는 놓칠 게 뻔하지. 그럼 상대는 영영 사라지는 거고."

프랭클린은 낙천적으로 생각할 밖에 달리 할 말이 없었다.

"그래도 좋은 일이 한 가지 있습니다. 백만장자는 아니지만, 덕분에 우리도 세계 일주를 할 수 있을 테니까요."

12월 21일 밤 Ⅰ

1

 호워튼이 지금 당장 할 일은 단 한 가지——곧 예르로 가서 부셰의 보고를 듣는 일이었다. 예르 경찰은 시내에서 나오는 버스 시간에 댈 수 있도록 라 토우르 퐁듀로 형사를 파견할 준비를 하라는 지시를 전화로 받았다. 한편 칼카손느 경찰은 행방불명된 플래이스를 찾는 수색을 계속하기로 했다.
 "나로서는 아무래도 알 수 없는 일인데……" 하고 호워튼이 말했다. "리치레이는 어떻게 이 지방에 대해 그토록 상세히 알고 있을까? 프랑스에서 휴가를 보낸 일은 없다고 내게 말했는데. 안내서와 등고선 지도로 상당한 것까지 알 수는 있겠지만, 어떻게 플래이스와 만날 지점을 정확하게 정할 수 있었겠나? 또 어디서 이야기를 하고, 어디에 시체를 감춰야 된다는 것을 어떻게 알았느냔 말일세. 그것은 안내서나 지도로는 알 수 없는 일이잖나?"
 "전에 와 본 일이 있다고 봅니다" 하고 프랭클린이 말했다. "예르에도 와 본 일이 있을 겁니다. 학교 선생에게는 긴 여름 방학이라는 게 있다는 것을 생각해 보십시오. 만일 그 선생이 리치레이처럼 비밀주의자였다면 휴가를 어디서 보냈는지 아무도 모를 겁니다. 누가 물어 보았다 하더라도 '그저 여기저기 다녔지, 뭐. 잠깐 크리켓 시합 원정을 하며, 다른 시합도 구경했네'라고 대답하겠지요. 병이 든 뒤 크리켓 구경을 하러 런던에 갔을 때까지는 상당한 시일이 지났으니까요."

"알고 있네. 그러나 그 점이 문제일세. 설마 리치레이를 찾아가 '7월부터 10월까지 어떻게 지냈는지 설명해 주십시오' 하고 말할 수야 없겠지. 그런 것을 묻는다면 그는 보나마나 이렇게 말할 걸세. '왜 그런 것을 묻습니까? 저지르지도 않은 살인 사건으로 나를 고소하려는 겁니까? 그렇지 않다면 왜 개인적인 일까지 조사합니까? 쓸데없는 짓은 삼가 주십시오!'라고."

프랭클린도 동감이었다.

"알리바이가 모두일세." 호워튼이 말을 이었다. "살인이 일어난 날 밤 림므에 있었다는 사실이 현재처럼 뚜렷이 입증되고 있는 이상 리치레이에게는 손가락 하나 댈 수가 없네. 다른 사람을 썼다는 것도 아무 근거가 없으니까. 배심원이 보아서는 토의할 값어치도 없겠지. 하긴 자네와 내가 더 잘 알고 있는 문제이지만. 우리도 하고 싶은 일을 입증하고 바라는 만큼 증거를 얻을 수도 있네. 그러나 다른 사람을 대신 쓴다는 것은, 완전히 납득할 수 있는 뚜렷한 증거가 없는 한, 우리는 한 발자국도 전진하지 못하네."

"재판의 판결은 정해져 있는 거나 다름없지요."

"자네 말이 맞네. 한번 무죄가 되면, 나중에 무슨 증거가 나타나도 다시 그를 법정에 끌어낼 수가 없으니까."

다음날 오후 두 사람이 라 토우르 퐁듀에서 버스를 내렸을 때, 바다는 마치 밀어닥치는 저녁 어스름 속에서 허둥지둥 굴을 향해 달리는 겁에 질린 토끼의 꼬리 같은 흰 파도가 거세게 일고 있었다. 해안에 정박한 콜모란호는 코르크처럼 파도 위에서 춤을 추고 있었다. 프랭클린은 이 바다를 건너지 않아도 된다면 얼마나 좋을까 하고 생각을 했다. 호텔 문을 들어서자 맨 구석 자리에 차양이 넓은 검은 펠트 모자에서부터 번쩍이는 검은 구두에 이르기까지 안락한 생활을 하고 있는 소시민다운 부셰가 침착한 모습으로 앉아 있었다. 언제나 그렇듯이 정중한 말과 악수가 오가고 의자에 앉기를 권한 다음 포도주 병을 앞에 놓고 그들은 일을 시작했다.

부셰의 말은 이러했다――그는 마침 마르세유에 형제가 한 사람 있어서 그곳 사람인 양 이 호텔에 왔다. 독감에 걸려 몹시 고생을 했으므로 의사의 권유로 회복을 위해 한 달쯤 휴양하는 것처럼 꾸미고 있었던 것이다. 호텔 방에는 잘 듣는 새로운 약이 갖추어져 있지만, 그는 여전히 기침 때문에 고생하는 것으로 되어 있었다.

그는 리치레이와 말을 나누는 일이 없도록 했고, 되도록 그를 피했다. 그런데 리치레이는 두 번이나 육지로 건너갔다. 처음에는 그런 줄도 모르고 그의 모습을 잃게 되어 당황했으나, 두 번째에는 부셰도 뒤를 따라 호텔을 나섰다. 예르 역에서 부셰는 30분 안에 기차가 없다는 것을 알았으므로 리치레이에게 불안감을 주지 않으려고 그곳 경찰에게 감시를 의뢰했다. 여행은 생각했던 것보다 오래 걸렸다. 리치레이가 마르세유로 가서 맨 먼저 찾아간 곳은 여기와 알제리 사이를 오가는 여객선 회사 사무실이었다. 리치레이가 실제로 배표를 샀는지 어떤지는 뒤를 쫓는 일이 더 중요했으므로 확인할 수 없었다. 그런데 그 뒤 리치레이가 하루 이틀 안에 호텔을 떠날 뜻을 비쳤다.

"배표를 샀는지 어떤지, 왜 마르세유에서 확인해 오지 못했나?"
호워튼이 나무랐다.

"무슨 말씀을 하시는 겁니까? 총경님은 저에게 리치레이 씨를 지키라고 하셨습니다. 그건 좋습니다. 그런데 제가 마르세유에 가는 동안 그 사람이 모습을 감춰 버리면 총경님은 뭐라고 하시겠습니까?"

호워튼은 그의 말이 옳다는 것을 인정했다. 가령 잘못이 있다면, 이 사건 자체가 워낙 특이하기 때문이었다. 그러나 만일 리치레이가 알제리로 간다면 과연 그를 충분히 감시할 수 있을지 그것이 문제인 것이다.

"말씀 도중에 대단히 죄송합니다만," 하고 프랭클린이 말했다. "방금 생각난 것이 있어서요. 리치레이는 아라비아어 실력이 굉장합니다. 학교에서 그렇게 말하더군요. 그러므로 알제리에 가게 되면 무슨 일이 일어날지 모릅니다."

"아마도 모든 형세가 달라지겠지." 호워튼이 말했다. "어떻게 손을 써야겠군. 그것도 서두를 필요가 있네."

그는 아주 심각한 표정을 지었고, 다른 두 사람은 그가 실망한 듯이 머리를 내젓고 있는 것을 물끄러미 쳐다보고 있었다.

"행동을 취할 용기가 나지 않는군. 더 이상 다른 방법이 없네. 지금까지 손에 넣은 정보만으로 그에게 덤벼드는 어리석은 짓을 했다가는 리치레이가 웃을 걸세. 괜한 경계심만 불러일으키는 격이지. 그렇게 되면 예기치 못한 동안에 살며시 도망쳐 버릴 거야. 그러니 단단한 각오로 임해야 하네."

그들은 호워튼의 얼굴과 그 위를 스쳐 가는 표정을 지켜보았다. 하지만 그들이 뭐라고 말을 꺼낼 문제가 아니었다. 결국 집행력을 쥐고 있는 것은 호워튼이고, 그 사람만이 경찰을 대신하고 있는 것이다. 그야말로 성공이냐 실패냐 하는 갈림길이지만, 반드시 성공이라고만 볼 수는 없는 것이다. 문제는 호워튼이 어떻게 결심하느냐에 달려 있었다.

"섬에 가려면 어떤 방법이 있겠나?" 갑자기 호워튼이 물었다.
"어부에게 물어 보면 어떨까요?" 부셰가 말했다.
"아무래도 내키지 않는군. 동풍이 부니까 파도를 헤치고 건너가려면 적어도 1, 2시간은 걸릴 걸세."

그는 이곳의 단골인 듯한 어떤 승객에게 말을 걸었다. "잠깐 말씀 좀 여쭤 보겠습니다. 우리는 여기 앉아 지난 이야기를 나누다가 그만 콜모란호를 놓치고 말았습니다. 그런데 이곳에 있는 분이 오늘 밤에 꼭 섬에서 함께 지내자고 한답니다. 저 섬에 가려면 어떻게 가야 할까요?"

그 손님은 생 지앙으로 가라고 권유해 주었다. "그곳 호텔의 플르씨가 콜모란호보다는 작지만 4명쯤은 탈 수 있는 모터보트를 가지고 있습니다. 게다가 그 배는 굉장히 빠르답니다. 생 지앙으로 가려면 어떻게 가느냐고요? 예르를 향해 2, 3백 미터쯤 되돌아가, 거기서 왼쪽으로 구부러지면 됩니다."

세 사람은 출발했다.
"지금부터 본부를 생 지앙으로 옮기는 걸세. 아무 일도 않기로 결정되면, 아무 때고 예르로 돌아오면 될 테니까." 호워튼이 말했다.

잠시 뒤 울퉁불퉁한 길을 걷고 있을 때 갑자기 호워튼이 말했다.
"존, 이 사건은 자네에게 상당히 중대한 뜻을 가지고 있는 셈이네."

존이라고 부르는 것도 이상한 일이지만, 그 말에 무언가 뜻이 포함되어 있음을 프랭클린은 알아차릴 수가 있었다. 그러나 그는 곧 대답했다.

"총경님에 비하면 아무것도 아니지요."

호워튼은 미소를 지었다.

"자네의 수학은 틀렸네. 나는 정확히 1천5백 파운드가 틀렸다는 것을 알 수 있어."

"1천5백 파운드가 무슨 상관 있습니까? 총경님이 책임을 지고 하시는 일이며, 저는 총경님이 말씀하시는 대로 움직이고 있을 뿐인데요."

그리고 약 5분쯤 호워튼은 아무 말도 하지 않았다. 프랭클린과 부셰는 이야기를 주고받고 있었는데, 그것은 작별 인사를 나눈 뒤에도 아직 기차가 떠나지 않아 기차가 움직이기를 기다리는 동안 친구끼리 곧잘 나누게 되는 아무 뜻도 목적도 없는 대화였다. 마침내 호워튼은 마음을 정했다.

"자네는 리치레이가 얼룩말처럼 겁쟁이라고 말한 적이 있지? 그 말에 내기를 걸 만한 자신이 있나?"

"저는 그가 언제나 마음의 평정을 잃고 있다는 쪽에 걸겠습니다. 그런 편지를 쓰는 사람은 변덕쟁이임에 틀림없습니다."

"그럼 자네는 모든 걸 완전히 내게 맡기고, 어떤 사태가 생겨도 좋다고 생각하는 건가?"

"비록 잘못되는 일이 있다 하더라도 결코 우는 소리는 하지 않겠습니다."

"훌륭한 말일세. 다만 난처한 것은 내가 지금부터 할 일을 자네에게는 말할 수 없다는 점이야. 이 말을 하면 자네는 내 마음을 돌리려고 할지도 모르니까 말일세."

"그 1천5백 파운드 때문이라면……" 하고 프랭클린은 말했다. "생각해 보건대 트래버스 씨야말로 그것을 고스란히 받을 자격이 있습니다. 그러나 그는 1페니도 받지 않겠다고 말합니다. 그 사람이 바라는 것은, 만일 모든 일이 잘 해결되면 미망인이 된 플래이스 부인과 그 어머니에게 조그만 장사라도 할 만한 밑천을 마련해 주고 싶다는 것이었습니다. 그 사람은 지금쯤 그 모녀의 재산을 조사하고 있을 겁니다. 제가 출발할 때 벌써 조사를 시작하고 있었으니까요. 다만 한 가지 저도 꼭 하고 싶은 일이 있습니다. 그것은 상사들에게 총경님이 저라는 사람을 믿어 주신 게 옳은 일이었다는 것을 보여 주고 싶은 것입니다. 만일 제가 당신을 실망시키는 일이 있다면 상사들에게 그렇게 말해 주십시오. 제가 할 말은 이것뿐입니다. 자, 계속 밀고 나갑시다. 아무 군말도 하지 않겠습니다."

호워튼은 자기의 의견을 말하지 않고 다만 고개를 끄덕였을 뿐이었다. 그리고 말했다.

"그럼, 이 보트로 갈 수 있겠나?"

15분쯤 뒤 그들은 파도가 이는 것쯤은 문제도 아니라는 듯한 표정을 한 기관사와 함께 이론델호를 탔다. 프랭클린은 이 보트가 과연 항해를 할 수 있는지 물어보고 싶었으나, 설마 400프랑 남짓한 적은 돈으로 자기 보트를 위험한 모험에 몰아넣는 일을 보트 주인이 할 리 없으리라는 생각에서 아무 말도 하지 않았다.

그러나 생각했던 대로 항해는 아주 힘들었다. 부셰는 해협 중간에 이르기도 전에 벌써 배멀미를 시작했고, 프랭클린도 조금만 더 오래 계속되었더라면 멀미를 하고 말았을 것이다.

호워튼도 결코 즐거웠던 건 아니었지만, 그는 곧 행동으로 옮길 수 있는 상태에 있었다. 반 시간쯤 뒤 그들은 은모래 해안 옆 바람을 피할 수 있는 만으로 들어가서, 엔진을 끄고 바닷가에 보트를 대었다. 해가 점점 기울어 가므로 빨리 길 위로 오르면 오를수록 좋을 것 같았다. 두 사람은 호워튼의 물통에 든 브랜디를 마시고, 프랭클린이 앞장을 서서 마을을 향해 떠났다. 뒤에서 이론델호의 엔진 소리가 들려오더니 그 소리도 머지않아 사라졌다.

5분쯤 뒤에 이들 일행은 마을 어귀에 이르렀고 부셰는 호텔로 정찰을 떠났다. 그는 리치레이가 마침 방에 있는 중이며, 아마 내일은 섬을 떠날지도 모른다는 정보를 가지고 돌아왔다. 리치레이가 갈 목적지가 어디인지는 그도 알지 못했다.

"방에는 창문이 몇 개 있었나?" 호워튼이 물었다.

"둘입니다. 높이는 5미터쯤 되며 둘 다 북쪽으로 나 있고 덧문이 닫혀 있습니다."

"그거 참, 잘되었군!" 호워튼이 말했다. "부셰, 자네는 창문 밑에서 대기하고 있다가 만일 누가 내려오거든 그가 바닥에 닿자마자 꼭 붙잡게. 그리고 존, 침실은 알고 있겠지?"

"방을 바꾸지만 않았다면 문제없습니다. 바깥쪽에서 세 번째지, 부셰?"

"그렇습니다."

"좋아." 호워튼이 말했다. "그럼 출발하세. 존, 자네는 내 바로 뒤를 따라오게. 그리고 무슨 일이 일어나도 말을 해서는 안 되네. 최면술이라도 걸듯이 리치레이의 얼굴에서 눈을 떼지 않도록 하게. 어쨌든 얼굴을 창백하게 만들고 몸을 오그라들도록 해 두게. 턱을 내밀고 눈도 깜박이지 말아야 하네. 준비는 다 됐나, 부셰? 그럼, 그 겁쟁이가 어떻게 나올지 부딪쳐 보세."

2

호텔 입구에서는 귓속말이 오고갔고, 프랭클린이 곧 층계를 살그머니 올라갔다. 호워튼은 지배인을 찾으러 사무실로 갔다. 지배인은 없었다. 마침 하녀가 깨끗이 빤 테이블보를 잔뜩 끌어안고 들어왔다.

"파피니 씨 계신가요?"

"아니오, 지금 막 나가셨어요. 마담을 불러 드릴까요?"

"아니오, 대수로운 일은 아닙니다. 친구를 만나러 온 거요. 리치레이라고, 분명히 이 호텔에 묵고 있을 텐데?"

"제가 가 보고 오지요."

하녀는 나가려고 했다. 그러나 호워튼이 말렸다.

"그러지 않아도 되오. 그 사람이 있는 방만 가르쳐 주면, 내가 직접 찾아가지요. 가방은 여기 두고 가야겠군."

"3호실이에요. 층계를 올라가 왼쪽으로 두 번째 방이지요."

프랭클린이 층계참에서 기다리고 있었다. 두 사람은 발소리를 죽이고 복도를 걸어갔다. 프랭클린은 가슴이 심하게 두근거리고 있는 것을 스스로도 느낄 수 있었다. 그러나 그가 보기에 호워튼은 마치 자기 방을 찾아가는 사람처럼 냉정하고 조금도 동요되는 기색이 없었다. 극복할 수 없을지도 모르는 곤란한 문제를 안고 있는 사람이라고는 도저히 볼 수 없었다. 호워튼이 어쩔 셈인지, 어떤 방법으로 습격할 것인지 그는 궁금했다. 기껏해야 그는 리치레이를 나무랄 것이고, 거기 대한 리치레이의 비꼬는 응답이 있는 정도에서 그치겠지 하는 상상만 할 뿐이었다. 이윽고 두 사람은 문 앞에 멈춰 섰다. 호워튼이 잠시 귀를 기울이더니 곧 주먹으로 문을 세게 두드렸다. 아주 밝은 목소리로 "들어오시오" 하는 소리가 들렸다.

호워튼은 한눈에 방 안을 훑어보았다. 오른쪽에 침대가 있고 정면에는 덧문을 닫은 창문이 두 개 있었다. 오른쪽 벽 옆에는 굴뚝처럼 보이는 것이 있고, 그 양쪽이 움푹 들어가 한쪽에는 세면대가 있고 또 한쪽은 커튼으로 칸이 막혀 있었다. 왼쪽으로는 경대가 있고, 그 옆 마루 위에 슈트케이스가 열린 채로 놓여 있었다. 방 한가운데에, 읽고 있는 책 위로 햇빛이 비치도록 등을 복도로 향하고 리치레이가 안락의자에 앉아 있었다. 태연하게 독서를 계속하고 있는 걸 보니 아무래도 하녀가 들어온 줄 아는 모양이었다. 이윽고 그는 무언가 조금 다른 기척에 번쩍 정신이 들었다. 의자에 앉은 채 몸을 돌리고 그는 두 방문자를 보았다. 두 사람을 본 순간 놀란 그에게서 꿀꺽 침 삼키는 소리가 들렸다. 얼굴이 새빨개졌다. 그리고 곧 새하얘졌다. 그는 가까스로 일어서더니 마음을 가라앉혔다. 그는 허둥지둥 입을 열며 눈은 호워튼의 얼굴을 쳐다보고 있었다.

"무슨 용건으로 오셨습니까?"

호워튼은 일부러 상대방의 마음을 초조하게 하려는 듯이 대답을 늦게 했다.

"프랭크 리치레이, 이 사람은 전 경시청 수사과 경감 프랭클린이오, 나는 당신도 알다시피 호워튼 총경이고, 우리가 온 건 당신의 백부가 살해된 사건 때문이오."

리치레이는 한순간 프랭클린을 쳐다보았다.

"웃기는군!"

비꼬는 듯이 말하는 입가 주름에 비웃음이 깃들어 있었다.

그리고 그는 담뱃갑을 꺼내 천천히 한 대를 피워 물었다. "어쨌든 앉으십시오. 침대밖에 없어서 안 됐습니다. 어느 백부의 일로 온 겁니까?"

호워튼은 한 발자국도 물러나지 않았다. 침대는 거들떠보지도 않았다. 두 어깨를 딱 벌리고 상대방을 초조하게 만들려는 듯 얼굴에 눈길을 쏟으며 마치 어린이를 타이르듯 조용하게 말했다.

"이제 피하려고 해도 소용없소, 리치레이. 이제 그런 짓을 하기엔 이미 때가 늦었소. 우리는 당신의 백부 토머스 리치레이가 금년 10월 11일 밤에 살해된 사건에서 당신이 연기한 역할 때문에 이곳에 온 거요."

"그런 터무니없는 말은 하지 마시오. 그날 밤 내가 어디 있었는지 잘 알지 않습니까?"

"그렇소, 우리는 당신이 어디 있었는지 잘 알고 있소. 되풀이 말하지만, 잘 알고 있기 때문에 우리가 이곳에 온 거요."

리치레이는 두 사람에게 흘끗 눈길을 던지더니 곧 눈을 내리깔았다. 그리고 집게손가락으로 담뱃재를 돌바닥 위에 털었다.
"그러십니까? 그럼, 어떤 일로 나를 만나러 오셨지요?"
"지금 말한 일로 온 거요. 그런데 또 한 가지 사건이 있소. 프레데릭 플래이스 살해 사건!"
갑자기 놀라 눈을 휘둥그렇게 뜬 일 말고 무언가 다른 것이 있었다면, 그것은 리치레이가 숨을 삼키고 침착해 지려고 애를 쓰면서도 머리가 혼란한 듯 안타까워하며, 치명적인 공격에 대항할 용기를 짜내려는 일이었다.
"누구를 죽였다고요?"
"프레데릭 플래이스! 진 앨런을 닮은 남자요."
리치레이는 얼굴을 돌리고 자기의 고집을 굽히지 않으려는 것처럼 천정을 쳐다보았다.
"아무래도 당신은 수수께끼를 하고 있는 것 같군요. 당신네들은 그 해답을 알고 있을지도 모르지만 나는 전혀 모르겠습니다."
호워튼은 주머니에서 종이 한 장을 꺼냈다. 눈은 여전히 리치레이를 노려본 채로 종이를 내밀었다. "이 편지를 보시오. 그러면 해답이 나올 거요."
아주 무관심한 태도로 리치레이는 그 종이쪽지를 받았다. 그가 저도 모르게 정체를 드러낸 것은 그 글을 읽어 내려가는 눈의 움직임——즉, 잘 알고 있는 것을 읽어 가는 듯한 빠른 움직임이었다. 이윽고 그는 다 읽었다.
"난센스군요! 이것과 내가 무슨 관계가 있단 말입니까?"
"그럼, 그 문제로 넘어갑시다."
호워튼이 조용히 말했다. 그는 시간에 구애받지 않고 천천히 설명해 나갔다. 그 태도는 상대방에게 이 사건을 명백히 하기 위해서라면 일생이 걸려도 좋다는 인상을 주었다. 그 목소리는 담담하고 냉정했다.

"이것으로 해답을 알겠지요? 당신은 플래이스에게 그 편지를 부치라고 허락했을 때 잘못을 범했던 거요. 플래이스는 미혼이라고 했지만 거짓말이었소. 그 편지는 부인에게 보낸 것으로, 그의 행동을 전하고 있는 내용이오."

리치레이는 담배꽁초를 화장대 위에 놓인 재떨이에 버렸다. 그러나 곧 다시 집어 들어 담뱃갑에서 새로 꺼낸 담배에 불을 붙였다. 그는 성가신 표정을 지었다.

"나로서는 난센스라고 되풀이 말함으로써 우리가 서로 시간을 절약할 수 있을 것 같습니다. 그 밖에 할 말이 없으면 이 방에서 나가 주십시오."

"언제든지 나가지." 호워튼은 태연하게 대답했다. "대신 나갈 때는 당신도 함께 나가야 하오."

여기서 호워튼의 목소리는 새로운 말투로 바뀌었다.

"리치레이! 나를 보시오, 나를 보란 말이오! 플래이스는 아내에게 이런 편지만을 보낸 것이 아니오, 이밖에도 그 사람은 일기를 쓰고 있었소! 줄에 늘어섰던 그 날부터 림므에 도착했을 때까지 자기가 한 일을 다 적어 두었던 거요. 리치레이, 우리는 모든 것을 다 알고 있소!"

그리고 그의 목소리가 조용해지더니 다시 한번 공정한 어투로 바뀌었다.

"프랭크 찰스 리치레이, 토머스 테일러 리치레이를 올해 10월 11일 밤에 살해한 죄로 당신을 체포하기 위한 영장을 나는 가지고 있소. 앞으로 당신이 하는 말은 모두 당신에 대한 증거 자료가 된다는 것을 경고해 두겠소."

비로소 프랭클린의 태도가 변했다. 그는 노트를 꺼내 만년필 뚜껑을 빼더니 다시 또 리치레이의 얼굴을 노려보았다. 리치레이의 얼굴에서는 많은 것을 볼 수 있었다. 발에서 가시를 빼려는 순간에 발밑에 뱀이 있다는 것을 알게 된 사람을 상상해 보라. 그 사람의 분노는 심한 발작이 되었다가 서서히 사라지면서 다시 불안과 당황을 느끼게 될 것이다. 그러나 리치레이는 아직 마지막 단계까지는 와 있지 않았다. 다시금 담뱃갑에서 담배를 꺼내 전과 같은 방법으로 불을 붙였다. 그 목소리는 조금 떨리고 있었다.

"물론 당신이 그런 터무니없는 말을 고집한다면 나도 더 이상 할 말이 없습니다. 그러나 내 탓이라고는 하지 마시오."

그는 자기가 입고 있는 스웨터를 흘끗 쳐다보았다.

"웃옷을 입어도 되겠습니까?"

이 말을 물으며 동시에 몸을 일으켰는데, 아주 무거운 듯 몸이 느리게 움직이며 오른손으로 커튼을 젖혔다. 그 순간 커튼이 홱 젖혀지고 그의 몸이 번개처럼 재빨리 움직이는가 싶더니, 문닫히는 소리가 나고, 리치레이의 모습은 온데간데없이 사라져 버렸다.

12월 21일 밤 Ⅱ

　두 사람의 동작도 굉장히 빨랐으므로 찰그락 하고 문이 잠겼을 때는 둘 다 커튼이 있는 곳까지 와 있었다. 두 사람 앞에 나타난 것은 옷장문이 아니라 지금까지 커튼으로 가려져 있던 문이었다. 프랭클린이 손잡이를 돌려 보았으나 곧 벽에 부딪쳤다. 어느 결에 프랭클린이 주도권을 잡고 복도로 뛰어나갔다.
　"옆방이다! 총경님은 문과 복도를 지켜 주십시오!"
　그러나 네 번째 문도 잠겨 있어 어쩔 도리가 없었다. 그는 날 듯이 층계를 뛰어 내려가 인기척이 없는 사무실에서 4라는 숫자 밑에 열쇠가 있는 것을 발견했다. 밖에 나간 순간, 마치 유령이라도 본 사람처럼 어리둥절해 있는 파피니와 딱 마주쳤다. 파피니의 고함소리와 쿵쿵대는 발소리를 들으면서 프랭클린은 층계를 뛰어올라가 문에 열쇠를 꽂고 돌렸다. 문이 열리자 그는 스위치를 들어 전등불을 켰다. 오른쪽에는 침구가 없는 침대, 가운데는 이젤과 의자, 그리고 마루에는 그림물감 상자와 도화지가 놓여 있었다. 오른쪽 구석에는 창문이 하나 열려 있었다!

그는 윗몸을 내밀고 귀를 기울였다. 몇 미터 떨어진 곳은 비탈진 언덕이고 호텔은 그곳에 푹 박혀 있는 것처럼 서 있었는데, 창문으로 빛이 통하지 않는 곳은 짙은 그림자를 이룬 솔밭이었다. 다시 복도로 뛰어 돌아오니, 그곳에서는 호워튼과 파피니가 손짓발짓을 해 가며 말을 하고 있었다. 그는 층계를 뛰어 내려갈 때 "침착하게, 프랭클린!" 하는 호워튼의 목소리를 들었다.

침실 창문 아래에서는 부셰가 기다리고 있었다.

"그 녀석을 보지 못했나?" 프랭클린이 소리쳤다.

"무슨 말씀입니까?" 부셰는 어리둥절한 얼굴로 말했다.

프랭클린은 부셰의 팔을 잡고 끌어당기듯이 구석으로 데리고 갔다. 거기서 그는 가파른 비탈을 기어 올라가더니 그대로 미끄러져 내려왔다. 부셰는 입을 멍하니 벌리고 불이 켜진 창문을 보고 있더니 발치에서 불빛이 새어나오는 틈을 몸을 구부려 들여다보았다.

"부엌입니다!" 하고 그는 외쳤다.

프랭클린도 흘끗 쳐다보고 손으로 이마를 닦았다. 이마에서 뗀 손은 땀으로 푹 젖어 있었다. 리치레이가 그 문으로 도망친 지 채 1분도 되지 않았다.

두 사람이 침실로 되돌아와 보니, 파피니 씨도 겨우 이해가 된 모양이었다. 호워튼의 설명을 조용히 듣고 있었다.

"온데간데없습니다." 프랭클린이 말했다.

"나보다 자네가 사정을 잘 알고 있지 않나?" 호워튼이 재빨리 말했다. "어떻게 해야 좋겠나?"

"콜모란호 선장은 어디 가면 만날 수 있지요?" 프랭클린이 물었다.

"저 모퉁이 첫째 집입니다." 파피니가 덧문을 열며 말했다. "저기 보이는 불빛이 바로 그 집입니다."

"총경님은 이곳을 본부로 여기 남아 계십시오. 부셰, 자네는 콜모란호 선장을 찾아 곧 배를 타고 본토를 따라가며 해협을 순찰해 주게. 본토 가까이 가면 파도도 잔잔할 걸세. 리치레이를 발견하면 그 자리에서 잡는 거야!" 그리고 나서 그는 "저는," 하고 호워튼을 향해 덧붙여 말했다. "파필로트를 만나 리치레이가 모터보트를 반환했는지 알아봐야겠습니다."

그리고 이번에는 이탈리아 어로 말했다.

"파피니 씨, 섬 주인을 만나 사정 이야기를 해주시겠습니까? 이 섬을 수색하거나 콜모란호를 사용하기 위해 그 사람의 힘을 빌어야 할지도 모르니까요."

큰길 맞은쪽에 있는 레스토랑에서 만난 파필로트 씨는 리치레이가 갑자기 떠난 줄 모르고 있었다. 그날 아침 리치레이는 보트로 바다에 나간 모양이었다. 두 사람이 서둘러 바닷가로 내려가 보니 돌라아드호는 온데간데없었다. 선착장에서 1시간 전부터 그곳에 있었다는 어부를 발견했으나, 그 사람도 아무것도 보지 못했다고 말했다. 그의 말로는 그날 밤에 정박했던 모터보트는 한 척도 없었다고 했다.

그러자 프랭클린은 문득 생각나는 일이 있었다. 보트를 부두에 대지 않았던 까닭은 무엇일까? 부셰는 모르는 체하고 있었지만, 리치레이가 눈치를 챘던 것이 아닐까? 아니, 그런 일은 없을 거야. 우리가 들어갔을 때 놀란 그 표정으로 보아서도. 그럼 돌라아드호는 어디 있는가? 아마 어디서 고장이 난 모양이다. 그럴 경우 리치레이가 보트를 두고 올 만한 곳은 어디일까? 해적의 동굴일까? 무어인의 성채 가까이일까? 역시 그곳 어디쯤일 것이다.

"호텔에 가면," 프랭클린은 파필로트에게 말했다. "이 사건으로 나와 함께 와 있는 영국인이 있을 겁니다. 나는 해적의 동굴로 해서 무어인의 성으로 갔다고 전해 주십시오."

프랭클린은 일정한 걸음으로 출발했다. 필요한 것은 인내력이며, 처음에 좀 달리면 나중에는 속도가 저절로 지속되었다. 이 길은 전에도 한번 가 본 일이 있지만 반대 방향으로, 더구나 어두운 곳을 가게 되니 불안했다. 끝에 이르러서는 내리막길이었으므로 편했다. 이윽고 길은 덤불에 가려져 거의 보이지 않는 벼랑으로 나왔다. 꼭대기에서 생 지앙의 불빛이 보이고, 그 불빛으로 방향을 알 수 있었다. 먼 곳에서 콜모란호의 엔진 소리가 조그맣게 들려 왔다. 불빛은 보이지 않았지만.

그는 머리 위로 늘어선 소나무에서 가는 가지를 하나 꺾어들고 다시 걸음을 재촉했다. 파도가 부서지는 소리가 바로 아래에서 들려왔다. 한 발자국만 잘못 디뎠다가는 이 세상과 마지막이었다. 10분쯤 지나 하늘을 배경으로 축 늘어진 소나무 가지가 보이기 시작하자, 그는 무릎을 꿇고 더듬더듬 바위 층계를 내려갔다. 등 뒤에서는 바람이 윙윙 불어 댔으며, 멀리 동쪽에서는 콜모란호의 엔진 소리가 계속 들려오고 있었다.

물가에 이르는 마지막 층계는 단단한 바위에 거의 수직으로 패어 있어 내려가기가 위험했다. 난간은 물보라에 물이끼마저 나 있어서 미끄러지기 쉬워 한 발 한 발 조심스럽게 더듬어 내려가야만 했다. 이리하여 맨 아래에 이르자 무엇이 갑자기 그를 후려갈겼다. 어슴푸레 한 검은 그림자와 번쩍 빛나는 게 있었던 것 같고, 나중에 그는 쓰러지면서 사람의 소리를 들었던 생각이 났다.

다시 눈을 떴을 때는 머리가 띵하니 아파 오는 것을 느꼈을 뿐, 아무것도 알 수 없었다. 이윽고 그는 손발이 묶여 있는 것을 알았다. 그러나 입에 재갈을 물리지 않은 것은 참으로 다행스러웠다. 깎아지른 듯한 벼랑으로 둘러싸인 이런 외진 곳에서는 밤새도록 소리쳐 보아도 들어 주는 상대는 메아리밖에 없을 것이다. 이윽고 그는 몸을 두어 번 굴리자 돌층계에 이르렀으므로, 새로 발견한 바위에 몸을 기대었다.

그와 동시에 무언가 희미한 빛이 흔들리고 있는 것을 알아차렸다. 그 빛은 너무 약했으므로 처음에 그는 바다 가운데 떠 있는 줄만 알았다. 이윽고 보트의 흰 윤곽이 드러나 보이고 어떤 사람이 움직이고 있는 것이 눈에 들어왔다. 그는 그곳에 한 반 시간쯤 누워 있었을 것이다. 잠시 뒤 금속과 금속이 서로 부딪치는 소리가 잇달아 조그맣게 들리더니 곧 사라져 버렸다. 곧이어 엔진 소리가 들려 오고 사람 그림자가 철벅철벅 물을 튀기며 얕은 여울을 건너 바위 그늘까지 오더니 곧 되돌아갔다. 그리고 다시 엔진 소리가 나더니 눈 깜짝할 사이에 사라져 버렸으므로 프랭클린은 잘못 들은 것이 아닌가 생각되었다.

드디어 검은 그림자가 앞에 나타났다. 위로 온 모양이었다. 프랭클린은 뒤로 몸을 젖히고 눈을 감았다. 그 검은 그림자가 다가왔다. 그리고 바로 위에 버티고 섰다. 그는 몸을 구부려 프랭클린의 가슴에 손을 대었다. 이제 승부는 단념할 수밖에 없다. 심장은 맹렬하게 뛰고 있었다. 그림자가 몸을 밀쳤다. 그러자 그는 벌렁 나가떨어졌다. 묶인 두 손목이 아팠다.

"눈을 뜨지 그래. 살아 있는 줄 알고 있으니까."

프랭클린은 아무 말도 하지 않았다. 앞으로 얼마나 살아 있을 것인가 생각했다. 어둠 속에 눈이 익숙해졌으므로 리치레이의 모습을——입고 있는 바지가 찢어진 것까지——알아볼 수가 있었다.

"이름이 뭐라고 했지?"

"프랭클린."

"탐정인가?"

"그렇다."

"그리 좋은 직업은 아니로군. 요전에 여기 왔을 때는 아주 멋있는 연극을 했지. 어떻게 파피니를 속였나?"

"속인 게 아니야. 나는 이탈리아 계통이다, 어머니가."

"그거 참, 재미있군. 다시 한번 정신을 잃게 해 놓지 않아도 소리를 지르지 않겠다고 약속하겠나?"

"소리는 지르지 않는다." 프랭클린이 말했다. "질러도 아무도 들을 사람이 없을 테니까. 그리고 지금 형편으로는 큰소리를 지르고 싶지도 않아."

"사정을 잘 아는 녀석이군! 이제 곧 저 엔진을 걸 테니, 여기 누워서 고맙게 생각하게."

그 모습은 어둠 속으로 사라져 버렸다. 다시 물보라와 금속이 부딪치는 소리가 들려왔다. 프랭클린은 머리가 깨어지는 것 같은 기분이 들었다. 모든 게 악몽처럼 비현실적이고 불쾌하고 불안했다. 그곳에 있는 것은 차가운 공기와 어둠과 70야드쯤 떨어진 곳에서 들려오는 삐걱대는 쇳소리뿐이었다. 리치레이가 다시 올 때까지 자기가 그곳에 얼마나 누워 있었는지 짐작이 되지 않았다. 10분이 지난 것 같기도 하고 반 시간이 지난 것 같기도 했다. 엔진 소리가 끊어졌다 이어졌다 하며 나직이 들려 올 뿐이었다. 이윽고 물보라 치는 소리가 들리고, 검은 모습이 다가오더니 말소리가 울렸다.

"곧 출발할 수 있을 것 같군. 기분은 어때?"

"그럭저럭." 프랭클린은 말했다. "발을 좀 늦춰 주지 않겠나? 떠들지 않겠다고 맹세할 테니."

리치레이는 주머니 속을 뒤적이더니 칼을 꺼내 발목을 묶은 밧줄을 더듬어 끊었다.

"너와 호워튼은 어떻게 플래이스의 일을 알게 되었지? 그 녀석의 마누라가 일기장을 보내 주었나?"

"운이 좋았을 뿐이지." 프랭클린이 말했다. "루드빅 트래버스가 알아낸 거야."

"루드빅 트래버스? 혹시 《방탕자의 경제학》을 쓴 남자를 말하는 건가? 그가 왜 이 사건에 관계하고 있지?"

"네가 낸 진 앨런 광고 때문이야. 늘어서 있는 행렬을 보고, 왜 이런 짓을 하는가 의심한 거지. 그 뒤로 우리는 동료가 너에게 진 앨런이라는 별명을 붙였다는 사실도 알아냈지."

"젠스튼이로군. 나쁜 녀석! 더러운 놈! 생전 목을 씻은 일도 없는 불결한 놈. 그 녀석이 여기에 있기만 하면!"

프랭클린은 하늘을 올려다보며 한 대 후려갈길 듯이 주먹을 휘두르는 리치레이를 쳐다보고 있었다.

"내가 나쁘지. 남을 탓하면 뭣 하나."

리치레이는 보트로 가려다 우뚝 멈춰 서서 뒤돌아다보았다.

"움직이지 마! 나는 고양이 같은 눈을 가지고 있단 말이야."

"움직이지 않아." 프랭클린이 말했다.

둘레에 다시 정적과 어둠이 밀려들었다. 산으로 빙 둘러싸인 만에서 또 다시 금속이 부딪치는 소리가 들려 왔다. 먼 바다에서는 부서지는 파도 소리가, 그리고 머리 위에서는 나뭇가지를 뒤흔드는 바람 소리가 들려 왔다. 머리가 띵하니 아프기는 했지만 프랭클린은 기분이 맑아졌다.

'리치레이는 앞으로 어떻게 할 작정인가? 나를 이곳에 남겨 둘 것인가, 그대로 살려 둘 것인가?'

프랭클린은 별의별 생각을 다했다.

마침내 엔진 소리가 본격적으로 울려 퍼졌다. 그리고 서너 번 짖어대듯 부르릉 대더니 딱 멎었다. 다시 리치레이가 돌아왔다. 프랭클린은 그가 옷깃의 단추를 끼는 모습을 지켜보았다.

"자, 보트는 고쳐졌어. 이제 떠나기만 하면 돼."
"리치레이, 그런 바보 같은 짓을 하면 안 돼! 저런 보트를 타고 바다로 나가다니 자살하는 거나 마찬가지야."
리치레이는 겉으로는 태연해 보였다.
"그거야 가 봐야 알지. 더 심한 꼴을 당한 일도 있어. 너와 나는 내일 이맘때쯤은 어디에 가 있을까?"
프랭클린은 뚫어지게 그를 쳐다볼 뿐, 아무 말도 하지 않았다.
"나는 긴 여행을 해야 해. 어디로 갈 것 같은가?"
"알제리겠지."
리치레이는 수상한 눈초리로 프랭클린을 보았다.
"그런 짓을 하면 나는 정말 바보가 되는 거야. 넓은 바다를 수백 마일이나 건너갈 거야! 그럼, 작별이다. 나는 너에게 아무런 원한도 갖고 있지 않아. 그러니 너의 이름이 젠스튼이 아니었음을 하느님께 감사해."
프랭클린은 갑자기 결심했다.
"나는 내일 어디에 있을지 나도 모른다. 아마 폐렴에 걸려 있겠지. 그러나 네가 그 보트를 타고 간다면, 어디에 있게 될 것인가는 뻔한 노릇이야. 가기 전에 한 가지만 하고 가. 내가 생각하고 있는 것은 그 사람의 부인에 대한 일이야. 플래이스는 어떻게 되었나?"
리치레이는 잠시 망설이다 입을 열었는데, 그 목소리에는 아주 후회하는 듯한 눈치가 엿보였다.
"나는 그의 머리 위에 바위를 굴러 떨어뜨렸네. 그런 짓을 하기는 정말 싫었지. 나는 차마 눈을 뜨고 볼 수가 없었거든. 바위가 떨어지는 소리만 들었을 뿐이야."
둘 다 한동안 말하지 않았다.
"그는 여러 모로 좋은 점을 지니고 있던 자였지. 호텔에 내 돈이 얼마쯤 남아 있을 거야. 그 돈을 그의 마누라에게 보내 주게. 누구의 돈이라는 말은 하지 말고."
리치레이는 다시 한번 웃옷 깃을 만져 보았다.
"네가 들으면 기뻐할 일이 또 있어. 나는 런던의 한 전문의사……아니, 사실은 두 전문의사에게 갔었지. 심장이 좀 약해서. 그 의사 녀석들은 앞으로 내가 2, 3년밖에 더 못 산다고 하더군. 더구나 마지막 1년은 자리에 누워 지내야 한다는 거야. 그러나 지금 상태로는 그렇게까지도 못 갈 것 같군."
그는 갑자기 돌아서더니 프랭클린이 하려던 질문을 입 밖에 내기도 전에 벌써 벼랑 밑 어둠 속으로 사라지려 하고 있었다. 프랭클린은 몸을 허우적거리며 일어서서 돌층계에 몸을 기대며 비틀비틀 걷기 시작했다.
"리치레이! 돌아와! 어리석은 짓을 하지 마라!"
보트까지 가자 리치레이는 돌아서 프랭클린을 쳐다보았다.
"돌아가, 돌아가지 않으면 내가 그쪽으로 간다!"
프랭클린은 그래도 계속 걸어갔다. 이윽고 리치레이는 프랭클린 앞에 와서 버티고 섰다. 그의 오른손이 느닷없이 프랭클린의 입을 후려쳤다. 프랭클린이 쓰러지자 리치레이는 계속 두들겨 팼다. 프랭클린은 쓰러지듯 두 무릎을 꿇었다. 코에서 뿜어 나오는 피가 찝찔하게 느껴졌다. 그는 거기까지밖에 기억할 수가 없었다. 의식을 되찾았을 때, 리치레이의 모습과 보트는 이미 온데간데없었다. 바다에서도 엔진 소리는 들리지 않았다. 파도가 바위에 부딪치는 소리와 찰싹찰싹 밀려드는 물소리만 들려 올 뿐이었다. 머리가 지끈지끈 쑤시고 얼굴은 상처투성이였다. 두 무릎으로 돌층계 밑까지 기어가서 손목을 묶은 새끼줄 마디를 바위에 문질러 끊으려고 했다. 그러나 손이 너무 곱아서 그만한 일도 할 수 없었다.

프랭클린은 반 시간쯤 지나서야 호워튼과 파필로트에게 발견되었다. 두 사람은 프랭클린이 없어져서 몹시 걱정을 했다. 만일 바다가 잔잔해지면 보트를 타고 해안을 따라 찾아나설 작정이었다. 그런데 파도가 이는 바람에 그들은 섬 둘레를 따라 찾아나섰던 것이다. 우선 도로에서 가까운 성에 들른 탓으로 늦어졌다. 다행히 두 어부를 데리고 갔으므로 그들의 힘을 빌어서 프랭클린을 돌층계 꼭대기까지 끌어올렸다. 독한 브랜디를 입 속에 부어넣자 그는 마치 화염 방사기에서 뿜어져 나온 불이 갑자기 발끝까지 흘러 들어오는 느낌을 받았다.

"어떤가? 기분이 좀 나아졌나?" 호워튼이 물었다.

"이제 괜찮습니다. 리치레이는 무엇으로 때렸습니까?"

"스패너야. 기분이 좀 나아지면 무슨 일이 있었는지 그 경위를 이야기해 주게."

프랭클린은 천천히 말했다. 이야기가 끝나자, 프랭클린도 그 뒷소식이 궁금했다. 리치레이는 발견되었을까?

"그날 밤 파필로트 씨와 나는 보트의 엔진 소리를 들은 것 같았는데, 다시는 들리지 않더군. 그렇게 파도가 일어서야 리치레이인들 도저히 살아 남을 수 있을지 의문이야."

"정말 모든 게 두 분 덕분입니다. 다른 일이야 어떻든, 리치레이는 분명 폐렴에 걸렸을 겁니다."

"이제 갈 수 있겠나?"

"괜찮을 것 같긴 한데 모르겠군요. 막상 일어서 보니 생각보다 힘에 부치는군요."

어부들이 손을 잡아 주었다. 그들은 천천히 걸어 호텔에 닿았다. 프랭클린은 침대에 누워 브랜디를 잔뜩 넣은 뜨거운 수프를 강장제삼아 한 그릇 먹었다. 파피니 씨와 사환은 북쪽 해안을 따라 리치웨이를 수색하기 위해 100명이나 되는 사람들을 이끌고 출발했다. 바다가운데에서는 아직도 콜모란호의 깜박이는 불빛이 보였다. 리치레이의 방에서는 호워튼이 한번 더 그의 소지품을 조사하고 있었다. 그리고 인기 없는 레스토랑의 바에서는 파필로트 씨가 돌라아드호와 그 부속품 가격에 대한 명세서를 작성하고 있었는데, 그 큰 영국인이 곧 출발할 것 같아 미리 만들고 있는 것이다. 더군다나 정부를 대표하는 인물이라니 더 말할 나위도 없는 노릇이다. 언제 무슨 일이 일어날지 모르니 미리 준비해 두어서 해로울 것은 없을 테니까.

바보집단

 새벽녘에 프랭클린이 잠에서 깨어나니, 호워튼이 머리맡으로 끌어당겨 놓은 안락의자에 앉아 있었다. 가슴에 머리를 떨구고 가쁘게 숨을 쉬고 있었다. 그 지친 모습을 보니, 프랭클린은 따뜻한 애정이 샘솟아 올랐다. 정말로 좋은 동료다! 그는 자기 개인의 이익은 조금도 생각지 않고, 남의 성공도 원망 않고, 다만 자기의 의무만을 수행해 나가는 사람이다.
 머리를 베게 위로 들어올리니 빠개질 듯한 아픔이 몰려왔다. 머리칼을 둥글게 밀어 내고 고약을 바른 흔적을 만져 보면서 프랭클린은 만일 그 스패너의 날이 닿았더라면 어떻게 되었을까 생각하니 소름이 끼쳤다. 이윽고 호워튼이 눈을 뜨고 하품을 하며 기지개를 켰다.
 "여어, 존! 기분이 어때?"
 "괜찮습니다. 커피를 한 잔 마시면 기운을 차릴 것 같은데요. 어젯밤에는 너무 친절히 대해 주셔서……."
 "그런 말 말게. 그리고 나에게 감사할 일이 뭐 있나. 오히려 자네가 나를 위해 애를 써 줬지."

프랭클린은 머리를 저었다.

"그런데 뭔가 새로운 것은 알아냈습니까?"

"마침 12시가 넘어서 돌라아드호가 바닷가로 떠내려 왔는데, 리치레이의 모습은 없었네. 물론 그 녀석은 보트를 바다에 띄우고 본토로 떠날 수도 있었겠지. 그러나 그것은 자살 행위나 마찬가지야. 발견되어 잡히는 것은 시간문제니까, 자네가 옷을 갈아입는 동안 커피를 가져오겠네. 혼자서 갈아입을 수 있겠나?"

호워튼이 돌아왔을 때, 프랭클린은 어느 정도 자신을 되찾은 느낌이 들었다. 아직 다리가 떨리긴 했으나, 호워튼에게도 말했듯이 두개골에 파열상을 입고 얼굴에 타박상을 받은 사람에게는 이 사건의 실제적인 종결만이 무엇보다도 좋은 강장제이리라.

"참, 이제 생각났는데," 하며 호워튼은 주머니에서 종이 다발을 꺼냈다. "자네, 이것을 어떻게 생각하나?"

그것은 발이 고운 양피지 다발로, 한 장 한 장 모두 무엇이 씌어 있었다. 그 구절은 몇 번이나 되풀이되었으며, 때로는 하나하나의 구절이 열 두 번이나 되풀이되어 있기도 했다. 그것들이 모두 연결되어 결국 어떤 뜻을 이루게 되어 있었다.

> 마침내 그대도 알 때가 왔다
> 그에게 갑옷을 입히지 마라
> 시리우스, 천랑성(天狼星)
> 결혼하라, 그러나 나는 말하지 않겠다
> 그는 신비스러운 스물 하나다
> 막을 내려라

글씨체는 동판 인쇄에서 흔히 보는 것으로, 위로 향한 필체는 마치

트레이싱 용 펜으로 쓴 것처럼 아름다웠으며, 아래로 향한 붓놀림은 아주 힘차게 보이고 균형이 잡혀 있었다. 그러나 글씨 하나하나는 마치 사열식에 늘어서 있는 병정처럼 서먹서먹하고 딱딱해 보였다.

"그 사람의 짓이니까, 여러 가지 일을 주워섬기어 피해 보려고 했겠지요." 프랭클린은 말했다. "그러나 만일 잡히면 이것이야말로 녀석을 두말없이 교수대로 보내는 데 도움이 될 증거품입니다. 어디서 찾아내셨습니까?"

"우리가 방에 들어가기 바로 전까지 그가 입고 있던 웃옷 가슴주머니 속에 있던 걸세. 그가 얼마나 조심스러운 자인지 자네도 알겠지만, 심지어는 자기 자신에 대해서까지 신경쓰는 그런 인간이라네. 마리우스의 마지막 편지만은 타이프라이터로 찍지 않고 멋진 인사말을 써서 보낼 작정이었어. 그러기 위해서는 특색이 없는 필적을 골라 연습해야만 했던 걸세. 우리는 그가 무슨 말을 하려고 했는지 다 알 수 있네. 그러나 막상 제 손으로 쓴다고 생각하니 스스로도 믿을 수 없었던 모양이지. 마리우스라는 말은 애써 피하고 있으니. 그러나 이것으로 그 편지에 대해 조금이라도 생각나는 일이 있을까? 특히 외국인으로 말이야."

"그가 나에게 말한 사실상의 자백은 아무 소용도 없겠지요?" 프랭클린이 말했다. "녀석에게 불리한 말이라 하더라도 그것은 어디까지나 나의 말이고, 당연히 나는 선입관을 가지고 보게 될 테니까요. 어젯밤에 제가 말했던 것, 즉 리치레이가 의사에게 갔더니 심장이 나빠서 앞으로 2, 3년밖에 못 산다는 선고를 받았다는 이야기는 사실일까요?"

"그렇게 심각하게 말하던가?"

"위험하다는 것을 알면서도 덮어놓고 바다로 뛰어드는 사람답게 비장한 모습이었습니다. 제가 이상하게 생각되는 것은, 만일 그렇게 짧은 목숨이라면 왜 이를 악물고 그 학교에서 생애를 마치지 않았을까 하는 점입니다."

"아마 그 녀석 생각으로는 3년 동안 해마다 천 파운드의 수입으로 지내는 편이, 돈 없이 싫은 일을 해가며 지내는 것보다야 낫다고 생각했겠지. 게다가 그는 일석이조를 노린 것 같아. 자기도 마지막 몇 년을 유복하게 지낼 수 있는 한편 형제들에게도 상당한 액수의 돈을 남겨 주고, 그와 동시에 카든이라는 여자를 집안에서 내쫓으려는 생각에서였겠지."

"정말 놀라운 녀석입니다." 프랭클린이 말했다.

"정말일세. 어젯밤 내가 마침내 이 녀석이 범인이라고 단정을 내리게 된 게 언제였는지 아나?"

"모르겠는데요."

"그 녀석이 처음에 담뱃갑을 꺼냈을 때야. 대개 담배를 피우는 사람들은 아무 생각없이 상대방에게 담배를 권하는 법일세. 리치레이는 친구들 앞에서는 담배를 피우지 않았네. 그는 마음을 가라앉히기 위해 핑계삼아 담배를 이용했던 거야."

베란다의 유리문을 통해 바다가 내다보였다. 바람이 잠든 지 꽤 시간이 흘렀으나 파도는 여전했다.

"콜모란호는 돌아왔겠군요?"

"으음, 한밤중에 부두에 닿았네. 선장은 보통 보트로 그 무서운 파도를 헤치고 나갔다고는 생각할 수 없다는 거야. 그러고 보면 선장을 비난할 수도 없네."

"그럼, 저는 오늘 아침에 떠나야겠습니다. 설마 총경님을 이렇게 괴로운 입장에 남겨 둔 채 도망치는 것이라고는 생각지 않으시겠지요?"

"무슨 말을 그렇게 하나. 나는 리치레이의 시체가 떠오를 시간까지 기다려 보다가 떠오르지 않으면 해안 순찰을 계속해야겠지만, 어쨌든 자네 일은 끝난 것일세. 그러나 자네를 혼자 건너가게 하고 싶지 않구먼. 나도 예르에서 보고를 하려면 아무래도 건너가야 하니까."

라 토우르 퐁듀의 선착장에 갔을 때 호워튼은 선장에게 말을 걸었다. 그리고 버스 차장과 교섭을 마치자 세 사람은 호텔로 들어갔다.

"여기 계신 선장님이 이 가방을 열 수 있는 권한을 나에게 인정해 주셨네." 호워튼이 말했다. "모두 증인이 되어 주었으면 해."

가방 속에는 리치레이 앞으로 가는 등기 편지가 들어 있었다. 호워튼은 그 겉봉을 보이고서 뜯었다. 그곳에는 50파운드짜리 지폐 4장과, 몇 장의 스케치를 받았다는 말과, 아내와 딸이 안부를 전하더라는 말이 적혀 있는 어네스트 리치레이의 간단한 편지가 들어 있었다.

"이거야, 그가 기다리고 있던 것은," 호워튼이 말했다. "그가 마르세유에서 배표를 사지 않았다는 데에 5파운드를 걸어도 좋네."

새로 영수증이 작성되고, 가방의 봉인을 뜯었다. 1시간 뒤에 프랭클린은 툴르즈의 열차를 타고 있었다. 그가 줄랑고로 친 전보 내용은 다음과 같은 것이었다.

시작하라, 내일 6시 도착. 프랭클린.

도버에 닿을 때까지 뉴스는 전혀 들을 수 없었으나, 이곳에 와서 처음으로 대문짝만한 표제가 난 신문을 볼 수 있었다.

완전 살인 사건 해결.

줄랑고 사의 탐정, 큰 공훈을 세우다.

런던 경시청, 범인의 최후를 확인.

그는 런던의 신문을 모조리 사 보았으나 내용은 다 같았다. 다른 것은 사진뿐이었다. 뉴스의 출처는 분명 줄랑고 빌딩이었다.

가사는 마리우스의 편지와 범행으로 시작되어, 프랭클린이 수사한 경위를 따라 프랭크 리치레이의 유죄를 인정하는 증거를 제출하겠다는 약속의 말로 끝을 맺고 있었다. 또 런던 경시청에 대해서도 그 광범위하고 복잡한 문제를 여러 방면에 걸쳐 힘써 온 노력에 찬사를 보내고, 동시에 경시청에서는 전혀 예상치도 않은 뜻밖의 사실이 있다는 것을 암암리에 비추고 있었다. 이 기사는 앞으로 2회에 걸쳐 게재되어 완결짓기로 되어 있었다. 프랭클린은 곳곳에 루드빅 트래버스의 손이 닿아 있음을 짐작할 수 있었다. 그 밖에도 재미있는 기사가 두 가지 더 있었다. 즉, 〈레코드〉지는 '〈레코드〉지, 상금 500파운드를 지불하다!'라는 표제를 내걸고, 〈와이어〉지는 천 파운드짜리 수표 사진을 실은 것이다.

프랭클린은 먹을 것을 좀 사들고 구석진 자기 자리에 기대어 앉아 승객들이 나누는 대화에 귀를 기울였다. 그러나 그 동안에도 그의 머릿속에는 계속 플레이스의 죽음이 떠올랐다. 플레이스를 앞세우고 둘이서 바위산을 내려가고 있는데 별안간 바위가 굴러 떨어지고 리치레이는 고개를 돌린다. 그는 또 리치레이와 둘이서 동굴로 내려갔던 일을 생각하며 그 가파른 돌층계를 내려가고 있을 때 리치레이의 마음속에서는 어떤 생각들이 오고갔을까 하는 의아심이 들었다. 그래서 리치레이는 앞서 가려 하지 않았던 것이다.

플랫폼에는 프랜시스 경과 트래버스가 마중 나와 있었다. 프랜시스 경은 "잘했네, 프랭클린!" 하고 말하며 손을 내밀었고, 트래버스는 미소를 지으며 고개를 끄덕였다. 출구로 향했을 때 신문을 파는 매점이 눈에 띄자 트래버스는 문득 생각난 것처럼 말했다.

"오늘 석간을 보았나?"
"폴크롤을 떠난 뒤 아직 아무 것도 보지 못했습니다."
프랭클린은 트래버스가 보다가 준 석간을 차 안에서 읽었다.

   리치레이의 시체 발견!
   새로운 증거 확보

프랭크 리치레이의 시체는 오늘 아침 폴크롤 섬의 북쪽 바닷가에 떠올랐다. 시체는 파도에 시달려 무서울 정도로 변해 있었다. 범인은 전날 밤 추적하던 전 수사과 경감 프랭클린에게 흉악한 공격을 가한 뒤 모터보트로 도망을 시도했으나, 심한 파도로 보트가 뒤집힌 것으로 보인다. 보트 자체는 시체가 발견되기 몇 시간 전에 바닷가에 와 닿았다. 이 사건을 담당하고 있는 런던 경시청의 호워튼 총경이 입회했는데, 시체의 주머니에서 도망을 치려던 증거는 물론 시체와 이 범죄를 결정적으로 결부시키는 확실한 증거가 발견된 모양이다.

"훌륭한 분입니다, 호워튼이라는 사람은." 프랭클린이 말했다. "만일 그 사람이 없었다면, 저는 지금 이 자리에 없을 것입니다."
"자네, 굉장히 혼이 난 모양이군." 프랜시스 경이 말했다.
"더 무서운 지경을 당했을지도 모릅니다. 리치레이는 마음만 먹었으면 제3의 살인을 범할 수도 있었을 테니까요."
"정말 몸은 회복된 건가?"
"네, 대체로요. 머리가 좀 아프지만 대단하지는 않습니다."
"로맨스는 아무래도 대가가 비싸게 마련이니까." 트래버스가 말했다.
 "로맨스라니요! 스패너로 머리를 얻어맞는 일에 무슨 로맨스가 관계있습니까?"
 "글쎄? 다른 로맨스도 마찬가지지만, 사람에 따라 받아들이는 방법이 다르니까."
 자동차가 버스 바로 뒤에서 갑자기 서자, 그들은 차들이 붐비는 도로에서 5분 가까이나 기다리게 되었다. 프랜시스 경이 초조해서 창문으로 몸을 내밀자 유토피아 보험회사 신축빌딩의 넓은 벽면을 가로질러 가는 빛이 눈에 띄었다. 그는 두 사람에게 빛을 보라고 말했다.
 우선 진홍빛의 섬광 신호에 이어 글자가 번쩍번쩍 비쳤다.

　　아무리

 라는 글씨가 나타나더니, 거대한 빌딩 가득히 노랗게 번쩍이는 빛으로

　　바보여도 완전히 무시할 수는 없다

 라는 글이 나타났다.
 이 괴물 같은 광고에 대해서는 들은 적은 있지만 보기는 처음인 프랭클린이 이번에는 무슨 말이 나오나 하고 지켜보고 있으려니까, 끝으로 노란 빛이 이렇게 광고했다.

　　사건이라면 이 세상에서 으뜸가는 바보들만 모인 줄랑고에 맡겨라

트래버스가 어쩌자고 이런 어처구니없는 짓을 생각해 냈는지 이유는 모르지만, 또 무엇인가 생각해 낸 것만은 사실이었다. 틀림없이 한밤중에 아테네 근처의 숲 속을 헤매는 영혼을 생각함과 동시에 파도에 씻기어 얼음처럼 차가와진 리치레이의 부서진 시체를 머릿속에 그리고, 또다시 완전한 것을 향해 어떤 일을 완성하려고 덤벼든 남자의 자부심을 생각해 낸 모양이다. 그는 말할 작정이 아니었는데도 모르는 사이에 입 밖으로 말이 새어나오고 말았다.

"아아, 인간이란 참으로 바보야!"

프랜시스 경은 조용히 웃더니 두 사람을 쳐다보았다. 아마 머릿속으로는 런던 경시청과 그 강대한 진용을 생각하고 있었겠지만, 그 말속에는 어리석은 자며 현명한 자, 심지어는 나쁜 사람마저도 포함하여 두 팔을 활짝 벌린 여유로운 큰 가슴으로 온 인류를 포용하는 인류애가 스며 나오고 있었다.

"그렇다! 신은 슬기로운 자에게는 지혜를 주었지만, 어리석은 자에게도 그 나름의 재능을 발휘케 하는 것이다."

도로 정체가 풀리면서 차도 움직이기 시작했다. 프랭클린은 작은 시골집의 좁은 거실에 있을 두 여자를 생각했다.

거리의 소음에 경적 소리까지 뒤섞여 귀가 아플 정도로 사방이 온통 소란스러워졌다.

때마침 보도에서 신문팔이의 외침이 들려 왔다.

완전 살인 사건!
최신 뉴스!

독자의 영혼을 사로잡는 뛰어난 역작

 크로프츠의 《통》을 읽고 그 짜임새 있는 구성에 기뻐했던 독자라면, 크리스토퍼 부시(Christopher Bush, 1885~1973)의 《완전 살인》에서는 범인의 완벽한 계획과 실행에 저도 모르게 탄성을 지를 것이다.
 부시의 처녀작인 이 책이 간행된 것은 1929년이니, 반 다인의 《비숍 살인 사건》, 앤소니 버클리 콕스의 《독초콜릿 사건》, 더실 해미트의 《피의 수확》, 엘러리 퀸의 《로마 모자의 비밀》 등과 때를 같이한 셈이며, 그 전해에는 반 다인의 《그린 살인 사건》, 서머싯 몸의 《비밀 첩보부원》, 존 로드의 《프데드 거리의 살인》, 다음해에는 딕슨 카의 《밤에 걷다》, E D 비거즈의 《찰리 챈의 활약》이 간행되었고, 뒷날의 대가들이 신예의 빼어난 글재주로 앞을 다투었던 시기였다. 특히 이 시기는 본격적인 추리소설이 가장 찬란한 꽃을 피웠던 때로 그 뛰어난 착상이 독자의 영혼을 사로잡으며 과연 뛰어난 역작이라는 감동을 통감케 했다.
 범인은 당당히 완전 살인을 선언하면서 경찰 및 신문사에 정면으로 도전한다. 첫머리에서 뒤에 나올 사건 해결에 중요한 관계를 갖는 세 장면을 내세운 것도 지은이의 무서운 기백이 엿보이는 것 같아 상당히 효과적이라고 할 수 있다. 범인은 범죄를 예고하여 법률에 정당한 경고와 충분한 기회를 주는데, 그런 공평한 기회를 주는 것이 자신의 양심을 만족시키는 방법도 된다고 기염을 토한다. 그것은 다시 말해, 독자에 대한 작가의 도전이기도 한 것이다.

그 도전을 받고 일어선 사람이 루드빅 트래버스, 케임브리지 대학을 우수한 성적으로 졸업하고 그 놀라운 박식과 매력 있는 문체로 《방탕자의 경제학》이라는 책을 써낸 저자이다. 교양과 재치로 범죄 수사에 손길을 뻗치는 그는, 도로시 세이어즈 여사의 피터 윔제 경을 연상케 한다. 그의 협력자이며 사실상 이 사건의 주인공인 존 프랭클린은 '미지의 심연에 뛰어들기를 두려워하지 않는 사람'이고, 무엇보다도 철저하게 늘어 붙는 강렬한 의지의 소유자이기도 하다.

범인의 대담한 의도는 완벽한 알리바이로 유지되고 있으나, 난공불락의 견고한 진지에 도전하는 두 사람의 머릿속에 바로 르코크 탐정이 떠오른다. "어느 모로 보나 르코크에게 안성맞춤인 사건일세. 르코크에 대해 자네는 어떻게 생각하나?" 트래버스가 이렇게 묻자 프랭클린은 "르코크 말이요? 글쎄요, 저는 언제나 소설 속에 나오는 탐정 가운데 가장 인간미가 있고 믿을 수 있는 인물이라는 인상을 받았습니다"라고 대답하고 있으며, 또 사건이 끝 무렵에 들어서자 트래버스는 "이 사건은 르코크 탐정의 방법을 쓸 수밖에 없네"라고 거듭 말하고 있다. 에밀 가보리오의 작품 속에 나오는 탐정이 열심히 이리저리 뛰어다니며 사건을 해결하는 일은 잘 알려져 있지만, 근년의 추리소설에서 볼 수 있는 치밀한 범죄 공작에 대해서는 조금 시대의 차이를 느끼게 한다. 크로프츠의 프렌치 경감 같은 선배가 있는데도 일부러 프랑스의 고전을 끌어내는 것은 크로프츠와 같은 부류의 소설로 인정받는 것을 달갑게 여기지 않았기 때문인지도 모른다.

아무튼 용의자는 단서가 확고해지고 거의 초점이 정해져 꼼짝도 할 수 없는 상태로 빠져든다. 독자는 첫머리의 세 장면이 전체에서 어떤 위치에 들어맞는지 여러 가지로 추측을 하며 풀기 힘든 수수께끼와 씨름을 해야 한다.

"순수한 본격적인 탐정소설에도 이야기가 뒤얽히고 파란이 많은 경향으로 흐르는 것도 있지만, 대체적으로는 풀기 힘든 수수께끼의 규명을 향해 전진하는 것이 많다. 《완전 살인》처럼 해결을 향해 매진하는 탄탄대로는 자칫하다가는 지루한 느낌을 줄지도 모르지만, 실은 거기에 다른 곳에서는 볼 수 없는 본격적인 탐정소설의 진미가 있으므로 이 작품이 가진 그 예를 찾아볼 수 없는 흥미는 오히려 거기서 생기는 것이라고 말해 두고 싶다. 사건 조사가 진척되지 않아 느끼는 쓸쓸함과 어떤 피로감이 독자들에게 밀려들 무렵이면 불쑥 광명이 나타나는 재미는 바로 이런 종류의 현실 탐정소설 특유의 흥취라 할 수 있으며, 그것이 또한 크로프츠나 프로퍼의 걸작 작품들이 지닌 큰 매력의 하나이지만, 이 작품처럼 그런 흥미를 통감케 하고 만끽시켜 주는 것도 드물 것이다."

이러한 감상은, 알리바이를 추구하는 이런 류의 작품을 좋아하는 독자라면 누구나 공감할 것이다.

수사가 아주 좌절될 것처럼 생각될 때 프랭클린은 이렇게 결의를 피력한다.

"비록 어떤 최악의 사태에 이르더라도 끝까지 밀고 나가 보겠습니다. 이 살인은 인간의 손으로 이루어진 것이므로 당신도 말씀하셨듯이 뭔가 잘못을 저지르지 않을 수 없을 것입니다. 비록 한평생이 걸리더라도 언젠가는 꼭 범인의 빈틈을 찾아내고 말겠습니다."

그리고 다시 끈질기게 단조로운 조사를 시작하는데, 진실의 규명에 전념하여 여행을 계속하는 그의 뒷모습에는 비통한 감동을 불러 일으키는 우울한 애수가 있다. 그러나 한번 빛이 보이기 시작하면서 사건의 윤곽이 흐릿하게 떠오르자 사태는 급전하여 최고조에 이르는 끝부분은 이 작품을 읽은 뒤에도 오래토록 가슴 깊은 여운을 남기게 된다.

《통》에 절대 뒤지지 않는 이 작품은 헤이클래프트, 퀸, 샌도우 등의 명작표에는 나타나 있지 않으며, 아예 부시의 작품 자체가 전혀 다루어지고 있지 않다. 1885년에 태어나 이 작품을 발표한 뒤 작가활동을 계속한 부시는 1956년에 《The case of the benevolent Bookie》를, 1957년에 《The case of the Flowery Corpse》를 간행하여 정채(精彩)가 부족하다는 평은 있지만 70살을 넘어선 정력에는 감탄을 금치 못한다.

부시에게는 그동안 이 작품과 마찬가지로 알리바이에 정면으로 도전한 작품이 있다. 1934년의 《백 퍼센트 알리바이(The case of the 100% Alibis)》가 그것으로, 사건 관계자에게 확고한 알리바이가 있어 수사가 벽에 부딪치게 된다. 그런데 그날 중대 뉴스가 있어 석간 7시의 최종판에 실렸으므로 그 신문을 가지고 있는 이상, 그 시각이 다른 장소에 있었다는 알리바이가 성립되지 않는다는 것과, 또한 시계를 이용한 트릭을 알게 된다.

그래서 용의자를 다그치자 자살하여 표면상 종말이 난 것 같았으나, 진범인으로 주목되는 자는 백 퍼센트의 확고한 알리바이를 방패로 태연하게 돌아다니고 있는 듯한 의심을 남긴다는 줄거리이다. 완벽한 알리바이에 대해서는 당국에서도 도저히 손을 쓸 수 없다는 것을 주안점으로 하여 독자에 대해 도전한 이색적인 알리바이 소설이다.

해외에서의 평가는 고사하고라도, 본격적인 알리바이를 다룬 소박하고 치밀한 구성을 애호하는 우리나라 독자에게 부시는 잊을 수 없는 노련한 대가라 할 수 있을 것이다.